Onhoudbaar

Linwood Barclay bij Boekerij:

Zonder een woord
Dicht bij huis
Vrees het ergste
Kijk niet weg
Het ongeluk
Geloof je ogen
Een tik op het raam
Geen veilige plek
Onhoudbaar

www.boekerij.nl

Linwood Barclay

Onhoudbaar

Eerste druk april 2018
Tweede druk juli 2018

ISBN 978-90-225-8282-4
ISBN 978-94-023-1069-6 (e-boek)
NUR 330

Oorspronkelijke titel: *Parting Shot*
Vertaling: Waldemar Noë
Omslagontwerp: DPS Design & Prepress Studio
Omslagbeeld: Elisabeth Ansley/ArcAngel.com
Zetwerk: Mat-Zet bv, Soest

voor Neetha

1

Cal Weaver

Laatst kwam ik in Promise Falls iemand op straat tegen, een vrouw die ik nog kende uit de tijd dat ik hier agent was – voordat ik naar Griffon bij Buffalo vertrok en privédetective werd.

'O, ik wist niet dat je weer terug bent gekomen,' zei ze. 'Hoe is het met Donna? En je zoon? Scott was het toch?'

Ik weet nooit zo goed wat ik met dit soort vragen moet. Maar ik zei: 'Ik ben alleen tegenwoordig.'

Ze keek me vol medeleven aan en knikte begrijpend. 'Zulke dingen gebeuren,' zei ze. 'Ik hoop dat het op een redelijke manier is verlopen, en dat jullie nog steeds met elkaar praten.'

Ik toverde mijn beste glimlach tevoorschijn. 'We spreken elkaar elke avond,' zei ik.

Ze glimlachte terug. 'Nou, dat is dan goed, toch?'

2

Rechercheur Barry Duckworth van de Promise Falls Police zat achter zijn bureau toen zijn telefoon rinkelde. Hij greep de hoorn van de haak.

'Duckworth,' zei hij.

'Met Bayliss.' Trent Bayliss, de brigadier die de balie van het politiebureau bemande.

'Ja?'

'Ik heb er nu eentje voor je...' Het lukte Bayliss niet om de hilariteit in zijn stem te verbergen.

'Waar heb je het over?'

'Een jongen die door de straten zwierf. Nadat hij hier binnen was gebracht, zei hij dat hij een rechercheur wilde spreken. Dus ik stuur hem jouw kant op. Hij zegt dat hij Gaffney heet. Brian Gaffney. Maar hij heeft geen identiteitsbewijs bij zich.'

'Wat heeft hij te vertellen?' vroeg Duckworth.

'Dat kun je beter van hemzelf horen. Ik wil de pret niet bederven.' Bayliss hing op.

Barry Duckworth legde de hoorn behoedzaam op de haak. Bayliss kon het dan misschien wel grappig vinden, maar dat gold niet voor Barry. Hij keek anders tegen zijn werk aan dan vroeger. Het had hem iets langer dan een jaar geleden bijna zijn leven gekost, en sindsdien was niet alleen zijn baan, maar ook zijn blik op de wereld veranderd.

Hij dacht dat de dingen niet meer zo vanzelfsprekend waren. Hij wist dat het een cliché was, maar hij zag elke nieuwe dag als een geschenk. Elke ochtend dacht hij terug aan het moment waarop hij er bijna niet meer was geweest. Zijn herstel had een tijd geduurd. Ze hadden een aardige klus aan hem gehad in het ziekenhuis, er was zelfs wat plastische chirurgie in zijn gezicht aan te pas gekomen.

Het meest ongelooflijke was misschien wel dat hij het afgelopen jaar was afgevallen. Veertien maanden geleden woog hij nog honderdveertig kilo, en nu zat hij op honderdzeventien. Hij was dus drieëntwintig kilo kwijtgeraakt. Hij had een tijdje nieuwe gaatjes in zijn riem gemaakt zodat hij zijn eigen broeken steeds strakker aan kon snoeren, maar zijn vrouw, Maureen, zei dat hij er belachelijk uit begon te zien. Ze had hem als een klein jongetje naar een herenmodewinkel meegesleept en nieuwe kleren voor hem gekocht.

Maar hij had zijn oude broeken nog in de kast liggen. Voor het geval dat. Er zou een tijd kunnen komen dat hij de verleidingen van Dunkin' Donuts wederom niet zou kunnen weerstaan.

Het was al lang geleden dat hij er een had gehad.

En hij gaf het ronduit toe: hij míste ze. Maar hij vond het belangrijker om springlevend en gezond te zijn.

Maureen was een geweldige steun voor hem geweest. Ze had al eerder geprobeerd om zijn eetpatroon te veranderen. Vlak na het ongeluk was ze zó blij dat hij nog leefde dat ze hem overlaadde met zelfgemaakte cakes en taarten – niemand kon een citroen-meringuetaart maken als Maureen – maar het was Barry die haar zei ermee te stoppen. Hij vertelde haar dat hij had nagedacht. Hij zou beter op zijn gezondheid letten. Hij zou beter voor zichzelf zorgen.

En daarom lag er nu een banaan op zijn bureau. Een bruin uitgeslagen banaan, die er al sinds gisteren lag.

Barry was vastbesloten waar het zijn gezondheid betrof, iets wat hij niet van zijn carrière kon zeggen. Het was in zijn hoedanigheid van politierechercheur dat hij ternauwernood aan de dood was ontsnapt.

Hij vroeg zich af of hij niet wat anders moest gaan doen. Het probleem was echter dat hij niet wist wat.

Hij zat al meer dan twintig jaar bij de politie. Het was niet zo dat hij nu nog voor tandarts kon gaan studeren. Oké, dat was misschien een slecht voorbeeld. Hij begreep niet waarom iemand tandarts zou willen worden. Hij bezocht nog liever honderd plaatsen delict dan dat hij zijn vingers in iemands mond moest stoppen. Accountant dan, dat was nog eens een prettige, veilige baan. Niemand sloeg je tot moes omdat je accountant was.

Terwijl Duckworth probeerde te leven met het feit dat hij er bijna niet meer was geweest, worstelde het stadje waarin hij woonde met de terugkeer naar een normale toestand. Honderden voorbeeldige burgers van Promise Falls – onder wie een aantal minder voorbeeldige – hadden een jaar eerder tijdens een catastrofale gebeurtenis de dood gevonden. Men hield niet op erover te praten; maar tegenwoordig kon het wel een hele dag duren, en soms zelfs wel twee dagen, voordat iemand er weer over begon.

De bezoekers vormden het grote probleem. Het was – op een veel kleinere schaal natuurlijk – een beetje zoals de ingestorte Twin Towers, toen toeristen elkaar fotografeerden bij Ground Zero. Het stadje in de staat New York was een uithangbord voor persoonlijke vergelding geworden, en bijna dagelijks werden er selfies gemaakt voor het bord waar 'Welcome to Promise Falls' op stond.

Duckworth leunde achterover in zijn bureaustoel en hield zijn blik op de deur gericht. Hij ging open en er stond een jongen die met een verbijsterde blik naar binnen keek.

Hij moest op zijn hoogst zo'n zestig kilo wegen. Hij was mager, blank, begin twintig en ongeveer 1,80 meter lang. Kortgeknipt zwart haar en een baard van drie dagen. Hij droeg een spijkerbroek en een donkerblauw overhemd. Terwijl zijn ogen nerveus heen en weer schoten, nam hij de recherchekamer in zich op. Duckworth verhief zich uit zijn stoel.

'Meneer Gaffney?'

De man keek naar Duckworth met knipperende ogen. 'Dat ben ik.'

Duckworth wenkte hem naar binnen en wees op de stoel naast zijn bureau.

'U kunt hier gaan zitten.'

Brian Gaffney – die zijn samengevouwen handen voor zich uit hield en licht voorovergebogen stond, alsof hij zichzelf kleiner wilde maken – ging zitten. Hij bleef om zich heen kijken, ook naar het plafond, als iemand die een grot heeft betreden en kijkt of er vleermuizen boven hem hangen.

'Meneer Gaffney?'

Gaffneys angstige ogen richtten zich op Duckworth. 'Ja?'

'Ik ben rechercheur.' Hij hield een pen in zijn hand om direct aantekeningen te kunnen maken. 'Kunt u mij uw naam spellen, meneer Gaffney?'

Gaffney deed het.

'Heeft u ook een tweede voornaam?'

'Arthur,' zei hij. 'Zijn we hier veilig?'

'Pardon?'

Gaffneys hoofd bewoog zich met korte, snelle rukken, als een vogel die zijn omgeving in zich opneemt. Hij bracht zijn stem terug tot een gefluister toen hij zich naar de rechercheur toe boog. 'Ze kunnen me nog steeds in de gaten houden.'

Duckworth legde zijn hand lichtjes op de arm van de jongeman. Gaffney keek ernaar, alsof hij niet zeker wist wat het was.

'Je bent hier veilig,' verzekerde Duckworth hem. Alleen Bayliss zou zo iemand hilarisch vinden, dacht hij. Waar Gaffney bang voor was zou best ingebeeld kunnen zijn, maar de angst in zijn ogen was levensecht.

Gaffney rilde. 'De verwarming zou hier wel aan kunnen.'

Het was zo'n vijfentwintig graden in de kamer. De airconditioning had aan moeten slaan, maar dat was niet gebeurd.

Duckworth stond op, trok zijn colbert uit en drapeerde die over de schouders van de jongen. 'Zo beter?'

Gaffney knikte.

'Wilt u koffie?' vroeg de rechercheur. 'Dat warmt op.'

'Oké,' zei Gaffney zacht.

'Wat wilt u erin?'

'Ik... Het maakt niet uit, als de koffie maar warm is.'

Duckworth liep door de kamer naar de tafel waar het koffiezetapparaat op stond. Hij schonk een redelijk schone mok vol, deed er een suikerklontje en poedermelk in en reikte hem Gaffney aan.

De jongen hield de mok met beide handen vast, bracht hem naar zijn lippen en nam een slokje terwijl Duckworth weer ging zitten en zijn pen oppakte. 'Wat is uw geboortedatum, meneer Gaffney?'

'16 april 1995.' Hij keek toe hoe Duckworth het opschreef. 'Ik ben geboren in New Haven.'

'Uw huidige adres?'

'Ze kunnen hier zijn,' zei Gaffney, die zijn stem weer liet zakken. 'Ze kunnen een menselijke vorm aannemen.'

Duckworths pen stopte met schrijven. 'Wie zijn "ze", meneer Gaffney?'

Gaffney knipperde met zijn ogen en zei: 'Hunter Street 87. Unit 201.'

Duckworth was een moment uit het veld geslagen. 'Dat is een appartement?'

'Ja.'

'En u woont alleen, meneer Gaffney?'

'Ja.' Een volgend knikje. Gaffneys blik richtte zich op de banaan die op Duckworths bureau lag.

'Wat voor werk doet u?'

'Fijnreiniging. Gaat u die opeten?'

Duckworth wierp een blik op het bruine stuk fruit. 'Eh, wilt u het?'

'Ze hebben me niets te eten gegeven. Ik heb al heel lang niets meer op.'

Duckworth pakte de banaan en gaf hem aan Gaffney, die hem voorzichtig aannam. Toen stak hij hem in zijn mond zonder de schil eraf te trekken, hij beet zo hard dat zijn tanden er dwars doorheen gingen. Hij kauwde snel en nam nog een grote hap, wederom met schil en al.

Al kauwend zei hij: 'Weet u wat fijnreiniging is?'

Duckworth was afgeleid door wat hij net had aanschouwd. 'Pardon?'

'Fijnreiniging.' Hij stak het laatste stukje banaan in zijn mond en spoelde het weg met een slok koffie. 'Weet u wat dat is?'

'Nee.'

'Stel dat je je auto wilt laten wassen, dan kun je hem ook laten fijnreinigen. Dat is een superwasbeurt. Ik werk bij Albany Detailing.'

'Dus dat is in Albany?'

De jongen schudde zijn hoofd. 'Nee, hier in Promise Falls. Het is een filiaal.'

'Meneer Gaffney, de politie heeft u zwervend op straat aangetroffen. Toen ze u naar het bureau brachten, zei u dat u een rechercheur wilde spreken.'

'Dat klopt.'

'Dus waar kan ik u mee helpen?'

'Het was een vergissing,' zei hij.

'Wat bedoelt u?'

Het moest minstens de tiende keer zijn dat Gaffney zijn blik door de kamer liet gaan. Vervolgens fluisterde hij tegen Duckworth: 'Het valt buiten uw jurisdictie.'

'Dat is dan jammer.'

'Ik bedoel, wat kunt u doen?' Gaffney haalde zijn schouders op. 'Hen arresteren?'

'Arresteren? Wie?'

'Wat voor dag is het vandaag?'

'Woensdag.'

Gaffney dacht hierover na. 'Dus waren het... twee nachten. Het gebeurde op maandagavond, en het is nu woensdag, dus twee nachten. Tenzij het natuurlijk de volgende woensdag is, dan is het negen dagen.'

Duckworth legde zijn pen neer. 'Twee nachten van wat?'

'Dat ik bij hen was.' Hij zette de mok neer, streek met zijn hand over zijn kin en voelde de stoppels. 'Het moeten er twee zijn geweest. Als ze me negen dagen hadden gehad, dan zou ik nu een baard hebben.'

Duckworth fronste. 'Hoe bedoelt u, dat ze u hadden?'

'Ik denk dat ik ontvoerd ben,' zei Gaffney, die zijn tong langs zijn lippen liet gaan. 'Kent u Betty en Barney Hill?'

Duckworth schreef snel de namen op. 'Hebben zij u ontvoerd?'

Gaffney schudde zijn hoofd. 'Nee, ze komen uit een boek. Maar het is echt gebeurd. Ik heb er een oud exemplaar van. *The interrupted journey*, van John G. Fuller. Het is hun ook overkomen.'

'Wat is er gebeurd, Brian?'

'Op 20 september 1961 reden ze terug van de Niagara Falls naar hun huis in New Hampshire. Dat was hier in de buurt, weet u? Ze zijn op zo'n zestig kilometer langs Promise Falls gereden.'

'Oké.'

'Hij was zwart, zij was blank, hoewel dat niets met het verhaal heeft te maken. Tenzij het natuurlijk wel zo was.'

'Ga door.'

'De Hills zagen een helder licht in de hemel. Het volgende moment was het uren later en waren ze al bijna thuis. Maar wat was er in al die uren gebeurd? Dus gingen ze naar een hypnotiseur.'

'Waar zou de hypnotiseur hen mee kunnen helpen?'

'Zich te herinneren wat er in al die verdwenen uren was gebeurd.'

'En lukte dat?'

Gaffney knikte. 'Ze waren meegenomen door een ruimteschip. De buitenaardse wezens hadden experimenten op hen uitgevoerd. Er waren naalden in hun lijf gestoken en dat soort dingen, en daarna hadden ze ervoor gezorgd dat het echtpaar vergeten was dat het ooit was gebeurd.' Hij schudde langzaam zijn hoofd. 'Ik had nooit gedacht dat mij ook zoiets zou overkomen.'

'Oké,' zei Duckworth. 'Dus je wilt zeggen dat er twee dagen uit je geheugen zijn verdwenen?'

'Ja.' Gaffney trilde even, alsof er een elektrische schok door hem heen ging, en nam een slokje koffie.

'Wat is het laatste wat je je kunt herinneren?'

'Ik ben naar Knight's gegaan voor een drankje om, wat zal het geweest zijn, acht uur? Kent u Knight's?'

Ah, dacht Duckworth. Knight's. Een van de bekendste bars in de stad.

'Jawel,' zei de rechercheur.

'Ik dronk een paar biertjes en keek tv. Daarna wordt het nogal wazig.'

'Hoeveel biertjes?'

Hij haalde zijn schouders op. 'Vier, of vijf. Ik ben er zo'n anderhalf uur geweest, denk ik.'

'Je weet zeker dat je er niet meer hebt gedronken?'

'Nee, dat was alles.'

'Je was erheen gereden?'

Gaffney schudde resoluut zijn hoofd. 'Nee. Vanaf mijn huis kan ik naar

Knight's lopen. Ik wil liever niet worden aangehouden. Heeft u nog zo'n banaan?'

'Nee, helaas. Nog een paar vragen en dan zal ik iets te eten voor je zoeken. Herinner je je dat je Knight's hebt verlaten?'

'Misschien. Volgens mij riep iemand me iets toe vanuit de steeg naast de bar. Daar kun je doorheen lopen om bij het parkeerterrein achter de bar te komen.'

'Was het een man of een vrouw die je iets toeriep?'

'Een vrouw, denk ik. Het was in elk geval de uiterlijke vorm van een vrouw.'

Duckworth ging hier niet op in. 'En wat zei ze?'

Gaffney schudde zijn hoofd. 'Het is allemaal nogal mistig. Daarna is er bijna niets voor twee dagen, tot ik op dezelfde plek wakker word. Ik ben de steeg uit gestrompeld, ik liep wat rond en toen vonden de agenten me. Ik had geen identiteitsbewijs meer. Mijn portemonnee was verdwenen, net als mijn telefoon.'

'Is het mogelijk dat je twee dagen in de steeg hebt gelegen?'

Gaffney schudde weer langzaam zijn hoofd. 'Er lopen voortdurend mensen doorheen. Iemand zou me opgemerkt hebben. En ze zouden daar niet die experimenten op me kunnen hebben uitvoeren.'

Zijn adem begon gejaagder te worden. 'Wat als ze me geïnfecteerd hebben? Wat als ze me een ziekte hebben gegeven?' Hij zette de mok neer en legde een hand op zijn borst. 'Wat als ik een drager ben? Wat als ik u heb besmet? O, man, jezus.'

Duckworth sprak op rustige toon: 'Laten we niet op de zaken vooruitlopen, Brian. We zullen je laten onderzoeken. Waarom denk je dat er experimenten op je zijn uitgevoerd?'

'Ze... namen me ergens mee naartoe. Het kan een ruimteschip zijn geweest, maar ik denk het niet. Er waren lampen, en ik lag op een bed of iets dergelijks, op mijn buik. En ik kan me herinneren dat het er vies rook. Daar hebben ze het gedaan.'

'Wát hebben ze daar gedaan?'

'Het voelde alsof er honderden naalden in me werden geprikt. Waarschijnlijk om monsters te nemen, weet je wel? DNA, misschien?'

Het huilen stond hem nader dan het lachen. Hij keek omhoog, alsof hij dwars door het plafond de hemel zag.

'Waarom ik!' riep hij uit. 'Waarom moest ik het zijn!'

Een paar andere rechercheurs in de kamer wierpen een blik in zijn richting. Duckworth legde zijn hand op de arm van de jongen. 'Brian, kijk me aan. Kijk me aan.'

Gaffney sloeg zijn blik neer en keek Duckworth in de ogen. ‘Het spijt me dat ik zo stom ben geweest hierheen te komen.’

‘Dat was het niet. Ik ga je proberen te helpen. Laten we teruggaan naar die naalden. Waarom denk je dat ze dat hebben gedaan?’

‘Mijn rug,’ zei Gaffney. ‘Hij doet echt pijn. Hij voelt heel ruw, zeg maar. Het prikt als een gek.’

Duckworth aarzelde, en zei toen: ‘Wil je dat ik er even naar kijk?’

Gaffney aarzelde eveneens, alsof hij er niet zeker van was of hij het wel wilde weten. Na een moment zei hij: ‘Mij best.’

Ze stonden allebei op. Gaffney keerde Duckworth zijn rug toe, trok zijn overhemd uit zijn broek en knoopte het los om het tot aan zijn schouders omhoog te trekken.

‘Kunt u iets zien?’ vroeg hij.

Duckworth keek ernaar. ‘Ik geloof van wel.’

Op Gaffneys rug stond ruw getatoeëerd, in zwarte letters van zo’n twee centimeter hoog:

IM THE
SICK FUCK
WHO KILLED
SEAN

‘Meneer Gaffney, wie is Sean?’ vroeg Duckworth.

‘Sean?’ zei hij.

‘Ja, Sean.’

Gaffneys schouders rezen en daalden. ‘Ik ken niemand die Sean heet. Waarom?’

3
Cal

Ik kende de naam Madeline Plimpton.

Het was een vooraanstaande naam in Promise Falls. Ik was nu niet echt een expert als het om de geschiedenis van het stadje ging, maar ik wist dat de Plimptons bij de families hoorden die zich er in het begin van de negentiende eeuw hadden gevestigd. Ik wist dat ze hier de eerste krant hadden opgericht, *The Standard*, en dat Madeline Plimpton alweer enige tijd geleden de twijfelachtige eer had gehad om hem als uitgever op te heffen.

Ik wist niet waarom ze me wilde zien. Tijdens ons telefoongesprek wilde ze het niet zeggen. Cliënten willen dit soort dingen doorgaans niet telefonisch bespreken. Het is al moeilijk genoeg om het er onder vier ogen over te hebben.

'Het ligt gevoelig,' zei ze.

Dat lag het meestal.

Ik zou haar stekje geen landhuis willen noemen, maar voor Promise Falls was het behoorlijk chic. Een huis in victoriaanse stijl dat in de jaren twintig moest zijn gebouwd, zo'n vier- à vijfhonderd vierkante meter, een stuk van de weg af gelegen met een cirkelvormige oprit. Het was het soort plek waar ooit zo'n beeldje van een zwart slaafje in jockeykostuum in de voortuin had kunnen staan. Maar als dat het geval was geweest, dan had iemand de goede smaak gehad om het weg te halen.

Ik zat achter het stuur van mijn nieuwe oude Honda. Ik had mijn bijzonder oude Accord voor een minder oude Accord ingeruild. Deze had een handmatige versnelling, en het schakelen gaf me het gevoel dat ik jonger en sportiever was. Mijn eerste auto, het was zo'n dertig jaar geleden, was een Toyota Celica met een versnellingspook. Al mijn auto's waren sindsdien automaten geweest. Tot nu dus.

Ik parkeerde voor de dubbele voordeur van het huis; mijn auto werd overklast door een zwarte Lexus SUV, een witte vierdeurs Acura en een BMW uit de 7-serie. De gecombineerde waarde van deze drie auto's oversteeg waarschijnlijk mijn totale inkomen van de laatste twintig jaar.

Nadat ik had aangebeld verwachtte ik min of meer dat er een butler of een kamermeisje zou verschijnen, maar het was Madeline Plimpton zelf die opendeed en me vroeg binnen te komen.

Ik schatte haar ergens rond de zeventig. Ze was een slanke, goed uitziende vrouw, aristocratisch, gekleed in een zwarte pantalon en een zwartzijden topje, met een bescheiden parelketting om haar hals. Haar goedverzorgde witgrijze haar viel tot op iets boven haar schouders, en ze droeg een bril met een goudkleurig montuur.

'Dank voor uw komst, meneer Weaver,' zei ze.

'Het genoegen is geheel aan mijn kant. Noem me Cal, alstublieft.'

Ze nodigde me niet uit haar Madeline te noemen.

Ze ging me voor door de hal naar de eetkamer, waar de thee klaarstond. Porseleinen kopjes, een zilveren melkkannetje en een dito schaaltje met suikerklontjes.

'Mag ik u een kopje thee aanbieden?' vroeg ze.

'Graag,' zei ik.

Ze schonk de thee in en ging aan het hoofd van de tafel zitten. Ik nam een stoel aan de verre kant rechts van haar.

'Ik heb goede dingen over u gehoord,' zei ze.

'Ik neem aan dat u als voormalig uitgever zo uw bronnen heeft,' antwoordde ik glimlachend.

Ik registreerde een nauwelijks merkbare huivering en nam aan dat het door mijn gebruik van het woord *voormalig* kwam. 'Die heb ik, ja. Ik ken zo ongeveer iedereen in dit stadje. Ik weet dat u hier bij de politie heeft gewerkt. En dat u een vergissing heeft begaan, waarna u een paar jaar in Griffon heeft gewoond en als privédetective bent begonnen. En toen kwam u terug,' ze zweeg een moment, 'na een persoonlijk drama.'

'Dat klopt,' zei ik.

'En nu woont u weer sinds een paar jaar hier.'

'Ja.' Ik deed een suikerklontje in mijn thee. 'Ik neem aan dat ik door de ballotagecommissie ben. Dus waar wilde u het met me over hebben?'

Mevrouw Plimpton haalde diep adem, bracht het kopje naar haar lippen en blies erop. De thee was heet.

'Het gaat over mijn achterneef,' zei ze.

'Oké.'

'De zoon van mijn nicht. Ze hebben een zwaar jaar gehad.'

Ik wachtte op meer.

'Mijn nicht en haar zoon wonen in Albany. Maar het leven is daar ondraaglijk voor hen geworden.'

'Ondraaglijk', dat woord kende ik maar al te goed.
'En waarom precies?' vroeg ik.
Een volgende stilte. 'Jeremy – dat is mijn achterneef – heeft een aanvaring met justitie gehad die veel negatieve aandacht heeft getrokken. Daardoor is het leven daar een hel voor hem geworden. Sommige mensen, lieden met weinig waardering voor ons rechtssysteem, hebben Jeremy en mijn nicht, Gloria, lastiggevallen. Nachtelijke telefoontjes, het huis met eieren bekogeld... Er is zelfs een doodsbedreiging in de brievenbus aangetroffen. Hij was met kleurkrijt op een papier geschreven dat met uitwerpselen was besmeurd, als u zich zoiets kunt voorstellen.'
'Wat bedoelt u met "een aanvaring", mevrouw Plimpton?'
'Een verkeersongeluk. Een zaak die buiten alle proporties is opgeblazen. Ik bedoel, ik wil niet zeggen dat het geen tragedie was, maar de reacties zijn ronduit belachelijk.'
'Mevrouw Plimpton, misschien kunt u beter bij het begin beginnen.'
Ze schudde kort en resoluut haar hoofd. 'Dat lijkt me niet nodig. Ik ben geïnteresseerd in uw diensten, u hoeft niet alle details te weten. Hoewel ik u moet zeggen dat Gloria meer een dochter voor me is dan een nicht. Ze kwam bij me wonen toen ze tiener was, dus we hebben...'
Ik wachtte tot ze 'een hechte relatie' zou zeggen.
'... een gecompliceerde relatie,' zei ze uiteindelijk.
'Ik weet niet wat voor diensten u van me verwacht,' zei ik.
'Ik wil dat u Jeremy beschermt.'
'Hoe bedoelt u, hem beschermen? U bedoelt toch niet dat ik zijn bodyguard moet worden?'
'Ja, dat hoort er wel bij. Ik wil dat u zijn veiligheid evalueert, en dat u, zoals u zei, het werk van een bodyguard doet.'
'Ik ben geen bodyguard. Daar heb je andere mensen voor.'
Madeline Plimpton zuchtte. 'Goed, misschien dat u uzelf in strikte zin niet zo ziet. Maar u bent een voormalig politieman, u heeft criminele elementen bestreden. Ik denk dat de bezigheden van een bodyguard niet zo ver weg staan van wat u dagelijks doet. En zolang uw diensten nodig zijn, ben ik bereid u vierentwintig uur per dag te betalen. Een van de redenen waarom u me de ideale man hiervoor leek – en ik bedoel het niet bot, meneer Weaver – is omdat ik begrepen heb dat u geen gezin heeft. Het zou voor u minder lastig zijn dan voor iemand anders.'
Ik vroeg me af of ik Madeline Plimpton wel mocht. Maar goed, ik zou nog geen droge boterham verdienen als ik alleen maar voor aardige mensen wilde werken.

'Hoe oud is Jeremy?' vroeg ik.

'Achttien,' zei ze.

'En wat is zijn achternaam?'

Ze beet even op haar lip. 'Pilford,' zei ze, bijna fluisterend.

Ik knipperde met mijn ogen. 'Jeremy Pilford? Uw achterneef is Jeremy Pilford?'

Ze knikte. 'Ik begrijp hieruit dat u zijn naam kent.'

Het hele land kende zijn naam.

'De Big Baby,' zei ik.

Madeline Plimpton vertrok nu duidelijk haar gezicht. Ze keek alsof ik mijn hete thee over haar dooraderde hand had gegoten.

'Ik wou dat u dat niet had gezegd. De verdediging heeft hem nooit zo genoemd. De openbare aanklager kwam met deze beledigende benaming, en daarna liep de pers ermee weg. Het was vernederend. Niet alleen voor Jeremy, maar ook voor Gloria. Het heeft haar een slechte naam bezorgd.'

'Maar het kwam wel voort uit de verdedigingsstrategie, is het niet, mevrouw Plimpton? Want het was precies wat Jeremy's advocaat in feite zei. Dat was het argument. Dat Jeremy zó verwend was en nooit zelf iets hoefde te doen; dat hij zijn hele leven lang nooit verantwoordelijkheid hoefde te nemen en dat hij niet besefte dat hij iets verkeerds had gedaan toen hij...'

'Ik weet wat hij heeft gedaan.'

'Toen hij na een feestje straalbezopen achter het stuur ging zitten en iemand doodreed. Met alle respect, mevrouw Plimpton, zoiets zou ik geen verkeersongeluk willen noemen.'

'Misschien bent u niet de juiste persoon voor deze baan.'

'Misschien niet, nee.' Ik zette het theekopje op tafel en schoof mijn stoel naar achteren en stond op. 'Bedankt voor de thee.'

Ze hief haar hand op. 'Wacht.'

Ik wachtte.

'Alstublieft,' zei ze.

Ik leunde met mijn handen op de rand van de eettafel.

'Ik neem aan dat iedereen die ik hiervoor zou benaderen deze reactie zal hebben. Jeremy weet de mensen niet voor zich te winnen. Maar het was het besluit van de rechter om hem geen celstraf te geven. Het was de rechter die de jongen een voorwaardelijke veroordeling heeft gegeven. Het was de rechter die zich door meneer Finch liet overtuigen dat...'

'Meneer Finch?'

'Jeremy's advocaat, aan wie u zojuist refereerde. Grant Finch. Het was meneer Finch die met deze verdedigingsstrategie kwam, en eerlijk gezegd had niemand verwacht dat het de rechter zou overtuigen. Maar we waren er zielsgelukkig mee. Het zou een ramp geweest zijn als Jeremy in de gevangenis was beland. Hij is tenslotte nog een jongen. Hij zou de gevangenis niet hebben overleefd. Hoe verschrikkelijk de reacties op de uitspraak ook zijn, het is nog steeds beter dan een leven achter de tralies.'

'Behalve dan dat hij nu in angst leeft.'

Madeline Plimpton reageerde met een instemmend hoofdknikje. 'Dat is waar, maar dat is tijdelijk. Jeremy had jarenlang in de gevangenis kunnen zitten. De consternatie over de uitspraak zal op z'n hoogst een paar maanden duren, lijkt me. De wereld wacht altijd op iets nieuws om zich kwaad over te maken. Een jager die in Afrika een beroemde leeuw doodt. Een vrouw die een foute grap over aids tweet. Een domme politicus die denkt dat verkrachte vrouwen niet zwanger kunnen worden. Of die andere rechter, die de jongen die een bewusteloos meisje had verkracht zo'n lichte straf gaf. We maken ons zo graag kwaad over iets dat er elke week wel iets nieuws is. Uiteindelijk zal men Jeremy's geval vergeten, en dan zal hij mogelijk een normaal leven kunnen krijgen. Maar ondertussen moet hij veilig zijn.'

Ik vroeg me af of de familie van het doodgereden meisje ooit nog een normaal leven zou krijgen, maar ik besloot het niet hardop te zeggen.

'Maar om op uw eerdere opmerking terug te komen: ja, hij werd als de Big Baby gebrandmerkt. Een tiener die als een klein kind werd gepamperd. De openbare aanklager zei het ooit terloops, en de media liepen er direct mee weg. CNN maakte er zelfs een flitsend logo van. De Big Baby-zaak, met van die computeranimaties erbij.'

'Iemand die een krant heeft gerund, zou toch moeten weten dat het zo werkt?'

'Dat weet ik, ja,' zei ze. 'Maar dat wil niet zeggen dat ik alles waar de media mee aankomen goedkeur.'

'Ik weet werkelijk niet waarmee ik u kan helpen, mevrouw Plimpton,' zei ik. 'Maar ik kan u wel enkele bureaus aanraden. Bedrijven die minder op recherchewerk zijn gericht dan ik. Bij hen kun je zware jongens inhuren.'

'Ik wil niet dat Jeremy door een stel halve criminelen wordt omringd.'

Ik haalde mijn schouders op.

'Zou u ze dan tenminste niet willen ontmoeten?' vroeg ze. 'Jeremy en mijn nicht? Dan kunt u daarna beslissen of u de baan neemt of niet. Ik weet zeker dat u ze niet de karikaturen zult vinden die men van ze gemaakt heeft als u hen eenmaal hebt gesproken. Het zijn normale mensen, meneer Weaver. En ze zijn bang.'

Ik pakte mijn opschrijfboekje en een pen uit de binnenzak van mijn jack.

'Geef me hun adres in Albany maar.'

'O, dat hoeft niet,' zei Madeline Plimpton. 'Ze zijn hier. Ze logeren al een paar dagen in mijn huis. Ze zitten achter op de veranda en wachten op uw komst.'

4

Barry Duckworth wilde dat Brian Gaffney zich in het ziekenhuis liet onderzoeken, dus hij bood hem een lift aan naar Promise Falls General. Dat gaf de rechercheur tevens de gelegenheid om de jongen meer vragen te stellen over de gebeurtenissen. Sinds hij de getatoeëerde woorden op zijn rug had gezien dacht hij niet meer dat Gaffneys tweedaagse geheugenverlies door alcohol was veroorzaakt.

IM THE SICK FUCK WHO KILLED SEAN klonk niet als het soort tatoeage dat een ook maar enigszins rationeel persoon – of zelfs een straalbezopen iemand – permanent in zijn huid geschreven wilde hebben.

Zo Gaffney enig idee had wat er op zijn rug stond, hij liet het niet merken. Dus Duckworth nam een foto terwijl de jongen nog in zijn omhooggeschoven overhemd stond en liet het hem zien.

'Jezus,' zei hij. 'Daar... daar begrijp ik helemaal niets van.'

'Ik denk,' zei Duckworth voorzichtig, 'dat we je theorie over ruimtewezens wel kunnen vergeten.'

Gaffney zag eruit als een vierjarige die een lezing van Stephen Hawking probeert te begrijpen. 'Ik... nee, ik geloof niet dat die zoiets zouden doen.'

'Ja,' zei Duckworth. 'Dit lijkt me eerder werk van aardbewoners.'

De jongen was nog steeds verbijsterd over de foto en knikte langzaam. 'Sorry.'

'Sorry?'

'U moet denken dat ik gek ben. Ik ben niet gek, hoor.'

'Natuurlijk,' zei Duckworth.

'Ik bedoel, ik ben een beetje anders. Dat zegt mijn vader altijd. Maar ik ben niet gek, begrijpt u?'

'Natuurlijk.'

'Ik kon geen andere verklaring bedenken. Misschien dat ik te veel boeken over ufo's heb gelezen.' Hij keek nog eens naar de foto op Duckworths telefoon. 'Weet u zeker dat het een echte tatoeage is? Is het geen viltstift, of iets anders dat er weer af kan?'

'Ik denk van niet.'

'Het blijft er dus *permanent* zitten?'

'Ik heb geen verstand van tatoeages,' zei Duckworth. 'Misschien dat je er iets aan kunt doen.' Wat hij zeer betwijfelde. 'Heb je enig idee wie dit gedaan kan hebben?'

Gaffney wendde zijn blik van de foto af, en de rechercheur stak de telefoon in zijn broekzak. Tranen welden op in zijn ogen. Hij beet op zijn lip. 'Nee. Dat met die ruimtewezens was nog logischer dan dit. Dat ze een willekeurig iemand ontvoeren en tests op hem uitvoeren. Maar dit, dit is volkomen krankzinnig.'

'Kom,' zei Duckworth vriendelijk. 'Laten we naar het ziekenhuis gaan.'

Toen ze naar de auto liepen, vroeg de rechercheur: 'Heb je familie, Brian? Ouders? Broers, zussen? Een vriendin?'

De jongen sprak langzaam en zacht. 'Mijn ouders wonen op Montcalm. Ik ben een half jaar geleden op mezelf gaan wonen. Ze dachten – mijn vader dacht – dat het tijd daarvoor was, weet u? Toen heb ik een appartementje gevonden in een gebouw in de stad. Ik heb een zus. Monica. Ze is negentien. Ze wil uit huis, maar ze kan het nog niet betalen.'

'Hoelang woon je al in Promise Falls?'

'Vijftien jaar. Daarvoor woonden we in Connecticut.'

'Heb je een vriendin?'

'Min of meer. Er is een meisje. Ze kwam om haar auto te laten fijnreinigen en we konden het direct goed met elkaar vinden.'

'Hoe heet ze?'

'Jesse. Jessica Frommer.'

'Wanneer heb je haar voor het laatst gezien?'

Brian dacht na over de vraag. 'Misschien een week geleden? We hebben een paar keer afgesproken, we zijn de stad uit geweest en ze was een keer bij me thuis. Nu ik eraan denk, ik had beloofd dat ik haar gisteren zou bellen.' Hij schrok ervan. 'Shit, ze zal zich afvragen wat er aan de hand is.'

'Ken je echt niemand – een vriend, een vriend van een vriend, iemand in je kennissenkring – die Sean heet? Een man, of een vrouw?'

'Nee,' zei hij. 'Mag ik de foto nog eens zien?'

Duckworth haalde zijn telefoon tevoorschijn en zocht hem op. Gaffney keek ernaar en zei: 'Ik blijf maar denken dat die tatoeage er niet kán zijn. Dat dit niet echt is gebeurd. Dat dit niet mijn rug is. Wie zou Sean kunnen zijn?' Hij gaf de telefoon terug. 'Ik ben in een soort gedrocht veranderd.'

Onderweg naar het ziekenhuis reed Duckworth langs het afhaalloket van een McDonald's en kocht koffie en een cheeseburger voor Gaffney. De jongen werkte het net zo snel weg als de overrijpe banaan.

Het was niet druk bij de spoedeisende hulp van het Promise Falls General. Gaffney was binnen tien minuten aan de beurt. Duckworth stelde snel de arts – een Indiaas-uitziende man die dokter Charles heette – op de hoogte, en zei dat hij hem graag even zou willen spreken na het onderzoek. Toen liep hij naar buiten, keek of zijn telefoon een goed signaal had en opende de browser.

Hij toetste de woorden 'Sean' en 'moord' in en wachtte. Meer dan een miljoen resultaten, maar de eerste paar bladzijden leverden niets op dat relevant was. Sommige hits waren thrillers of krantenartikelen over moorden, geschreven door iemand wiens voornaam Sean was. Hij scherpte zijn zoektocht aan door er de naam 'Promise Falls' aan toe te voegen, maar ook dat leverde niets op.

Duckworth liep terug naar de spoedeisende hulp en ging zitten. Een paar minuten later verscheen Gaffney met dokter Charles.

'Mag ik je gezondheidstoestand met de rechercheur bespreken?' vroeg de arts aan de jongen.

Gaffney knikte lusteloos.

'Meneer Gaffneys gezondheid is over het algemeen prima,' zei dokter Charles. 'Hij is nog steeds ietwat groggy van de drug die hij heeft gekregen om hem bewusteloos te maken.'

'Heeft u enig idee wat dat geweest kan zijn?'

De arts schudde zijn hoofd. 'Maar ik wil hem wel even ter observatie houden en wat bloedtesten doen. Heeft u enig idee wie hem heeft getatoeeerd? Dan kunnen we weten hoe veilig ze hebben gewerkt en of ze de naald goed hebben gesteriliseerd.'

'We hebben geen idee,' zei de rechercheur.

Dokter Charles klakte met zijn tong. 'Als er geïnfecteerd bloed op hun apparatuur zat, dan kan meneer Gaffney besmet zijn met hepatitis B, hepatitis C of tetanus.'

'O, man,' zei Gaffney.

'Als u nog vragen heeft, dan hoor ik het wel,' zei de arts, die verder moest.

Duckworth legde een bemoedigende hand op Gaffneys arm. 'Ik wil een foto van je maken,' zei hij.

'Hè?'

'Ik ga straks naar Knight's, kijken of iemand zich je herinnert.'

Gaffney knikte gelaten. Duckworth nam snel een foto met zijn telefoon, en wierp er een blik op om te zien of hij acceptabel was. 'Wil je dat ik je ouders op de hoogte stel?'

Gaffney moest hierover nadenken. 'Ja, dat is goed,' zei hij uiteindelijk.

'Vanwaar de aarzeling?'

'Ik...'

'Wat is er, Brian?'

'Ik... Ik geneer me. Ik schaam me voor wat me overkomen is.'

'Het is jouw schuld niet,' zei Duckworth, hoewel hij daar niet zeker van was. Misschien dat Brian veel meer alcohol had geconsumeerd dan hij had gezegd. Misschien dat de jongen zich niet meer kon herinneren dat het met zijn toestemming was gebeurd. Maar zijn intuïtie zei hem iets anders.

Gaffney haalde moedeloos zijn schouders op. 'Ik denk dat je ze het maar moet vertellen.'

Duckworth liet hem het adres van zijn ouders aan Montcalm Street en het telefoonnummer opschrijven. Hij besloot erheen te gaan voordat hij Knight's zou bezoeken. Hij reed net de parkeerplaats van de spoedeisende hulp af toen zijn telefoon ging. Het was Maureen.

'Hoi,' zei hij over de bluetooth. 'Ben je aan het werk?'

'Ja. Het is nu even rustig.' Maureen werkte bij een opticien in het winkelcentrum van Promise Falls. 'Bel ik gelegen?'

'Ja, hoor.'

'Hoe gaat het?'

Het was een vrij onschuldige vraag. Ze vroeg altijd hoe het met hem ging als ze belde. Maar tegenwoordig bedoelde ze er meer mee. Ze wilde écht weten hoe het met hem ging. Ze vroeg hem hoe hij zich *voelde*. Ze vroeg hem of hij zich wel *redde*.

Zelfs nu hij alweer tien maanden werkte.

Niet dat hij het zichzelf ook niet elke dag afvroeg.

'Het gaat goed,' zei hij snel. 'Wat is er?'

'Niets,' zei ze.

Maar hij kon aan haar toon horen dat er iets was, en haar grootste bron van zorgen, na hem, was hun zoon, Trevor. Hij was nu vijfentwintig, woonde weer thuis en was op zoek naar een baan.

Hij was chauffeur bij Finley Springs Water geweest. Randall Finley, de eigenaar, was tien jaar geleden burgemeester van Promise Falls geweest, maar moest aftreden nadat bekend werd dat hij met een minderjarige prostituee had gerotzooid. Nadat hij een soort plaatselijke held was geworden, had hij een tweede gooi naar het burgemeesterschap gedaan. Sindsdien resideerde hij weer in het stadhuis.

De wonderen waren de wereld nog niet uit. Duckworth dacht er het zijne van. De wereld wil nu eenmaal belazerd worden.

Trevor had – net als zijn vader – de pest aan Finley en alles waar hij voor stond, en toen hij een chauffeursbaan bij een plaatselijk houtkapbedrijf kon krijgen, nam hij ontslag bij de bottelfabriek. Maar omdat de bouwwereld zich nog steeds moest herstellen en de vraag naar bouwmaterialen laag was, werd hij er na drie maanden ontslagen. Hij hield zijn appartement nog zes weken aan, maar toen het geld slonk moest hij het opzeggen. Hij trok weer bij pa en ma in terwijl hij naar een goedkopere woning op zoek was.

Natuurlijk hadden Barry en Maureen de huur van hun zoon kunnen betalen, maar dat leek ze een bodemloze put, iets wat ze zich niet konden permitteren, dus boden ze hem zijn oude kamer aan. Ze hadden er gemengde gevoelens over, maar toen hij weer bij hen was ingetrokken, bleek hij nauwelijks thuis te zijn. Hij was de meeste avonden op stap, en kwam pas terug als het licht bij Barry en Maureen uit was.

Het probleem was dat ze vaak nog wakker lagen als hij de sleutel in het slot stak, alsof hij nog steeds een tiener was die op een afgesproken tijd thuis moest zijn. Als je kinderen niet meer thuis woonden, zei Duckworth, dan maakte het je niet uit hoe laat ze het maakten. Maar als ze weer onder hetzelfde dak sliepen, dan vroeg je je af wat ze allemaal uitspookten.

'Is het Trevor?' vroeg hij.

Hij hoorde Maureen zuchten. 'Hij lijkt zichzelf niet de laatste tijd.'

'Hoe bedoel je?'

'Heb je dat niet gemerkt?'

'Ik weet niet waar je het over hebt.'

'Ik dacht dat rechercheurs zo'n goede mensenkennis hadden?'

Duckworth wist niet of ze hem nu pestte of dat ze het meende. Misschien wel allebei.

'Op dat gebied leggen we het af tegen moeders,' zei hij.

'Ja hoor, maak me maar belachelijk,' zei Maureen.

'Ik maak je niet belachelijk.'

'Dat doe je wel. Je vindt me overbezorgd.'

'Zeg me dan wat je aan hem hebt gemerkt dat ik niet heb gemerkt.'

'Oké, het is niets specifieks. Maar hij lijkt meer teruggetrokken, meer in zichzelf.'

'Hij heeft veel aan zijn hoofd,' zei Barry. 'Hij is op zoek naar werk en hij woont weer bij zijn ouders. Wat een feest.'

'Hij zit alleen maar achter de computer.'

'Hij is waarschijnlijk op zoek naar vacatures. Zoiets doe je allang niet meer via de krant.'

'Dat zal wel, ja.'

Ze vroegen zich allebei af of Trevor niet terug naar school moest. Een opleiding die vakgericht was. Nadat hij met een vriendin door Europa had gereisd, was hij politicologie aan Syracuse University gaan studeren, wat hem goed afging. Hij studeerde af. Niemand verwachtte van hem dat hij de politiek zou ingaan, maar ze hadden gehoopt dat zijn studie hem meer zou opleveren dan het besturen van een truck voor een narcistische eikel die het tot burgemeester van Promise Falls had geschopt.

'Ik zou zo graag willen weten waar hij elke avond heen gaat,' zei Maureen.

'We hebben nooit geweten waar hij allemaal heen ging toen hij op zichzelf woonde. Hij heeft een eigen leven. Het gaat ons niets aan wat hij 's avonds uitvoert.'

'Ik weet het. Ik moet nu ophangen – een klant.'

'Ik spreek je later,' zei Duckworth.

Toen hij bij het huis van Brian Gaffneys ouders aankwam, was het vijf uur 's middags. Het was een bescheiden, goed onderhouden woning met één bovenverdieping; op de oprit stonden twee vierdeurs GM's van zo'n vijf jaar oud.

Duckworth belde aan, even later werd de deur geopend door een zwaarlijvige vrouw van in de vijftig.

'Ja?'

'Mevrouw Gaffney?'

'Dat klopt.'

'Uw voornaam?'

'Constance. Wie bent u?'

Hij toonde haar zijn penning. Ze keek er behoedzaam naar terwijl hij zich voorstelde. De meeste mensen, dacht Duckworth, waren enigszins gealarmeerd als ze zijn penning zagen – politie aan de deur betekende meestal slecht nieuws – maar de reactie van Constance Gaffney was subtieler.

'Is uw echtgenoot thuis?' vroeg hij.

'Waar gaat dit over?' vroeg ze.

'Als uw echtgenoot thuis is bespreek ik het liever met u beiden.'

Ze riep over haar schouder: 'Albert? Albert!'

Even later verscheen Albert Gaffney. Kalend, ook zwaarlijvig, breed genoeg om zijn vrouw achter hem te laten verdwijnen toen hij in de deuropening stond.

‘Wat is er aan de hand?’ vroeg hij terwijl hij zijn stropdas los trok. Hij wierp een snelle blik op Duckworth en zijn penning en keek opeens alsof hij iets smerigs had gegeten.

‘Waar gaat dit over?’

‘Het gaat over uw zoon,’ zei Duckworth. ‘Brian.’

‘Wat is er met hem gebeurd?’ vroeg Constance, die een stap opzij deed om de rechercheur binnen te laten.

‘Hij is oké,’ zei Duckworth snel. ‘Hij is in het ziekenhuis voor wat tests.’

‘Tests?’ zei Albert. ‘Wat is er gebeurd?’

‘Hij is... door onbekenden meegenomen,’ zei Duckworth. ‘En waarschijnlijk enige tijd vastgehouden.’

‘Wat wil dat zeggen?’ vroeg de man. ‘Meegenomen? Is hij... Ik bedoel, heeft iemand hem...’

Duckworth begreep wat de man hem probeerde te vragen. ‘Hij is bewusteloos geweest en...’

Hoe kon je beschrijven wat Brian was overkomen? Het volstond niet om te zeggen dat hij in gedrogeerde toestand was getatoeëerd. Het was meer dan dat. Je zou hem moeten zien om de misdaad die tegen hem was begaan volledig te kunnen begrijpen. Duckworth zou hun natuurlijk de foto’s op zijn telefoon kunnen laten zien, maar op de een of andere manier leek hem dat niet gepast.

‘Het zou het beste zijn als jullie hem opzochten,’ zei hij.

‘Jezus, Albert, pak de autosleutels,’ zei Constance Gaffney. Ze wierp hem een grimmige blik toe. ‘Ik hoop dat je nu blij bent.’

Albert wilde iets terugzeggen, maar haar blik was genoeg om het in te slikken. In plaats daarvan wendde hij zich tot Duckworth.

‘Wie waren het?’ vroeg hij. ‘Wie heeft mijn zoon iets aangedaan?’

‘De zaak wordt onderzocht,’ zei Duckworth. ‘Ik heb een vraag voor u.’

Albert wachtte.

‘Kent u iemand die Sean heet? Iemand die een mogelijke band heeft met uw zoon of uw gezin?’

‘Sean?’ vroeg Brian Gaffneys vader. ‘Is hij degene die het heeft gedaan?’

Duckworth schudde zijn hoofd. ‘Nee. Zegt die naam u iets?’

‘Nee,’ zei Albert. Hij wierp een blik op zijn vrouw en vroeg toen: ‘Is het in zijn appartement gebeurd? Bij hem thuis?’

‘Nee,’ zei Duckworth. ‘Brian zegt dat hij in een bar was. Knight’s.’

‘Zie je nou?’ zei Albert tegen Constance met enige triomfantelijkheid in zijn stem. ‘Het had altijd al kunnen gebeuren. Hij ging daar al heen toen hij nog hier woonde.’

Maar iets in haar gezicht verried dat ze hem nog steeds iets kwalijk nam. 'Ik ga mijn handtas pakken,' zei ze.

'Sleutels,' zei Albert, die zijn zakken nazocht. 'Waar zijn mijn autosleutels nou toch?'

Terwijl ze allebei in het huis verdwenen en Duckworth terug naar zijn auto liep, reed er een oude groene Volkswagen Kever – een originele, niet de remake – de straat in en stopte voor het huis. Achter het stuur zat een jonge vrouw die vervolgens uitstapte.

Duckworth herinnerde zich dat Brian had verteld dat hij een zus had.

'Ben jij Monica?' zei hij toen ze naar het huis liep.

Ze keek hem behoedzaam aan. 'Wie bent u?'

Hij meldde haar in het kort wat hij haar ouders vertelde. Toen ze over de aanvankelijke schok heen was dat haar broer in het ziekenhuis lag, zei hij: 'Wanneer heb je Brian voor het laatst gesproken?'

'Ik heb gisteren geprobeerd hem te bellen, maar hij nam niet op. Ik heb hem ergens verleden week gezien. Ik bezocht hem op zijn werk.'

'Monica, ken je iemand die Sean heet? Een kennis van je broer?'

'Sean?'

'Ja.'

'Ik ken geen Sean. Een man of een vrouw?'

'Geen idee.'

'Want als hij iemand ziet, dan zou ik dat niet per se weten.'

'Deze Sean is misschien niet langer onder ons.'

'Dood?'

Duckworth knikte. 'Doet dat een belletje rinkelen?'

Ze schudde haar hoofd, maar stopte opeens. 'Nee, díé Sean kan het toch niet zijn?'

'Welke Sean?'

Ze knikte met haar hoofd in de richting van het huis aan de overkant van de straat. 'Dat was de hond van de oude mevrouw Beecham. Toen Brian net zijn rijbewijs had, is hij achteruit over de hond heen gereden.'

'Hij heeft haar hond doodgereden?'

Monica knikte. 'Het was jaren geleden, en hoewel het haar fout was dat ze die hond los liet lopen, was ze er woedend over. Maar nu maakt het allemaal niets meer uit.'

'Hoezo?'

Monica haalde haar schouders op. 'Mevrouw Beecham heeft ze niet allemaal meer op een rijtje.'

5
Cal

Mevrouw Plimpton leidde me de eetkamer uit, we liepen door de keuken – die groter was dan mijn hele appartement – naar een veranda die met gaas omspannen was en uitkeek op een uitgestrekte achtertuin met een werkende fontein. De veranda was ingericht met wit rotanmeubilair waar grote kussens met een bloemmotief op lagen. Vier van de stoelen waren bezet.

Ik had begrepen dat ik twee mensen zou ontmoeten, niet een gezelschap.

Ik nam aan dat de vrouw in de dichtstbijzijnde stoel mevrouw Plimptons nicht Gloria Pilford was. Ze was in de veertig en droeg een koraalrood topje met een witte broek en hooggehakte sandalen eronder. Haar blonde haar was getoupeerd, waardoor haar hoofd te groot leek voor haar slanke lichaam. Ze stond op toen mevrouw Plimpton en ik de veranda betraden, haar hoge hakken zorgden ervoor dat ze net zo lang was als ik. Toen ze glimlachte, rimpelde haar gezicht als crêpepapier dat elk moment kon scheuren.

Ze stak een hand naar me uit, die ik schudde.

'Dit is geweldig,' zei ze. 'Ik ben zo blij dat u ons wil helpen.'

Voordat ik iets kon zeggen, hief mevrouw Plimpton een waarschuwende hand op. 'Hij is bereid je te ontmoeten, Gloria. Dat is alles op het moment.'

De glimlach week ogenblikkelijk, en Gloria deed haar best om hem in ere te herstellen. Ze draaide zich toe naar de drie mannen in de stoelen.

'Meneer Weaver, dit is mijn goede vriend en partner Bob Butler.'

De eerste man stond op. Het was een stevige man van zo'n 1,80 meter, met zilverkleurig haar, een geprononceerde kaaklijn en blauwe ogen. Hij moest tegen de vijftig lopen, of er net overheen zijn. Hij droeg een maatbroek en een open wit overhemd met een geruit sportjack erop. Ook hij stak zijn hand naar me uit. Een ferme handdruk.

'Aangenaam kennis te maken,' zei hij. 'Ik heb goede dingen over u gehoord van Madeline.'

'En dit is Grant Finch,' zei Gloria Pilford terwijl de tweede man opstond.

Hij was de enige in pak, en ik durfde erom te wedden dat de Rolex om zijn pols de enige in het gezelschap was. En hij was natuurlijk de eigenaar van de BMW op de oprit. Hij was iets korter dan Bob Butler, maar zijn handdruk was even ferm.

'Ik heb ook goede dingen over u gehoord,' zei hij met een glimlach die niet zou misstaan in een tandpastareclame. Het perfecte gebit moest hem waarschijnlijk net zoveel gekost hebben als zijn auto. 'Ik neem aan dat u weet waarom ik hier ben. Ik heb Jeremy tijdens zijn proces verdedigd.'

'De beroemdste advocaat in het land,' zei ik.

Hij wuifde mijn opmerking weg. 'Of de beruchtste, het hangt ervan af van welke kant je het bekijkt. Dat zal een paar weken duren, daarna zal ik vergeten zijn tot HBO over twintig jaar besluit er een miniserie van te maken.'

Het klonk alsof hij daar vast op rekende.

Gloria manoeuvreerde de twee mannen zó dat ik de jongen kon zien die in de verre hoek van de veranda in een rotanstoel hing. Ze maakte een triomfantelijk handgebaar in zijn richting en zei: 'En, last but not least, dit is mijn zoon Jeremy.'

De jongen zat zó onderuitgezakt op zijn stoel dat ik bang was dat hij eruit zou vallen. Alsof hij inderdaad geen ruggengraat had. Zijn hoofd was slechts een paar centimeter van het kussen verwijderd, en zijn ogen waren gefocust op de telefoon die hij met beide handen op zijn schoot hield. Zijn duimen bewogen razendsnel heen en weer.

Zijn oudtante, mevrouw Plimpton, had gezegd dat hij achttien was, maar je zou hem net zo goed twintig of eenentwintig kunnen geven. Kort zwart haar, een bleke teint, alsof hij liever voor een beeldscherm zat dan dat hij ging sporten. Gezien zijn onderuitgezakte staat was het moeilijk te zeggen hoe lang hij was, in elk geval onder de 1,80 meter.

'Hoi,' zei hij terwijl hij naar zijn telefoon bleef kijken.

'Jeremy, in godsnaam, geef die meneer eens een hand,' zei zijn moeder, alsof ik een puppy was die hij moest aaien.

'Het is goed,' zei ik en ik hief mijn hand op. 'Leuk je te ontmoeten, Jeremy.'

Gloria zond me een opgelaten glimlachje toe. 'Neemt u het hem niet kwalijk. Hij is moe, en hij heeft veel stress gehad.'

'Wij allemaal,' zei Bob Butler.

Gloria had Bob haar vriend en partner genoemd. Hij was niet de vader van de jongen. Dat was duidelijk.

'Natuurlijk,' zei ik.

'Jeremy,' zei Gloria, die nog steeds opgewekt probeerde te klinken, 'wil je iets drinken?'

De jongen bromde iets.

Gloria kon me nu haar gastvrijheid tonen. 'En u, meneer Weaver? Kan ik u iets te drinken aanbieden?'

'Nee, dank u. Ik heb net thee van uw tante gehad.'

Ze zuchtte en zei zacht: 'Ik kan wel iets sterkers gebruiken. Waarom verhuizen we niet naar de keuken?'

Grant Finch legde een vriendelijk bedoelde hand op mijn schouder toen we allemaal – behalve Jeremy – de veranda verlieten. 'We hebben veel moeten doorstaan, maar er is licht aan het eind van de tunnel,' zei hij.

Even later stonden we om het kookeiland heen terwijl Gloria de enorme roestvrijstalen koelkast opende om er een fles witte wijn uit te halen.

'Wil iemand?' vroeg ze.

Niemand reageerde.

'Misschien dat u me iets kunt vertellen over de pesterijen waar jullie mee te maken hebben,' opperde ik.

'Het is niet alleen Jeremy,' zei Gloria, die de fles ontkurkte. Hij was al halfleeg. 'Ze moeten mij ook hebben. Men zegt ongelooflijke dingen over me op internet. Dat ik de slechtste moeder ter wereld ben.' Een volgende zucht. 'En misschien is dat ook wel zo.'

'Dat is absoluut niet zo,' zei Bob. 'Gloria houdt zielsveel van Jeremy. Ze is een geweldige moeder. Ik heb het van dichtbij mogen aanschouwen.'

Mevrouw Plimpton gaf geen krimp. Ze draaide zich om en liep naar de eetkamer om de theepot en de kopjes te halen.

Ik keek Bob aan. 'Mevrouw Pilford en u...' Ik liet de vraag in de lucht hangen.

Gloria liep naar Bob toe en stak haar arm in de zijne, toen hield ze haar hand zo dat de ring me niet kon ontgaan. 'Bob en ik zijn verloofd. Het is de laatste tijd het enige lichtpuntje in mijn leven.' Ze trok een gezicht. 'Nee, dat neem ik terug. Dat Jeremy niet de gevangenis in hoefde, dat was geweldig.'

Bob glimlachte ongemakkelijk. 'Gloria moet nog wat dingen uitzoeken voordat we kunnen trouwen. Maar we zijn nu al een paar jaar samen.'

Gloria knikte. 'We kunnen pas verder als ik volledig los ben van Jack. Dat is mijn ex.' Ze rolde met haar ogen. 'We wachten tot de scheiding rond is. Bob is zó geduldig. Hij is goed voor me geweest.'

En toen beet ze op haar onderlip.

'Dat is mooi,' zei ik.

'En mijn andere held is deze man hier,' zei ze, doelend op Grant Finch. 'Als hij er niet was geweest, dan zat mijn jongen nu in de gevangenis.' Ze kneep Bob in zijn arm. 'Eigenlijk moet ik jóú bedanken voor Grant.'

'Nou,' zei Bob. 'Galen en mij.'

Bij het noemen van deze naam trok Gloria haar arm uit die van Bob en liep weg om een wijnglas te pakken.

'Het was Galen die me Grant aanraadde,' vervolgde Bob. 'Toen Jeremy in de problemen zat, moest Galen direct aan Grant denken en dat was een geweldig advies.'

'Galen?' zei ik.

Bob knikte toen hij mijn verwarring zag. 'Sorry. Galen Broadhurst. Mijn zakenpartner. Ik zit in het vastgoed, bouwprojecten en dat soort dingen.'

'Is hij hier ook?' vroeg ik.

'Hij zei dat hij misschien later zou komen.'

'Zonder jou was het niet gelukt, Grant,' zei Gloria tegen Finch terwijl ze de wijn in een glas met een hoge voet schonk. Ze kneep haar ogen samen. 'Hoewel je me tijdens het proces als een idioot hebt afgeschilderd.'

Het was de eerste uitspraak die recht uit haar hart leek te komen.

'Goed,' antwoordde Grant, 'maar we wilden allemaal hetzelfde. Het ging erom dat we Jeremy uit de gevangenis konden houden. Zo'n lot verdiende hij niet.'

'Zeker niet,' zei Gloria gelaten.

'En Jeremy's vader?' vroeg ik. 'Jack, zei u toch?'

Gloria nam een slokje – of zeg maar gerust een slok – wijn. 'We zijn drie jaar geleden uit elkaar gegaan.' Ze schudde haar hoofd. 'Jack mocht dromen dat hij zo'n zakenman als Bob was.' Er volgde een stilte. 'Niet dat dát iets met onze breuk had te maken.'

'Het ligt allemaal gecompliceerd,' zei Bob. Hij grijnsde moeizaam. 'Geldt dat niet voor alles?'

'Je meent het,' zei Gloria.

'En het proces?' vroeg ik. 'Was Jack erbij betrokken?'

'Betrokken? Hoe bedoelt u?' vroeg Gloria.

Ik haalde mijn schouders op. 'Financieel? Morele steun?'

'Ja, dag.' Gloria rolde weer met haar ogen.

'Misschien dat hij er meer voor Jeremy had kunnen zijn als jij hem niet zo had buitengesloten,' zei Bob Butler. Hij keek me aan. 'Ik heb het grootste gedeelte van de juridische kosten op me genomen. Iemand als Grant Finch is niet goedkoop.'

Finch probeerde spijtig te kijken, maar het was niet overtuigend.

'Galen heeft ook meebetaald,' vervolgde Bob. 'Hij vond het een morele verplichting. Ik bedoel, sorry, Gloria, maar je had het nooit in je eentje kunnen betalen.'

'Nee,' zei ze. 'Zonder jou had ik het niet kunnen doen.' Erg dankbaar klonk haar reactie niet.

Bob gooide zijn handen in de lucht. 'Goed dan, ik weet zeker dat al deze informatie u weinig zal interesseren, meneer Weaver. U zult wel willen weten wat er op het moment speelt.'

'Vertel me daar eens wat over.'

'Gloria,' zei hij, 'laat hem je telefoon eens zien.'

Ze pakte haar handtas, die aan een van de stoelen hing. Ze rommelde erin, haalde een iPhone tevoorschijn en toetste iets in.

'Oké,' zei ze en ze reikte me haar telefoon aan. 'Dit is mijn Facebookpagina. Let op de dingen die mensen op mijn tijdlijn hebben gezet. Het waren er nog veel meer, maar ik heb ze gewist. Dit is sinds vanochtend binnengekomen.'

Ik keek naar het scherm. Een greep:

Jij bent de Big Baby niet je zoon.

De slechtste moeder in de Verenigde Staten.

Kinderen moeten consequenties kennen. Het is jammer voor dat stomme kind van je dat hij een moeder als jij heeft. Je eigen moeder moet het wel heel erg bont hebben gemaakt om zo'n trut als jij af te leveren.

En een simpele, onverbloemde mening: *Val dood.*

Gloria, die naast me stond en de opmerkingen met me meelas, zei zacht: 'Laat me die meteen wissen. Ik wil niet dat Madeline het ziet.'

'Wat wil je niet dat ik zie?' zei mevrouw Plimpton, die uit de eetkamer kwam met een dienblad waar theekopjes, melk en suiker op stonden.

'Niets,' zei Gloria. Ze wiste de reactie. 'Oké, lees maar verder.'

Ik las er nog een paar.

Je kind moet dood en jij ook.

Hoe kun je 's nachts slapen als je zoon vrij is, terwijl het meisje dat hij heeft vermoord voor altijd dood is?

Een kogel tussen je ogen zal je goed doen.

Dacht je dat je je voor ons kunt verbergen? Overal in Amerika zullen de mensen je kennen. Iedereen houdt jou en dat rotkind van je in de gaten.

Zulke giftige taal had ik verwacht. Wat me verbaasde was dat mensen hun echte naam onder deze vuilspuiterijen plaatsten.

Ik legde de telefoon op het aanrecht en zei tegen Gloria: 'Heeft u er niet aan gedacht om uw Facebookpagina op te heffen? U geeft deze mensen zo een makkelijke manier om u te bereiken.'

'Ik moet mezelf kunnen verdedigen,' zei ze. 'Ik kan niet toestaan dat er zulke dingen over me worden gezegd.'

'U geeft ze de gelegenheid.'

Ze sloot een moment haar ogen en zuchtte. Het was duidelijk dat ze haar standpunt al vaker had moeten verdedigen.

'Ze zullen het toch wel zeggen. Op deze manier weet ik wie het zijn en kan ik reageren.' Er welde een traan in haar rechterooghoek op. 'Ze begrijpen het niet. Ze hebben er geen idee van.'

'Hoe zijn deze mensen om te beginnen uw Facebookvrienden geworden?' vroeg ik. 'Er wordt toch eerst een vriendschapsverzoek geplaatst, wat u vervolgens accepteert?'

Grant Finch wierp me een vermoeide blik toe. 'Hier hebben we het al over gehad.'

'Ik wil weten wie mijn vijanden zijn,' hield Gloria vol.

'Het is alsof u de voordeur voor hen openhoudt,' zei ik. 'Hoe zit het met ongewenste telefoontjes? Bent u ook op die manier bedreigd?'

Ze schudde haar hoofd. 'Bob stond erop dat we anonieme nummers zouden nemen. We kregen de hele dag door telefoontjes.'

'Er is meer dan die Facebookberichten,' zei Bob. 'Madeline, heb je je laptop bij de hand?'

Mevrouw Plimpton liep de keuken uit en kwam even later terug met een van die superdunne Macs. Bob klapte hem open, klikte op de browser en toetste razendsnel iets in.

'Ik kan hier niet meer naar kijken,' zei mevrouw Plimpton. Ze liep naar de koelkast en pakte er een blikje cola uit. 'Ik breng dit wel even naar Jeremy.' Ze verliet de keuken.

Bob draaide de Mac naar mij toe, en ik las de kop boven aan de pagina: 'Leer de Big Baby een lesje'. Er zat een computeranimatie bij, wat ze een GIF of zoiets noemden, van een kermende baby. Daaronder hadden mensen opmerkingen geplaatst over wat ze Jeremy Pilford allemaal wilden aandoen. Sommigen stelden voor dat hij doodgereden zou worden, net als wat zijn slachtoffer was overkomen. Anderen eisten een onthoofding in de stijl van IS. Weer een ander schreef dat hij aangereden moest worden, maar met één verschil. Hij zou de rest van zijn leven in een rolstoel moeten doorbrengen, zodat hij er elke dag aan herinnerd zou worden wat hij had gedaan.

'En er zijn meer van zulke sites,' zei Bob. 'Er is er een zoals Anonymous.

Weet u wel? Dat netwerk dat overheidsgeheimen online zet en websites heeft gehackt? Maar deze site heeft een meer pragmatische aanpak. Geen zieke opmerkingen op een forum. Ze propageren geweld. Ze hebben zelfs een prijsvraag, wist u dat? Hij heet "Vind de Big Baby". Mensen worden uitgenodigd om tips over Jeremy's verblijfplaats in te zenden. De hele wereld is naar hem op zoek. Als hij ergens heen gaat, dan wordt het direct getweet met de hashtag #sawthebaby of #babyspot. Sommige sites hebben zelfs een financiële beloning uitgeloofd voor wie Jeremy vindt, die zelfs nog hoger is als ze hem ook nog iets aandoen. Misschien zijn er wel van die hackertypes bezig te proberen elke stap die hij doet na te gaan.'

Er was iets anders op de site wat me opviel. Het ging over Promise Falls, maar het had niets met Jeremy te maken. Het was een foto van de man die verantwoordelijk was voor de catastrofe van het vergiftigde water van een jaar geleden. Het was ongelooflijk, maar in sommige kringen was hij een soort volksheld geworden nadat bekend werd dat zijn monsterlijke daad als 'een lesje' was bedoeld.

De bevolking van Promise Falls had de reputatie gekregen onverschillig te zijn nadat niemand te hulp was geschoten toen er een vrouw in het stadspark werd vermoord.

En nu was er een reputatie bij gekomen. We waren de nationale hoofdstad van vergelding geworden.

Een maand of drie geleden had er in het stadje een incident plaatsgevonden met een jongen genaamd Pierce, of Craig, of misschien was het wel Greg. Zoiets. Hoe dan ook, hij zou een gehandicapt meisje hebben aangerand en werd vrijgesproken. Na de uitspraak gaf hij toe dat hij het wel degelijk had gedaan. Het OM kon hem niets meer maken, dus werd het door iemand anders geregeld.

Hij werd aan een pitbull gevoerd.

Maar wat hem overkwam, was niet mijn probleem. En dat is het nu nog steeds niet.

'Ik heb genoeg gezien,' zei ik. Bob klapte de laptop dicht.

'Wilt u ons helpen?' zei Gloria terwijl ze naar de Mac wees. 'U heeft kunnen zien dat deze bedreigingen echt zijn. Mijn jongen is een doelwit. Hij is niet veilig.' Haar ogen werden vochtig.

'Ik kan u er niet bij helpen om erachter te komen van wie die bedreigingen zijn. Ik bedoel, ze komen overal vandaan en het zijn er honderden. De meeste mensen doen zelfs geen moeite anoniem te blijven. Maar ik had van uw tante begrepen dat u iets anders van me wilt.'

'We willen dat u hem beschermt.'

‘Ik ben geen bodyguard. Dat heb ik al eerder gezegd.’

‘Misschien kunt u ons dan wat tips geven,’ zei Grant Finch. ‘U kunt de veiligheidssituatie evalueren. Misschien dat u twee dagen in de buurt kunt blijven.’

Hij wierp Gloria een blik toe die leek te willen zeggen dat ze zich even afzijdig moest houden. Toen nam hij me apart en zei zacht: ‘Het zou Gloria en Bob goed doen, ze zouden wat rust kunnen krijgen. U zult ruimschoots gecompenseerd worden voor uw tijd. Ik ben hierheen gekomen omdat ik u wilde ontmoeten en het bevalt me tot nu toe. U lijkt me een redelijk persoon, en ze zouden uw hulp echt kunnen gebruiken.’

Mevrouw Plimpton kwam terug en ging zitten. Ze zag er moe uit. ‘Ik heb hem zijn cola gegeven,’ meldde ze.

Finch deed een stap opzij en zei tegen iedereen: ‘Ik moet gaan. Ik heb over drie kwartier een afspraak op ons kantoor in Albany, dat haal ik nog net.’

Bob schudde hem ferm de hand terwijl Gloria tegen het aanrecht geleund haar wijn dronk. Ze knikte hem toe. Madeline Plimpton stond met enige moeite op om de advocaat gedag te zeggen.

‘Tot ziens, Madeline,’ zei Grant. Hij nam haar hand in de zijne en kneep erin terwijl hij zich naar voren boog om haar een luchtkus bij haar hals te geven.

‘Tot ziens, Grant,’ zei ze. ‘Bedankt voor alles wat je hebt gedaan.’

Grant hield haar hand nog enkele seconden vast. Die twee hadden een geschiedenis.

Terwijl de advocaat vertrok, vroeg ik aan mevrouw Plimpton: ‘Kunt u me zeggen waar het toilet is?’

Ze wees het me aan.

Ik wist eigenlijk al waar het toilet was. Onderweg naar de veranda was ik erlangs gekomen. Het was ook niet mijn doel.

Ik stopte bij de deuropening naar de veranda. Jeremy Pilford had zijn telefoon weggelegd. Het blikje cola stond voor hem op tafel.

Hij staarde door het gaas naar de tuin.

Hij staarde, meer niet.

Ik dacht net nog dat hij er als een twintigjarige uitzag, maar nu had hij het gezicht van een veertien- of vijftienjarige.

Misschien dat hij dat ook werkelijk was. Emotioneel gezien.

Hij moest gevoeld hebben dat ik daar stond. Hij draaide langzaam zijn hoofd om en keek me aan. Ik wist het niet zeker, maar wat ik in zijn ogen meende te zien was hopeloosheid. Misschien zelfs wel angst.

Ik knikte, deed een stap terug en liep terug naar de keuken. Ze voerden een gedempt gesprek met zijn drieën, maar vielen stil en keken me aan.

'Oké,' zei ik. 'Ik zal jullie helpen.'

6

'Hoe bedoel je, ze heeft ze niet meer op een rijtje?' vroeg Barry Duckworth aan Monica Gaffney.

Terwijl ze naar het huis aan de overkant van de straat keek, zei Brian Gaffneys zus: 'Mevrouw Beecham is al oud en ik geloof niet dat ze altijd doorheeft wat er gebeurt. Zoals die keer dat ze haar tuinsproeier vijf dagen lang aan had laten staan, en dan kwam het meeste water ook nog eens op de oprit terecht. We hebben door de jaren heen hoogte- en dieptepunten met haar gehad, maar nadat haar man overleed ging het wat beter. Excuses voor mijn taalgebruik, maar hij was een enorme klootzak, hoewel zij ook geen lieverdje is. Waarom vraagt u trouwens naar Sean?'

'Het is een naam die genoemd is,' zei hij.

De voordeur van het huis ging open en Brian Gaffneys ouders verschenen.

'Monica, Brian ligt in het ziekenhuis,' zei Constance.

Ze knikte in de richting van Duckworth. 'Hij heeft het me verteld.'

'Kom mee,' zei Albert, die met een gebogen hoofd naar zijn auto liep.

Zonder nog iets tegen Duckworth te zeggen volgde ze hem en opende het achterportier terwijl Albert achter het stuur plaatsnam en Constance op de passagiersstoel ging zitten. Duckworth keek toe hoe ze de straat uitreden.

Op de oprit van mevrouw Beecham stond een oud blauw busje geparkeerd. Het huis was een kleine bungalow die bijna onder het onkruid verdween, dat tot aan de dakrand reikte. De dakspanen krulden op, en een paar ramen werden bij elkaar gehouden door ducttape. Duckworth stak de straat over, liep langs het busje en belde aan.

De deur werd niet geopend door een oude vrouw, maar door een magere, kale veertiger die een afgeknipte spijkerbroek en een donkergroen T-shirt droeg. Hij keek Duckworth aan vanachter een bril die met plakband was gerepareerd.

'Ja?' zei hij. 'Bent u hier voor de slaapkamerset?'

Duckworth schudde zijn hoofd. 'Ik ben hier voor mevrouw Beecham.'

'Wat wilt u van haar?'

Duckworth haalde zijn penning tevoorschijn, en hield hem lang genoeg op voor de man om te begrijpen wat het was.

'Eh, er zijn hier geen problemen,' zei de man. 'Alles is oké.'

'Bent u mevrouw Beechams zoon?'

'Eh, nee.'

'Wat is uw naam, meneer?'

'Harvey.'

'Harvey, en verder?'

De man aarzelde. 'Heb ik niet het recht om u mijn naam niet te geven?'

'Op zich wel. Maar dan maakt u ook gebruik van het recht om op mijn zenuwen te werken.'

'Harvey Spratt.'

Duckworth grijnsde. 'Is dat uw bus, meneer Spratt?'

'Hij is van mijn vriendin. Norma.'

'Oké, meneer Spratt. Is mevrouw Beecham thuis?'

'Heeft ze u gebeld?'

'Meneer Spratt, ik vraag het u nog één keer. Is mevrouw Beecham thuis?'

'Ja.'

'Dan zou ik haar graag willen spreken.'

Harvey Spratt overwoog zijn opties, concludeerde dat hij er weinig had en opende de deur ver genoeg om Duckworth binnen te laten. 'Ze is beneden tv aan het kijken.'

Duckworth stapte het huis in en aanschouwde de puinhoop. Kartonnen dozen, stapels kleren, kranten, paperbacks, gereedschap, een plastic zak gevuld met andere plastic zakken, een doos met souvenirs, waaronder een zestal sneeuwbollen en een spaarpot van het Empire State Building. Diverse meubels stonden zo onhandig in de woonkamer dat het onmogelijk was om de bank en de fauteuils te bereiken. En zelfs als dat zou lukken, dan kon je er niet op zitten omdat er allemaal spullen op lagen.

Toen Harvey naar een deur liep die waarschijnlijk naar de kelder leidde, kwam er een vrouw uit de keuken. Ze was van dezelfde leeftijd als Spratt, ongeveer twee keer zo zwaar en ze had asblond haar dat voor haar ogen hing. Op haar T-shirt stond een afbeelding van een man in de stijl van Obama's HOPE-poster, nu stond er echter TRUTH onder. Het duurde een moment voordat Duckworth zich realiseerde dat het een foto was van Edward Snowden, de voormalige CIA-medewerker die klokkenluider was geworden.

‘Wat is er aan de hand?’ vroeg ze.

‘Deze man wil Eleanor spreken,’ zei Harvey. ‘Hij is van de politie.’

‘Politie?’ De paniek klonk in haar stem door.

Duckworth produceerde een mager glimlachje. ‘Bent u familie van mevrouw Beecham?’

‘Eleanor? Nee. Ik kom hier drie keer per week als hulp.’

‘Bent u verpleegster?’

De vrouw schudde haar hoofd. ‘Ik ben welzijnswerker. Ik let op haar, verzorg haar, maak het huis schoon, kook voor haar en doe haar in bad. Dat soort dingen.’

Duckworth wierp een blik in de keuken. Het aanrecht stond vol vuile borden.

‘Wat is uw naam?’

‘Norma.’

‘Uw achternaam?’ Wat is dat toch met deze lui, dacht Duckworth.

‘Lastman.’

‘Goed, Norma Lastman. Helpt meneer Spratt u met uw werk?’

‘Harvey is mijn vriend,’ zei ze. ‘En ja, hij helpt een handje.’

‘Met het verkopen van de slaapkamerset?’

Ze zond Harvey een snelle blik toe. ‘Ik weet eigenlijk niet of hij te koop is. Ik moet Eleanor daar nog even over spreken.’

‘Dat is precies wat ik ook kwam doen,’ zei Duckworth. Hij knikte naar de deur. ‘Hier naar beneden?’

Harvey knikte.

Duckworth opende de deur en liep de trap af naar een schaars verlichte gelambriseerde tv-kamer die naar urine en schimmel rook. De vloer was bedekt met bruin hoogpolig tapijt dat uit de jaren tachtig moest stammen. Aan de muren hingen goedkoop ingelijste natuurtafereeltjes; waarschijnlijk van die hobbyschilderijtjes die je kon maken door de nummers in te kleuren. Er was een oude zwart-witfilm op tv. John Wayne reed op een paard.

Eleanor Beecham zat op een ligstoel met een ruitjesmotief, haar gestrekte benen onder een roze chenille deken. Ze leek achter in de tachtig. Haar gezicht was bleek en gerimpeld, het weinige grijze haar dat ze nog had stak alle kanten op. Tussen haar zij en de rand van de stoel lagen een doos tissues, een afstandsbediening, een chequeboekje, een borstel en een zak mini-Marsjes, van dat snoep dat je op Halloween aan kinderen geeft.

‘Mevrouw Beecham?’ zei Duckworth.

De vrouw draaide langzaam haar hoofd in zijn richting. Ze richtte haar blik op hem en zei: 'Kijk eens wie we daar hebben.' Er zat chocola op haar tanden.

'Hebben we elkaar eerder ontmoet?' zei hij.

'Ik geloof van niet.'

'Maar u herkent me?'

'Nee.'

Hij glimlachte en liet haar zijn penning zien. 'Ik ben rechercheur Barry Duckworth van de Promise Falls Police.' Hij ging op een bank rechts van haar zitten.

'Wat leuk u te ontmoeten. Houdt u van John Wayne?'

'Natuurlijk. Hij was een van de grootste filmsterren aller tijden.'

'Hoe bedoelt u "was"? Is hij dood?'

Er zat voor Duckworth niets anders op dan haar het nieuws te melden. 'Ik ben bang van wel. En al heel lang.'

'O, dat is jammer.' Ze schudde bedroefd haar hoofd. 'Veel te jong, nog.'

'Zoiets kan gebeuren. Ik vroeg me af of u de tv wat zachter kunt zetten, zodat ik u een paar vragen kan stellen.'

Ze zocht de afstandsbediening, richtte hem op de tv en zette het geluid uit. 'Wat wilt u van me?'

'Ik wil u iets vragen over uw overburen.'

Eleanor Beecham fronste. 'Wat is er met ze?'

'Ik wil u in het bijzonder iets over Brian vragen. Brian Gaffney?'

Ze trok een gezicht. 'Die sukkel? Wat heeft hij nu weer gedaan?'

'Wanneer hebt u hem voor het laatst gezien?'

Ze probeerde het zich te herinneren. 'Laatst zag ik dat zijn vader hem leerde fietsen. Hij pikte het snel op.'

Duckworth knikte langzaam. 'Oké... Dat was waarschijnlijk lang geleden, toen hij nog een kind was.'

Ze keek hem aan met een glazige blik en wachtte op de volgende vraag. Op dat moment hoorde Duckworth iemand achter hem ademhalen. Hij draaide zich om en zag dat Norma Lastman boven aan de trap zat.

'Dit is een privégesprek,' zei hij tegen haar. Hij wachtte tot ze weg was en sloot de deur voordat hij verderging.

'En toen hij leerde autorijden? Kunt u zich dat nog herinneren? Was er geen incident met uw hond?'

'Met Sean?' Haar gezicht klaarde op.

'Ja. Met Sean.'

Ze smolt helemaal. 'Het was zo'n lieve hond. En hij was slim.'

'Werkelijk.'

'O, ja. Als mijn man tegen hem zei: "Waar zijn mijn slippers?" dan rende hij naar boven om ze te halen. Het was een brave hond. Likte zichzelf de hele tijd. Mijn man zei dat hij jaloers was op zijn lenigheid.'

'Herinnert u zich wat er met Sean is gebeurd?'

'Die klootzak heeft hem doodgereden.'

'Die klootzak was Brian.'

Ze wees in wat ongeveer de richting van het huis van de Gaffneys moest zijn. Hoewel het een raamloze kelder was, had ze het precies goed. 'Het zijn een stelletje klootzakken, die Gaffneys.'

'Jullie kunnen het niet zo met elkaar vinden?'

De oude vrouw haalde haar schouders op. 'De laatste tijd gaat het wel, maar hij is een slappeling en zijn vrouw is een trut.'

'Albert en Constance,' zei Duckworth.

'En dan hebben ze ook nog zo'n sloerie van een dochter, ik ben haar naam vergeten.'

'Monica,' zei hij.

'Zo heet ze.' Ze wierp een blik op de tv. 'Ik was vergeten dat hij dood was. Hij zou een goede president zijn geweest. Beter dan Reagan.'

'U moet van streek zijn geweest toen Brian uw hond doodreed.'

'Ja. Maar ik heb het ze betaald gezet.'

'Wat heeft u gedaan?'

'Dat kan ik u niet vertellen,' zei ze met een gehaaide blik.

'Waarom niet?'

'U zou me ervoor kunnen arresteren.'

'Waarom vertelt u het niet gewoon?'

'Als ik word gearresteerd, dan ontken ik dat ik het u heb verteld. Oké?'

'Dat is goed.'

'Ik ben er 's nachts een keer naartoe gelopen en heb een paar banden doorgesneden.' Ze glimlachte trots, haar voortanden waren karamelkleurig.

'En,' zei Duckworth, 'hebben de Gaffneys u beschuldigd?'

Ze schudde haar hoofd. 'Ze hebben er nooit iets over gezegd. Ze hadden het toch nooit kunnen bewijzen, dus waar hebben we het over?'

'U zou gelijk kunnen hebben.' Duckworth leunde dichter naar haar toe. 'En de laatste tijd? Er zijn soms dingen die moeilijk te vergeven of vergeten zijn, zelfs na vele jaren.'

'Dat is absoluut waar,' zei mevrouw Beecham.

En wat ook waar is, dacht hij, is dat deze oude vrouw Brian Gaffney onmogelijk ontvoerd en twee dagen vastgehouden kon hebben om een boodschap in zijn rug te kerven. Maar iemand anders zou het voor haar gedaan kunnen hebben.

'Mevrouw Beecham, heeft u kinderen? Of is er iemand die kwaad op Brian kan zijn geweest vanwege de doodgereden hond?'

'Ik heb nooit kinderen gekregen.' Haar stem verviel tot een gefluister. 'Meneer Beecham – Lyall dus – kon niet raak schieten, als u begrijpt wat ik bedoel.'

'Ik begrijp het. Dus er is niemand anders geweest die erg van streek was door de dood van uw hond?'

'Nou, Sean zelf zal er waarschijnlijk niet zo blij mee zijn geweest,' zei ze. Duckworth kreeg haar bruine tanden weer te zien toen ze grijnsde.

'Waarom eigenlijk Sean?' vroeg hij. 'Het lijkt me een ongebruikelijke naam voor een hond.'

'We hebben hem naar mijn broer genoemd.'

'Uw broer?'

'Ja. Sean Samuel Lastman, God hebbe zijn ziel. Een beetje een maffe manier om hem zo te gedenken, maar wat maakt het uit. Je moet toch wat.'

'Wat is er met uw broer gebeurd?'

'Hij is bijna dertig jaar geleden gestorven. Hij viel naar beneden toen hij een dak aan het dekken was.'

Duckworth dacht aan de vrouw boven. 'Ik heb net Norma ontmoet. Is ze familie?'

Haar ogen sprankelden een moment. 'Ik zal u iets ongelooflijks vertellen. Norma kwam hier een paar jaar geleden werken. We raakten aan de praat, en ik vertelde haar over mijn broer. Toen bleek Sean haar vader te zijn.'

'Is Norma uw nicht?'

Mevrouw Beecham knikte. 'Het is een kleine wereld, hè? Ze heeft jarenlang niet eens geweten dat hij haar vader was. Sean maakte een vrouw zwanger, hij is nooit met haar getrouwd en Norma was vier jaar oud toen hij stierf. Voordat Norma's moeder overleed, vertelde ze aan haar dochter wie haar echte vader was.'

'Ongelooflijk,' zei Duckworth. 'En Harvey?'

Mevrouw Beecham trok haar neus op. 'Dat is haar vriend. Het is geen licht, maar hij helpt ook mee.' Ze klopte op het chequeboekje dat naast haar lag. 'Hij knapt het huis op voor het geval ik het wil verkopen. De leidingen moeten worden vervangen en er was ook iets met het fornuis. Waarom vraagt u me dit allemaal eigenlijk?'

'Brian zit in de problemen,' zei hij.

'Dat verbaast me niets. Hij was altijd al een simpele jongen. Niet echt dom, maar nogal simpel.' Ze keek naar de tv. 'Zijn we nu klaar? Ik wil het einde van de film zien.'

'Ja hoor,' zei Duckworth. 'Dank u voor uw tijd.'

Hij liep zachtjes naar boven. Toen hij de deur opende, stonden Harvey en Norma aan de andere kant.

'Hebben jullie alles goed kunnen horen?' vroeg Duckworth.

'Ik wilde zeker weten dat het goed met haar ging,' zei Norma handenwringend. 'Wat heeft u haar allemaal gevraagd?'

'Gewoon een paar dingen.'

'Ze zegt veel gekke dingen,' zei Norma.

'Ze is compleet gestoord,' voegde Harvey eraan toe.

Duckworth keek het stel aan. 'Kent een van jullie Brian Gaffney?'

'Die naam heb ik nog nooit gehoord,' zei Harvey.

'Ik ook niet,' zei Norma.

Duckworth keek haar aan. 'Uw tante woont hier al een eeuwigheid. Heeft u nooit iets over de Gaffneys gehoord? Het zijn haar overburen.'

Norma knipperde met haar ogen. 'Nee,' zei ze. 'Nooit.'

'En Sean?' vroeg hij. 'Kennen jullie iemand die zo heet?'

Norma en Harvey schudden beiden het hoofd.

'Dat is vreemd,' zei Duckworth.

'Wat is vreemd?' vroeg de vrouw.

'Omdat het je vaders naam was, toch?' zei de rechercheur.

Haar mond vormde een perfecte cirkel. 'O!' zei ze. 'Ja, dat klopt. Maar ik dacht dat u iemand bedoelde die we nú kennen.'

Duckworth keek het paar nog een moment zwijgend aan.

Uiteindelijk gaf hij een knikje en zei: 'Prettige dag nog verder.'

Toen hij naar zijn auto liep, maakte hij nog snel een foto van het nummerbord van de bus.

7
Cal

Gloria Pilford schonk haar wijnglas nog eens vol en zei: ‘U wilt ons helpen? Echt waar?’

‘Ik zal jullie situatie bekijken.’ Waarop ik mijn dagprijs noemde.

Gloria keek Bob en Madeline hulpeloos aan, ze vroeg zich ongetwijfeld af wie zich zou opwerpen.

‘Dat is goed,’ zei haar tante. ‘Ik zal een cheque voor vijf dagen voor u uitschrijven.’

‘Ik kan dit ook wel regelen, Madeline,’ zei Bob.

‘Nee,’ zei ze op een toon die geen tegenspraak duldde. ‘Je hebt al genoeg gedaan. Finch moet je een fortuin hebben gekost.’

Bob maakte geen tegenwerping. Mevrouw Plimpton opende een la en pakte haar chequeboekje; ze schreef een bedrag op, scheurde het vel papier eruit en gaf het aan mij. Ik stak het zonder er ook maar een blik op te werpen in mijn binnenzak.

‘Oké,’ zei ik. ‘Laten we eerst eens kijken wat de situatie precies is.’

Madeline Plimpton ging naast Bob Butler op een van de stoelen bij het kookeiland zitten. Gloria bleef bij de koelkast in de buurt.

‘Hoeveel mensen weten dat Jeremy hier is, en niet in jullie huis in Albany?’

‘Ik heb het niemand verteld,’ zei mevrouw Plimpton. ‘Alleen aan u.’

‘Ik ook niet,’ zei Butler.

Gloria was bezig de bijna lege fles wijn terug in de koelkast te zetten, haar rug naar ons toegekeerd.

‘Mevrouw Pilford?’ vroeg ik.

‘Sorry?’ reageerde ze.

‘Gloria, geef hem eens antwoord,’ zei mevrouw Plimpton.

Ze deed de koelkastdeur dicht en draaide zich langzaam om. ‘Ik heb het aan niemand verteld,’ zei ze. ‘Niet specifiek.’

‘Wat wil dat zeggen?’ vroeg ik.

Ze keek naar de vloer, als een kind dat met een hand in de koekjestrommel is betrapt. ‘Ik heb misschien iets gepost.’

'Zoals?' zei ik.

'Ik heb gezegd hoe goed het voelde om uit Albany weg te zijn, om wat vrede en rust te vinden.'

Ik knikte haar tante toe, die het dichtst bij de laptop zat. Ik bewoog mijn vingers in de lucht alsof ik aan het typen was. Ze begreep de boodschap, pakte de computer en zette hem aan. 'Kunt u de pagina vinden?' vroeg ik haar.

'Laat mij het maar doen,' zei Gloria, die in beweging kwam en haar tante de laptop uit handen nam. Ze toetste iets in. 'Hier, zoveel heb ik niet gezegd.'

Ik nam de laptop van haar aan en las haar meest recente posts.

'Zeg me nog eens hoelang jullie hier zijn?'

'Ze zijn hier nu vier nachten,' reageerde mevrouw Plimpton. Ze deed geen moeite de vermoeidheid in haar stem te verhullen.

Ik scrolde omlaag om te zien wat Gloria de wereld eerder deze week had meegedeeld. Zo schreef ze afgelopen vrijdag: *Er is zo veel haat in de wereld. De mensen zouden moeten stoppen met haten en proberen begrip op te brengen.*

Deze diepzinnige snipper had meer dan driehonderd 'likes' opgeleverd, en zo'n zestig reacties. Sommige positief, andere minder. Ik liep ze door en zag dat zo'n tachtig procent negatief was. Eén typerende reactie: *En sommige moeders moeten hun kinderen leren geen mensen dood te rijden.*

De dag erna had Gloria geschreven: *Het zal goed zijn de stad te verlaten. Het zal goed zijn om daar te gaan waar je altijd welkom bent.*

Ik was geen poëziekenner, maar ik herkende de beroemde regel van Robert Frost over teruggaan naar huis.

'In deze mededeling,' zei ik, 'vertel je eigenlijk aan iedereen dat je teruggaat naar je geboortestad.'

Gloria schoot in de verdediging. 'Maar ik zeg niet waar het is.'

Ik klikte een zoekmachine aan en typte: 'Waar komt Gloria Pilford, de moeder van de Big Baby, vandaan?'

Ik drukte op enter.

Er verschenen tientallen nieuwe verhalen. Het was niet moeilijk om er een te vinden waarin stond dat Gloria bij haar tante Madeline in Promise Falls was opgegroeid. Er stond verder dat de Plimptons tot de groep mensen behoorden die de stad hadden opgericht, dat ze aanvankelijk een looierij hadden en later de eerste krant oprichtten. Madeline Plimpton, zo stond er, was vaak bij Jeremy's proces aanwezig geweest.

'Daar staat het,' zei ik. 'Je hoeft geen Sherlock Holmes te zijn om erachter te komen waar u op dit moment bent. En het adres van mevrouw Plimpton zal gemakkelijk online te vinden zijn.'

'O, Gloria,' zei Bob honend. 'Je had net zo goed een foto van dit huis met het adres en een routebeschrijving eronder kunnen posten.'

Madeline Plimpton zat met haar hoofd in haar handen.

'Vanaf nu geen internet meer voor u,' zei ik.

'Wát?' zei Gloria.

'Als u het posten niet kunt laten, dan moeten we uw telefoon en laptop afpakken. U brengt uzelf ermee in gevaar.'

Gloria beet op haar lip en draaide zich om. 'U begrijpt het niet,' zei ze terwijl ze met beide handen op het aanrecht steunde. 'U weet niet wat ik allemaal moet doorstaan.'

Niemand zei iets.

Zonder zich om te draaien, zei ze: 'Jullie maken me tot de nationale risee. Ik word bespot en belachelijk gemaakt. De pamperende, verstikkende moeder die haar kind het verschil tussen goed en slecht niet heeft geleerd. Oké, het heeft gewerkt. Jeremy hoefde de gevangenis niet in. En dat is goed.'

Ze draaide zich langzaam om. Tranen liepen over haar wangen.

'Maar ik heb daar een prijs voor moeten betalen,' vervolgde ze. 'En nu mag ik de wereld niet meer vertellen dat ik niet zo ben als iedereen denkt.'

Mevrouw Plimpton stond onaangedaan op, ze pakte de laptop en hield hem stevig vast.

'Geef me je telefoon, schat,' zei Bob.

Gloria keek Bob aan alsof hij haar net had gevraagd een nier af te staan.

'Dit is vernederend,' zei ze. 'Je hebt het recht niet.'

'Ik kan Jeremy niet beschermen als er informatie uit dit huis of zijn directe omgeving wordt gelekt,' zei ik.

'Dacht u dat ik ook maar iets zou doen om mijn zoon in gevaar te brengen?' vroeg Gloria.

'Niet opzettelijk,' zei ik. 'Maar dat posten is gevaarlijk. Ook al wordt er niets specifieks in gezegd, mensen kunnen erachter komen waar u bent en wanneer u het geschreven heeft.'

'Kom op, Gloria,' zei Bob. 'Geef me je telefoon.'

Gloria gaf de strijd nog niet op. 'Ik heb mijn telefoon nodig voor als er een *noodgeval* is. Jij hebt toch ook altijd je telefoon bij je, Bob? Voor al je transacties?'

'Dat is wat anders,' zei Bob. 'Als ik mijn transacties niet kan afhandelen, dan komt er geen geld binnen, en zonder dat geld had ik nooit de verdediging van jouw zoon kunnen betalen.'

'Leuk, hoe je dat zegt,' zei ze. 'Míjn zoon.'

'Nou, hij is toch jóúw zoon. Het feit dat ik hem wilde helpen terwijl hij mijn zoon niet is laat alleen maar zien hoeveel ik om jullie geef.'

'Ik weet het, jij bent een held.' Het was een regelrechte sneer. 'Jij geeft zoveel om hem.'

'Je telefoon?' zei Bob.

'Ik weet niet waar hij is,' zei Gloria met weinig overtuiging.

Bob strekte zijn arm uit naar iets dat achter de decoratieve schaal op het kookeiland moest liggen. 'Hier heb ik hem.'

Ze schoot eropaf, maar ze was te langzaam. Bob had de telefoon, die in een roze hoesje met witte stippen zat, en stopte hem in de binnenzak van zijn sportjack.

'Dat is een begin,' zei ik, hoewel ik de telefoon liever in míjn binnenzak had gehad. 'En dan hebben we nog Jeremy's telefoon. Ik neem aan dat hij met vrienden appt als hij er geen spelletjes op doet. Misschien dat hij ook meer vertelt dan gewenst is.'

Gloria lachte honend. 'Nou, veel succes ermee.'

Ze opende de koelkast en pakte de fles wijn eruit.

'Rustig aan met die wijn, Gloria,' zei mevrouw Plimpton.

'Het gaat prima, Madeline.' Ze hield de fles op. 'Dit is mijn enige troost hier. Het kan jullie allemaal geen donder schelen wat...'

Op dat moment klonk er een harde klap. Het geluid van brekend glas. Gloria en mevrouw Plimpton slaakten korte gilletjes. Bob en ik wisselden een snelle blik met elkaar. Het geluid was vanuit de voorkant van het huis gekomen. Ik rende naar de hal. De marmeren vloer was bezaaid met glasscherven, in het midden lag een baksteen. De voordeur werd geflankeerd door smalle, hoge ramen; de steen was door het linker raam gegaan.

Ik trok de voordeur open en zag hoe een langharige jongen – ik schatte hem achttien of negentien – naar een auto bij de stoeprand rende. Het was een blauwe bus, waarvan de zijdeur openstond.

Voordat de man erin sprong, draaide hij zich om en riep: 'Dat zal je leren, eikel van een Big Baby!'

Terwijl de banden piepten, trok hij de deur dicht en de bus scheurde weg.

Ik begon te rennen, maar het lukte me niet meer het nummerbord te ontcijferen. De bus was al te ver in een mum van tijd de hoek om. De wagen zag eruit als een van die oudere GM-busjes, zo een waarvan er in elke stad zo'n honderdduizend zijn. En de stenengooier was blank, had bruin haar tot op zijn schouders en moest zo'n negentig kilo wegen. Hij droeg een spijkerbroek en een blauw T-shirt. Dat was een beschrijving waar de politie niet veel mee zou kunnen.

Ik liep terug het huis in, waar de moeder, de tante en Bob Butler op me wachtten.

'Wie waren het?' vroeg mevrouw Plimpton. 'Heeft u ze gezien?'

'Nauwelijks,' zei ik.

Wat ik alarmerend vond was niet de baksteen die door de ruit was gegaan, maar het feit dat Jeremy ondanks alle commotie niet kwam kijken. Hij moest toch iets gehoord hebben, zelfs als hij zijn oortjes in had.

Zonder iets te zeggen liep ik door het huis naar de veranda. De gaasdeur naar de achtertuin stond half open.

Jeremy was er niet.

8

Barry Duckworth stapte in zijn auto en koerste in de richting van Knight's, waar hij binnen vijf minuten zou zijn.

Hij reed achter een auto die aarzelend werd bestuurd. Remlichten die aangingen, dan weer uitgingen, de richtingaanwijzer die knipperde en vervolgens weer uit werd gezet. De bestuurder van deze blauwe Ford Explorer met een nummerbord uit Maine wekte de indruk dat hij was verdwaald.

Toen er een stoplicht kwam, zette Duckworth zijn auto naast de Explorer neer en opende het raam aan de passagierskant. De bestuurder, een veertiger, liet ook zijn raam zakken.

'Zijn jullie de weg kwijt?' vroeg Duckworth.

'Weet u hoe we bij het park met de waterval kunnen komen?' vroeg de man. 'We zoeken de plek waar Olivia Fisher is vermoord.'

Een vrouw in de passagiersstoel boog zich naar voren en hield iets omhoog wat op een krantenknipsel leek. 'We willen alle plekken bezoeken die iets te maken hebben gehad met de massamoord van verleden jaar.'

De man grijnsde. 'We zijn enorme misdaadfans. Weet u hoe we er kunnen komen?'

'Houd hier rechts aan,' zei Duckworth. 'Dan neem je de eerste straat rechts en dan alsmaar rechtdoor blijven gaan.'

De bestuurder leek in verwarring gebracht. 'Is dat niet de weg terug naar Albany?'

'Precies,' zei Duckworth. Hij liet het raam weer omhoogkomen, haalde zijn voet van de rem en reed weg.

Hij parkeerde ongeveer honderd meter van Knight's. Voordat hij naar binnen ging, inspecteerde hij de steeg naast het pand. Het was de laatste plek die Brian Gaffney zich kon herinneren voordat hij een black-out van twee dagen kreeg. De doorgang was zo'n kleine twee meter breed, wat je net genoeg ruimte gaf om een rij vuilnisbakken te passeren. Hij kwam uit op een klein parkeerterrein.

Duckworth liep erdoorheen en lette nauwkeurig op het gebarsten en gebroken asfalt. Er viel niets opvallends aan te zien, en hij wist eigenlijk niet wat hij hoopte te vinden. Toen keek hij omhoog, maar er hing geen beveiligingscamera aan de muur van de bar, en ook niet aan de muur ertegenover, die aan een stomerij toebehoorde. Pech.

Hij liep weer terug. Het was begin mei – bijna een jaar sinds in Promise Falls de catastrofale gebeurtenissen hadden plaatsgevonden die zoveel levens hadden gekost – en elke dag leek weer iets langer te duren dan de vorige. De stad had later in de maand een speciale bijeenkomst gepland om de slachtoffers te herdenken, en Duckworth was als eregast uitgenodigd.

Hij wilde er niets mee te maken hebben.

Hij trok de deur van de bar open en liep naar binnen. Het zou overdreven zijn om het een drinkhol te noemen. Ondanks de ongepolijste uitstraling was het een acceptabel buurtcafé. Het had de gebruikelijke attributen. Neonreclames van Bud Lite, Jack Daniel's en Michelob. Er stonden losse tafeltjes in de ruimte, een rij vaste banken en tafels aan de rechterwand, en er was een lange bar aan de linkerkant. Er zaten wat klanten op barkrukken naar een honkbalwedstrijd te kijken op een tv die boven rijen drankflessen aan de muur hing.

Het was er halfvol, en Duckworth dacht dat het er nog weleens druk kon worden als iedereen van zijn werk kwam. Je kon ook iets eten in Knight's. Vier mannen aan een tafeltje waren een schaal met kippenboutjes aan het wegwerken. De geur van gefrituurd eten kietelde zijn neusvleugels, en hij kreeg direct enorme trek.

Kippenboutjes werden doorgaans geserveerd met bleekselderij en worteltjes. Dat maakte het tot een uitgebalanceerde maaltijd, toch? Maar hij wist dat Maureen straks iets voor hem op tafel had staan. Iets wat niet gefrituurd was of waar de saus vanaf droop.

Sterk zijn.

Hij keek de bar rond en zag iets waar hij blij mee was. In tegenstelling tot in de steeg hingen hier wél beveiligingscamera's.

Achter de bar stond een slanke man van ongeveer dertig jaar glazen af te drogen. Hij droeg een spijkerbroek en een houthakkershemd met opgerolde mouwen. Duckworth hees zichzelf op een barkruk.

'Wat mag het zijn?' vroeg de barkeeper.

Duckworth haalde zijn penning tevoorschijn en toonde hem aan de man. 'Ik zou je wat vragen willen stellen. Wat is je naam?'

'Axel. Axel Thurston.' Hij tuurde nog even naar de penning voordat Duckworth hem opborg. 'Jezus, jij bent het.'

'Pardon?'

'Ik herken je naam. Jij hebt die vent opgepakt. Jezus, jij hebt hem opgepakt.'

Duckworth knikte.

'Wat wil je drinken?'

'Eigenlijk niets.'

'Nee, kom op. Waar hou je van? Het is van het huis. Je bent me niets verschuldigd. Wat wil je? Scotch? Ik heb het beste wat er is. Ik heb Speyburn, ik heb Macallan, ik heb Glenmorangie, ik heb...'

Duckworth hield een hand op. 'Nee, echt. Dat is heel aardig van je, maar ik ben aan het werk, hè?'

Axel grijnsde. 'Natuurlijk. Ik snap het. Misschien iets anders?'

'Een glas water zou lekker zijn.'

Axel lachte. 'Een glas water! Dat is een goede grap!'

Duckworth had het eerst niet door. Toen realiseerde hij zich dat hij refereerde aan de gebeurtenissen van verleden jaar, toen het waterreservoir van de stad was vergiftigd.

'O. Ja, natuurlijk.'

'Laat me je ten minste een flesje geven,' zei Axel. Hij pakte een flesje Finley Springs uit een van de koelkasten onder de bar. 'Wat vind je van deze?'

'Wauw,' zei Duckworth. 'Mijn favoriet.'

Axel pakte een glas, deed er ijsblokjes in, opende het flesje en schonk het water in. 'Goed,' zei hij. 'Wat kan ik voor je doen?'

Duckworth pakte zijn telefoon en toonde hem de foto die hij in het ziekenhuis van Brian had gemaakt.

'Herken je deze jongen?'

Axel knikte. 'Zeker. Dat is Brian.'

'Ken je hem?'

'Ja, hij komt hier vaak. Brian Gaffney. Hij werkt bij zo'n autowasserij.' Er verscheen een zorgelijke uitdrukking op zijn gezicht. 'Shit, is hij oké? Is er iets met hem gebeurd?'

Duckworth stopte zijn telefoon weg. 'Iemand heeft hem te grazen genomen nadat hij een paar dagen geleden hier was geweest.'

Axel keek verwonderd. 'Daar heb ik niets over gehoord. Er is hier geen politie langs geweest. Voor zover ik weet is er niets gebeurd die avond.'

Duckworth knikte begrijpend. 'Dat kan kloppen. Brian is pas vandaag naar ons toe gekomen.'

'Is hij in orde? Het is een aardige jongen, weet je. Iemand die geen vlieg kwaad zal doen. Je zou hem bijna willen beschermen, weet je?'

'Hoe bedoel je?'

Axel haalde zijn schouders op. 'Hij is iets te goedgelovig. Je zou hem alles wijs kunnen maken. Maar is het goed met hem?'

'Ja. Maar ik wil zijn sporen van de laatste achtenveertig uur natrekken. Werkte jij die avond?'

Axel knikte. 'Ja. Brian zat precies op de plek waar jij nu zit.'

'Hoe laat kwam hij binnen?'

Hij haalde zijn schouders op. 'Om acht uur? Hij bleef zo'n twee uur. Hij komt hier een paar keer per week na zijn werk.'

'Komt hij hier al lang?'

Axel knikte weer. 'Hij praat graag, weet je. Hij is in rare dingen geïnteresseerd. In allerlei complottheorieën, zoals wie er werkelijk achter 9/11 zaten, of de maanlanding nep was, of de piramiden door ruimtewezens zijn gebouwd... dat soort dingen.'

'Ufo's?' vroeg Duckworth.

'Ja, die ook. En soms praat hij over zijn familie, over zijn vader.'

'Albert Gaffney?'

'Ik weet niet hoe hij heet. Brian zei dat hij verhuisd was omdat zijn vader had gezegd dat het tijd werd dat hij op zichzelf ging wonen. Anders zou hij nu nog bij zijn ouders wonen. Ik denk dat hij zich veiliger voelde daar. Maar hij wekte de indruk dat hij zich wel redde in z'n eentje.'

'Wat ik me afvraag, heb je hem die avond met iemand zien praten? Was er iemand in hem geïnteresseerd? Iemand die hem in de gaten hield?'

Axel schudde langzaam zijn hoofd. 'Niet echt. Brian zit meestal aan de bar, hij drinkt zijn bier en kijkt naar de wedstrijd.'

Duckworth knikte in de richting van de beveiligingscamera die vlak bij het plafond aan de muur hing. 'En dat daar?'

Axel volgde zijn blik. 'O. Ja.'

'Zijn er beelden van die avond?'

'Die zouden er moeten zijn. Het videosysteem slaat ze voor een week op, of iets dergelijks. Het is handig voor als iets gebeurt, weet je wel. Een gevecht, of als iemands zak is gerold, dat soort dingen. Mijn baas zegt dat het ons ook beschermt tegen personen die ons aanklagen voor iets dat helemaal niet is gebeurd.'

'Ik zou graag de opnamen van twee avonden geleden willen zien. Is dat goed?'

'Natuurlijk,' zei Axel. 'Maar dan moeten we wel even naar achteren, daar staat de computer. Ik moet het wel even met mijn baas overleggen, maar als ik hem zeg dat jij het bent, man, dan zal hij zeggen dat ik alles voor je moet doen. Weet je waarom?'

Duckworth wachtte af.

Axel leunde over de bar en zei zacht: 'Zijn zus was een van de slachtoffers van het vergiftigde water.'

'Dat spijt me voor hem.'

'Als hij hier was, dan zou hij je non-stop gratis drankjes aanbieden.'

Duckworth glimlachte triest. 'Laten we naar het beeldmateriaal gaan kijken.'

Axel riep een serveerster en zei haar op de bar te letten als hij weg was. Hij opende een deur achter de bar en ging Duckworth voor door de keuken – waar de geuren van frites en kippenbouten de rechercheur bedwelmden – naar een kantoor met een houten lambrisering. Er stond een bureau met een computer in de rommelige ruimte.

Axel plofte op de stoel neer en begon te typen. 'Dus twee avonden geleden... en Brian kwam rond achten binnen. Oké, hier heb ik kwart voor acht.'

Duckworth keek over Axels schouder mee.

'Ga jij maar zitten,' zei Axel, die de rechercheur zijn stoel aanbood. Duckworth ging zitten en de barkeeper instrueerde hem. 'Je plaatst de cursor dáár, ja, en dan kun je zo vooruit- of terugspoelen, en sneller en langzamer, wat je maar wilt.'

Duckworth raakte vertrouwd met de bediening van het programma. 'Oké, ik snap het.' Hij keek naar de tijdcode in de bovenhoek, deze gaf 19.48 uur aan. De camera bestreek het grootste gedeelte van het café, inclusief de vaste banken en tafels aan de verre wand. Aan een ervan zaten twee stellen te eten, aan een andere tafel deelden vier mannen een grote kan bier, en aan die ernaast zaten een man en een vrouw naast elkaar, de bank ertegenover was leeg. Met hun hoofden dicht naar elkaar toe gebogen waren ze in een intiem gesprek verwikkeld dat af en toe met een kus werd afgewisseld.

Axel wees hen aan.

'Die hadden beter een hotelkamer kunnen nemen,' zei hij grijnzend.

Om 19.51 uur liep er een jonge man het beeld binnen.

'Daar gaan we,' zei Duckworth. De man liep naar het einde van de bar en ging op een barkruk zitten, hoewel het niet dezelfde was waar de rechercheur zonet op had gezeten.

'Nee,' zei Axel.

'Wat bedoel je?'

'Dat is Brian niet.'

Duckworth boog zich dichter naar het beeldscherm toe. Het beeld was niet bijster scherp, maar hij zag nu dat deze man niet Brian Gaffney was. Maar ze waren even lang, hadden hetzelfde haar en droegen allebei een spijkerbroek en een donker overhemd.

'Op het eerste gezicht zien ze er hetzelfde uit, ja, dezelfde kleren,' luidde Axels commentaar. 'Sorry van de camera. De beeldkwaliteit is niet om over naar huis te schrijven. Kijk, dáár is Brian.'

Axel had gelijk. Brian Gaffney liep het café in en ging inderdaad op de barkruk zitten waar Duckworth een paar minuten geleden nog op had gezeten. Gaffney stak zijn hand op, Axel kwam naar hem toe. Ze kletsten even, waarna de barkeeper een biertje voor hem tapte.

'Kun je je nog herinneren waar jullie het toen over hadden?'

'De gebruikelijke praatjes. Hoe is het ermee, hoe was je dag... Niets speciaals.'

'Hoe kwam hij op je over?'

'Hoe hij op me over kwam?'

'Hetzelfde als altijd? Leek hij zich ergens zorgen over te maken? Maakte hij een gespannen indruk?'

'Nee. Het was dezelfde oude Brian.'

Duckworth spoelde vooruit, maar niet zo snel dat hij niet kon zien of iemand Brian in de gaten hield. Om 20.39 uur verscheen er een kalende man in beeld die Brian een joviale schouderklap gaf. Brian keek op en stak zijn duim op naar de man.

'Wie is dat?'

'Dat is Ernie,' zei Axel. 'Zijn achternaam weet ik eigenlijk niet. Hij is ook een stamgast. Soms gaan ze weleens aan een tafeltje zitten om bij een biertje te kletsen.'

Duckworth zag de barkeeper Brian nog twee keer een glas bier aanreiken. Axel was constant in de weer, hij zorgde voor de bar terwijl de serveersters de tafeltjes bedienden.

Axel wees op het stel dat op een van de vaste banken zat en dat elkaar nu kuste. 'Is de liefde niet mooi?' zei hij droog.

Duckworth richtte zijn blik op de man die verderop aan de bar zat en zo op Brian leek. 'Hoe heette deze ook alweer?'

'Ik zou het niet weten. Ik heb even naar zijn ID gekeken om zijn leeftijd te checken. Hij betaalde contant. Hoezo?'

'O, niets... Hé.'

Brian legde een paar dollarbiljetten op de bar. Axel kwam eraan en schudde hem de hand voordat hij opstond. Brian liep links het beeld uit.

'Waar gaat hij heen?' vroeg Duckworth.

'Even pissen voordat hij naar buiten gaat.'

Inderdaad, Brian verscheen zo'n negentig seconden later opnieuw om vervolgens rechts het beeld uit te lopen.

Duckworth schreef de tijd op. Brian Gaffney verliet Knight's om 21.32 uur. Tegen die tijd moest het buiten donker zijn geweest. Als iemand hem vanuit de steeg iets toe had geroepen, dan had hij niet kunnen zien wie het was.

'Goed, dat was het dan,' zei Axel.

Duckworth besloot om nog een paar minuten te bekijken. Misschien dat Brian nog even in beeld verscheen. Of misschien dat...

Het flikflooiende stel op de vaste bank was opgestaan. De man legde een stapeltje dollarbiljetten op de rekening en ze liepen naar de deur, de vrouw eerst.

De camera had geen scherp beeld van ze gegeven toen ze op de bank zaten, maar toen ze naar het midden van het café liepen, vielen ze beter te onderscheiden.

Duckworth drukte de pauzeknop in. Hij boog zich dichter naar het beeldscherm toe en kneep zijn ogen samen om het stel zo goed mogelijk te zien.

'Is er iets?' zei Axel.

'Nee.'

'Als je wilt weten wie dat is, dan kan ik je dat vertellen. De jongen, tenminste. Dat meisje ken ik niet, maar die jongen komt hier wel vaker.'

'Het is niet belangrijk,' zei Duckworth, die de stoel naar achteren schoof en opstond. 'Dank voor al je hulp.'

'Kom eens langs als je vrij hebt. De drankjes zijn van het huis. Hou je van kippenboutjes? We hebben de beste van de stad.'

'Ze ruiken heerlijk.'

'Wil je er een paar meenemen?'

'Nee, dat hoeft niet. Maar bedankt.'

Duckworth verliet het kantoor, liep door de keuken naar het café en stond even later op straat.

Hij vroeg zich af of hij Maureen moest vertellen dat hij in elk geval wist waar Trevor een van zijn avonden had doorgebracht. En dat hij een vriendin leek te hebben.

Hij vroeg zich af hoe leuk het zou zijn om Trevor te ondervragen over wat en wie die had gezien nadat hij Knight's had verlaten.

9
Cal

'Bel Jeremy,' zei ik. Eigenlijk tegen niemand in het bijzonder.

'Dat wil ik wel doen,' zei Gloria, 'maar mijn telefoon is afgepakt.'

'O, jezus nog aan toe. Hier,' zei Bob, die de telefoon uit zijn binnenzak haalde en hem haar aanreikte.

Gloria zette hem aan en belde haar zoon. Ze hield de telefoon tegen haar oor en wachtte.

'Hij neemt niet op,' zei ze uiteindelijk.

'Heb je zo'n app waarop je kunt zien waar hij is?' vroeg ik.

Ze schudde haar hoofd.

Ze wilde haar telefoon terug in haar zak stoppen, maar Bob hield zijn hand uit. 'Gloria.'

Ze keek hem geërgerd aan en mepte de telefoon in zijn geopende hand. Toen keek ze naar mij en zei: 'Ik zou me er niet te veel zorgen over maken. Jeremy doet dat wel vaker.'

'Ertussenuit knijpen?' zei ik.

Ze knikte. 'Hij heeft wat lucht nodig, ontspanning, de stress van zich afschudden. Zou je het hem kwalijk nemen als je weet wat hij heeft moeten doorstaan?'

'Was hij niet op proeftijd onder de voorwaarde dat hij te allen tijde onder supervisie zou staan?' zei ik. 'Jullie hebben er toch mee ingestemd dat het altijd bekend moest zijn waar hij was?'

'Hij heeft op dat gebied wat speling gekregen,' reageerde Bob. 'Vanwege de bedreigingen. Hij heeft toestemming gekregen om Albany te verlaten.'

'Maar jullie moeten toch altijd in de buurt blijven, zelfs als je hem naar Promise Falls mocht meenemen?'

'Mijn god,' zei Gloria. 'Hij is een tiener. Ik doe mijn best, en soms ontglipt hij je. Maar hij komt altijd terug.'

'Ga me niet vertellen dat je hem je autosleutels hebt gegeven.'

'Ik ben niet gek,' zei ze.

'Gloria,' zei Bob, 'als ze die jongen oppakken wordt hij in de cel gegooid.'

'Onze grootste zorg is op het moment zijn veiligheid,' zei ik. 'Er is net een steen door het raam gegooid en Jeremy is niet hier. We moeten hem vinden.'

Gloria hield een hand voor haar mond en zei: 'O, mijn god. Laat het allemaal ophouden.'

Ik duwde de gaasdeur verder open en liep Madeline Plimptons perfect onderhouden achtertuin in. 'Jeremy!' riep ik. 'Jeremy!'

Gloria was me gevolgd en riep ook zijn naam.

De tuin grensde aan een bos. Jeremy kon er makkelijk in verdwenen zijn. Of hij had de benen genomen naar het centrum van Promise Falls. Opeens dacht ik dat hij ons voor de gek hield en ergens binnen zat.

'Mevrouw Plimpton,' zei ik, 'kijk eens boven, misschien dat hij daar is.'

Ze maakte er direct werk van. We hoorden hoe ze in het huis zijn naam riep.

Ik liep naar de rand van het terrein, daar waar het bos begon. Op de een of andere manier kon ik me niet voorstellen dat hij de behoefte had gevoeld één te worden met de vrije natuur. Gloria liep een paar meter achter me en riep zijn naam.

'Jeremy! Dit is niet leuk meer!'

'Waar zou hij heen kunnen zijn gegaan?' vroeg ik haar. De mogelijkheid dat hij het terrein onvrijwillig had verlaten, wierp ik maar niet op.

Ze gooide haar handen hulpeloos in de lucht. 'Ik zou het bij god niet weten. Waarschijnlijk een plek waar wat te doen is. Een winkelcentrum of een McDonald's, zoiets. Denk je dat hem iets is overkomen?' Ik zag paniek in haar gezicht verschijnen.

'Daar moeten we niet van uitgaan,' zei ik. 'Het is waarschijnlijk precies zoals je zei. Hij wilde even van ons verlost zijn.' Ik legde lichtjes mijn handen op haar schouders. 'Ik weet zeker dat we hem zullen vinden.'

Ik liep terug naar het huis toen mevrouw Plimpton de tuin in liep, ze schudde haar hoofd. De jongen was niet in het huis.

'Blijf hier,' zei ik tegen ze. 'Ik stap in de auto en kijk of ik hem kan vinden.' Ik had het vaste nummer van mevrouw Plimpton in mijn telefoon, dus ik kon bellen als ik nieuws had.

Ik liep door het huis naar de voorkant. Mevrouw Plimpton wierp een blik op de ravage en zei: 'Ik ga de politie bellen.'

'Dat moet u zelf weten,' zei ik. 'Maar als u dat doet is het hier in no time een gekkenhuis.'

Ik liet het aan haar over en ging achter het stuur van mijn Accord zitten. Toen ik het einde van de straat had bereikt, waren er twee opties – links of rechts. Naar links betekende nog verder de buitenwijken in, naar rechts was richting het centrum. Te voet zou het je meer dan twintig minuten kosten, maar er reed ook een bus.

Ik koos voor rechts.

Het was niet meer dan tien minuten geleden dat ik Jeremy op de veranda had gezien, dus hij kon niet ver zijn. Ik reed langzaam, en speurde beide kanten van de weg af. Hij zou de trottoirs kunnen vermijden om niet gezien te worden.

Bij een dwarsstraat sloeg ik rechts af. Ik wist dat ik nu enkele winkelcentra en fastfoodrestaurants zou passeren. Toen ik voor een stoplicht wachtte en met mijn vingers op het stuur trommelde, zag ik een oude rode Miata cabrio over het kruispunt schieten, met het dak omlaag.

'Daar ben je dan, jochie,' zei ik.

Achter het stuur zat een meid met lang blond haar. Naast haar, met zijn armen zwaaiend boven zijn hoofd, zat Jeremy Pilford.

Toen het licht op groen sprong, sloeg ik direct links af, waardoor ik een naderende pick-up afsneed, wat me getoeter en een opgestoken middelvinger opleverde. Maar ik zag de Miata zo'n honderd meter voor me rijden. Er reden twee auto's tussen ons in, en dat was prima. Ik wilde niet worden opgemerkt, het had geen zin om er een achtervolging van te maken. Het zou weleens goed kunnen mislopen als die meid me wilde afschudden.

Ze was in elk geval verstandig genoeg om niet als een wegpiraat te rijden. Ze hield zich aan de snelheidslimiet en had het stuur met twee handen vast. En de richtingaanwijzer knipperde als ze van rijstrook wisselde. Het was juist haar passagier die roekeloos gedrag vertoonde, hij hield nog steeds zijn handen omhoog in de wind en stond bijna op zijn stoel.

De auto keerde terug naar de rechterrijstrook, ze gaf richting aan naar rechts en nam de oprit naar een hamburgertent. Het was geen filiaal van een grote keten; het verhaal ging dat Green & Farb Burgers and Fries naar de twee mannen was vernoemd die de zaak in de jaren vijftig hadden opgericht. De plaatselijke bevolking noemde hem Grease & Fat, wat geen compliment was, maar soms was het precies waar je trek in had.

Ze waren al binnen tegen de tijd dat ik er aankwam. Ik parkeerde mijn Honda dwars voor de achterkant van de Miata, zodat hij niet meer weg kon. Het was een oud model uit het begin van de jaren negentig. Het neergelaten dak was verbleekt en op enkele plekken gescheurd. Ik wist zeker dat de plastic achterruit vergeeld zou zijn en dat je er nauwelijks doorheen kon kijken als je het dak zou opzetten.

Ik belde naar het huis van mevrouw Plimpton. Ze nam direct op.

'Ja?'

'U kunt de zoektocht afblazen.'

Ik hoorde gerommel met de hoorn, en toen kreeg ik Gloria aan de lijn. 'Jeremy?'

'Je spreekt met Cal. Ik heb hem gevonden. Hij is straks weer thuis.'

'Waar is hij? Wat heeft hij...'

'Ik ben zo terug.'

Ik borg mijn telefoon op in mijn binnenzak, stapte de auto uit en liep het restaurant binnen. Het was er niet druk, en Jeremy en het meisje stonden bij de kassa. Zo te zien hadden ze al iets besteld. Ik trok me terug achter een zuil, en wachtte tot ze met hun eten waren gaan zitten.

Daarna liep ik naar de kassa en keek toe hoe een medewerker een lading bevroren patat in een metalen mandje deed en het in de frituurbak liet zakken. Het vet siste en spetterde. Ik bestelde een koffie en betaalde.

Jeremy en het meisje zaten dicht naar elkaar toe gebogen aan een tafel voor vier, ze giechelden over iets.

Ik kuierde naar de tafel toe en ging doodgemoedereerd naast Jeremy zitten. Ze hadden hamburgers, milkshakes en een grote portie frites besteld. Daarnaast lag Jeremy's telefoon.

'O, shit,' zei Jeremy. 'Jij hier.'

'Wie is dat?' vroeg het meisje. Ze leek even oud als Jeremy te zijn.

Ik glimlachte naar haar. 'Ik ben Cal Weaver.' Ik stak mijn hand uit. Het meisje, hierdoor overvallen, hield haar met ketchup besmeurde vingers omhoog. 'Maakt niet uit,' zei ik. 'Hoe is het ermee, Jeremy?'

'Hoe heb je me gevonden?' vroeg hij.

'Zal ik je het eerlijk zeggen?' zei ik. 'Stom geluk. Wie is je vriendin?'

'Dit is Charlene,' zei hij. Hij rolde met zijn ogen en schudde ongelovig zijn hoofd.

'Wie is die man?' vroeg zijn vriendin.

'Hij is mijn nieuwe bodyguard,' zei hij laatdunkend.

'Wat is je achternaam, Charlene?' vroeg ik.

Ze haalde haar schouders op. 'Wilson.'

'We kennen elkaar al sinds de derde klas,' zei Jeremy.

'Is die Miata van jou, of van je ouders?' vroeg ik haar.

Ze bewoog haar tong langs haar tanden. 'Hij was van mijn moeder, ze heeft hem aan mij gegeven toen ze een nieuwe kreeg.'

'Nu kan ik ernaast zitten, maar is het geen schooldag vandaag? Weten je ouders dat je hier bent en niet in Albany in een klaslokaal zit?'

'De school is al uit,' zei ze.

Natuurlijk, dat had ik kunnen weten.

'Dus jullie hebben verkering?' vroeg ik terwijl ik een frietje van ze pakte en het in mijn mond stak.

Jeremy rolde weer met zijn ogen. 'Jezus, uit welke eeuw kom jij?'

Ik glimlachte. 'Zo noemden wij het vroeger als we naar een blitse fuif gingen.'

Jeremy keek me aan alsof ik zojuist Swahili had gesproken.

Charlene greep in. 'We zijn al een eeuwigheid bevriend,' zei ze. 'Zoals Jeremy zei, al vanaf onze kinderjaren. Ik ben de enige die nog met hem omgaat. Al zijn zogenaamde vrienden hebben hem laten vallen toen het allemaal gebeurde. Ze doen net alsof ze hem niet meer kennen. Maar zo ben ik niet.'

'Ja,' zei Jeremy. 'Dat klopt.'

'Dus ik zocht hem op. Dat is toch geen misdaad?'

'Zíj is toch niet op proeftijd?' zei Jeremy. 'Luister, ze brengt me over tien minuten terug naar Madelines huis.'

'Dat zal moeilijk worden,' zei ik. 'Ik heb Charlenes auto geblokkeerd.'

Jeremy liet zijn hoofd zakken. 'Kom op, man. Ik wilde er alleen maar even uit.'

'Net zoals alle andere keren?'

'Hè?'

'Je moeder zei dat je er wel vaker tussenuit was geknepen sinds jullie bij Madeline zijn.'

Hij nam een hap van zijn hamburger en keek Charlene aan. Alsof ik er niet was.

'Waar ben je toen heen gegaan?'

Hij kauwde.

'Ik vraag me af of ze je niet gezien hebben. Charlene is niet de enige die weet dat je in Promise Falls bent. Je hele fanclub weet er al van. Je hebt thuis een feestje gemist.'

Hij stopte met kauwen en keek me aan. 'Wat?'

Ik vertelde hem dat er een steen door de ruit was gegooid. Hij sloot kort zijn ogen, ik dacht even iets van schuld of spijt te zien.

'Is iedereen oké?' vroeg hij. 'Is Madeline oké?'

'Ja. Dus waar ben je allemaal geweest sinds je in Promise Falls logeert?'

Hij haalde achteloos zijn schouders op. 'Gewoon, in de buurt.'

'Heeft iemand je herkend?'
De jongen keek door het raam naar buiten.
'Jeremy?'
'Een paar gasten. Ik kwam van die eikels tegen. Een greep me bij mijn arm en zei dat ik de Big Baby was.'
'Is het uit de hand gelopen?'
Hij schudde zijn hoofd. 'Nee, meer is er niet gebeurd.'
'Zijn ze je gevolgd?'
Hij dacht even na. 'Dat weet ik niet.'
Ik stak nog een frietje in mijn mond en liet ze rustig hun hamburgers opeten. Zo had ik tijd om mijn koffie te drinken.
'Voor iemand die aan Jeremy's kant staat,' zei Charlene, 'maakt u hem wel het leven zuur.'
'Vind je?'
'Het is allemaal zó oneerlijk,' zei ze. 'Iedereen denkt dat hij een rotjongen is, maar dat is hij helemaal niet.'
'Ik heb niet gezegd dat hij dat was.' Het verwonderde me dat ze had besloten voor hem op te komen. 'Ik wil alleen maar dat hij veilig is.'
'Ja, dat zal wel.' Ze rolde met haar ogen. 'Iedereen heeft een oordeel klaar. Weet u, die meid had veel meer op dan Jeremy en is waarschijnlijk recht voor de auto gevallen. Als Jeremy broodnuchter was geweest, dan zou hij haar nóg hebben geraakt.'
Terwijl Jeremy ineen leek te krimpen, had Charlene mijn volledige aandacht. 'Je was erbij?'
Ze schudde snel haar hoofd. 'Nee. Ik bedoel, ja, ik was wel op dat feest, maar ik was er niet bij toen het gebeurde. Maar iedereen wist dat ze altijd te veel dronk. Ik wil alleen maar zeggen dat het waarschijnlijk zo gegaan moet zijn.'
Jeremy leek slecht op zijn gemak terwijl hij zijn hamburger onhandig met twee handen vastpakte. 'Het is oké, Charlene.'
'Nee, dat is het niet,' zei ze. 'De hele wereld is zo hard tegen je, en dat verdien je niet.'
Jeremy haalde zijn schouders op. 'Wat doe je eraan?' zei hij terwijl hij een hap nam. 'Het is gebeurd.'
'Het ongeluk wel, ja,' zei ik. 'Maar jullie zitten nog steeds met de gevolgen. En daarom moeten jij en je moeder veel soigneuzer zijn.'
'Wát moeten we zijn?' vroeg Jeremy. Het kwam er brabbelend uit tussen het brood en het vlees dat hij aan het vermalen was.
'Voorzichtiger,' zei Charlene.

Ik pakte de telefoon die op tafel lag.

'Hé!' riep hij uit terwijl er een reepje sla uit zijn mond vloog.

Ik tikte het scherm aan en zag een uitwisseling van berichten tussen Jeremy en Charlene, inclusief instructies waar ze hem moest oppikken zodra hij uit mevrouw Plimptons huis geslopen zou zijn.

Ik liet hem het scherm zien. 'Kijk, dat bedoel ik nou.'

'Geef mijn telefoon terug.' Hij had de resten van zijn hamburger neergelegd en hield zijn hand op.

'Je moeder en jij zijn wel erg aan je telefoon verknocht.'

'Zij is erger dan ik. Ze is altijd aan het appen met *Bob*.'

'Vind je hem niet aardig?' Ik hield de telefoon buiten zijn bereik.

'Hij is haar prins op het witte paard,' zei Jeremy. 'Haar kans op het leven dat ze zich altijd al had gewenst.'

Ik wierp een blik op Charlene, die me steeds kwader aankeek.

'Ik moet terug,' zei ze. Ze verfrommelde het papiertje van haar hamburger tot een balletje en zoog door het rietje het laatste restje van haar milkshake op. 'Wilt u uw auto verplaatsen?' Ze zweeg even en zei toen: 'Alstublieft?'

'Natuurlijk.'

'Mijn telefoon?' zei Jeremy.

'Maak je geen zorgen,' zei ik en ik stak mijn hand op. 'Hij is hier veilig.'

We stonden op. Ik zette mijn koffiebeker op het dienblad. Toen Jeremy geen enkele aanstalten maakte om zijn troep op te ruimen, deed Charlene het maar.

Toen we met zijn drieën naar buiten liepen, glipte ik langs de jongen achter de kassa.

'Meneer?' zei hij.

'Ik ben zo klaar.'

Ik hield Jeremy's telefoon vlak boven de frituurbak en liet hem voorzichtig in de sissende olie zakken zodat het niet zou spetteren.

'Wat doe je nou, man?' zei Jeremy.

Ik gaf de jongen achter de kassa een tiendollarbiljet. 'Hier, voor het ongemak. Die frietjes kun je denk ik beter weggooien.'

10

Constance Gaffney had ervoor gezorgd dat zij en Monica voor de hoofdingang van het Promise Falls General waren afgezet voordat Albert de auto parkeerde. Het stel had tijdens de rit geen woord met elkaar gewisseld. Als Monica hun vragen stelde, dan antwoordden ze steevast met 'Dat zien we nog wel' of 'Ik zou het niet weten'.

Hoewel, op één vraag had Constance gezegd: 'Je vader weet dat vast wel, hij heeft altijd overal een antwoord op.'

Albert had niet eens opgekeken.

Toen Albert Gaffney via de automatische glazen schuifdeuren het ziekenhuis binnenliep stonden Constance en Monica nog steeds bij de informatiebalie; ze moesten wachten op een bejaard echtpaar dat, op zoek naar de afdeling Gerontologie, al het hele ziekenhuis had doorkruist.

'Waar ligt hij?' fluisterde hij.

'Dat moeten we nog horen,' zei Constance geïrriteerd.

Albert stond zwijgend naast zijn vrouw en dochter terwijl het bejaarde koppel nog steeds de aan hen verstrekte informatie probeerde te begrijpen.

'Maar waar moeten we nu heen?' vroeg de oude vrouw. 'Welke route moeten we volgen?'

Constance keek Albert aan en hield haar hoofd scheef, een stille hint om die twee oude gekken te interrumperen en te vragen waar Brian lag. Toen hij niet direct in actie kwam, nam Monica het heft in handen.

'Hallo,' zei ze met enige stemverheffing en ze drong zich voor het oude stel. 'Mijn broer Brian Gaffney is hier vanochtend binnengebracht. Weet u misschien waar hij ligt?'

De vrouw typte zijn naam in. 'Waarschijnlijk nog steeds op de spoedeisende hulp,' zei ze. 'Als ze hem naar een kamer hebben gebracht, dan is het nog niet ingevoerd.'

'Welke route is dat?' commandeerde Constance.

Ze kregen aanwijzingen en liepen erheen. Er werd ze verteld dat ze naar de aangrenzende zaal moesten, waar hij in bed 32 lag. Ze passeerden diverse bedden met dichte gordijnen, tot ze het juiste bed bereikten. Ook hier was het gordijn dicht.

Het was Monica die voorzichtig het gordijn opzijtrok om te kijken of haar broer er misschien achter lag.

'Hé,' zei Brian. 'Ik vroeg me al af of jullie nog zouden komen.'

Hij zat rechtop in bed, gekleed in een ziekenhuisschort, met de lakens tot aan zijn middel. Zijn kleren lagen in een stapeltje op een stoel.

Zijn ouders en zus gingen om het bed heen staan. Constance boog zich voorover om haar zoon een zoen te geven, daarna volgde Monica. Albert stond aan het voeteneinde en knikte hem schaapachtig toe.

'Wat is er gebeurd?' vroeg Constance. 'Je ziet er niet slecht uit.'

'Het is moeilijk uit te leggen,' zei Brian. 'Eerst dacht ik dat ik was ontvoerd door… ach, laat ook maar. De politie gelooft niet dat er zoiets is gebeurd. Maar iemand heeft ervoor gezorgd dat ik bewusteloos was, en… heeft iets met me gedaan.'

'Wat heeft hij met je gedaan?' vroeg Albert zacht.

Brian trok een gezicht. 'Ik kan het je beter gewoon laten zien. Dit hemd is open aan de achterkant, dus jullie kunnen het zien. En niet naar mijn billen kijken, Monica.' Hij draaide zich op zijn zij en lette erop dat de lakens tot over zijn middel reikten. Monica liep om het bed heen en Albert kwam dichterbij staan.

Ze zagen tegelijkertijd wat hem was aangedaan, en er werd collectief naar adem gehapt.

'O mijn god,' zei zijn moeder.

'Wat is dit?' zei Monica. 'Is het er echt op getatoeëerd?'

'Dat is wat ze zeggen,' zei Brian.

'Jezus,' zei Albert. Hij strekte behoedzaam zijn arm uit en raakte de woorden SICK FUCK aan.

'Waarom zou iemand dat doen vanwege een hond?' vroeg Monica zich hardop af.

'Hè?' zei Brian.

'Herinner je je de hond van mevrouw Beecham niet meer?'

Brian groef in zijn geheugen. 'O, shit, ja. Die ik doodgereden heb.'

'Ze heeft onze banden doorgesneden,' zei Albert.

'En jij hebt haar daar nooit over aangesproken,' reageerde Constance. 'Je hebt er nooit iets over gezegd tegen die afschuwelijke vrouw.'

'Het viel op geen enkele manier te bewijzen,' zei hij. 'Het was niet zo dat ik het op video had staan.'

'Het lijkt me nogal een lange tijd om wrok te koesteren vanwege het doodrijden van een hond,' zei Brian.

'Dit zou nooit gebeurd zijn als je niet uit huis was gegaan,' zei Constance. 'Ik wist dat het een vergissing was.'

'Daar heeft het niets mee te maken,' zei Brian.

Monica staarde nog steeds naar de tatoeage, en raakte lichtjes de andere woorden aan, net zoals haar vader bij SICK FUCK had gedaan. 'Wie was het, Brian? Wie heeft dit gedaan? Ik geloof niet dat mevrouw Beecham dit kan hebben gedaan. Ik bedoel, ze is een oud vrouwtje.'

'Ik weet het niet. Ik was bewusteloos.' Hij rolde zich terug op zijn rug. Zijn lip begon te trillen. 'Ik ben blij dat jullie zijn gekomen.'

'Natuurlijk,' zei Constance. 'Zodra die politierechercheur het kwam vertellen zijn we in de auto gestapt. Je komt weer terug bij ons als je hier weg mag. Je kamer is er nog steeds.'

Brian keek zijn vader aan. 'Ik weet het niet. Ik redde me best wel goed, eigenlijk.'

'O ja,' zei zijn moeder. 'En moet je nu eens kijken.'

Alberts nekspieren spanden zich en zijn gezicht was rood geworden. 'Als je terug wilt komen, dan is dat prima. Maar je ging al die tijd al naar Knight's, toch? Ook toen je nog bij ons woonde.'

'Pa heeft gelijk,' zei Brian. 'Dit heeft niets te maken met het feit dat ik op mezelf ben gaan wonen.'

'Wat heeft de dokter gezegd?' vroeg Albert. 'Kunnen ze die rotzooi ook verwijderen?'

Brian schudde zijn hoofd. 'Ze maken zich zorgen over een infectie.'

'Wat?' zei zijn moeder.

'Ze moeten tests doen om te kijken of ik hepatitis of zoiets heb opgelopen.'

'Mijn god,' zei Constance.

'Shit,' zei Monica.

Albert liep om het gordijn heen. Zijn voeten waren nog even zichtbaar en waren toen verdwenen.

'Wat heeft hij?' vroeg Brian.

'Hij voelt zich ellendig, en dat zou hij zich ook moeten voelen,' zei Constance.

Monica schudde haar hoofd. 'Jezus, ma, geef pap toch niet overal de schuld van. Het was terecht dat hij vond dat Brian beter op zichzelf kon gaan wonen. Het is niet zo dat hij hem gedwongen heeft het huis te verlaten. Hij stelde het voor, en Brian vond het een goed idee.' Ze keek haar broer aan. 'Ja, toch?'

'Absoluut,' zei hij.

Monica was nog niet klaar. 'Ik wil ook op mezelf gaan wonen, zodra het kan. En als mij iets overkomt, is dat dan ook papa's schuld?'

'Jij kiest altijd de kant van je vader,' zei Constance.

'O god, daar gaan we weer.'

'Het is toch zo?'

'Er zijn geen verschillende kanten,' zei Monica.

Brians ogen schoten van zijn zus naar zijn moeder. 'Kunnen jullie dit gesprek niet ergens anders voortzetten?'

Constance legde haar hand op de zijne. 'Die tests zullen goed uitpakken, ik weet het zeker.'

'Ik ga pap zoeken,' zei Monica. Ze trok het gordijn terug en verdween.

Monica liep de wachtkamer van de spoedeisende hulp in, maar daar was hij niet. Ze vroeg zich af of hij terug naar de auto was gelopen. Maar toen zag ze hem in de gang, hij zat op een van de plastic stoelen met zijn ellebogen op zijn knieën en zijn hoofd in zijn handen.

Ze liep de gang in en ging resoluut naast hem zitten.

'Hoi,' zei ze.

Hij trok zijn handen van zijn gezicht weg en keek haar aan. Ze zag dat hij had gehuild.

'Misschien heeft je moeder wel gelijk,' zei hij. 'Ik heb hem overgehaald uit huis te gaan.'

'Is dat niet wat ouders worden verondersteld te doen? Hun kinderen onafhankelijk maken? En zoals ik ook net tegen haar zei, je hebt hem nooit gedwongen te vertrekken. Je gaf hem de keuze, en hij wilde kijken of hij het alleen kon redden.'

Albert glimlachte magertjes. 'Ja. Maar je moeder vond niet dat hij er al klaar voor was.'

'Hij was er juist helemaal klaar voor,' zei Monica. 'Ja, misschien dat Brian een beetje naïef is. Soms wordt daar misbruik van gemaakt. Maar hij is een goede ziel, en jullie hebben ook niet het eeuwige leven. Vroeg of laat zal hij voor zichzelf moeten zorgen.'

'Dat is wat ik ook altijd heb gezegd.' Hij keek weer naar zijn handen. 'Het is alsof iemand hem heeft verminkt, weet je?' Tranen welden weer op in zijn ogen.

'Ja,' zei Monica.

'De een of andere klootzak heeft hem voor zijn leven mismaakt.' Hij zweeg een moment. 'Ik moet dit goedmaken.'

'Hoe wil je dat doen?'

'Dat weet ik niet. Ik wil weten wie hem dit heeft aangedaan. Wie het ook is geweest, ik wil hem in de ogen kijken en vragen hoe hij zoiets heeft kunnen doen.'

'Dat is niet jouw ding, pap.'

'Hoe bedoel je?'

'Nou ja, mensen confronteren. Eigenlijk – en word nu niet kwaad – ben jij degene van wie Brian het heeft. Je gaat niet terug naar de winkel als er iets kapotgaat, je stuurt je steak nooit terug – ook al is hij niet zoals je hem wilde, je laat de parkeerplek die je op het oog had door een ander inpikken.'

'Ik bewaar mijn woede voor belangrijkere zaken,' zei hij. 'Ik riskeer mijn leven niet voor een parkeerplek.'

'O, pap.' Ze boog zich naar hem toe. 'Ik bedoel, kom op, als je íémand zou willen zeggen waar het op staat, dan zou je eens met ma moeten beginnen.'

'Soms is het beter om het maar te laten gaan,' zei hij.

'Dat kun je niet altijd blijven doen,' zei zijn dochter.

Hij keek haar aan. 'Jij bent sterk.'

'Dat kun jij ook zijn,' zei ze.

Albert zweeg. 'Ik moet het goedmaken met Brian. Ik moet iets doen.'

'De politie werkt er nu aan.'

Albert bleef zwijgen. Monica sloeg haar arm om hem heen en klopte op zijn schouder. 'Ik hou van je, pap.'

Hij zei niets.

Constance verscheen aan het eind van de gang. Ze liep resoluut in hun richting.

'Daar zijn jullie,' zei ze. 'Ik liep jullie overal te zoeken.'

'Wat is er?' vroeg Monica.

'Niets. Ik wilde alleen maar weten waar jullie waren.'

'We zijn aan het praten,' zei Monica.

'Ik wil die politieman nog eens spreken,' zei Constance. 'Wat was zijn naam ook alweer?'

'Duckworth, geloof ik,' zei Monica.

Albert stond op, wachtte een moment, en liep toen zonder een blik op haar te werpen langs zijn vrouw.

'En waar ga jij heen?'

'Ik ga naar mijn zoon,' zei hij zonder op te kijken.

'Ja, dat zou ik maar doen als ik jou was,' snauwde ze.

*

Toen Albert in de zaal was die aan de spoedeisende hulpafdeling grensde en bed 32 had bereikt, wachtte hij een moment.

Hij vermande zich.

Toen trok hij het gordijn opzij.

Het bed was leeg. Brians kleren, die op de stoel hadden gelegen, waren weg.

Albert liep naar de dichtstbijzijnde balie en vroeg of zijn zoon naar een kamer was verplaatst, of dat hij op dit moment misschien een van die tests kreeg.

'Ik zag hem geloof ik net voorbijlopen,' zei de verpleegkundige. 'Maar voor zover ik weet, is hij niet ontslagen. Maar nu u het zegt, hij was aangekleed.'

Albert rende de spoedeisende hulp door naar buiten en hield stil op de oprit voor de ambulances.

Geen spoor van Brian.

Zijn zoon was verdwenen.

11

Barry Duckworth stuurde een sms'je naar zijn zoon Trevor: *Moet je spreken.*

Hij drukte op 'send' en bleef bijna een minuut naar het scherm van zijn telefoon kijken om te zien of zijn zoon direct zou reageren. Trevor reageerde soms ogenblikkelijk. Maar het duurde net zo vaak een paar uur, of zelfs weleens een hele dag, voordat hij antwoord kreeg. Maar nu hij weer bij zijn ouders woonde, maakte het niet meer zoveel uit. En soms zag Duckworth zijn zoon gewoon in levenden lijve en vroeg hem wat hij wilde weten. Het pleitte voor Trevor dat hij geen slaaf van zijn telefoon was, zoals veel anderen. Hij zette vaak het geluid uit en keek pas aan het eind van de dag of er berichten waren binnengekomen.

Na deze minuut besloot Duckworth zijn tijd niet meer aan wachten te spenderen.

Hij wilde Trevor absoluut spreken over zijn aanwezigheid in Knight's. Was het mogelijk dat hij iets had gezien? Hij had de bar slechts een paar seconden na Brian Gaffney verlaten. Maar de rechercheur had ondertussen ook nog andere dingen te doen.

Hij had zijn telefoon nog in zijn hand, en zocht de tatoeagesalons in Promise Falls op. Hij vond er drie: Mike's Tattoos, Kinky Inky en Dreamy Tatts.

Kinky Inky was verderop in dezelfde straat als Knight's, dus hij liep erheen. Maar toen hij er aankwam, zag hij een bordje voor het raam hangen waarop stond: OPGEHEVEN. DANK VOOR UW KLANDIZIE.

Hij hield zijn hand boven zijn ogen en tuurde door de smoezelige ruit. De ruimte was kaal gestript. Geen stoelen, geen tafels, niets.

Als hij de andere twee tatoeagesalons wilde bezoeken, dan moest hij terug naar de auto. Dreamy Tatts was zes straten verderop, in een klein winkelcentrum met een 7-Eleven en een pruikenwinkel. Toen hij naar de voordeur liep, zag hij wederom een bordje hangen: GESLOTEN. Dreamy Tatts was nog maar tien minuten dicht. Hij prentte zich in dat de salon morgen om twaalf uur open zou zijn.

Alleen Mike's bleef nu nog over, Duckworth ging ervan uit dat deze salon dan ook wel gesloten zou zijn. Maar toen zijn auto acht minuten later achter een zwart busje tot stilstand kwam, bleek hij geluk te hebben. Tussen een stripboekenwinkel en een bedrijf dat grasmaaimachines repareerde zag hij een neonbord met OPEN erop hangen dat een etalage verlichtte die gedecoreerd was met tientallen voorbeelden van tatoeages.

Hij liep naar binnen en hoorde direct het snerpende gezoem van een tatoeagepistool. Een blondine van in de twintig zat achter een simpel bureau met een computer. Ze droeg jeans met een rood T-shirt erboven, en leek verrassend genoeg geen – zichtbare – tatoeages te hebben, al zag hij wel verschillende piercings in haar oren. Ze was in een gesprek verwikkeld met een man die op de rand van het bureau zat en haar iets op het beeldscherm aanwees.

Ze keek Duckworth met een vermoeide blik aan en zei: 'Politie?'

Duckworth grijnsde. 'Is het zó overduidelijk?'

De man draaide zich om en keek hem verrast aan. 'Hé, ik heb jou op het nieuws gezien.'

'Ja, nu je het zegt, daar heb ik je ook gezien,' zei de vrouw.

'Ah, jullie spelen vals,' zei Duckworth. 'Het is dus geen zesde zintuig.' Hij hield zijn penning op. 'Rechercheur Duckworth, Promise Falls Police.'

De man liet zich van het bureau af glijden en grinnikte. 'Zelfs als ik je niet op tv had gezien, dan wist ik wat voor werk je deed.'

Duckworth wierp een snelle blik op de man. Begin dertig, zo'n honderd kilo, kort rossig haar en bolle wangen. Hij keek Duckworth aan vanachter een bril met metalen montuur en droeg een kakibroek met een donkerblauw overhemd erop. Ook bij hem geen zichtbare tatoeages. Hij leek hier niet op zijn plaats, dacht de rechercheur. Hij was iets te netjes. Hij deed Duckworth aan Howdy Doody denken; de rossige, bolwangige marionet in cowboy-outfit uit het gelijknamige tv-programma uit de jaren vijftig. Een serie die van vóór Duckworths tijd was, maar sommige Amerikaanse iconen verdwenen nooit uit beeld.

'Kun je zo goed zien dat ik van de politie ben?' vroeg Duckworth.

'Je ziet er gewoon zo uit,' zei de man.

'Kom op, Cory, zo overduidelijk is het niet,' zei de vrouw.

Cory schudde zijn hoofd. 'Om te beginnen zie je er niet uit als iemand die hier voor een tatoeage komt.'

Duckworth knikte. 'Daar heb je gelijk in.' Hij glimlachte. 'En jij ziet er niet uit als iemand die zijn geld verdient met tatoeëren.'

Cory grijnsde. 'Baas boven baas.' Hij deed een stap naar achteren en sloeg zijn armen over elkaar, alsof hij de uitdaging aannam. 'Wat voor werk zou ik doen?'

Duckworth dacht even na. 'Computerprogrammeur.'

Cory's mond viel open. 'Wauw, dat is niet slecht. Ik bedoel, dat is niet wat ik doe, maar ik breng veel tijd achter de computer door.'

'Wat doe je dan precies?' vroeg Duckworth.

'Ik ben een soort sociaal activist,' zei Cory. 'Ik hou me bezig met maatschappelijke issues en dat soort dingen.'

'Dat is mooi,' zei Duckworth.

'Cory, wanneer stop je nu eens met praten?' zei de jonge vrouw achter het bureau. 'Kan ik je ergens mee helpen, meneer de rechercheur?'

'En wat is jouw naam?' vroeg Duckworth.

'Dolores. Denk maar aan *Seinfeld*.'

'Pardon?'

'Je weet wel. Die vrouw wier naam rijmt op een vrouwelijk lichaamsdeel.'

'Ik heb die serie nooit gezien,' zei Duckworth.

'Serieus?' zei Cory.

'Serieus.'

'Wauw. Ik kan me niet voorstellen dat er iemand is die nog nooit *Seinfeld* heeft gezien,' zei Dolores. 'Ik bedoel, ik was nog maar nauwelijks geboren toen hij begon, maar zelfs ik heb alle afleveringen gezien. Maar goed, mijn vrienden noemen me Dolly.'

'Hallo, Dolly.'

'En wat kan ik voor je doen?'

Duckworth wees op een bord waar 'Mike's Tattoos' op stond. 'Ik zou Mike graag willen spreken.'

'Wacht even.'

Ze liep door een deur naar de achterkamer, daar waar het zoemende geluid vandaan kwam. Het tatoeagepistool stopte, en Dolly zei: 'Hé Mike, ik heb hier een rechercheur die nog nooit *Seinfeld* heeft gezien en die je wil spreken.'

'Prima. Stuur hem maar door.'

Dolly verscheen in de deuropening en wenkte Duckworth. 'De dokter wacht op u,' zei ze met een grijns.

Cory stak zijn hand op naar Dolly en zei: 'Ik zie je wel weer.' En toen, tegen Duckworth: 'Veel succes met de boevenjacht.'

Duckworth stak zijn duim naar hem op en volgde Dolly naar achteren.

Mike was een magere, bebaarde dertiger en droeg een speciale werkbril met vergrotende glazen. Hij stond over een zwaarlijvige man heen gebogen die ongeveer twee keer zo oud was en in een soort kappersstoel lag. De stoel hing in een hoek van vijfenveertig graden naar achteren, zodat Mike in een comfortabele positie de bovenarm van de man kon bewerken. De tatoeage bestond uit een niet onaardige afbeelding van een waterval – ongeveer acht centimeter groot – met eronder de cijfers 5-23-16.

En weer daaronder de woorden: I SURVIVED.

'Hoi,' zei Mike, die zijn blik op het werk gericht hield.

'Hallo,' zei Duckworth. En toen: 'Dat is me wel een tatoeage.' Er klonk weinig enthousiasme in zijn stem door.

De man in de stoel grijnsde. 'Je snapt hem, hè?'

'Jazeker,' zei Duckworth.

'De drieëntwintigste mei van verleden jaar,' zei de man. 'Ik heb het water niet gedronken.'

'Dan heb je geluk gehad.'

Dolly wees op de tatoeage. 'Jezus, Mike. Moet die 23 niet eerst komen, en daarna de 5?'

'Ik dacht van niet,' zei Mike, die opeens tamelijk bezorgd keek. Hij wierp een zijdelingse blik op zijn klant. 'Zo wilde je het toch?'

'Zeker weten.'

'Oei. Dat was nogal schrikken, Dolly.'

Mike keek Duckworth aan. 'Waar kan ik je mee helpen?' Hij schoof de bril met de vergrootglazen op zijn voorhoofd.

'Ik wil je iets laten zien,' zei Duckworth, die zijn telefoon pakte. Hij tikte op het scherm en toonde de foto die hij van Gaffney had gemaakt. 'Ken je deze man?'

Mike keek er drie seconden naar. 'Nee.'

'Weet je het zeker?'

'Helemaal zeker. Dolly, ken jij deze gast?'

Dolores bekeek de foto uitgebreid, perste haar lippen op elkaar en zei: 'Nee, nog nooit gezien.'

'Ik heb nog een foto,' zei Duckworth. Hij zocht de foto van Gaffneys rug op en hield de telefoon in Mikes richting.

'Jezus, wat laat je me nu zien?' Mike schoof zijn bril omlaag, bestudeerde de foto, en schoof de bril toen omhoog.

'Wat is dit in godsnaam?'

'Dit is iemands idee van een tatoeage,' zei de rechercheur. 'Herken je dit handwerk?'

'Neem je me nou in de maling? Dit is geen handwerk, maar gepruts. Mag ik?' Hij wilde de foto beter bekijken en legde het tatoeagepistool weg. Met zijn duim en wijsvinger vergrootte hij de foto om de details te bekijken. 'Dat meen je toch niet? Heeft iemand echt deze tatoeage laten zetten?'

'Laat mij eens kijken?' vroeg Dolly. Mike reikte haar de telefoon aan. 'Wauw. Die jongen zou zijn geld moeten terugvragen.'

De man in de stoel wilde het ook zien en zei tegen Mike: 'Zoiets ga je me toch niet aandoen, hè?'

Duckworth nam zijn telefoon terug en herhaalde zijn vraag, al formuleerde hij hem anders. 'Hebben jullie enig idee wie dit gedaan zou kunnen hebben?'

Mike had een wedervraag. 'Waarom zou iemand zo'n tatoeage willen hebben?'

'Het was niet vrijwillig,' zei Duckworth.

Mike sperde zijn ogen open. 'Heeft iemand dit zonder zijn toestemming gedaan?'

'Dat is volkomen gestoord,' zei Dolly.

'Hoe kan iemand zo lang stilzitten en hem dat laten aandoen?' wilde Mike weten.

Duckworth had het gevoel dat hij hem al genoeg had verteld. 'Dus je weet niet wiens werk dit kan zijn geweest?'

'Ik zou zeggen dat het door een vierjarige is gedaan,' zei Mike. 'Zo slecht is het. Dit is geen professional geweest. Amateurwerk.'

'Zijn er veel amateurs die zich hieraan wagen?'

'Deden ze het maar niet,' reageerde Mike.

'Leen je je spullen weleens uit?' Duckworth knikte in de richting van het tatoeagepistool.

'Geen sprake van. Ik heb nog nooit...' Hij stopte halverwege de zin.

'Wat?'

'Dolly, wanneer hadden we die toestand?'

'Toestand?'

'Dat hier 's nachts iemand was geweest.'

Dolly dacht na. 'Dat was... zo'n twee weken geleden, denk ik?'

'Was er ingebroken?' vroeg Duckworth.

Mike haalde zijn schouders op en rolde met zijn ogen. 'Niet precies. We dachten alle twee dat de ander had afgesloten, waardoor de achterdeur die nacht open was blijven staan. Eerst dachten we dat er niets gestolen was, maar een paar dagen later ontdekte ik dat een van de pistolen en nog wat dingen verdwenen waren. Dat moest op die nacht zijn gebeurd.'

'Het was mijn fout,' zei Dolly. 'Ik had het moeten controleren.'

'Hoe moeilijk zou het voor iemand zijn om hetzelfde te doen wat jij doet?'

'Nou, als ze de spullen ervoor hebben, dan kunnen ze het doen,' zei Mike. 'Ze zullen er alleen niet zo goed in zijn. Ik bedoel, ik ben een kunstenaar, begrijp je?' Hij knikte naar de waterval op de bovenarm van de man.

'Natuurlijk.'

'Iemand die ergens verf en kwasten pikt, schildert niet zomaar even de *Mona Lisa*, denk je niet?'

Duckworth keek nog eens naar de tatoeage van de klant. 'Nee, dat denk ik niet.'

'Wat ik niet begrijp,' zei Dolly, 'hoe je zoiets kunt doen zonder dat de ander meewerkt.'

'Want reken maar dat je het voelt,' vulde de man in de stoel haar aan.

'Heb je de politie gebeld over het gestolen tatoeagepistool?' vroeg Duckworth.

Mike maakte een snuivend geluid. 'Werkelijk, hoeveel moeite zou de Promise Falls Police in zoiets hebben gestoken?'

Duckworth knikte, hij begreep Mikes punt. Hij dacht aan Knight's en vroeg: 'Heb je hier camera's?'

Mike schudde zijn hoofd. 'Jezus, nee. Ik heb veel klanten die hier niet zouden komen als ze wisten dat ze werden gefilmd.'

'Zoals motorrijders?'

'Motorrijders? Nee, ik heb het over vooraanstaande leden van de gemeenschap, maar ook huisvrouwen, dat soort volk. Mensen die denken dat ze te fatsoenlijk zijn voor een tatoeage.' Hij grinnikte. 'Ze willen tatoeages op zeer interessante plekken. Het is al een hele toer om die plekken te bereiken, laat me je dat wel vertellen.'

Dolly grijnsde.

'Bedankt voor je tijd,' zei Duckworth.

Toen hij naar de deur liep, vroeg de man in de stoel: 'Wie is de Sean eigenlijk die door die *sick fuck* is vermoord?'

'Daar ben ik mee bezig,' zei de rechercheur.

Toen hij in zijn auto stapte, bedacht hij dat het interessant was dat de klant die vraag als enige had gesteld.

Eenmaal achter het stuur gezeten pakte hij zijn telefoon en selecteerde de foto van het busje op de oprit van mevrouw Beecham. Hij leerde het kentekennummer uit zijn hoofd en belde toen de communicatieafdeling van het bureau. Een vrouw nam op.

'Shirley?' zei Duckworth.

'Ja. Ben jij dat, Barry?'

'Ja. Kun je een kentekennummer voor me checken?'

'Barry, wanneer neem je nu eens een boordcomputer, net als echte politiemannen?'

'Ben je er klaar voor?'

'Kom maar op.'

Hij sloot zijn ogen en zei de combinatie van letters en cijfers op.

'Wacht even,' zei Shirley. Hij hoorde haar op de achtergrond typen. 'Oké, hebbes.'

'Wie is de eigenaar?'

'De bus staat op naam van ene Norma Howton.'

'Kun je die achternaam voor me spellen?'

Dat deed ze.

'Dus niet Norma Lastman,' zei Duckworth.

'Nee,' zei Shirley. 'En wat kan ik nog meer voor je doen vandaag? Een cruise naar Tahiti voor je boeken? Een pizza voor je bestellen?'

'Nee, dit was het,' zei Duckworth.

12

Cal

'Je zult een nieuwe telefoon voor me moeten kopen,' zei Jeremy Pilford tegen me vanuit de passagiersstoel.

We reden het parkeerterrein van de hamburgertent af. Ik keek in mijn achteruitkijkspiegel en zag hoe Jeremy's vriendin de rode Miata druk schakelend uit het parkeervak manoeuvreerde.

'Leuke meid,' zei ik.

'Hè?'

'Charlene. Ze lijkt in je te geloven.'

'Ja.'

'Zijn jullie al lang bevriend?'

'Zolang ik me kan herinneren.'

'Is ze je vriendinnetje?'

Hij keek me gepijnigd aan. 'Die vraag heb je me al een keer gesteld.'

'Maar je hebt hem niet echt beantwoord.'

'Je bent net als mijn moeder. Op alles moet een etiket worden geplakt. Is ze m'n vriendinnetje… Ze is een vriendin. En soms zijn we dikker met elkaar dan anders.'

'Hoe dik jullie op het moment ook met elkaar mogen zijn, je had haar niet moeten bellen of haar laten weten waar je was.'

'Wat?'

'Ik denk dat het juiste woord hier "pardon" is. Of je zou de vragende vorm kunnen gebruiken, zoiets als "O, meneer Weaver, wat bedoelt u daarmee?"'

'Jij vindt jezelf heel grappig, hè?' vroeg Jeremy.

Ik haalde mijn schouders op. 'Ik zou het niet weten. Je kent me nog niet echt. Maar goed, aangezien je er niet naar vraagt, zal ik je het vertellen. Je draagt een schietroos op je rug. Als je dom wilt zijn en de wereld wilt laten weten waar je bent, dan moet jij dat weten. Maar je brengt Charlene in gevaar als je haar uitnodigt om je gezelschap te houden. Wil je dat ze wordt omgebracht?'

Hij wierp me een blik toe. 'Niemand zal me vermoorden.'
'Laten we hopen van niet.'
'Ik ben niet bang.'
Nu was het mijn beurt om hem een blik toe te werpen. 'Wat was het dan dat ik eerder zag?'
'Wanneer?'
'Op de veranda van mevrouw Plimpton.'
'Hè?'
'Die blik in je ogen. Ik weet wat ik zag.'
'Wat zag je dan?'
'Volgens mij zag je er angstig uit.'
'Ja hoor. O, wat ben ik bang.'
'Oké,' zei ik. 'Luister, ik weet dat de hele wereld je een grote baby noemt en dat je wilt laten zien dat je het niet bent. Dat snap ik. Maar weet je wat het is? Een beetje angst is niet zo erg. Het maakt je slimmer. Het maakt je oplettender. Ik ben ingehuurd om het veiligheidsniveau te beoordelen, en op dit moment is dat nul komma nul. En dat valt voor een groot gedeelte je moeder en jou aan te rekenen omdat jullie veel te loslippig zijn als je online bent. Je had net zo goed een groot bord in de voortuin van je oudtante kunnen zetten met daarop de mededeling dat dit jullie schuiladres is. Je wilt graag eruit en feesten, maar diep vanbinnen weet je dat je eigenlijk bang bent. Dat zag ik toen ik je op de veranda zag zitten.'
Jeremy zei een aantal seconden niets. 'Misschien. Alleen maar een beetje.'
'Wat je maar wilt. Je bent een held.'
'Ga je een nieuwe telefoon voor me kopen?'
'Nee.'
Hier dacht hij over na. 'Bob doet het wel.'
'Kijk nou eens. Ik dacht dat je hem niet mocht.'
Jeremy keek door het raam naar buiten. 'Ik weet niet. Hij is wel oké.'
'Wat is zijn verhaal?'
'Hij is een grote projectontwikkelaar. Hij heeft overal land. Hij is altijd met zakelijke transacties bezig, en hij wacht nog steeds op de grote klapper. Hij wil net zo rijk als zijn zakenpartner worden, weet je?'
'Nee, dat weet ik niet.'
'De man die het feest gaf. Toen het gebeurde.'
'Toen het ongeluk gebeurde?'
'Ja, precies.'
'En wie is dat?'

'Galen Broadhurst. Hij is zo'n mega-zakenman. Maar serieus, wat is dat voor naam? Galen Broadhurst?'

De naam was tijdens mijn gesprek met Bob en Gloria gevallen, maar ik realiseerde me nu dat ik hem al eerder had gehoord. Van wat ik op het nieuws had gezien, had Jeremy het meisje in Broadhursts auto doodgereden. Misschien dat ik meer over hem had kunnen weten als ik *The Wall Street Journal* of het zakenkatern van *The New York Times* las. Met een naam als Galen Broadhurst was je voorbestemd om rijk en machtig te worden, vermoedde ik. In de hamburgertent waar we net vandaan kwamen, werkten geen mensen met zo'n naam.

'Ik heb de berichtgeving over het proces gevolgd,' zei ik, 'maar ik ken niet alle details. Je mag me dus bijpraten, of is het iets waar je het liever niet over wilt hebben?'

'Ik heb het wekenlang in de rechtszaal aan moeten horen. Dacht je nu echt dat ik het allemaal nog eens met jou zou willen doornemen?'

'Zoiets vermoedde ik al.' Ik kon het hem niet kwalijk nemen.

'Hoe dan ook,' zei Jeremy. 'Mam houdt van Bob omdat ze van hem alles krijgt wat mijn vader haar nooit heeft kunnen geven.'

'En wat is zijn verhaal?'

'Wie? Bob? Of mijn echte vader?'

'Je echte vader.'

'Hij... hij heeft zo zijn eigen leven. Hij is oké. Hij wilde helpen. Toen ik in de problemen zat, weet je. Maar mam wilde het niet hebben. Niet dat hij zoveel geld heeft.'

'Wat doet hij?'

'Hij is leraar op een middelbare school.'

'Oké,' zei ik. 'Dus een dure advocaat zou zijn budget iets te boven gaan.'

'Ja, maar hij wilde op andere manieren helpen, me steunen, weet je? Maar mam wilde er niets van weten.'

'Waarom niet?'

Jeremy keek weer door het raam naar buiten. 'Ze wilde het gewoon niet.'

Ik besloot niet aan te dringen.

'En Bob?'

'Hij heeft geld. Ik bedoel, hij is ook niet superrijk. Nog niet, in elk geval.'

'Hoe bedoel je?'

'Hij werkt samen met meneer Broadhurst aan een project. Bob wordt multimiljonair als het is afgerond.'

'Nou, dat is fijn voor hem.'
Jeremy haalde zijn schouders op. 'Ik blijf hem toch een sukkel vinden.'
'Loopt er iemand op de wereld rond die jij géén sukkel vindt?'
Jeremy draaide zijn hoofd langzaam mijn kant op. 'Ik denk alleen maar dat hij die advocaat heeft betaald om mijn moeder een plezier te doen, weet je? Hij heeft het niet gedaan omdat hij mij zo'n fantastische stiefzoon vindt. Want, laten we er niet omheen draaien, dat zal ik nu eenmaal nooit worden.'
'Het gaat erom dat hij je verdediging heeft betaald, niet wat zijn motivatie ervoor was.'
'Ja, oké.' Hij keek naar het tegemoetkomende verkeer. 'En wat ga je nu doen? Me opsluiten zodat ik in veiligheid ben? Als dat zo is, dan had ik net zo goed in de gevangenis kunnen zitten.'
Ik glimlachte. 'Het is een verleidelijke gedachte, maar ik denk dat we iets anders zullen moeten verzinnen.'
'Want ik heb mijn rechten, weet je.'
'Ja,' zei ik. 'Dat doodgereden meisje had ook haar rechten.'
Zodra ik de woorden had uitgesproken, had ik er spijt van. Hoe moeilijk het ook was om deze jongen te mogen, zijn daad was op internet al door miljoenen mensen veroordeeld. Ik denk dat hij niet op mijn bijdrage zat te wachten.
'Sorry,' zei ik.
Hij keek me verbaasd aan.
'Het is niet aan mij om je te veroordelen. Dat is al genoeg gebeurd.'
Het bleef even stil. 'Dank je.' Een minuut later zei hij: 'Ik mocht haar.' En voor het geval ik het niet kon volgen, voegde hij eraan toe: 'Het meisje, weet je, dat aangereden is.'
Niet: *Het meisje dat ik heb doodgereden.*
'Wat was haar naam?' vroeg ik.
'McFadden.'
'En haar voornaam?'
'Iets vreemds. Het klonk als Sharn. Alsof je de naam Sharon heel snel uitspreekt.'
'Wat is dat?' vroeg ik.
'Wat is wat?'
'Ik bedoel, is dat Iers? Ik denk eigenlijk dat het Welsh is,' zei ik. 'Dus je kende haar?'
'Niet zo goed. We waren allebei door onze ouders naar het feest meegenomen, en op een gegeven moment zaten we bij elkaar. Ik kende haar dus

al een beetje. Ze was een soort vriendin zoals Charlene dat is, maar op die avond waren we meer dan dat.' Hij zweeg even. 'Hoe meer drankjes we mee naar buiten namen, hoe dronkener we werden – en we begonnen te zoenen.'

'Dat moet raar zijn geweest.'

'Waarom?'

'Charlene zei dat ze ook op dat feest was.'

'Ja. Zij en haar ouders. Maar we vermeden haar. In die dagen was Charlene vooral een vriendin, en niet méér dan een vriendin.' Hij wierp me een zijdelingse blik toe. 'Je begrijpt wat ik bedoel.'

'Zo ongeveer.'

Jeremy was weer even stil. 'Mijn ma, Bob en de advocaat zeggen dat het niet alleen maar mijn schuld is. Niet om de reden die Charlene tegen je zei. Men zegt dat het hun ook te verwijten valt. En meneer Broadhurst.'

'Ja?'

'Ik bedoel, om te beginnen had meneer Broadhurst de sleutels in de auto laten liggen. Dat was nogal stom van hem. Zeker bij zo'n auto.'

'Oké,' zei ik.

'En, zoals ik al zei, er stond overal drank, je kon het zo inschenken. Ma en Bob hadden beter op me moeten letten. Ik was nog niet oud genoeg om verantwoord te drinken.'

'Ik begrijp het. Je dronk te veel, stapte toen in meneer Broadhursts auto, startte hem en reed dat meisje aan – en het is dus eigenlijk allemaal hun schuld.'

Hij keek me kwaad aan. 'Ik dacht dat je had gezegd dat je niet in de positie was om me te veroordelen.'

'Nu ik je zo hoor neem ik dat in heroverweging.'

'Jezus, je bent net als alle anderen,' zei hij nukkig.

Mijn telefoon ging. Ik haalde hem uit mijn zak en drukte hem tegen mijn oor.

'Hallo?'

'Met Bob Butler.'

'Dag, Bob.'

Jeremy keek opzij.

'Is Jeremy bij je?' vroeg Bob.

'Ja, we zijn bijna bij het huis.'

'Shit. Ik dacht, kunnen jullie niet even een omweg nemen? Dat zou wel zo goed uitkomen. Weet je nog dat ik zei dat Galen Broadhurst misschien zou langskomen?'

'Dat herinner ik me, ja.'

'Nou, dat heeft hij dus gedaan. Maar we hebben een probleem hier, en het zou beter zijn als Jeremy hier pas aankwam als Galen weer vertrokken is.'

Maar we waren er al bijna; ik reed net Madeline Plimptons straat in. Het was nog geen honderd meter naar het huis. Er stond een auto op straat geparkeerd die er nog niet had gestaan toen ik vertrok om Jeremy te zoeken, en dat moest dus die van Broadhurst zijn. Een leuk wagentje, ook nog.

'O, jezus, dat geloof je toch niet!' riep Jeremy uit, die meteen rechtop ging zitten. 'Wat doet dat ding daar? Waarom dóét hij zoiets? Waarom zou iemand me dat aandoen?'

'Waar heb je het over?' vroeg ik terwijl ik de telefoon bij mijn oor weghaalde.

Jeremy staarde naar de auto. Het was een rode vintage Porsche 911 uit de jaren zeventig.

'Dát,' zei hij.

'Wat is daarmee?'

'Dat is de auto... dat is de auto waarin ik reed toen het gebeurde.'

13

Trevor Duckworth wierp een blik op zijn telefoon.

'Shit, mijn pa stuurde me een uur geleden een sms,' zei hij tegen de vrouw die in het Starbucks-filiaal tegenover hem zat aan een rond tafeltje voor in de zaak. Ze was midden twintig, met groene ogen en donker haar tot op haar schouders. Ze droeg een zwarte sweater, zwarte jeans en lichtbruine laarzen tot over haar knieën.

'Wat wil hij van je?'

'Hij zegt dat hij me wil spreken.'

'Waarover?'

Trevor haalde zijn schouders op. Hij typte *Ik zit in Starbucks* en drukte op 'send'. Hij zag het bewegende stippellijntje, en toen zijn vaders antwoord: *Blijf daar. Ik ben er over 5.*

Trevor typte: *Ok,* en legde de telefoon terug op het tafeltje. 'Ik had iets anders moeten zeggen.'

'Waarom?'

'Hij zal denken, hoe kan die jongen vijf dollar voor een kop koffie betalen als hij geen werk heeft?'

'Zal hij het ook zeggen?'

'Nee, maar hij zal het wel denken. Hij is hier over een paar minuten.'

'Zal ik dan maar gaan?' vroeg de vrouw. Ze wierp een blik op haar latte. Ze had er nog nauwelijks een slok van genomen.

Trevor aarzelde. 'Ik weet het niet.'

'Je weet het niet? Wat dacht je van: "Blijf alsjeblieft, ik zou het leuk vinden als je hem ontmoet"? Wat dacht je daarvan?'

'Je weet dat het niet zo handig is.' Trevor tikte op zijn telefoon om te zien hoe laat het was. 'Ach, blijf ook maar.'

'Hij is een soort held,' zei ze.

'Dat zegt iedereen, ja. Hij is de grote ster.'

'Kunnen jullie het niet met elkaar vinden?'

Trevor zuchtte. 'Soms wel, soms niet. Hij kan zich als een klootzak gedragen. Wat wil je, hij is agent.' Hij wierp een blik op de parkeerplaats. 'Shit. Hij is er nog eerder dan ik dacht.'

De vrouw volgde zijn blik. Een zwaarlijvige man stapte uit een zwarte vierdeursauto en liep naar de ingang.

Trevor stond op toen zijn vader het tafeltje naderde. De vrouw glimlachte onzeker. Barry Duckworth knikte zijn zoon toe voordat hij zijn aandacht op haar richtte.

'Hallo,' zei hij en hij stak zijn hand uit.

'Hoi,' zei ze.

'Pa, eh, dit is Carol,' zei Trevor ongemakkelijk. 'Carol Beakman.'

'Leuk u te ontmoeten,' zei ze. 'Ik heb veel over u gehoord.'

Duckworth grijnsde en zei: 'Je moet niet alles geloven wat hij tegen je zegt, hoor.'

'Alles goed, pa?' vroeg Trevor.

'Ja hoor,' zei Duckworth. 'Maar ik wilde je even spreken.'

'Dan ga ik maar,' zei Carol, die haar handtas pakte en de deksel op haar beker latte deed.

'O,' zei Duckworth snel. 'Je kunt gerust blijven.'

'Ik wil me niet opdringen, en er zijn nog wat dingen die ik...'

'Nee, het heeft ook met jou te maken.'

Carol zette grote ogen op. 'Pardon?'

'Pa, waar gaat dit over?'

'Laten we er een stoel bij pakken,' zei Duckworth. Trevor liep naar het dichtstbijzijnde tafeltje, waar een vrouw in haar eentje aan zat. Hij pakte de stoel tegenover haar en zette hem bij hun tafeltje neer. Duckworth ging zitten.

'Wilt u iets drinken?' vroeg Carol. 'Een cappuccino misschien?'

'Nee, nee, dat hoeft niet. Waarschijnlijk zal ik me niet kunnen beheersen als ik voor de toonbank sta. Dan neem ik een stuk van die citroentaart, die met dat glazuur erop.' Hij voelde het water in zijn mond lopen. 'Maar het zijn niet van die hele grote stukken, toch? Hoeveel calorieën zouden het zijn?'

'Pa,' zei Trevor. En tegen Carol: 'Pa probeert af te vallen.'

'Hoe bedoel je, "probeert"? Ik bén afgevallen.'

Carol glimlachte. 'Gefeliciteerd. Dat blijft altijd moeilijk.'

'Vertel mij wat,' zei Duckworth. 'Oké, dus...' Hij plaatste zijn handen met de palmen naar beneden op het tafeltje. 'Ik moet toegeven dat dit enigszins gênant is. Zoiets als dit is nog niet eerder gebeurd.'

'Wat is nog niet eerder gebeurd?' vroeg Trevor.

'Laat ik bij het begin beginnen,' zei Duckworth. Hij vertelde hoe de politie Brian Gaffney op straat had aangetroffen en hem naar het bureau had gebracht. En dat Brian zich niets meer van de afgelopen twee dagen kon herinneren.

'En wat heeft dat met ons te maken?' vroeg Trevor.

'Nou, het laatste wat meneer Gaffney zich kan herinneren, is dat hij in een bar was.'

'Welke bar?' vroeg Carol.

'Knight's,' zei hij.

Trevor en Carol wisselden een snelle blik met elkaar.

'Wanneer was dit?' vroeg Trevor.

'Twee avonden geleden. Nadat hij de bar had verlaten, riep iemand hem iets toe vanuit de steeg ernaast, en daarna kan hij zich niets meer herinneren.'

'Wauw,' zei Trevor.

Duckworth pakte zijn telefoon, en tikte op het icoontje van de foto's. 'Hier is een foto van hem. Komt hij jullie bekend voor?'

Ze keken beiden naar de foto en schudden gezamenlijk hun hoofd.

'En wat is er daarna met hem gebeurd?' vroeg Carol.

Duckworth aarzelde. 'Ik kan het je laten zien, maar het is niet leuk om naar te kijken, dus ik heb je gewaarschuwd.' Hij veegde over het scherm naar de vorige foto.

'O mijn god, wat is dát?' vroeg Carol. 'Heeft iemand dat allemaal op zijn rug geschreven?'

'Het is een tatoeage. Het is permanent.'

'Wacht, u bedoelt dat iemand dat zonder zijn toestemming heeft gedaan?' vroeg Carol.

'Precies.'

'Hoe hebben ze dat dan kunnen doen?' vervolgde ze.

'Door hem op de een of andere manier te drogeren, denk ik,' zei Duckworth. Op dat moment schrok hij op, alsof hem opeens iets te binnen schoot.

'Wat?' zei Trevor.

'Craig Pierce.'

'Die naam ken ik,' zei Carol. 'Was dat niet die jongen die drie maanden geleden was aangevallen?'

Duckworth knikte langzaam en zei, meer tegen zichzelf dan tegen Trevor en Carol: 'Hij was ook gedrogeerd. Dat ik daar nu pas aan denk...'

'Pa,' zei Trevor.

Duckworth reageerde niet. Hij probeerde zich de zaak te herinneren.

'Aarde aan pa...'

'Sorry,' zei Duckworth, alsof hij zojuist uit een trance was gehaald. 'Ik moet het een en ander uitzoeken. Maar goed, die jongen z'n rug was dus getatoeëerd en...'

'Maar dat is volkomen ziek,' zei Trevor.

'Dat is het zeker.' Duckworth veegde terug naar het portret van Gaffney. 'Weten jullie zeker dat je hem nog nooit eerder hebt gezien?'

'Eh, waar zouden wij hem van moeten kennen?' vroeg Trevor.

Zijn vader glimlachte schaapachtig. 'Nu komt het gênante deel. Ik ben naar Knight's gegaan om de beveiligingsbeelden te bekijken. Met de tijdcode heb ik gezocht naar het moment waarop meneer Gaffney de bar binnenkwam, en toen heb ik de videobeelden bekeken tot vlak nadat hij weer wegging. Ik wilde zien of hij daar niet iemand had ontmoet, of dat hij er misschien ruzie met iemand had gekregen, iets wat me een idee zou kunnen geven waarom hij zo is toegetakeld.'

Trevor en Carol wisselden weer snel een blik met elkaar.

'En, heb je iets gezien?' vroeg Trevor.

'Nee, niets. Maar wat ik wel zag was dat jullie die avond ook in de bar waren.'

'O,' zei Carol en ze begon te blozen.

'Jezus, pa,' zei Trevor hoofdschuddend. 'Ik had nooit gedacht dat je nog eens je eigen zoon in een onderzoek zou betrekken.'

'Zo is het niet.'

'Zo klinkt het wel. Dat ik weer bij jullie ben gaan wonen betekent niet dat je je neus in mijn persoonlijke zaken mag steken.' Trevor keek Carol verontschuldigend aan. 'Dit spijt me echt.'

Carol legde haar hand op Trevors arm. 'Ik denk niet dat je vader...'

Trevor duwde haar hand weg. 'Nee, dit gaat echt te ver.'

Duckworth probeerde zo rustig mogelijk te klinken en zei: 'Ik ben hier alleen maar omdat ik dacht dat jullie me misschien konden helpen. Het is niet zo dat jullie in de problemen zitten.'

'Maar je hebt dus naar ons zitten kijken terwijl we in de bar zaten?'

'Ja.'

Carol werd weer rood. 'U moet... u moet een rare indruk van me hebben.'

Duckworth glimlachte haar geruststellend toe. 'Nee hoor. Ik ben zelf ook jong geweest, dat is me tenminste verteld. Ik weet er zelf weinig meer van.'

'Maar het komt er dus op neer dat je hebt gekeken hoe wij zaten te zoenen,' zei Trevor beschuldigend.

'Trevor,' zei Duckworth op zakelijke toon, 'Carol en jij zijn potentiële getuigen van een misdrijf. Jullie kunnen iets gezien hebben zonder het je te realiseren. Ik heb jullie aan een van de vaste tafels bij de muur geobserveerd, ja. Jullie verlieten de bar vlak na meneer Gaffney. Het enige wat ik hoop is dat jullie buiten iets hebben opgemerkt dat me bij het onderzoek kan helpen. Als je het ongemakkelijk vindt om door mij te worden verhoord, dan kan ik er iemand anders bij roepen om het te doen.'

Trevor zei niets.

'Zou je dat willen?'

Zijn zoon keek van hem weg. Terwijl hij een antwoord overwoog, zei Carol: 'Ik vind het niet erg om met u te praten. Ik bedoel, ik heb niets gezien, maar ik heb er niets op tegen. Trevor, vind je het goed als ik met je vader praat?'

'Het is gewoon vreemd, dat is alles,' zei hij.

'Dat begrijp ik,' zei Duckworth. 'Maar ik denk echt niet dat jullie die jongen hebben getatoeëerd.'

Carol lachte zenuwachtig. 'Nou, dat is fijn om te weten!'

Trevor leek het echter minder grappig te vinden.

'Kun je je meneer Gaffney herinneren?'

Carol schudde haar hoofd. 'Nee, maar,' ze plaatste haar hand behoedzaam voor haar mond, alsof ze een geheim ging onthullen, 'ik lette niet echt op de andere bezoekers.'

'Trevor?'

'Ik kan me hem niet herinneren.'

'En toen jullie Knight's verlieten? Jullie zijn nog geen minuut na meneer Gaffney vertrokken. Dat moet ongeveer op het moment zijn geweest dat hij de persoon of personen heeft ontmoet die hem hebben ontvoerd. Iemand die misschien buiten de bar rondhing, of iemand die bij het begin van de steeg stond? Hebben jullie iets gehoord dat als een ruzie of een handgemeen klonk?'

'Nee,' zei Trevor snel. 'Niets van dat alles. We kwamen naar buiten en liepen naar mijn auto, meer niet.' Hij keek Carol aan. 'Toch?'

Ze keek Trevors gezicht onderzoekend aan voordat ze antwoord gaf. 'Dat klopt. Zo herinner ik het me ook.'

'Jullie hebben niemand gesproken, of niemand gezien toen jullie buiten waren?' hield Duckworth vol.

'Dat zei ik toch net?' zei Trevor voordat Carol kon reageren.

Duckworth knikte langzaam. ‘Oké, dan.’ Hij zond Carol een flauw glimlachje toe. ‘Niet geschoten is altijd mis.’ Hij borg de telefoon in zijn zak op en leunde achterover.

‘Het is leuk je te ontmoeten,’ zei hij tegen Carol.

‘Dat is wederzijds, meneer Duckworth.’

‘Wat doe je voor werk, Carol?’

‘Ik werk voor de gemeente.’

‘Dat moet interessant zijn, vooral nu we Randall Finley terug aan het roer hebben.’

‘Er is altijd wel wat, ja,’ zei Carol.

‘En David Harwood is nog steeds zijn assistent, toch?’

‘Dat klopt. Ze hebben hem nooit aangeklaagd voor het neerschieten van die ontsnapte gevangene.’

‘Daar heeft Harwood geluk mee gehad. Luister, je zou eens een keer bij ons langs moeten komen.’

Ze glimlachte geforceerd. ‘Dat zou leuk zijn.’

‘Ik weet zeker dat Trevors moeder het heel leuk zou vinden om kennis met je te maken. Hoe hebben jullie elkaar ontmoet?’

‘Jezus, pa,’ zei Trevor. ‘Dit lijkt wel een verhoor. Mag Carol haar advocaat even bellen?’

Carol lachte geforceerd. ‘Het is oké, Trevor.’

Duckworth stak zijn handen op, alsof hij zich overgaf. ‘Het gaat me inderdaad niets aan.’

Hij stond op en knikte zijn zoon toe. ‘Ik zie je later.’

‘Ja hoor,’ zei Trevor. ‘Ik kan niet wachten.’

Duckworth liep terug naar zijn auto, ging achter het stuur zitten en reed de parkeerplaats van de Starbucks af.

‘God, sorry voor dit alles, hoor,’ zei Trevor. ‘Ik weet niet wat ik moet zeggen. Ik heb me nog nooit zo vernederd gevoeld. Hij heeft ons *bekeken*.’

‘Het is goed,’ zei Carol zacht. ‘Hij leek me een aardige man.’

Trevor zei niets.

‘Denk je dat hij het heeft gemerkt?’ vroeg Carol.

‘Dat hij wat heeft gemerkt?’

‘Dat we tegen hem hebben gelogen?’

Trevor dacht erover na. ‘Ik hoop van niet.’

14

Het was een stevige wandeling naar het huis van Jessica Frommer, maar dat vond Brian Gaffney niet erg. Trouwens, het was dichterbij dan naar huis lopen en de auto pakken. Hij sloeg met zijn vlakke hand op de voorzak van zijn spijkerbroek. Hij had tenminste zijn sleutels nog. De klootzak – of klootzakken – die hem dit had aangedaan, had hem zijn portemonnee en telefoon afgenomen, maar hij kon in elk geval nog wel zijn huis in en zijn auto starten.

Het was fijn om niet meer in het ziekenhuis te liggen. Hoewel zijn familie langs was geweest, had het bezoek hem uitgeput. Toen zijn zus en moeder ruzie begonnen te maken, wilde hij alleen maar dat ze weggingen. Toen zijn moeder vertrok om Monica en zijn vader te zoeken, besloot Brian dat het genoeg was geweest. Hij wilde weg zijn voordat ze terug zouden komen om met elkaar verder te ruziën.

Hij had het met zijn vader te doen. Het was niet zijn schuld dat Brian het ouderlijk huis had verlaten. Hij had er zelf al aan zitten denken. Hij kreeg een baan bij de autowasserij, en het leverde hem net genoeg geld op om een klein appartement te huren. De huurprijzen in Promise Falls waren echt niet zo hoog. Er waren de laatste jaren zoveel banen – en verleden jaar zoveel levens – verloren gegaan dat er genoeg huurwoningen leegstonden. Daarbij hadden veel inwoners besloten om te vertrekken, te verhuizen. Het stadje was door zoveel onheil getroffen dat ze bang waren dat het nooit meer zou ophouden. Je kon maar beter weg zijn voordat het nog erger zou worden.

Maar hoewel Brian wist dat het uiteindelijk zijn eigen beslissing was geweest om het huis uit te gaan, gaf zijn moeder pa de schuld ervan. Albert had zijn zoon volledig gesteund in zijn streven om het in z'n eentje te redden en een onafhankelijk bestaan op te bouwen. Hoewel Brian geen domkop was, gaf hij direct toe dat hij geen Steve Jobs, Mr. Spock of Sheldon Cooper was – oké, die laatste twee bestonden niet echt, maar toch – en dat mensen soms misbruik van hem konden maken en hem in verwarring konden brengen.

Zoals dat gedoe over die hepatitis. Ze wilden testen of hij positief was. Volgens Brians manier van denken betekende 'positief' dat het goed was, dus hij zou het niet hebben als hij positief testte. Maar de arts had hem uitgelegd dat het juist goed was als je negatief testte, dat betekende namelijk dat je géén hepatitis had.

Tja, dat zou kunnen. Hij begreep niet waarom ze het zo moeilijk moesten maken.

Zijn vader had hem gezegd dat hij hem alleen maar hoefde te bellen als hij ergens een vraag over had. Maar hij zou zich wel redden in de wereld, had Albert hem verzekerd. Het zou goed met hem gaan.

En het was goed met hem gegaan. Tot het misliep.

Het prettige aan een eigen woning was de privacy. Dat je je eigen plek had, en kon gaan en komen wanneer je wilde. Dat je kon eten wat je wilde. Dat je jezelf niet hoefde te verantwoorden.

Maar het beste was misschien nog wel dat er meisjes op bezoek konden komen.

Een meisje als Jessica Frommer.

Niet dat ze ooit bij hem was blijven slapen. Maar hij geloofde dat die dag aanstaande was. Des te meer reden om haar op te zoeken en zich te verontschuldigen. Ze zouden elkaar ontmoeten tijdens de dagen dat hij ontvoerd was. Maar nu hij geen telefoon meer had, kon hij haar niet bellen; en zonder zijn portemonnee kon hij ook geen taxi nemen.

Dus zou hij lopen.

Brian stelde zich voor hoe verrast Jessica zou zijn. Niet alleen omdat hij al een paar dagen niets van zich had laten horen, maar vooral omdat ze er geen idee van had dat hij wist waar ze woonde.

Ze hadden een keer in de vroege avond afgesproken in de BestBet Inn, net vanaf Route 98 in de richting van Albany. Jessica wilde nooit ergens met hem afspreken in Promise Falls, en Brian had zich afgevraagd of ze hem niet eigenlijk een te magere partij vond; dat ze zich zou generen als ze in zijn gezelschap een vriendin tegenkwam. Maar ze had tegen hem gezegd dat ze Promise Falls saai vond en dat er geen goede restaurants waren. De BestBet, zei ze, had een behoorlijk buffet. Je kon je menu zelf samenstellen, en je mocht zoveel nemen als je wilde.

Brian had de stiekeme hoop gekoesterd dat Jessica nog andere plannen had met een etentje in een hotel.

Daar bleek hij gelijk in te hebben.

Na een maaltijd van pasta, rosbief, kippenboutjes, frites, kersentaart met slagroom en nog wat andere dingen, bekende Jessica hem dat ze een kamer had gereserveerd. Even eerder, ongeveer toen hij zijn bord vol met aardappelpuree had geladen, had hij zijn hoop op iets anders dan een etentje laten varen. Nu het toch wel zo bleek te zijn, had hij spijt dat hij zo veel had gegeten. Hij voelde zich enigszins opgeblazen.

Wat zou het.

Ze gingen naar boven, en hun eerste keer verliep snel en onhandig. Maar na een half uur kon hij weer, en het ging er zo gepassioneerd aan toe dat ze niet merkten dat buiten de wind steeds feller aanwakkerde. Toen Brian klaar was, en zich van Jessica had afgerold om uitgeput op het bed naast haar te gaan liggen, hoorden ze de gierende storm en de regen die tegen het hotelraam sloeg. Hij trok het gordijn opzij en zag de druppels bijna horizontaal voorbijschieten. Er was nauwelijks zicht, al zag hij nog wel hoe er enorme plassen op de autoweg waren verschenen.

Brian had gezegd dat ze nergens heen hoefden. Ze hadden de kamer tenslotte tot morgenochtend. Maar Jessica zei dat ze naar huis moest, en dat de barre omstandigheden haar niets uitmaakten. Hoewel ze ieder in hun eigen auto waren gekomen, bood Brian haar een lift aan. Dan konden ze de volgende dag terug naar het hotel rijden om haar auto op te halen. Maar Jessica zei dat ze door de zwaarste sneeuwstormen van de staat New York had gereden, en dat ze zich niet liet afschrikken door wat plassen op de weg.

Nadat Brian Jessica naar haar auto had gebracht, en toekeek hoe ze wegreed, was hij naar zijn eigen auto gerend om – volkomen doorweekt – achter haar aan te rijden. Hij hield genoeg afstand, en bovendien, alles wat ze op dit uur in haar achteruitkijkspiegel kon zien waren een stel koplampen.

Het klopte. Ze was een prima chauffeur. Ze bereikte haar huis op Pilgrim's Way – een kleine eengezinswoning met zwarte luiken – zonder enige problemen. Brian was doorgereden. Toen hij ging slapen wist hij dat Jessica veilig in haar bed lag.

Kijk, zo'n jongen was hij nou.

Dus hij wist waar de wandeling heen moest gaan.

Onderweg dacht hij aan andere personen met wie hij in contact moest komen. Hij vroeg zich af of hij zijn baan bij de autowasserij nog had. Hij was twee dagen niet gekomen, en had ook niet gebeld om zijn absentie te verklaren.

Ze zouden het niet leuk vinden.

Hij bedacht dat hij naar zijn ouderlijk huis moest om er telefonisch zijn creditcards te blokkeren. En dan moest hij ook nog eens aan een nieuw rijbewijs zien te komen. Man, hepatitis was wel het minste van zijn problemen.

Hij liep over het trottoir van Pilgrim's Way. Het was nog niet donker, dus hij kon het huis makkelijk vinden. Jessica's auto – een kleine blauwe vierdeurs – stond achter een Ford pick-up geparkeerd.

Brian liep de trap op naar de voordeur en belde aan. Hij zou Jessica moeten laten zien wat ze met zijn rug hadden gedaan, maar hij moest haar er wel op voorbereiden. Hij wilde niet dat ze een rolberoerte kreeg.

Hij hoorde dat er iemand aankwam. Snelle, zachte stappen.

Toen de deur openging, moest Brian omlaagkijken. Het was een klein meisje, ze had een rode pyjama aan en hij schatte haar op een jaar of vier. Ze had blonde krullen, rode wangetjes en liep op blote voeten. Ze keek op naar Brian en giechelde.

'Boe!' zei ze.

'Eh,' zei hij langzaam. 'Is Jessica thuis?'

Zou het Jessica's zusje zijn? Daar had ze het nog nooit over gehad. Als dit meisje haar zusje was, dan moest er een aardig leeftijdsverschil zijn. Minstens twintig jaar, bedacht Brian. Een nichtje dat bij haar logeerde, misschien?

'Mama!' riep het meisje.

Brian voelde zijn maag omdraaien.

Het kind bleef bij de deur staan terwijl hij Jessica hoorde: 'Ik kom eraan, Gilda!'

Het meisje trok haar neus op. 'Hoe heet jij?' vroeg ze.

'Eh...'

Opeens was Jessica er. Ze schrok zichtbaar toen ze hem zag. 'Ga tv-kijken, Gilda.'

'Er is niets op tv, mama.'

'Ga!' zei ze scherp.

Jessica nodigde hem niet uit binnen te komen. Integendeel, ze duwde de deur half dicht en sprak hem door de kier. 'Wat doe je hier? Hoe heb je mijn huis gevonden?'

'Ik... ik wilde me verontschuldigen. We zouden elkaar zien en...'

'Je moet weg hier. Je moet *direct* vertrekken.'

Binnen in het huis klonk een mannenstem: 'Jessica!'

'Wie is dat?' vroeg Brian, die er steeds minder van begreep. 'Is dat je vader?'

'Nee, dat is níét mijn vader,' fluisterde ze.

'Wiens kind was dat?' vroeg hij. Eigenlijk wist hij het antwoord al, maar hij hoopte toch nog dat hij het mis had. Voordat ze kon antwoorden, zei hij: 'Jezus...'

'Je moet gaan,' drong Jessica aan.

'Dus je hebt een kind?' zei Brian. 'En je bent *getrouwd*?'

'Alsjeblieft,' zei ze. 'Ik wilde... Ik had je willen zeggen...'

'Ach, wat ben ik toch een idioot. Mijn ouders hadden gelijk toen ze zeiden dat je mij alles wijs kon maken. Geen wonder dat je hier niet met mij gezien wilde worden. Ik dacht nog dat je je voor me schaamde, maar nu begrijp ik het. Je wilde niet...'

Er verscheen een hand om de rand van de deur, die hem verder opende. Brian zag dat de hand bij een dunne, gespierde arm hoorde. Jessica's man was tegen de 1,90 meter, mager en pezig. Hij had kleine, diepliggende ogen.

'Wat is hier aan de hand?' vroeg hij.

'Niets,' zei Jessica. 'Het is iemand... Wat zei je ook alweer dat je verkocht?'

Brian knipperde met zijn ogen. Improvisatie was nooit iets geweest waarin hij had uitgeblonken. 'Eh, ik, eh...'

De man wrong zich langs Jessica en ging op het stoepje staan. 'Eh, wat?'

'Ron, het is niets,' zei Jessica tegen haar echtgenoot. 'Hij gaat van deur tot deur. Is het voor een goed doel?' Ze keek Brian met grote ogen aan, een hoopvolle blik die hem aanmoedigde het spel mee te spelen.

Maar hij begreep de boodschap niet. 'Ik... ik had een afspraak met je vrouw en kwam langs om uit te leggen waarom ik niet kon komen.'

'Een afspraak?' Ron hield zijn hoofd scheef.

Brian knikte onzeker. 'Er is iets met me gebeurd. Ik kwam die avond uit Knight's en...'

'Wegwezen hier,' zei de man.

'Ze hebben me iets aangedaan,' zei Brian, die langs Ron tegen Jessica praatte. Zijn stem begon te breken. 'Ze hebben me iets verschrikkelijks aangedaan. Ik heb zelfs misschien wel hepatitis. Ik weet niet of je eraan dood kan gaan, maar het klinkt niet goed. Ik moet nog getest worden.'

'Jezus, dus je hebt een ziekte?' zei de man. 'Opzouten jij, nu meteen.'

'Nee,' zei Brian, 'zo besmettelijk is het niet. Ik bedoel, niet op die manier. Zoals ik al zei, ik... ik was in Knight's. En toen ik naar buiten liep, was er iemand, of misschien waren het meerdere personen, ik weet het niet, maar ze grepen me en...'

'Je bent knettergek, man,' zei Ron. Hij zette zijn handpalm tegen Brians borst en gaf hem een duw.

Brian tuimelde de trap af. Hij viel ruggelings in het gras en had even geen adem meer. Hij probeerde zich op te richten en ging op handen en knieën zitten. Voordat hij op kon staan, schopte Jessica's echtgenoot hem met zijn laars tegen zijn borstkas. Brian schreeuwde het uit van de pijn.

Ron boog zich over hem heen. 'Je bent een van hen, hè? Je bent een van die jongens bij wie mijn vrouw heeft lopen slettenbakken.'

'Ik... ik wist het niet,' fluisterde Brian.

'Dat ze je het niet heeft verteld, betekent niet dat ik het zomaar pik.'

Hij schopte Brian nog een keer.

'Je hebt je verdiende loon gekregen,' zei Ron Frommer. 'Maar dat wil nog niet zeggen dat je van me af bent.' Hij draaide zich om en liep het huis in.

Voordat de deur dichtging kon Brian, die zijn middenrif vasthield, nog net een glimp van Jessica's angstige gezicht opvangen.

15

Na de ontmoeting met zijn zoon en Carol reed Barry Duckworth de parkeerplaats van de Starbucks af en dacht: dat had beter kunnen verlopen.

Wat een ramp. En toch, wat had hij anders kunnen doen? De mogelijkheid uitsluiten dat zijn zoon hem zou kunnen helpen bij een belangrijk onderzoek? Hij moest met hem praten omdat Trevor iets gezien zou kunnen hebben dat de rechercheur op het spoor kon brengen van degenen die Brian Gaffney hadden ontvoerd en getatoeëerd.

Misschien dat hij het anders had moeten aanpakken. Misschien dat hij zijn zoon apart had moeten nemen. Maar zijn nieuwe vriendin, Carol Beakman, was óók een potentiële getuige. Hij moest ze allebei spreken.

En toch…

Hij had zich moeten realiseren dat als hij ze vertelde dat hij ze op de beveiligingsvideo van Knight's had gezien, hij ze ook had zien zoenen.

Nou ja, jammer dan, dacht hij. Hij had hetzelfde gezien als hij die avond toevallig Knight's was binnengelopen. En als je midden in een café met elkaar ging vozen, dan kon je verwachten dat je privacy beperkt was.

Misschien had het hun geleerd dat ze wat discreter moesten zijn. Mijn god. Doe dat in de slaapkamer.

Maar, natuurlijk, Trevors slaapkamer bevond zich op het moment in zijn eigen huis.

Hij zuchtte diep.

Misschien dat hij zich er niet zo bedrukt over zou voelen als een van hen hem iets nuttigs had kunnen melden. Dat zou de pijnlijke situatie waard zijn geweest. Maar het bleek dat Trevor noch Carol iets had gezien. Ze hadden Gaffney zelfs niet eens herkend op de foto.

'Shit,' zei hij hardop.

Maar hoe meer Duckworth erover nadacht, hoe meer hij zich afvroeg waarom er nu zo'n toestand van moest worden gemaakt. Oké, hij had ze zien zoenen. Dat was niet handig. Maar verklaarde het Trevors vijandigheid? Misschien dat enige irritatie hierover terecht was, maar waarom reageerde hij direct zo defensief?

Duckworth dacht dat de kous hier niet mee af was. Hij wenste dat Trevor nooit was terugverhuisd. Als zijn zoon nu nog zijn eigen woning had, dan zou hij hem moeiteloos kunnen ontwijken. Maar Trevor zou vroeg of laat thuiskomen. En dat was geen moment waar hij naar uitkeek.

Wat hem op het volgende dilemma bracht. Hoeveel moest hij Maureen vertellen?

Het deed er niet toe of het zijn onderzoek zou schaden. Hij had op een puur persoonlijk niveau informatie die Maureen – die haar zorgen over Trevor vanmiddag nog over de telefoon had geuit – absoluut zou willen weten.

Duckworth wist nu dat Trevor een vriendin had. Hij wist haar naam. Hij wist zelfs waar ze werkte. Moest Trevor het maar aan zijn moeder vertellen als hij het er het juiste moment voor vond? En als zijn zoon het zo zou aanpakken, wat zou Maureen hem aandoen als ze er uiteindelijk achter kwam dat hij die informatie al de hele tijd had?

Wat een puinhoop.

Hij wist dat hij het aan Maureen zou vertellen. Er waren dingen die je niet kon achterhouden. De truc was om het verhaal zo te vertellen dat hij er met zijn handelswijze niet als een totale idioot uit naar voren kwam.

Als dat nog mogelijk was.

'Shit,' zei hij nog eens.

Hij liet de scène in Starbucks steeds opnieuw in zijn hoofd afspelen. Hij heeft zich voor me geschaamd, dacht hij. Trevor had er het volste recht op om kwaad te zijn. De eerste keer dat ze elkaar ontmoetten, onderwerpt zijn vader zijn vriendin aan een kruisverhoor.

'Ik heb het verknald. Ik heb het helemaal verknald.'

Wat een geweldige eerste indruk. Geen wonder dat Trevor woedend was. Duckworth besloot dat hij zijn excuses zou aanbieden. Hij zou zijn zoon zeggen dat zijn botheid hem speet.

Je bent zesentwintig jaar politieman, en je maakt nog steeds fouten.

God, hij had trek in een donut. Nee, dat was niet waar. Hij had trek in vijf donuts.

Hij moest het probleem met Trevor van zich afzetten. Er was iets anders om over na te denken.

Waarom had het zo lang geduurd voordat hij de link met Craig Pierce had gelegd?

Oké, hij moest niet te streng voor zichzelf zijn. Het was pas een halve dag geleden sinds Brian Gaffney naar het politiebureau was gebracht. Pas nu zag hij enkele overeenkomsten.

Zowel Gaffney als Pierce was gedrogeerd voordat hun de verschrikkelijkste dingen waren aangedaan.

In beide zaken leek vergelding het belangrijkste motief te zijn. Craig Pierce was gestraft voor iets wat hij had gedaan, en het leek erop dat Gaffney moest boeten voor iets wat er met 'Sean' was gebeurd, wie dat ook mocht zijn.

Maar er zou een tijd komen dat Gaffney zich gelukkig zou prijzen, in elk geval als je zijn lot met dat van Craig Pierce vergeleek.

Craigs heugelijke nacht had plaatsgevonden op 3 februari. Duckworth kon zich de details van zijn verklaring nog herinneren.

Craig werd wakker bij het geluid van klaterend water. Het kwam met bakken naar beneden. Een onophoudelijke stroom.

Toen hij zich op zijn omgeving probeerde te oriënteren, realiseerde hij zich hoe koud hij het had. In elk geval vanaf zijn middel. Het was tenslotte winter. (Als er iets was waar Craig dankbaar voor mocht zijn, dan was het dat het die februari tamelijk mild was in de staat New York.)

Het waren vooral zijn billen en benen die zo koud waren. Hij realiseerde zich al snel dat ze op een dun laagje ijs lagen. Hij lag ergens in de buitenlucht op zijn rug, en alles wees erop dat hij halfnaakt was.

Hij zou zich op moeten richten om de situatie te aanschouwen, maar er waren wat problemen. Om te beginnen, hij kon niets zien. Er zat een wollen kap om zijn hoofd, zoiets als een bivakmuts, behalve dat er geen gaten waren voor zijn ogen en mond. Het stomme ding zat achterstevoren.

Maar een groter probleem was dat hij zich niet kon bewegen. Zijn armen en benen waren uitgestrekt, alsof hij een zeester was, en hij lag vastgebonden op de grond. Hij kon de banden om zijn polsen en enkels voelen. Met zijn vingers kon hij een soort stokken voelen.

Nee, geen stokken. *Palen.*

Craig Pierce lag vastgepind op de grond. Zonder broek.

'Hallo?' Zijn stem klonk schor en angstig. 'Is daar iemand?'

Er kwam geen licht door het weefsel van de kap. Het was nacht, dat leed geen twijfel.

'Hallo?' zei hij nog eens. 'Wat is er aan de hand?'

Craig probeerde zijn gejaagde ademhaling onder controle te krijgen. Hij moest zich concentreren op wat er om hem heen gebeurde.

Hij voelde dat hij niet alleen was.

Zelfs met het achtergrondgeluid van het stromende water dacht hij de ademhaling van anderen te horen. Iemand – misschien waren het er meer – die van zijn ene been op het andere hipte. Heel dicht bij hem.

Gefluister.

'Ik weet dat je daar bent,' zei hij. 'Wat is er verdomme aan de hand? Wat is dit, verdomme?'

Het laatste wat Craig zich kon herinneren voordat hij op de besneeuwde grond wakker werd, was dat hij klaar was met zijn werk bij Maria's, een pizza-afhaalrestaurant. Het was middernacht, en hij had het pand via de achterdeur verlaten. Toen hij naar zijn Camaro liep, zag hij een bus, die zo dicht tegen zijn auto stond geparkeerd dat hij niet wist of hij het portier nog wel kon openen.

'Craig Pierce?' hoorde hij iemand zeggen.

Toen werd er van achteren iets tegen zijn gezicht gedrukt. Een dweil. Een sterk ruikende dweil.

Daarna niets meer, tot hij het klaterende water hoorde.

'Ik kan jullie horen!' riep hij. 'Ik hoor jullie praten! Waar gaat dit in godsnaam over?'

Pierce voelde bewegingen om zich heen. Hij dacht dat er iemand over hem heen stond. Toen hoorde hij een stem, misschien dezelfde die hij bij Maria's had gehoord.

'Alsof jij dat niet weet.'

Op dat moment wist Craig Pierce waar het over ging.

'Luister, het spijt me,' zei hij. 'Het spijt me, spijt me, spijt me echt. Ik heb mijn les geleerd.'

Toen hoorde Pierce nog iets ademen, iets wat niet menselijk klonk. Het klonk meer als een gehijg en gesnuif. Het klonk als de geluiden van een hond.

Wat er daarna gebeurde deed hem opspringen, voor zover iemand kan opspringen die vastgepind op de grond ligt. Er werd iets over zijn lichaam gegoten; het was dik, koud en vochtig. Vooral over zijn onderlichaam, over zijn kwetsbare delen.

'Hé!' schreeuwde hij. 'Wat ben je aan het doen? Wat is dit?'

Als antwoord kreeg hij de substantie ook nog over zijn gezicht gegoten. Het sijpelde door de stof van de kap en bereikte zijn lippen en tong, en hij moest het wel proeven.

Het was een mengsel. Een vreemde combinatie van ingrediënten. Zoiets als biefstuk met honing. Tegelijkertijd bloederig en zoet.

Toen, een flits.

Er was een foto gemaakt.

Craig had het gevoel dat de persoon die bij hem was – of personen, hij wist het niet zeker – van hem wegliep.

Toen hoorde hij een stem zeggen: 'Pak hem. Smakelijk eten, jochie.'

Er klonk het geluid van iets wat er kwam aangerend. Iets wat dichterbij kwam. Iets wat gulzig hijgde.

Even later verloor Pierce zijn bewustzijn.

Craig Pierce werd bij zonsopgang in het midden van het park gevonden. Hij lag aan palen vastgebonden en was bijna dood.

En dat had hij eigenlijk beter kunnen zijn, dacht Duckworth, als je wist wat er met hem was gebeurd. Hij had Craig een paar dagen later in het ziekenhuis ondervraagd.

Het was nu drie maanden later, en hij vond dat hij de jongen nog eens moest spreken. Niet dat hij er veel zin in had.

16

Cal

Ik drukte de telefoon weer tegen mijn oor en zei tegen Bob: 'Te laat. We zijn er al.'

Ik parkeerde de Honda achter de rode Porsche. Jeremy duwde het portier aan de passagierskant open en rende over de oprit naar het huis. Hij negeerde de andere auto volkomen, alsof de wagen niet bestond.

Ik liep rustig naar het huis. Er stonden geen patrouilleauto's op de oprit, Madeline Plimpton moest besloten hebben de politie erbuiten te houden. Toen Jeremy de voordeur had bereikt, stond Gloria met gespreide armen klaar.

'Daar ben je dan,' zei ze. 'Is alles goed?'

Hij ontweek haar omhelzing, liep het huis in en riep haar na: 'Nee, niet met die klootzak in de buurt!'

Bob kwam eraan gelopen, hij had zijn telefoon nog in zijn hand. Hij keek me kwaad aan. 'Ik had je gezegd te wachten. Je bent te vroeg!'

Ik wachtte tot hij voor me stond.

'Dit is niet handig,' zei hij en hij zwaaide met zijn telefoon.

'Zoals ik al zei, we waren er al.'

'Waar was hij trouwens?'

'Hij had afgesproken met een vriendin uit Albany.'

'Dat rotjoch. Wie?'

'Charlene Wilson.'

Hij schudde zijn hoofd. 'Jezus. Zij.'

Ik knikte in de richting van de sportwagen. 'Wat is dit? Is dit werkelijk de auto waarin Jeremy zat toen hij dat meisje doodreed?'

'Ik wist niet dat hij met deze auto zou komen. Ik weet bij god niet waarom hij dat heeft gedaan.'

'Galen Broadhurst?'

Bob knikte. 'Ja. Hij moest me spreken.'

'En hij besloot met déze auto te komen? Waarom? Wilde hij het de jongen nog eens goed inwrijven?'

Bob schudde gefrustreerd zijn hoofd. 'Ik weet het. Ik weet het. Het was niet zo slim. Het is de eerste keer dat hij erin rijdt sinds...'

'Bob!'

Er kwam een man het huis uit benen. Achter in de vijftig, grijs haar, zo'n honderd kilo, een leren jack, jeans en hoge zwarte veterschoenen.

'Daar heb je hem,' zei Bob. 'God, ik hoop niet dat hij Jeremy is tegengekomen. Dit had nooit mogen gebeuren!'

'Waarom heb je me niet verteld dat die jongen hier is?' zei Galen Broadhurst geïrriteerd.

'Dat wilde ik doen,' zei Bob terwijl Galen naar ons toe liep. Toen hij voor ons stond, zei hij tegen Bob: 'Wie is dat?'

Goede manieren. Daar hou ik van.

'Dit is Cal Weaver,' legde Bob uit. 'Hij is hier om Jeremy's veiligheidsrisico's te evalueren.'

Hij wierp me een keurende blik toe. 'Je ziet er niet uit als een bodyguard.'

'Handig, om die auto zo neer te zetten dat Jeremy hem niet kon missen,' zei ik.

'Verdomme, ik heb al gezegd dat ik niet wist dat die jongen hier was,' zei hij. 'Eerst wordt die auto maandenlang door de politie vastgehouden, dan krijg ik hem eindelijk terug en moet hij naar de garage. De voorkant was... hoe moet ik het zeggen, er was iemand mee aangereden, dus er was nogal wat schade.'

'Aan de auto, bedoelt u?' zei ik. 'Vervelend, hoor.'

Broadhurst wees op de Porsche. 'Dit is een klassieke bolide waar ik door de jaren heen een fortuin in heb gestoken. Het is uiteraard vreselijk wat er is gebeurd. Maar nu het recht zijn loop heeft gekregen en het proces is beëindigd, mag ik hem toch zeker laten opknappen en het achter me laten?'

'Natuurlijk,' zei ik. 'Je moet toch verder met je leven.'

Galen Broadhurst keek me langdurig aan. 'Jij bent nogal bijdehand, hè?'

Bob Butler hief allebei zijn handen op. 'Genoeg, in godsnaam, zo is het genoeg! Dit gaat de verkeerde kant op. Jezus, Galen, deze man heeft zijn waarde al aan ons bewezen. Jeremy was ertussenuit geknepen en meneer Weaver heeft hem opgespoord en hem zojuist thuisgebracht. Probeer je eens voor te stellen hoe het voor Jeremy is. Ze rijden de straat in en hij ziet die verdomde auto staan. Sinds de nacht waarop het allemaal gebeurde had hij hem niet meer gezien.'

'Oké,' zei Galen, 'maar ik wist van niets. Ik heb de auto vanochtend bij de garage opgehaald, en wilde er een stuk mee rijden. Ik had documenten die je moest ondertekenen en op je kantoor zeiden ze dat je hier zat. Dus schiet me maar neer.'

De verleiding was groot. Maar ik had mijn pistool niet bij me vandaag.

'En meneer Weaver is geen bodyguard,' zei Bob. 'Hij is privédetective.'

'O, is dat zo?' zei Broadhurst. 'Wat ben je aan het onderzoeken? Ga je uitzoeken van wie al die bedreigingen afkomstig zijn?'

'Nee,' zei ik. 'Daar zou je een heel politiekorps mee zoet kunnen houden.'

'Meneer Weaver zal een oogje op Jeremy houden tot het wat rustiger wordt,' zei Bob. 'Een uur geleden is er iemand langsgekomen om een steen door het raam te gooien.'

In plaats van naar het huis te kijken – Broadhurst had waarschijnlijk al de glasscherven zien liggen – wierp hij een blik op zijn Porsche, en daarna naar de straat. Waarschijnlijk was hij bezorgd dat zijn net opgeknapte auto in de vuurlinie van de volgende vandalistische actie stond.

'Dat is verschrikkelijk,' zei hij. 'Dat is verschrikkelijk, en ik leef met jullie mee.' Hij klonk milder. 'God, en dat allemaal vanwege één incident.'

'Maar dat was ook geen klein incident,' zei ik.

'Dat is waar, dat is waar,' zei Broadhurst. 'Er zijn veel mensen door getroffen, vooral de familie van dat arme meisje.'

'Als het mijn auto was, dan was het de vraag of ik er ooit nog in zou kunnen rijden na zo'n gebeurtenis,' zei ik.

'Ik begrijp wat je bedoelt,' zei Galen Broadhurst. 'Nu hij is opgeknapt en weer als nieuw is, zit ik er eerlijk gezegd ook aan te denken om hem te verkopen. De wagen heeft een tragische geschiedenis, en ik denk dat ik daar elke keer als ik achter het stuur zit aan herinnerd zal worden.' Voor de eerste keer verscheen er een glimlach op zijn gezicht. 'Ben je soms geïnteresseerd?'

Ik schudde mijn hoofd, en knikte in de richting van mijn oude Honda. 'In mijn branche ben je beter af met iets minder opvallends.'

Hij lachte. 'Ja, denk maar aan Magnum, die altijd in een rode Ferrari reed. Leuk karretje voor een privédetective, toch?'

'Wat is zo'n auto nu waard?' vroeg ik.

'Je kijkt naar een Porsche 911 Targa uit 1978, die in excellente staat is. Ik zou zeggen zo'n vijftig-, zestigduizend, misschien iets minder. Het hangt van de markt af. Een zeldzame auto is waard wat iemand ervoor wil geven, en niet wat er in de catalogi staat. Ja toch, Bob?'

‘Dat is zeker zo, Galen,’ zei Bob.

‘Ik zou denken dat het meer dan zestigduizend was,’ zei ik.

‘O, er zijn genoeg klassieke Porsches die een kwart miljoen opbrengen.’ Hij glimlachte. ‘En toevallig bezit ik er een paar. Maar deze heeft altijd een speciaal plekje in mijn hart gehad.’

‘Het was de auto van Galens vrouw,’ zei Bob.

‘Dat klopt,’ zei hij. ‘Amanda. Ze is zes jaar geleden gestorven. De K-ziekte. Ze was gek op die wagen, en ik kan er moeilijk afstand van doen. Ik ben een sentimentele man, maar soms moet je accepteren dat de dingen zijn zoals ze zijn en verder gaan met je leven. Zo is het toch, Bob?’

‘Absoluut, Galen.’

Bob kreeg blijkbaar een sterrenrol toebedeeld als Galens jaknikker.

‘Hoe dan ook,’ Galen keek me aan, ‘mocht je van gedachten veranderen en hem toch willen kopen, of als je iemand kent die dat zou willen, hier is mijn kaartje.’

Hij reikte me het aan. Ik stak het in mijn borstzak.

‘Goed,’ zei hij, ‘er ging even wat mis, maar de documenten die getekend moesten worden zijn getekend. Kortom, de zaken zijn geregeld en ik stap maar eens op.’

‘Werken jullie veel samen?’ vroeg ik.

‘We hebben enkele projecten achter de rug,’ zei Broadhurst glimlachend. Hij legde een hand op Bobs schouder. ‘Alles wat ik maar kan doen om van Bob een rijk man te maken. Zo is het toch, Bob?’

Bob glimlachte als een boer met kiespijn. ‘Galen heeft verleden jaar een paar panden in het centrum van Albany gekocht,’ zei hij. ‘Het maakt deel uit van plannen voor de bouw van nieuwe overheidskantoren.’

‘Nou,’ zei ik. ‘Ik weet zeker dat het mijn pet te boven zal gaan.’

‘Dat zou ik ook denken,’ zei Broadhurst. Hij gaf Bob een hand, maar leek zich verder niet om mij te bekommeren.

Hij stapte in de Porsche, startte hem, zette hem in de eerste versnelling en reed weg. We hoorden hoe hij doorschakelde tot de auto het einde van de straat bereikte, de hoek omsloeg en verdwenen was.

‘Het is een beetje een botterik,’ zei Bob.

‘Je meent het,’ zei ik.

17

Duckworth hoefde het adres van Craig Pierce niet op te zoeken.

De rechercheur wist waar hij woonde, het was niet in zijn eigen appartement. Dat had hij na het incident opgegeven, en nu woonde hij – net als Trevor – weer bij zijn ouders. Dat was godzijdank ook het enige wat ze met elkaar gemeen hadden.

Het had weinig zin hem te bellen en te vragen of het een goed moment was om langs te komen. Er was nooit een goed moment.

Zijn ouders woonden in het westelijke gedeelte van Promise Falls, in een oudere straat met aan weerszijden een bomenrij. Het was een huis met één verdieping erboven; hoewel het geen krot was, kon er wel het een en ander aan gebeuren. Het gras was lang en de heg moest nodig gesnoeid. De deurlijst en de raamkozijnen konden wel een likje verf gebruiken.

Duckworth parkeerde voor het huis, liep naar de voordeur en belde aan. Het duurde bijna een minuut voordat Craigs moeder – hij herinnerde zich dat ze Ruth heette – bij de deur verscheen. Ze tuurde eerst door het raampje, waarna de deur op een kiertje openging.

'Dag, mevrouw Pierce, ik ben rechercheur Duckworth, weet u nog?'

'O, ja, hallo,' zei Ruth Pierce. Ze trok de deur een klein stukje verder open om hem binnen te laten. 'Sorry. U wilt niet weten wat voor mensen hier voor de deur staan. Verschrikkelijke, verschrikkelijke mensen. Het zijn er niet meer zoveel als eerst, maar ze komen nog steeds.'

'Dat spijt me voor u,' zei Duckworth.

'Mensen kunnen zo wreed zijn. Ze maken grappen over hem, ze lachen om zijn ongeluk. Ze zijn niet beter dan degene die hem dit heeft aangedaan.'

'Mensen kunnen verschrikkelijk zijn, dat is waar.'

Hij liep naar binnen en snoof een geur op.

'Dat zijn scones,' zei Ruth Pierce. 'Ze komen net uit de oven. Craig is dol op mijn scones, en ik doe er alles voor om hem gelukkig te maken. Wilt u er een? Met wat jam erop?'

Duckworth zag zijn voornemen de mist in gaan. Het was net als die ene keer, ook tijdens een onderzoek, toen hij een werkbezoek aflegde bij een vrouw die net bananenbrood had gebakken. Er waren dingen waar je geen nee tegen kon zeggen.

'Dat klinkt verleidelijk,' zei hij.

'Dan kunnen we meteen wat praten voordat u naar boven gaat,' zei ze. 'Want daar bent u toch voor gekomen? Om Craig te spreken?'

'Dat klopt, ja.'

'Waarschijnlijk weet hij al dat u er bent. Hij zit vaak voor het raam om naar buiten te kijken.'

Ze sloeg haar ogen op naar het plafond. Als Craig graag de straat inkeek, dan moest zijn slaapkamer hierboven zijn. Het viel Duckworth op dat er geen enkel geluid vandaan kwam.

Het was alsof ze zijn gedachten kon lezen, want ze zei: 'Ik heb er een tv neergezet, maar die staat bijna nooit aan. Hij zit meestal achter zijn computer. Komt u maar mee naar de keuken.'

Duckworth volgde haar, en de heerlijke geur van de scones. Hij ging aan de keukentafel zitten terwijl Ruth de scones van de bakplaat op een bord schoof. 'Ze zijn het lekkerst als ze nog warm zijn,' zei ze.

'Absoluut,' zei hij.

'U lijkt te zijn afgevallen.'

'Iets, ja.'

'Zorgt uw vrouw niet goed voor u?'

Duckworth grinnikte. 'Juist omdát ze goed voor me zorgt, is het me gelukt die kilo's kwijt te raken.'

Ze schudde haar hoofd. 'Dat is geen leven, als je je alle geneugten moet ontzeggen.' Ze verstijfde even, haar kin begon te trillen. 'O mijn arme, arme jongen.' Haar schouders schokten na een korte snik. 'Er zijn zoveel geneugten die hij nooit zal kennen.'

Duckworth overwoog naar haar toe te lopen om haar te troosten, maar ze bespaarde hem de moeite. Ze rechtte haar rug en zei: 'We moeten verder met ons leven. Dat is alles wat we kunnen doen.'

Ze zette het bord met de scones op tafel. 'Koffie?'

'Eh...'

'U moet een kop koffie nemen. Bij scones hoort koffie. Ik ben al aan het zetten.' Ze hield een hand voor haar mond, alsof ze zich realiseerde dat ze een verschrikkelijke vergissing had begaan. 'Ik geloof dat je bij scones eigenlijk thee moet drinken. Wilt u thee?'

'Koffie is prima.'

'Mooi, want ik weet niet eens of ik wel thee in huis heb. Als er nog theezakjes in het kastje liggen, dan zijn ze waarschijnlijk tien jaar oud. Kan thee bederven?'

'Ik zou het niet weten.' Duckworth schraapte zijn keel, hij hoopte dat het gesprek over iets anders dan koffie of thee zou gaan. 'Hoe gaat het met meneer Pierce?' vroeg hij, doelend op haar echtgenoot.

Haar gezicht betrok. 'O, dat heeft u dus nog niet gehoord.'

Duckworth voelde zich kleiner worden. 'Wat is er gebeurd, mevrouw Pierce?'

'Ik denk dat het hem allemaal te veel werd. Eerst die vreselijke beschuldigingen tegen Craig. Brendan kon daar absoluut niet mee omgaan. Ik ook niet, maar hij kon er nog slechter tegen. Daarna de grote verontwaardiging toen onze zoon werd vrijgesproken.'

Duckworth wist het nog.

Craig Pierce was ervan beschuldigd een elfjarig meisje dat hij in een park in Promise Falls was tegengekomen seksueel te hebben misbruikt. Op zich al een zware beschuldiging, maar het was nog erger. Het meisje was geestelijk gehandicapt, en dit werd door Craigs advocaat aangegrepen om te betogen dat ze de man die haar het struikgewas in had gesleurd nooit accuraat zou kunnen identificeren met haar beperkte verstandelijke vermogens. Het OM had geen DNA-materiaal dat Craig aan de aanranding kon koppelen, en moest uiteindelijk de aanklacht intrekken.

Sommigen neigden ernaar Pierce het voordeel van de twijfel te geven. Misschien wás het wel iemand anders geweest. Misschien dat de verwarring van het meisje toen ze hem moest identificeren betekende dat ze ernaast zat. Maar Craigs gedrag na het incident suggereerde echter het tegendeel. Hij had lang haar tot aan zijn schouders, maar direct na het incident liet hij het kort knippen. Toen het meisje gevraagd werd hem in de rij verdachten aan te wijzen, keek ze naar een jongen met stekeltjeshaar.

Maar de grote klapper was wat men Pierce had horen zeggen nadat de aanklacht was ingetrokken. Terwijl de nieuwscamera's snorden, fluisterde hij tegen een vriend: 'Zo zie je maar. Altijd de dommerdjes pakken.'

De opmerking was niet genoeg om de zaak te heropenen, maar het was wel genoeg om iedereen ervan te overtuigen dat Pierce schuldig was, en dat beperkte zich niet tot de Promise Falls-regio. Het geluidsfragment sloeg in als een bom. Craig Pierce was dagenlang de meest gehate persoon op internet. Er volgden e-mails met doodsbedreigingen en vreemde telefoontjes. Hij had moeten onderduiken tot de storm enigszins was gaan liggen, en dat had bijna een maand geduurd.

Later bleek dat niet iedereen hem was vergeten.

Ruth Pierce vervolgde haar verhaal: 'Mijn man was er kapot van. Hij was zo... beschaamd. Hij wilde graag geloven dat Craig onschuldig was, maar hij wist... we wisten allebei dat hij had gedaan wat ze zeiden dat hij had gedaan. Maar hij was ziek, weet u? Er werkte iets niet goed in zijn hoofd. We wilden hem laten behandelen...'

'Uw man...' zei Duckworth, die de rest wilde horen.

'Toen Craig... toen hij was aangevallen, en de nasleep ervan... Goed, toen Craig uit het ziekenhuis terugkwam, wilde Brendan niet naar zijn kamer toe, hij kon het niet verdragen hem zo te moeten zien. Hij kon er niet naar kijken. Ik geloof niet dat het op dat moment uit schaamte was. Hij kon het gewoon niet verdragen om zijn zoon op zo'n manier te moeten zien. Toen heb ik... toen heb ik gezegd dat hij naar boven moest gaan.'

'Hoe bedoelt u precies?'

'Wilt u geen scone?' vroeg ze.

'O, natuurlijk.' Duckworth pakte er een, smeerde er boter op en doopte hem toen in de aardbeienjam die de vrouw op een schoteltje had gedaan.

Ruth glimlachte triest. 'Ik hield er altijd zo van om een man te zien eten.'

Duckworth nam een hap. 'Wauw. Dit is heerlijk. Hij is nog steeds warm. En die smeltende boter...'

Haar glimlach verdween. 'Maar het valt me zwaar om Craig te zien eten. Ik bedoel, er is zoveel schade aangericht...'

Ze zwegen allebei. Duckworth wachtte tot Ruth Pierce haar verhaal af zou maken.

'Dus ik zei tegen mijn man, hij is je zoon. Je kunt niet voor altijd uit zijn kamer wegblijven. Hij heeft je nodig, zei ik tegen hem. Ik maakte lunch voor Craig klaar. Tomatensoep met crackers. Hij is dol op tomatensoep, dat was al zo toen hij drie was. Hij kan de crackers zacht maken door ze in de soep te soppen. Dat is makkelijker voor hem. Ik zei tegen Brendan, breng die soep naar je zoon.'

Ruth Pierce haalde diep adem voordat ze verderging.

'Uiteindelijk zei hij dat hij het zou doen. Hij nam het dienblad en liep langzaam de trap op. Ik stond beneden en wachtte. Ik hoorde hem Craigs kamer in gaan. Ik heb Craig later gevraagd of zijn vader nog iets had gezegd, maar dat bleek niet het geval. Brendan liep de trap af, en toen hij bijna beneden was... stortte hij in elkaar.'

Duckworth stopte met kauwen.

'Wat was het?' vroeg hij.

'Een hartaanval. Ze zeiden dat hij dood was voordat hij de vloer raakte.' Ze keek de rechercheur met vochtige ogen aan. 'Ik heb hem vermoord. Ik heb mijn Brendan vermoord.'

'Nee.'

'Ik had hem niet naar boven moeten sturen. Hij had niet moeten zien hoe verschrikkelijk zijn zoon eruitzag. Niet voordat hij er klaar voor was. Hij had zelf moeten bepalen wanneer hij het zou zien. Het was geen hartaanval, weet u. Het was een gebroken hart. Zijn hart was zo gebroken dat het hem zijn leven heeft gekost.'

Duckworth strekte zijn arm over de tafel uit en hield haar hand vast. 'Hoelang geleden is dit gebeurd?'

'Vijf weken,' zei ze.

'Het spijt me voor u,' zei Duckworth.

'O jee, ik vergeet uw koffie helemaal.'

Ze stond op, schonk in en zette de mok voor hem op tafel neer.

'Heeft u ook hulp?' vroeg hij. 'Andere kinderen? Familieleden?'

Ruth schudde haar hoofd. 'Ik moet het allemaal alleen doen.' Ze wrong haar handen. 'Ik weet niet goed hoe het nu verder moet. Ik heb mijn baan opgezegd om Craig te kunnen verzorgen. Er is nog wat geld van Brendans levensverzekering, maar dat zal niet lang meer duren. En dan is er alle chirurgie die Craig moet krijgen. Ik weet niet hoe ik dat moet opbrengen. Hij kwam wel in aanmerking voor therapie, weet u, om psychologisch te verwerken wat hem is overkomen.'

Ze keek naar de wandklok. 'Ze komt straks, trouwens. Maar de chirurgie die hij nodig heeft, onder andere plastische chirurgie, kost een fortuin. Je ziet weleens zo'n oproep op internet, noemen ze het niet crowdfunding? Dat je andere mensen vraagt om wat geld te doneren? En als genoeg mensen dat doen, dan zou je genoeg hebben om zoiets te betalen. Maar niemand zal geld doneren om Craig te helpen.' Ze haalde een tissue tevoorschijn en droogde haar ogen. 'Het kan niemand iets schelen. De mensen vinden dat hij zijn verdiende loon heeft gekregen.'

Duckworth nam een slok koffie en een hap van zijn scone.

'Bent u hier omdat ze hem opgepakt hebben?' vroeg ze. 'Hebben ze de lui gevonden die hem dit hebben aangedaan?'

Hij schudde zijn hoofd. 'Nee.'

Ze liet haar schouders zakken. 'Dat dacht ik al. Weet u, ik mag u graag, rechercheur Duckworth. U bent een goed mens. Maar ik heb het idee dat de politie het zo verder wel best vindt. Dat ze ook denken dat het zijn verdiende loon is.'

'Dat is niet waar,' zei hij.

'Maar wat hebben jullie dan gedaan? Het is drie maanden geleden. Ik heb gehoord dat jullie de eigenaar van die monsterlijke hond hebben gevonden.'

'Dat klopt,' zei Duckworth. 'En de hond bleek gestolen te zijn. We denken dat de eigenaar niets met de aanval op uw zoon heeft te maken.'

'En er is nog steeds niemand die iets heeft gezien?'

'Het was midden in de nacht.' Duckworth trok een gezicht. Het park bij de waterval waarnaar het stadje was vernoemd, begon een reputatie voor afschuwelijke misdaden te krijgen.

'Als er geen nieuwe ontwikkelingen zijn, waarom zou u Craig dan willen spreken? Hij raakt erg snel van streek.'

Duckworth aarzelde. 'Er is een nieuw incident geweest.'

'O, mijn god.'

Hij hief zijn hand op. 'Niet zo ernstig als wat er met Craig is gebeurd. En misschien heeft het er niets mee te maken. Maar ik zou toch graag met uw zoon willen praten. Misschien dat hij zich ook nieuwe dingen kan herinneren sinds de laatste keer dat ik hem gesproken heb.'

Ruth Pierce knikte gelaten. 'Goed dan. Als het moet, dan moet het.'

'Ik wil u bedanken voor de scone. Ik had hem eigenlijk niet moeten nemen, maar hij was verrukkelijk. De koffie ook, trouwens.'

'Het is fijn om met iemand te kunnen praten.'

'Komt u weleens buiten?' vroeg hij haar.

'O, ja. Ik bedoel, ik kan Craig alleen thuis laten. En soms neem ik hem mee in de auto. Hij is blij met zulke ritjes. Als het overdag is, dan draagt hij wat over zijn hoofd zodat men zijn gezicht niet kan zien. Hij gaat zelfs weleens in z'n eentje naar buiten, maar alleen maar 's avonds laat, als niemand hem kan zien en hij zijn gezicht niet hoeft te bedekken. Maar ik ben wel bezorgd als hij dat doet. Als hij een ongeluk krijgt, of als er iets gebeurt, wat zullen ze dan denken als ze hem zien? Als ik erbij ben, kan ik een beetje als tussenpersoon optreden, begrijpt u?'

'Zeker,' zei Duckworth.

Gezien het feit dat Pierce bekendstond als een zedendelinquent – hoewel nooit veroordeeld – vroeg Duckworth zich af of het wel zo'n slim idee was dat hij 's nachts alleen naar buiten ging. Hoewel hij niet meer de bedreiging vormde die hij eens was.

'Het goede nieuws is dat hij weer een beetje zelfvertrouwen begint te krijgen,' zei Ruth. 'Hij raakt weer geïnteresseerd in zijn hobby's. Hij heeft al dingen op internet besteld.'

Duckworth stond op en wachtte tot Ruth dat ook deed.

'Ik zal het niet te lang maken,' zei hij en hij maakte aanstalten om de keuken uit te lopen. De vrouw pakte hem behoedzaam bij zijn arm.

'Er is iets wat u moet weten voor u hem ziet.'

'En dat is?'

'Ten eerste is hij nogal... Ik zou niet willen zeggen dat hij gek is, maar over het geheel genomen kan hij soms nogal... opstandig zijn.'

'En verder?'

Ze slaakte een diepe zucht.

'Het laatste verband is eraf gehaald.'

18

Albert Gaffney was in alle staten.

Alles wees erop dat Brian het ziekenhuis uit was gelopen. Een verpleegkundige was er vrijwel zeker van dat ze hem voorbij had zien komen, aangekleed en wel. Maar Albert wilde eerst weten of zijn zoon niet naar een andere afdeling was overgeplaatst, of dat hij misschien naar een lab was meegenomen voor de tests.

De bewakingsdienst werd ingelicht, er werd een uitgebreide zoektocht door het ziekenhuis gestart.

Albert hoopte niet alleen dat ze Brian snel zouden vinden, maar vooral dat ze hem zouden vinden voordat Constance terugkwam.

Het liep allemaal niet zoals hij had gehoopt.

Toen Constance met Monica in haar kielzog bij de spoedeisende hulp aankwam, zag ze haar man in de hal staan. 'Hoe gaat het met hem? Hoe gaat het met Brian?'

'Ik... ik weet niet waar hij is op het moment,' gaf hij toe.

'Wat is er aan de hand? Hebben ze hem een eigen kamer gegeven?'

Albert schudde zijn hoofd.

'Ik denk het niet. Luister, voordat je weer boos wordt, wil ik...'

'Mijn god, wat is er gebeurd?' vroeg Constance.

'Ze weten niet waar hij is.'

Constance zette grote ogen op en zei: 'Zijn ze Brian kwijtgeraakt?'

'Nee, dat is het niet. Het ziet ernaar uit dat hij ertussenuit is geknepen.'

'O, shit,' zei Monica.

'Jij hebt hem hier laten vertrekken?' zei Constance.

'Ik heb hem niet laten vertrekken. Toen ik hier terugkwam, was hij weg.'

'We hebben hem maar een paar minuten alleen gelaten,' zei Constance. 'Hij moet zo langs je heen zijn gelopen.' Ze wierp een blik op het plafond. 'Dit is ongelooflijk. Je zou je ogen eens moeten laten onderzoeken, nu we hier toch zijn.'

'Misschien dat hij een frisse neus wilde halen,' zei Monica, 'en dat hij een ommetje maakt.'

'Ik heb buiten gekeken,' zei Albert. 'Ik denk dat hij gewoon is weggelopen.'

'Je bent hopeloos,' zei Constance.

'Hij kan niet ver zijn,' zei Albert, die de moed erin probeerde te houden. 'Hij heeft geen auto, en hij heeft geen geld. Hij moet zijn gaan lopen, tenzij hij een vriend heeft weten te bellen om hem op te halen.'

'We moeten ons opsplitsen,' zei Monica. 'Maar laten we eerst naar huis gaan. We nemen ieder een auto en gaan naar hem op zoek. En wie weet, misschien zit hij wel thuis.'

'Eindelijk iemand die nadenkt,' zei Constance.

Ze stapten in de auto en gingen terug naar huis. Constance rende naar binnen, in de hoop dat haar zoon er zou zijn, maar dat was niet het geval.

Monica zei dat ze in haar Kever de straten in de omgeving van het ziekenhuis zou doorzoeken. Constance zou Brians appartement en Knight's voor haar rekening nemen. Albert zou naar de autowasserij rijden.

Hij was er tien minuten later. Hij parkeerde en liep haastig naar het kantoor. Ze kenden hem hier. Het was niet verrassend dat hij hier zijn pick-up liet wassen. Als Brian dienst had, dan kreeg de auto een grondige reiniging zonder dat zijn pa er iets voor hoefde te betalen.

Achter de balie zat een zwaarlijvige man die opkeek en uitriep: 'Hé! Waar hangt Brian in godsnaam uit? Ik probeer hem al twee dagen te bellen!'

'Hoi, Len,' zei Albert. 'Brian ligt in het ziekenhuis. Nou ja, daar zou hij dus moeten liggen, maar...'

'O, shit, nee, wat is er gebeurd?'

Albert schudde zijn hoofd en maakte een wegwerpgebaar om aan te geven dat hij haast had. 'Heb je hem gezien? Ik bedoel, het afgelopen uur?'

'Nee. Ik stond op het punt om het maar op te geven met hem. Ik dacht dat hij de baan niet meer wilde. Ik wist niet dat hij in het ziekenhuis lag.'

'Als je hem ziet, wil je me dan bellen?'

'Natuurlijk.'

Len reikte hem een gebruikte envelop om zijn telefoonnummer op de achterkant te schrijven. Toen Albert dat had gedaan, draaide hij zich om en haastte zich terug naar zijn auto.

Hij aarzelde even of hij zijn vrouw en dochter moest bellen om te horen of zij meer geluk hadden gehad. Maar hij wist dat Monica hem zou bellen als ze Brian had gevonden. En als Constance hem vond, dan zou ze het waarschijnlijk aan Monica melden, die het nieuws vervolgens aan haar vader zou vertellen.

Na twee dwarsstraten zag Albert hem lopen.

Brian liep langzaam over het trottoir, zijn rug naar Albert toe. Maar hij herkende zijn zoon, zelfs van achteren. De jongen liep altijd met afhangende schouders. Hij remde af toen hij naast hem was, liet het raam omlaag zakken en riep: 'Brian!'

Brian hield zijn pas in en draaide langzaam zijn hoofd om, alsof hij verdoofd was. Toen boog hij zich voorover om te kijken wie er in de auto zat.

'O, hoi, pap,' zei hij.

Albert stopte, stapte uit en liep naar zijn zoon toe. Toen hij hem wilde omhelzen, hief Brian afwerend zijn hand op.

'Ik ben enigszins gewond,' zei hij. 'Mijn ribben doen verschrikkelijk pijn.'

'Wat is er gebeurd? Waar ben je geweest? We zijn ons doodgeschrokken.'

'Sorry.'

'Waarom ben je uit het ziekenhuis weggelopen? Wat was de reden? Waarom zit je onder de grassprieten?'

'Ik ben gevallen.' Hij nam het in heroverweging. 'Ik ben in elkaar geslagen.'

'Jezus, wat is er gebeurd?'

Brian trok voorzichtig zijn overhemd omhoog om de bloeduitstorting bij zijn ribbenkast te laten zien. 'Ik heb een paar schoppen gekregen.'

'Wat? Wie heeft je geschopt?'

'Ze is getrouwd,' zei hij.

'Wie is getrouwd? Brian, begin bij het begin.'

'Ze had me nooit verteld dat ze getrouwd was. Ik wist van niets.'

'Over wie heb je het?'

'Jessica.'

'Wie is Jessica?'

'Mag ik gaan zitten? Ik ben verschrikkelijk moe.'

'Kom, stap in.'

Albert begeleidde hem naar het portier, opende het en zorgde ervoor dat hij enigszins comfortabel zat. Hij liep om de auto heen en ging achter het stuur zitten.

'Is het erg?'

'Ik geloof van wel,' zei Brian.

‘Ik breng je terug naar het ziekenhuis.’ Hij draaide het contactsleuteltje om.

‘Nee… wacht even. Kunnen we hier nog even blijven staan?’

Albert draaide het sleuteltje weer een slag terug, de motor sloeg af. ‘Natuurlijk. Wat is er gebeurd, Brian? Vertel het maar.’

De jongen deed zijn best om niet in huilen uit te barsten. ‘Ik had een meisje ontmoet, Jessica. We hadden een paar keer afgesproken. Ik vond haar wel leuk.’

‘Oké.’

‘Ik zou haar bellen. Maar toen gebeurden al die dingen, ze schreven mijn rug vol en er waren opeens twee dagen voorbij, dus ik had haar niet gebeld.’

‘Ik weet zeker dat ze dat wel zal begrijpen.’

‘Ja, maar…’

‘Wat?’

‘Ik wilde haar uitleggen waarom ik niet had gebeld. Ze… ze hadden mijn telefoon en mijn portemonnee ingepikt, dus ik besloot naar haar huis te lopen. Ik wist waar ze woonde. Maar dat wist ze niet.’

Er rezen vragen bij hem op, maar Albert besloot dat Brian het verhaal op zijn eigen manier moest vertellen.

‘De voordeur werd door een klein meisje opengedaan. En ik dacht, wauw, ik wist niet dat ze zo’n jong zusje had. Toen kwam Jessica eraan, en ze zag er doodsbenauwd uit. Ze zei tegen me dat ik weg moest gaan. En daarna verscheen die man dus.’

‘O, jee,’ zei Albert.

‘Hij bleek haar echtgenoot te zijn.’ Zijn ogen zochten die van zijn vader. ‘Ik wist het niet. Eerlijk waar niet. Ik zou nooit iets met een getrouwde vrouw beginnen.’

‘Ik geloof je.’

‘Zo heb je me niet opgevoed.’

‘Nee.’

‘Ik wilde het uitleggen, maar Ron…’

‘Ron?’

‘Zo heet haar man. Hij liet me niet uitpraten en duwde me van de trap voor het huis af. En toen schopte hij me verrot.’

Albert voelde een golf van woede door zich heen gaan. ‘Nee,’ zei hij.

‘Hij zei zoiets dat alles wat me was overkomen mijn verdiende loon was. Ik denk dat hij wist dat Jessica me zag. Hij noemde haar een hoer. Ik denk… ik denk dat ze misschien ook nog wel andere mannen zag.’

Albert bleef maar denken aan wat de man tegen zijn zoon had gezegd. 'Zei hij dat alles wat je is overkomen je verdiende loon was?'

'Zoiets, ja. Misschien dat hij Jessica heeft gevolgd toen ik met haar afsprak. Misschien heeft hij ons wel de BestBet binnen zien gaan.'

'Dat hotel?' zei Albert. 'Langs de autoweg naar Albany?'

Brian keek zijn vader schaapachtig aan. 'Niet kwaad worden. Ik wil niet dat ma dit ooit te weten komt. Dat ik met een meisje naar een hotel ben geweest zonder met haar getrouwd te zijn.'

'Het is oké,' zei Albert zacht en hij legde zijn hand op Brians arm.

Brian snikte. 'Ik vond haar leuk. Ik dacht dat we misschien iets met elkaar hadden.' Hij beet op zijn lip. 'Ik ben zo'n sukkel. Ik had beter moeten weten. Misschien dacht ze dat ik goed genoeg was om vreemd mee te gaan. Want wie zou er nou een langdurige relatie met me willen?'

Albert kneep in zijn arm. 'Zeg niet zulke dingen. Ik wil dat je dat nooit meer zegt.'

Brian snikte nog eens. Hij duwde met zijn vrije hand het dashboardkastje open, pakte er een tissue uit en veegde zijn wangen droog. 'Ik ben een *loser*.'

'Stop. Hou op, Brian.' Albert zweeg even, en zei toen: 'Vertel me nog eens over Ron. Wat hij zei en wat hij heeft gedaan. Alles wat je je kunt herinneren.'

Brian vertelde het hem nog een keer.

'Als hij wist dat jij iets met zijn vrouw had,' zei Albert, 'dan had hij genoeg reden om je iets aan te doen.'

Brian knipperde met zijn betraande ogen. 'Hoe bedoel je?'

Albert aarzelde. 'Misschien dat hij het is geweest. Misschien dat hij je rug heeft bewerkt.'

Brian dacht na over deze mogelijkheid. 'Ik weet het niet. Wat heeft de naam Sean dan te betekenen?'

Albert wist het ook niet precies. 'Geen idee. Misschien dat Jessica nog iets met een andere man had, en dat hij zo heette. En dat Ron dacht dat jij het was.'

Brian knikte langzaam. 'Dat zou kunnen, ja. Ik zou het die rechercheur kunnen vertellen.'

'Dat zou je kunnen doen,' zei Albert. 'Dat is een goed idee. Dat moeten we doen.'

'Behalve dan,' zei Brian, 'wat als het niet zo is?'

'Hoe bedoel je?'

'Je had haar gezicht moeten zien.'

‘Wiens gezicht?’

‘Dat van Jessica. Nadat Ron me die schoppen had verkocht en weer in het huis verdween, zag ze er doodsbang uit, weet je? Echt angstig. Als de politie langskomt om hem aan de tand te voelen, zou hij weleens door het lint kunnen gaan. Hij zou haar iets kunnen aandoen. Ik bedoel, ze heeft me echt rot behandeld, ze heeft tegen me gelogen, maar ik wil niet dat haar man haar vermoordt of zoiets.’

‘Die man heeft je aangevallen,’ hield Albert hem voor. ‘Zelfs als hij die tatoeage niet heeft aangebracht, hij heeft je wel aangevallen.’

‘Dat weet ik, maar… Ik bedoel, ik ben wel met zijn vrouw naar bed geweest. Als ik in zijn schoenen stond, zou ik misschien hetzelfde hebben gedaan.’

‘Dat is geen excuus,’ zei Albert. ‘Maar misschien…’

‘Misschien wat?’ vroeg Brian.

‘Niets,’ zei zijn vader, in gedachten verzonken. Na een paar seconden zei hij: ‘Zeg eens, waar woont die Ron precies?’

19

Barry Duckworth klopte zachtjes op de deur van Craig Pierce' kamer. De deur stond op een klein kiertje.

'Craig, rechercheur Duckworth hier.'

Geen reactie.

Hij klopte nog eens, maar niet harder. Misschien dat Craig sliep. Duckworth wist niet zeker of hij hem wakker moest maken.

Maar nu klonk er een stem. 'Kom binnen.'

Duckworth duwde de deur open. Craig droeg een donkerblauwe ochtendjas en zat met zijn rug naar hem toe in een met roze stof beklede leunstoel. Zijn moeder had gelijk. Hij had zich zo gepositioneerd dat hij een goed uitzicht op de straat had. De stoel stond een meter van zijn bed, dat keurig was opgemaakt. Op de muren prijkten filmaffiches. *Star Wars*, *Star Trek*. Op het dressoir stond een kleine flatscreen-tv, die uit stond. Daarnaast een geopende kartonnen doos, waar bubbelplastic uitstak. Op een plank aan de muur een verzameling actiefiguren van superhelden, Duckworth vroeg zich af of er misschien kortgeleden een paar bij waren besteld.

Hoewel hij met zijn rug naar de rechercheur toe zat, was het duidelijk dat de jongen achter een laptop zat.

'Hallo, Craig.'

Het werd nu duidelijk in wat voor stoel Craig zat, want hij draaide hem in één beweging honderdtachtig graden om.

Duckworth hoopte dat de schok niet van zijn gezicht viel af te lezen.

Zijn neus was er niet meer. Op zijn wangen ontbraken stukken vlees. Zijn mond was nog het minst gehavend, hoewel zijn boven- en onderlippen enigszins gerafeld waren.

Hij keek Duckworth aan met één oog. Het linker was in redelijke staat, maar het rechter was dicht en met wild vlees bedekt.

'Oké,' zei hij. 'Als u moet overgeven, dan begrijp ik dat. De wc is aan het einde van de gang.'

‘Die heb ik niet nodig,’ zei Duckworth. Hij wees naar het bed. ‘Kan ik daar gaan zitten?’

‘Natuurlijk. Ga je gang.’

Kijk hem aan, dacht Duckworth. Kijk niet weg.

‘Ik had net een gesprek met je moeder,’ zei hij. ‘Ik wist niet dat je vader is overleden. Gecondoleerd.’

‘Ja. Zoals ik al zei, sommige mensen gaan alleen maar over hun nek. Pa ging wat verder dan dat en kreeg een hartaanval.’

Duckworth dacht dat Craig iets als een grijns probeerde te produceren.

‘Hij heeft mazzel gehad,’ zei Craig. ‘Draagt u een wapen?’

‘Ja.’

‘Ik zou u zo willen vragen om een kogel door m’n kop te jagen, maar dat is tegen de wet, toch?’

‘Zo ongeveer,’ zei Duckworth.

‘Is er al iemand gearresteerd?’

‘Nee.’

‘Dat had ik kunnen weten. Die hond is gelukkig afgemaakt.’

‘Ik zou nog eens het een en ander met je door willen nemen.’

‘Super!’ zei Craig. Zijn uitgelaten reactie was snijdend. ‘Ik kan me niets leukers voorstellen! Over welk moment zullen we het hebben? Toen de pitbull mijn gezicht te grazen nam, of toen hij zich tegoed deed aan mijn…’

Duckworth hief zijn hand op. ‘Twee dagen geleden is er iemand…’

‘U wilt het niet horen, hè? Niemand trouwens. Maar voor mannen moet het nog wel het ergste zijn. Het hele zaakje is eraf gebeten. Ze hebben niets gevonden wat er weer op terug kon worden gezet. Misschien hadden ze die hond moeten opensnijden om eens in zijn maag te kijken? Nou?’

Duckworth schraapte zijn keel. ‘Twee dagen geleden kwam er iemand uit Knight’s… Je kent Knight’s?’

‘Zeker. Een fatsoenlijk etablissement.’

‘Hij is een steeg in gelokt. Toen kreeg hij een black-out en werd twee dagen later wakker.’

‘En waar kreeg hij mee te maken?’ vroeg hij. ‘Een ijsbeer? Een veelvraat?’

‘Geen van beide. Iemand heeft een kunstwerkje op zijn rug achtergelaten.’

Duckworth haalde zijn telefoon tevoorschijn en toonde Craig de foto die hij van Brians rug had genomen.

‘Hm.’ Craig knikte. ‘Dat is alles? Die ene zin?’

'Het is een tatoeage,' zei Duckworth.

'Hij is er dus genadig vanaf gekomen. Ik had graag gewild dat ze dat bij mij hadden gedaan. Je trekt je shirt weer aan en je bent weg. Da's een makkie.'

'Ik begrijp wat je bedoelt,' zei Duckworth. 'Maar ik zou er toch wel achter willen komen wie dit heeft gedaan. Hoewel het iets anders is dan ze jou hebben aangedaan, zie ik overeenkomsten.'

'Wie is Sean?'

'Dat weet ik niet.'

'Maar die jongen zal het toch wel weten?'

'Hij zegt van niet.'

Craig probeerde weer te grijnzen. 'Ja hoor, en ik heb dat meisje niet gepakt.'

Zo Duckworth enige sympathie voor deze jongen voelde, dan begon die nu langzaam te verflauwen.

'Hij zou u natuurlijk voor kunnen liegen,' zei Craig.

Hij wees naar de laptop die op zijn knieën stond. 'Nou, als het dezelfde persoon was – of *personen*, zoals ze zeggen – dan zullen ze er online over opscheppen, denkt u niet?'

Duckworth voelde zich een moment uit het veld geslagen. 'Dat weet ik niet.'

'Dat weet u niet? U bent toch rechercheur?'

'Ik heb daar nog niet naar kunnen kijken.'

Craig schudde zijn hoofd en klakte met zijn tong. Hij toetste iets in. 'Als het dezelfde lui zijn geweest, dan zou er iets als dit staan.'

Hij draaide de laptop een slag zodat Duckworth het beeldscherm kon zien. Het was een website die *Just Deserts* heette. De naam stond als bij een krant over de hele breedte bovenin. Eronder een kop: KID DIDDLER GETS HIS.

En een afbeelding.

Het was een foto van Craig die vastgebonden op de grond lag, zijn broek ontbrak. Zijn middenrif was bedekt door een hond, die, zoals iedereen ondertussen wist, zich tegoed deed aan zijn vlees.

'Dit heb ik gezien,' zei Duckworth. 'Ik ken die site.'

'Ze moedigen dit soort dingen aan, weet u. Er lopen van die idioten rond die staan te popelen om een eervolle vermelding op Just Deserts te krijgen.'

'Niemand weet wie erachter zitten,' zei Duckworth.

'Ja. Het is als Anonymous, maar met één groot verschil,' zei Craig, die een bijna docerende toon aannam. 'Anonymous heeft zich ten doel gesteld de hypocrisie van de overheid te onthullen en geheime informatie te publiceren. Ze gaan zelfs zo ver dat ze websites saboteren en sociale netwerken verstoren, dat soort dingen. En als ze zeggen dat ze de namen van IS-leden zullen onthullen en hun twitteraccounts zullen aanvallen, dan denken veel mensen: ach, het zal wel. We weten niet wie ze zijn, maar als dat is wat ze willen, dan vinden wij het best. En je had die ene keer, toen die hackers dreigden dat ze allemaal privé-informatie zouden publiceren van die site voor mensen die een affaire willen, en het nog deden ook! *Bam.* Huwelijken liepen op de klippen, man, dat was me iets... Maar toch, het is niets meer dan het onthullen van informatie. Just Deserts, dat is wat anders. Die gaan een stapje verder.'

Hij zond Duckworth een enge grijns toe.

'Just Deserts vindt dat Anonymous nog te vrijblijvend is. Als Anonymous je in het vizier heeft, oké, je leugens worden onthuld, je website wordt gehackt, maar je kunt nog steeds 's morgens opstaan en pissen zonder dat er bloed uit je lul komt. Just Deserts wil dat foute personen ook fysiek worden aangepakt.'

Hij boog zich naar Duckworth toe alsof hij hem een geheim wilde toevertrouwen. 'Ik was zo'n fout persoon.'

Duckworth knikte.

'Dus dit is een site die van die gestoorde eigenrechters in het hele land inspireert.' Hij draaide de laptop terug zodat hij het beeldscherm kon zien. 'Bijvoorbeeld dit. In Sacramento had je een blanke jongen die naar zo'n demonstratie tegen racistisch politiegeweld ging, zwarten die door blanke agenten worden doodgeschoten... Die jongen begon rond te springen als een aap en maakte oerwoudgeluiden. Iemand filmde het op zijn telefoon en binnen een dag ging het de hele wereld door, weet u nog?'

'Ja, ik herinner me het. Dat was ergens verleden jaar.'

'Precies. Dus die eikel wordt geïdentificeerd en zijn werkgever, wat toevallig de gemeente bleek te zijn, ontslaat hem. Maar dat was nog niet genoeg vergelding voor Just Deserts. Hij werd op een avond voor zijn huis meegenomen en letterlijk met pek en veren ingesmeerd.'

Duckworth knikte. 'Ik kan me niet herinneren dat er iemand voor gearresteerd is.'

Craig schudde bevestigend zijn hoofd. 'Nee. Maar ze hadden het ook gefotografeerd en aan Just Deserts doorgespeeld, zodat iedereen het kon zien. Hier, moet je kijken.' Hij toetste iets in en draaide de laptop weer om.

Duckworth wierp er een blik op. 'Ai.'

'Ja, dat is niet mis.' Craig draaide de laptop weer terug. 'En dan gaan we nu...'

'Ik hoef dat niet allemaal te zien,' zei de rechercheur.

'... dan gaan we nu naar Miami, waar je zo'n klootzak van een Wall Street-belegger had die een farmaceutische fabriek opkocht en de prijs van een levensreddend medicijn van vijftien dollar per pil naar zevenhonderddertig dollar per pil opschroefde. Die man stond omringd door topmodellen in een chique nachtclub toen er iemand met een injectienaald op hem afliep. Hij steekt die verdomde naald in die man zijn lijf en zegt: "Nou weet je ook hoe het is om aids te hebben, eikel!" Hij weet weg te komen, en ze weten nog steeds niet wie het is. Maar het stond binnen twintig minuten op Just Deserts.'

'Was het aids?'

Craig schudde zijn hoofd. 'Wie weet? Hij zal wel getest worden. Maar bedenk eens hoe dat moet voelen. En dan in Frankrijk, want het gebeurt niet alleen maar in Amerika hoor, waar een politica, die vluchtelingen met kakkerlakken had vergeleken – en laten we wel wezen, zo ver zat ze er niet naast – naar haar glanzende BMW liep en achter het stuur ging zitten. Wat denk je? Duizenden van die enge beestjes stroomden uit de ventilatieroosters en kwamen onder de stoelen vandaan. En *voilà*!'

Hij draaide de laptop weer om voor een foto van een vrouw die onder de kakkerlakken zat en uit haar auto vluchtte.

'Iemand stond klaar om de foto te nemen, die direct naar Just Deserts werd geüpload. Dus je hebt overal mensen op deze kloteplaneet die zich geroepen voelen om wraak te nemen op lui die dat volgens hen verdienen, en die dan hopen dat het smerig genoeg is om op deze website te worden gezet. En ik zal je vertellen dat Promise Falls een begrip is geworden in deze kringen van wraakengelen. Die man die jij verleden jaar hebt uitgeschakeld, die vent die de halve stad had vergiftigd, wist je dat er complete websites aan hem zijn gewijd?'

Het was iets waar Duckworth elke dag níét aan probeerde te denken, wat hem elke dag weer niet lukte. Zelfs als hij er niet aan werd herinnerd. 'Ga door,' zei hij.

'Nou, er zijn mensen die het geweldig vinden wat hij heeft gedaan, dat het een uitzonderlijke prestatie was en dat hij niet alleen Promise Falls een lesje heeft geleerd. De hele wereld heeft het gezien. Ze zeggen dat zijn daad de mensen bewuster heeft gemaakt van zijn medemens. Kun je zoiets geloven?'

‘Ik voel bij jou een soort verkapte bewondering voor deze sites,’ zei Duckworth. ‘Zelfs na wat er met je is gebeurd.’

Craig haalde zijn schouders op. ‘Wat was dat spreekwoord met “als je geschoren wordt” ook alweer?’

Duckworth moest even nadenken en zei toen: ‘Als je geschoren wordt, dan moet je stilzitten.’

Craig knipte met zijn vingers en wees naar hem. ‘Dat is hem. Met andere woorden, het is zeer hilarisch, totdat het je zelf overkomt.’

‘Ja.’

‘Dus Just Deserts heeft een stel lokale volgelingen. Wat niet zo verwonderlijk is als je weet wat hier allemaal is gebeurd. Mensen die uitzonderlijke daden willen verrichten. Nadat ze met mij klaar waren, moest er een nieuw doelwit komen. En dat was misschien wel je vriend met zijn volgeschreven rug.’

‘Misschien.’

‘Maar als dat het geval is, dan zullen ze er wel over opscheppen, toch? Hoe heette die gast ook alweer?’

‘Ik heb zijn naam nog niet genoemd.’

Craig zuchtte. ‘Zeg hem dan.’

‘Brian Gaffney.’

‘Spel zijn achternaam voor me.’

Duckworth spelde hem, en voegde eraan toe dat de naam Brian niet met een ‘y’ was.

Craig ranselde zijn toetsenbord af en drukte op enter. Hij schudde langzaam zijn hoofd. ‘Er verschijnt niets, meneer de rechercheur.’

‘Oké.’

‘Ik neem aan dat iemand onze Brian iets duidelijk heeft willen maken, maar het heeft niets met Just Deserts te maken. Wat volgens míj betekent, maar ik ben natuurlijk geen briljante rechercheur zoals u, dat u naar iemand anders op zoek moet.’

‘Ik zal je advies in overweging nemen,’ zei Duckworth. ‘Maar om terug te komen op de reden van mijn bezoek, zijn er nog nieuwe dingen die je over die nacht weet en ons nog niet hebt verteld? Zelfs kleine details? Iets wat nooit belangrijk heeft geleken, maar dat achteraf gezien toch wel typisch is? Iets wat bruikbaar voor ons onderzoek zou kunnen zijn?’

‘Ik kan u één ding over hem zeggen,’ zei Craig.

Duckworth ging rechtop zitten.

‘En dat is?’

‘Hij kan niet goed spellen.’

'Pardon?'

'Hij heeft moeite met spellen,' zei Craig Pierce. 'Of hij maakt al die spelfouten om een dwaalspoor achter te laten.'

'Hoe weet je dat?'

Hij toetste weer iets in op de laptop. 'U moet het commentaar zien dat hij onder die foto van mij heeft geschreven. Hier gaan we. Moet je kijken. En het is niet alleen dat hij mijn naam verkeerd schrijft. Dat doen zoveel mensen.'

Hij draaide de laptop weer, zodat Duckworth het kon lezen:

Craig Pearce gets it good. Revenj on the kiddy diddler. You can be sure he wont be mollesting anyone ever again!

Duckworth keek op. 'Oké, hij spelt je achternaam verkeerd, er zit een "l" te veel in "mollesting" en je hebt "revenj" met een "j". Dat bedoel je toch?'

'Klopt. Maar dat met die "j" is bewust volgens mij.'

'Hoezo?'

'Iedere idioot weet hoe je "revenge" moet spellen. Maar die andere fouten zijn wel echt.'

'Ik zie niet direct in wat we hieraan hebben,' zei Duckworth.

'Nee, dat zal wel niet,' zei Pierce hoofdschuddend. 'Wat doen jullie daar eigenlijk met alle digitale informatie? Ik zou om te beginnen maar eens het IP-adres van deze post achterhalen.'

'Dat doet onze juridische afdeling,' verweerde Duckworth zich zwakjes. 'Ik denk dat ze eraan werken.'

'Dat dénkt u?'

'Ik zal ernaar kijken en je op de hoogte houden.'

'Want,' zei Pierce terwijl hij de laptop op het bed gooide, 'op het moment heb ik het gevoel dat ik dit soort dingen allemaal in m'n eentje moet doen. Mensen laten sporen na als ze online gaan. Je moet alleen de tijd nemen om ze te vinden, ze met elkaar te verbinden en patronen te ontdekken. En ik heb toch niet veel anders te doen...'

'Als je dingen ontdekt die ons kunnen helpen bij het onderzoek, dan kun je...'

'... het werk voor jullie doen?' Craig leunde achterover op zijn draaistoel. Hij had de hele tijd zijn knieën bij elkaar gehouden om de laptop te ondersteunen, maar nu hield hij ze een stuk uit elkaar. De ochtendjas begon open te vallen.

'Oké, er is één ding dat ik me van het incident kan herinneren.' Hij sloot zijn ene oog en leek zich te concentreren. 'Vlak voordat de hond aan mijn onderlichaam begon, kietelde het er een beetje.' Hij opende het oog en grijnsde.

'Je hebt het wel zwaar, hè?'

'Is dat een serieuze vraag?'

'Ik bedoel, je lijkt getraumatiseerd op een manier die ik niet had verwacht.'

'Je bedoelt mijn vrolijke gedrag?'

'Ik weet niet of ik het zo zou willen noemen.'

Craig hield zijn hoofd scheef. 'Een vrolijkheid die aan waanzinnigheid grenst? Heeft mammie verteld dat mijn therapeut straks komt? Om met mij te *praten*?' Zodat ik mijn gevoelens kan *delen*?'

'Bedankt voor je hulp,' zei Duckworth, die opstond.

'Wacht!' zei Craig Pierce. 'Wacht nog even.'

Duckworth ging langzaam weer zitten.

'Ik heb mijn vader nooit gemogen,' zei Craig. 'Ik was nooit goed genoeg voor hem. En toen overkwam me al die ellende. De aanklacht, de vernedering, de *schaamte* die ik over de familie uitriep. Maar weet u wat absoluut het ergste is?'

Duckworth wachtte.

'Dat was het verliezen van mijn mannelijkheid. Al mijn gereedschap is er faliekant afgebeten. Daarom kon hij niet naar boven komen om me te zien. Zoiets geloof je niet. Hij kon me niet eens aankijken.'

Duckworth wist niet goed wat hij hierop moest zeggen.

'Ik heb mijn moeder nooit verteld hoe het eigenlijk gegaan is toen hij me tomatensoep kwam brengen.' Craig glimlachte. 'Ze denkt dat die goeie ouwe pa van me naar boven ging en toen heel verdrietig werd, waarna hij naar beneden liep en een hartaanval kreeg.'

Duckworth hoorde zichzelf vragen: 'Wat ís er dan precies gebeurd?'

Een volgende ondeugende grijns. 'Dit.'

Craig spreidde zijn benen verder en trok de ochtendjas weg om te tonen wat ervan over was: een vreselijk paarsblauwe bloeduitstorting, gerafelde littekens en een verminkte huid. Duckworth moest denken aan een rode kool die in een foodprocessor was gestopt.

'Ik zei tegen pa: "Wat vind je van mijn klokkenspel, of beter gezegd, het ontbreken ervan?"'

Duckworth stond op en verliet de kamer.

20
Cal

Ik liep het huis van Madeline Plimpton binnen met Bob Butler in mijn kielzog. Gloria stond in de keuken een volgend glas wijn in te schenken terwijl haar tante afkeurend toekeek.

'Waar is Jeremy?' vroeg ik.

'Hij is naar boven gegaan,' zei Gloria. 'Hij was erg van streek. Kun je het hem kwalijk nemen? Die eikel van een Galen durft hier in die auto te komen?' Ze schudde haar hoofd. 'Mijn god, ik word omringd door mensen die geen idee hebben. Hoe kon je hem hier sowieso laten komen, Bob, laat staan in die verdomde auto?'

'Ik wist van niets,' zei Bob.

'Ongelooflijk,' zei Gloria, die nu haar vizier op mij richtte. 'Heeft u echt Jeremy's telefoon in het frituurvet gegooid?'

Ik knikte bars.

'Dan kan hij niet meer met zijn vriendin afspreken.'

'Dat meisje van de Wilsons?'

'Ja,' zei ik. 'Charlene.'

'Die kleine slet,' zei Gloria.

'Nou,' zei Madeline Plimpton, 'de pot verwijt de ketel.'

'Wat wil je daarmee zeggen?' vroeg Gloria.

Mevrouw Plimpton schudde slechts haar hoofd en liep de keuken uit. Gloria zuchtte en nam nog een flinke slok.

'Zou je het niet wat rustiger aan doen met die wijn?' zei Bob.

'Na wat ik heb meegemaakt mag je blij zijn dat ik die fles niet gewoon aan m'n mond zet.' Ze wees met haar wijsvinger in zijn richting. 'Ik had zojuist een idee.'

'En wat is dat?'

'Het is natuurlijk allemaal leuk en aardig om meneer Weaver in te huren, maar wat we werkelijk nodig hebben is zo'n pr-consultant.'

'Een wát?' vroeg Bob.

'Je weet wel, iemand die de pr voor je doet. Iemand die onze kant van het verhaal kan vertellen. Dat Jeremy – en met hem wij allemaal – óók een slachtoffer is. Ik bedoel, de rechter heeft uitspraak gedaan en daarmee zou het gedaan moeten zijn, maar nee, we worden op de pijnbank gelegd. We worden bedreigd en door het slijk gehaald.'

Bob leek werkelijk geïnteresseerd. 'En wat zou zo'n pr-persoon precies kunnen doen?'

'Ze – ik wil dat het een vrouw is, want die zijn nu eenmaal veel beter in dit soort dingen – zou met de media kunnen communiceren en ervoor zorgen dat er sympathieke stukken over ons worden geschreven. Ze weet welke lui je moet benaderen, mensen die aan onze kant staan. Laat ze Jeremy interviewen, laat ze zien dat hij een fatsoenlijke jongen is en niet die grote baby die men tijdens het proces van hem heeft gemaakt.'

'En ken je zo iemand?' vroeg Bob.

Gloria schudde haar hoofd. 'Madeline misschien.'

Ik vroeg me af of Madeline Plimpton dit een goed idee zou vinden, maar ik wist ondertussen dat alles mogelijk was bij deze mensen.

Bob liep hoofdschuddend de keuken uit.

Gloria stelde de vraag nu aan mij. 'Kent u zo iemand, meneer Weaver?'

'Nee.'

Ze fronste. Ik begon haar tegen te vallen. Eerst een gefrituurde telefoon en nu dit. Ik maar bezig zijn om Jeremy's moeder ervan te overtuigen dat het een goed idee was om een communicatiestop met de buitenwereld in te lassen, en nu wilde ze haar zoon opeens op tv krijgen.

'Misschien is het toch niet zo'n goed idee,' zei ze.

Ik besloot mijn mening te ventileren. 'Hoe meer aandacht je op de situatie vestigt, hoe langer ze je lastig blijven vallen. Uiteindelijk zal het verflauwen.'

Gloria keek me aandachtig aan. 'Misschien heeft u gelijk. Als je ergens tot over je oren in zit, dan wil je dat het zo snel mogelijk ophoudt, maar alles wat je doet lijkt het alleen maar te verlengen.'

'Zoiets, ja,' zei ik.

'Ik weet zeker dat mijn tante alles over u heeft laten uitzoeken, meneer Weaver. Maar ik weet niet veel over u. Bent u getrouwd? Heeft u kinderen?'

'Ik was getrouwd,' zei ik. 'En ik had een zoon.'

'Uit de flikkering in haar ogen begreep ik dat mijn gebruik van de verleden tijd haar niet ontgaan was, zeker waar het mijn zoon betrof. 'Had?' zei ze.

'Dat is een lang verhaal.'

Ze glimlachte. 'Heb je ooit iemand horen zeggen dat het een kort verhaal is?'

Ik glimlachte terug. 'Nee, ik geloof van niet.'

'Ik neem aan dat het geen lang en *vrolijk* verhaal is.'

'Dat zou weleens kunnen kloppen,' zei ik.

'Je denkt altijd dat je de enige met problemen bent,' zei Gloria, 'maar dan kom je erachter dat iedereen zijn dingen heeft.'

Voor de eerste keer kon ik enige sympathie voor haar opbrengen. 'Ik denk dat je...'

'Wat is dat voor gedoe over het inhuren van een pr-consultant?' zei Madeline Plimpton, die de keuken in beende. 'Bob vertelde me over jouw idiote idee om iemand erbij te halen die onze kant van het verhaal moet vertellen. Meen je dat serieus?'

'Jezus,' fluisterde Gloria, die zich nog een glas inschonk.

'Want zo'n pr-dame gaat je een fortuin kosten,' zei Madeline Plimpton. 'En ik weet niet waar je het geld vandaan zou moeten halen.'

'Ik dacht alleen maar hardop!' verweerde Gloria zich. 'Oké?'

'Je moet niet denken, dat moet je aan anderen overlaten,' zei haar tante.

Ik had er genoeg van.

Ik pakte Madelines laptop en nam hem mee naar de woonkamer. Ik ging in een fauteuil zitten, klapte hem open en klikte een browser aan. Ik typte de woorden 'Jeremy Pilford proces' in en drukte op enter. Ik hoefde niet veel achtergrondinformatie te hebben voor mijn bezigheden hier, maar ik wilde de karakters in dit huis beter leren kennen, en ik wilde meer te weten komen over het incident dat aan al deze ellende vooraf was gegaan.

Er verschenen enkele honderdduizenden resultaten, maar ik wist het uit te filteren tot een handvol krantenartikelen die een redelijke weergave van de gebeurtenissen leken te bieden.

Ik kwam het volgende te weten:

Op de avond van 15 juni werd er een groot feest gegeven in het huis van Galen Broadhurst. Of beter gezegd: op zijn landgoed dat even buiten Albany lag, een stuk grond van zo'n vier hectare, waarvan de helft uit ongerepte natuur bestond. Broadhurst, die er alleen woonde sinds zijn vrouw was overleden, had een landhuis van 650 vierkante meter om in rond te dwalen, en als hij daar genoeg van had, dan was er altijd nog het bijgebouw waarin hij zijn verzameling bolides had ondergebracht. Drie Porsches, een Lamborghini, een oude MG, een American Motors AMX en ook nog een dure Audi voor het dagelijks gebruik.

De Porsche die ik zonet in de straat had gezien, stond die avond niet in het bijgebouw maar op de oprit voor het huis.

Het feest werd gegeven ter gelegenheid van een zakendeal tussen Bob Butler en Broadhurst, die een stuk grond in het centrum van Albany had weten te bemachtigen om kantoorgebouwen op neer te zetten. Het was een transactie waar zo'n vijftig miljoen dollar mee was gemoeid. Butler was niet de eigenaar van de grond, maar hij representeerde de verkoper. Daarnaast was hij in het project gestapt als investeerder, wat hem waarschijnlijk in het komende jaar geen windeieren zou leggen.

Ik liet mijn blik over de regels glijden en was op zoek naar informatie waar ik werkelijk iets aan had.

Butler bracht Gloria en Jeremy mee. Broadhurst had veel zakenpartners uitgenodigd, maar ook zijn buren, onder wie de McFaddens – Reece, Megan en hun dochter Sian (een naam die je, zo had Jeremy me verteld, als 'Sharn' moest uitspreken). Gloria en Jeremy woonden niet al te ver van hen af, vandaar dat Sian en Jeremy dezelfde middelbare school bezochten en elkaar kenden.

In de verschillende artikelen werden nog andere gasten genoemd, maar de enige naam die ik herkende was Wilson. Alicia en Frank Wilson, die, naar ik aannam, de ouders van Charlene waren.

De drank vloeide rijkelijk die avond, en Jeremy had de nodige flesjes bier achter zijn kiezen zonder dat iemand het had gemerkt. Men had uitgerekend dat hij er tien ophad toen hij achter het stuur van de Porsche ging zitten.

Sian had maar één fles bij zich, maar dat was wijn, en volgens het autopsierapport had ze waarschijnlijk de hele fles op.

Ze waren samen de enorme achtertuin in gelopen, waar ze in het gras lagen, naar de sterren keken en dronken. Op een gegeven moment waren ze naar de voorkant van het huis gelopen, waar Jeremy's blik op de Porsche viel. Er stond dat hij nooit zo'n autofanaat was geweest, maar zelfs iemand die niet veel om oude sportwagens gaf, kon zien dat zo'n Porsche iets bijzonders was.

Hij merkte dat het portier niet op slot zat, ging achter het stuur zitten en nodige Sian uit naast hem te komen zitten, wat ze deed. Hij wilde dat ze met haar telefoon een foto van hem nam.

Broadhurst had de autosleutels in de asbak achtergelaten – hij rookte niet, dus hij legde ze vaak op die plek, in elk geval als de auto voor het huis stond. Het was zo ver van de openbare weg af dat zoiets wel kon. Jeremy pakte ze en zocht tevergeefs naar het contactslot. In plaats van op de stuurkolom – wat bij de meeste auto's het geval was, waaronder die waarin Jeremy tot nu toe had gereden – zat het links van het stuur op het dashboard.

Voordat Jeremy de sleutel erin kon steken, kwam Broadhurst naar buiten en hij zag wat er aan de hand was. Hij opende het portier en trok Jeremy uit de Porsche. Verschillende gasten die de commotie hadden gehoord – onder wie Bob en Gloria – hadden zich bij de openstaande voordeur verzameld en keken toe. Sian stapte vrijwillig uit de Porsche, en de twee tieners dropen af.

Toen deed Broadhurst iets wat iedereen naderhand als erg, maar dan ook heel erg dom bestempelde.

Hij legde de autosleutels terug in de asbak.

Zelfs hij gaf later toe dat alles heel anders zou zijn gelopen als hij niet zo onbedachtzaam zou zijn geweest.

Ongeveer een uur later klonk er buiten een ronkend geluid. Niemand besteedde er aandacht aan. Broadhursts Porsche was niet de enige sportwagen die er stond, en er waren al gasten aan het vertrekken.

Maar een paar minuten later stormde Broadhurst de woonkamer in en riep: 'Waar is Jeremy, verdomme?' Zijn auto bleek verdwenen.

De nog aanwezige gasten liepen naar buiten. De oprit van het huis naar de openbare weg was een kilometer lang, maar na zo'n honderd meter liep hij over een heuvel. Vanaf dat punt was een auto niet langer zichtbaar.

Maar er was een roodachtige gloed, en vanachter de heuvel klonk het geluid van een draaiende motor.

Bob en Broadhurst voerden de groep aan die erheen rende, maar uiteindelijk zag iedereen hetzelfde.

Het bebloede en verdraaide lichaam van Sian lag links van de oprit in het gras. De Porsche was ongeveer vijftien meter verderop tegen een boom in de rechterberm geknald, de voorkant was verwrongen en de motor liep nog.

Het portier zwaaide open.

Jeremy strompelde uit de auto, zijn bebloede voorhoofd was kennelijk tegen het stuur geslagen – de oude Porsche had natuurlijk geen airbag. Hij keek verdoofd om zich heen, zag de toegesnelde feestgangers en knipperde met zijn ogen.

'Wat de fuck...?' zei hij.

Reece en Megan McFadden bogen zich in shock over het lichaam van hun dochter. Megan nam het meisje in haar armen en begon te gillen. Reece zag Jeremy en rende op hem af.

'Klootzak!' schreeuwde hij. Hij duwde Jeremy tegen de auto en begon op hem in te beuken. Bob, Broadhurst en nog een man moest hem van de jongen af trekken voordat hij hem dood zou slaan. (Het was niet verrassend dat Gloria later het OM had verzocht Reece McFadden voor openbare geweldpleging aan te klagen. En het was net zomin verrassend dat de openbare aanklager het verzoek had afgewezen.)

Jeremy werd aangeklaagd voor doodslag en rijden onder invloed, twee dingen die gezamenlijk een gevangenisstraf van vijfentwintig jaar konden opleveren.

De advocaat Grant Finch zou hem gaan verdedigen. Hij was een vriend van zowel Bob Butler als Galen Broadhurst – en ook van Madeline Plimpton, dacht ik. Er werden verschillende verdedigingsstrategieën uitgebroed. De eerste was om de schuldvraag zoveel mogelijk bij hem weg te nemen door de nadruk op de omstandigheden te leggen. De jongen kon zich ongestoord klemzuipen op het feest, en dan was Galen nog eens zo stom om de sleutels in de auto te laten liggen – terwijl Jeremy eerder al een poging had gedaan om weg te rijden in de sportwagen. Dat was inderdaad ongelooflijk stom.

Maar Grant was bang dat dit niet genoeg zou zijn voor het ontlopen van gevangenisstraf, en hij vond iets beters. Jeremy's moeder had de reputatie dat ze het leven van haar zoon volledig controleerde en hem altijd verexcuseerde als hij iets verkeerd deed. Als hij zich op school misdroeg, dan was het de schuld van de leraar. Hij zat uit verveling te zieken omdat het leersysteem hem niet uitdaagde, zo betoogde ze. Als hij in een vechtpartij terechtkwam, beweerde Gloria glashard dat de ander wel begonnen zou zijn, hoewel ze er niet eens bij was geweest. Vlak nadat Jeremy op zestienjarige leeftijd zijn rijbewijs had, reed hij vol in z'n achteruit tegen een lantaarnpaal aan, wat een schade van duizend dollar aan zijn moeders auto opleverde. Ze voerde aan dat het licht van de lantaarnpaal te zwak was en probeerde de gemeente voor de rechter te slepen. Gloria wist het altijd op iets anders te gooien dan haar onvermogen om hem enig verantwoordelijkheidsgevoel bij te brengen.

Om sympathie voor haar te winnen, zei Grant Finch dat Gloria's stijl van opvoeden het gevolg was van haar traumatische jeugd. Ze was nog maar vijf toen haar moeder aan kanker overleed, waarna ze door haar emotioneel chanterende vader werd opgevoed. Toen ze acht was, leek het er meer op dat zij hém opvoedde. Hij was een makelaar met onregelmatige werktijden en verwachtte van Gloria dat ze het huis schoonhield, kookte en daarna de afwas deed. Niets wat ze deed was goed genoeg, en hij strafte haar als ze op school slechte cijfers haalde.

Ik las nog wat andere krantenartikelen om een completer beeld te krijgen. Gloria's vader stierf bij een auto-ongeluk toen ze elf was. Ik las dat Madeline Plimpton de zus van haar vader was. Ze vroeg het voogdijschap over haar nichtje aan, en voedde haar vanaf dat moment op.

Gloria had altijd gezworen dat ze haar kind nooit zou behandelen zoals haar vader dat bij haar had gedaan. Alle liefde en aandacht die ze nooit van haar moeder had gekregen gaf ze aan haar zoon. En hier kwam de wet van onbedoelde gevolgen om de hoek kijken. Gloria had zo'n controle over Jeremy's leven – welke sport hij moest beoefenen, en bij welke vereniging dat dan moest zijn; welke clubjes hij na school had; met welke vrienden hij mocht omgaan, en zelfs welke tv-programma's hij kon zien – dat hij niet eens het besef had dat hij zelf iets kon beslissen. En als hij dat probeerde, dan was het altijd fout.

Toen hij zeven was, stak hij het huis bijna in brand toen hij met lucifers speelde. Gloria, zo ging het verhaal, gaf de schuld aan de fabrikant: hij zou lucifers op de markt brengen die te licht ontvlambaar waren.

En Finch kwam ook nog met andere factoren die Jeremy's leven zouden hebben beïnvloed. Hij was dol op videogames – iets wat zijn moeders goedkeuring absoluut niet kon wegdragen – waardoor hij zich niet bewust was van de echte consequenties van roekeloos rijgedrag. Zijn ouders waren kortgeleden uit elkaar gegaan en hij zou emotioneel onthecht zijn. En, ach waarom ook niet, de verdediging had zelfs aangevoerd dat hij te veel gluten at.

Maar het kwam erop neer dat Jeremy het verschil tussen goed en kwaad niet kende omdat hij nooit verantwoordelijkheid voor zijn gedrag had hoeven nemen. Toen hij dronken in de auto stapte, had hij er geen idee van dat dat weleens catastrofale gevolgen zou kunnen hebben.

Ondanks de vernederende aspecten werkte Gloria Pilford mee aan deze verdedigingsstrategie. Maar niemand had kunnen voorspellen dat de zaak zo zou worden opgeblazen, en dat Jeremy de Big Baby zou worden gedoopt.

Jeremy en zijn moeder werden in televisieland bespot en belachelijk gemaakt, alsof het alleen maar een grappig verhaal was. Het was natuurlijk niet voor het eerst dat de humor ten koste van andermans ellende ging; denk maar aan het proces tegen O.J. Simpson in de jaren negentig, toen de satirische tv-programma's nog weleens vergaten dat er uiteindelijk twee mensen in koelen bloede waren vermoord.

Maar de commotie begon pas echt grote vormen aan te nemen toen de rechter Jeremy in plaats van een gevangenisstraf vier jaar voorwaardelijk gaf.

De woede was gigantisch. Dat was me ondertussen bekend.

Er stonden veel foto's bij de artikelen die ik op internet vond. De plaats delict zelf; portretten van Sian McFadden, een beeldschoon meisje dat een knappe jonge vrouw zou zijn geworden; Jeremy in de rechtszaal, hij droeg een blauw pak dat te groot leek, en een bijpassende stropdas.

Hij had altijd dezelfde blik in zijn ogen. Bang en verloren.

Ik kon het niet helpen, maar de beelden deden me aan iemand anders denken. Mijn zoon, Scott. Die, ondanks de goede intenties van mijn vrouw Donna en ik, volledig ontspoorde. Hoewel de drugs waar hij mee experimenteerde niets met zijn dood te maken hadden gehad, was het een weg die evengoed tot zijn einde had kunnen leiden.

Ik was weleens jaloers op mijn overleden vrouw, zij had geen last meer van het verdriet en het zelfverwijt.

'Er zit veel bullshit tussen,' klonk een stem achter me.

Ik vroeg me af hoelang Gloria daar al stond, en had toegekeken terwijl ik de artikelen las.

'Waar dan?' vroeg ik terwijl ik me omdraaide.

Met een handgebaar nodigde ik haar uit in de dichtstbijzijnde stoel te gaan zitten. Ze ging op mijn voorstel in, en zette haar wederom volle wijnglas op het bijzettafeltje.

'O, veel ervan,' zei ze. 'Maar er zit genoeg tussen wat waar is, en waardoor mensen zullen denken dat ik een slecht mens ben.'

'Krantenartikelen vertellen zelden hoe iemand werkelijk is,' zei ik. 'Op tv proberen ze je vast te leggen in een segment van twee minuten. In een krant wordt je hele persoonlijkheid gereduceerd tot een paar honderd woorden.'

Gloria knikte. 'Maar het is waar dat ik hem heb verwend. Dat ik hem als het ware heb doodgeknuffeld. Ik heb een verschrikkelijke jeugd gehad.'

'Ik las over je vader, ja.'

'Ik weet dat je me waarschijnlijk wel een hysterisch wijf zult vinden, maar er zijn redenen waarom ik ben wie ik ben.'

Ik zei niets.

'Maar sommige verhalen die Grant in de rechtszaal heeft verteld, waren volledig verzonnen. Dat met die lucifers, bijvoorbeeld. Dat is nooit gebeurd.'

'Nee?'

Ze schudde haar hoofd. 'Alles wat niet bewezen kon worden, dingen die zogenaamd tussen mij en Jeremy waren voorgevallen, zeg maar alles waar je geen getuige bij kon halen om het te weerleggen... We hebben een paar leuke verhalen verzonnen.' Ze glimlachte triest. 'Het was alsof we een tv-serie aan het schrijven waren. De wildste ideeën vlogen over de tafel! Je zou ze moeten horen. Zoals die ene dat Jeremy voor de lol een kip de nek had omgedraaid, en dat ik die toen in de pan had gegooid om het bewijsmateriaal te vernietigen.'

'Dat is niet gebeurd,' zei ik.

'Nee,' zei ze, 'dat is níét gebeurd. De hele wereld wil je iets anders doen geloven, maar Jeremy is een geweldige jongen. Dat is hij echt.' Ze trok een gezicht. 'Maar als ik dat verhaal van die kip moest vertellen om hem te redden, dan had ik het gedaan.'

'Natuurlijk,' zei ik.

'Zou dat niet bewijzen dat ik van hem hou?' vroeg ze.

Ik vond het een merkwaardige vraag. 'Ik geloof niet dat iemand je liefde voor Jeremy ooit in twijfel heeft getrokken,' zei ik. 'Ik denk dat Grant Finch wilde aantonen dat je té veel van hem hield.'

Haar ogen vulden zich met tranen. Ze nam het glas van het tafeltje en hield het voor haar gezicht, het leek me een poging om te verbergen dat ze huilde.

'Ik ben degene die er altijd aan twijfelt.' Ze zette het glas terug en veegde haar wang af met haar mouw. 'Ze zeggen dat ik een waardeloze moeder ben, en misschien hebben ze gelijk.'

Er viel een lange stilte. Uiteindelijk zei ik: 'Vertrouw je op mijn oordeel als het je zoon betreft?'

Ze keek me met rode ogen aan. 'Ik denk het wel.'

Ik klapte de laptop dicht en liet hem achter op de koffietafel. Ik liep de trap op naar de bovenverdieping. Er kwamen een zestal deuren op de overloop uit, die op een na allemaal openstonden. Ik passeerde slaapkamers en badkamers tot ik voor de verste deur stond.

Ik klopte zachtjes.

Geen reactie. Jezus, hij zou hem toch niet weer gesmeerd zijn?

Ik klopte harder.

'Ja?' zei Jeremy.

'Meneer Weaver hier.'

'Ja?'

Ik opende de deur. Jeremy lag op het bed en staarde naar het plafond. Hij draaide zijn hoofd een stukje in mijn richting.

'Wat wilt u?' vroeg hij.

'Pak je tas in,' zei ik.

21

Barry Duckworth reed net over de oprit van zijn huis toen zijn telefoon ging. Hij stopte, zette de motor uit en keek wie het was. Op het scherm stond Promise Falls City Hall.

Hij had er een slecht gevoel over.

'Hallo?' zei hij.

'Hé, Barry, alles kits?'

'Randy,' zei hij.

Randall Finley grinnikte. 'Barry, zou je me eigenlijk niet moeten aanspreken met "meneer de burgemeester" of zoiets lulligs?'

Duckworth dacht dat 'zoiets lulligs' wel aardig klonk, maar dat hield hij voor zich. 'Wat kan ik voor je doen, Randy?'

'Het gerucht gaat dat je niet naar de herdenkingsdienst wil komen. Zeg me dat het niet zo is.'

'Ik heb het behoorlijk druk,' zei Duckworth.

'Man, jij bent de ster van de show. Jij hebt die kerel gepakt. Je moet er zijn.'

'Ik zal erover nadenken.'

'Luister Barry, ik meen het. De stad heeft dit nodig. Ze moeten de doden van een jaar geleden kunnen herdenken. Ze willen jou hun respect tonen. Mensen houden van helden. En jij bent de held. Als jij niet komt opdagen... dat is net zoiets als een massage zonder *happy ending*. Je moet er zijn. We hebben iets nodig dat tegenwicht biedt aan alle ellende die we hier over ons heen gestort krijgen. Weet je wat ik gisteren heb meegemaakt? Nou, vraag het dan!'

'Wat heb je gisteren meegemaakt, Randy?' vroeg Duckworth.

'Ik was bij de watertoren.'

Het was het vergiftigde water uit de toren geweest dat zoveel dodelijke slachtoffers in Promise Falls had gemaakt.

'Er was een gestoorde idioot die over het hek was geklommen en naar binnen was gegaan. Hij stond boven op de watertoren met een soort cape om en de woorden Captain Avenger op zijn borst. De brandweer moest met een compleet team uitrukken om die eikel te pakken voordat hij naar beneden sprong. Weet je, Barry? De wereld is vergeven van de idioten. Mensen die denken dat het ons verdiende loon was. Dat het gerechtigheid was wat hier verleden jaar is gebeurd. Zoiets geloof je toch niet?'

'Nog iets anders, Randy?' vroeg Duckworth.

'Mijn god, wat ben je toch een stijfkop. Denk erover na, oké? Je krijgt trouwens een plaquette van me als je komt.'

'Ik hoef geen plaquette.'

'Ik heb hem al besteld.'

'Een fijne dag nog, meneer de burgemeester.' Duckworth beëindigde het gesprek en stapte uit zijn auto.

Omdat er nog geen andere wagen op de oprit stond, wist hij dat hij als eerste thuis was. Hij verwachtte dat Maureen er zo aan zou komen. Wat Trevor betrof, hij had geen idee.

Hij liep door de keukendeur naar binnen. Hij werkte zich uit zijn colbert, trok zijn stropdas wat losser en stroopte de mouwen van zijn overhemd op. Toen haalde hij zijn pistool uit de holster en borg het op in een kluisje dat in de bijkeuken stond, dat was een vast ritueel.

Hij liep terug de keuken in, opende de koelkast en pakte een flesje light bier. Hij wist eigenlijk niet eens of het veel calorieën scheelde. Vroeger nam hij altijd één biertje als hij thuiskwam, maar nu dronk hij er vaak twee. Hij wipte de dop van het flesje, zette het aan zijn lippen en nam een flinke slok.

Hij moest bekennen dat het een hele opluchting was dat Trevor zich nog niet thuis had gemeld.

Hij opende de koelkast nogmaals en vroeg zich af wat ze zouden gaan eten. Zou hij vast beginnen? Hoewel ze net zo lang als hij werkte, kookte Maureen meestal. Als het aan hem lag zouden ze steaks en in roomboter gebakken aardappeltjes met zure room eten. Maureen zou vast iets gezonders in gedachten hebben. Hij zag plastic bakken met salade in de koelkast staan.

Geweldig.

Hij besloot dat het beter was om niets te doen. Hij ging met het bier aan de keukentafel zitten en trok Maureens iPad naar zich toe.

Hij bleef maar aan Craig Pierce denken.

Sommige beelden lieten je niet los.

De jongen had afgrijselijke verwondingen en toch, aan het eind van het gesprek voelde Duckworth geen medelijden. Als er iemand bewees dat slachtofferschap niet tot martelaarschap hoefde te leiden, dan was het Craig Pierce.

Maar Pierce had hem aan het denken gezet. Als hij en Brian Gaffney door dezelfde persoon – of personen – te grazen waren genomen, waarom stonden de verschrikkingen die Pierce waren aangedaan dan overal op internet en viel er niets over Gaffney te vinden?

Het was duidelijk dat iemand Gaffney iets duidelijk wilde maken. Maar de jongen met het getatoeëerde bericht op zijn rug beweerde van niets te weten. En Duckworth kon moeilijk geloven dat het iets met de dode hond van mevrouw Beecham had te maken. Hoewel hij wel degelijk het gevoel had dat er iets vreemds in het huis van de oude vrouw aan de hand was, had het niets met Brian Gaffney te maken.

Wacht, dacht hij. *Misschien dat...*

Hij hoorde een auto over de oprit rijden, waarna de motor werd uitgezet. Toen de keukendeur openging, stond Duckworth op om Maureen te begroeten. Hij liep met het flesje bier in zijn hand naar haar toe en gaf haar een zoen op haar wang.

'Hoi,' zei hij. 'Ik wilde beginnen met koken, maar ik dacht...'

'Hou maar op,' zei ze.

Nog voordat ze haar jas uitdeed, schopte ze haar schoenen uit. 'God, daar heb ik nu de hele dag op zitten wachten. Ik weet dat kantoorbaantjes verschrikkelijk zijn, maar dan hoef je tenminste niet negen uur aan één stuk te staan.'

'Lange dag gehad?' vroeg hij.

'Is het mogelijk om een dienst van twintig uur in een negenurige werkdag te proppen? Zó traag ging het namelijk.' Maureen werkte nu tien jaar bij de opticien in het winkelcentrum, en ze had er nooit van gehouden. Het was een baan, meer niet. 'En jij?'

Duckworth trok een gezicht. 'Er waren momenten.'

'Goed of slecht?'

Hij dacht even na. 'Memorabel.'

'Gezien jouw werk eigenlijk een stomme vraag,' zei ze. 'Was er een hoogtepunt? Of een dieptepunt dat zo diep was dat je het weer een hoogtepunt kunt noemen?'

Hij kon kiezen. Was het de getatoeëerde jongen? Of die andere, wiens genitaliën eraf waren gebeten? Of de ondervraging van hun zoon en zijn vriendin?

'Daar moet ik even over nadenken.'

'Denk er maar even over na terwijl ik me omkleed voor ons etentje.'

'Wat zeg je nou?'

'Jij neemt me mee uit eten.' Ze glimlachte en gaf hem een kus. 'Heel attent van je.'

'Mag ik zeggen waar?' Hij dacht aan steak.

Ze aarzelde. 'Waarom bellen we Trevor niet om te vragen of hij mee wil? Dan laten we hem uitkiezen waar.'

Toen Duckworth niet enthousiast reageerde, zei Maureen: 'Wat? Wat is er, Barry?'

'Ik dacht dat het leuk was, als we met z'n tweeën...'

'Heb je vandaag nog iets van Trevor gehoord?'

Duckworth zat net af te wegen wat hij haar zou vertellen toen er nog een auto de oprit op reed, waarna het geluid klonk van een portier dat werd dichtgegooid.

'Als je het over de duivel hebt...' zei hij.

De keukendeur ging open. Trevor liep naar binnen en verstijfde toen hij zijn ouders zag.

'Hoi Trev,' zei Maureen vrolijk.

'O, geweldig,' zei hij. 'Ik neem aan dat pa je al op de hoogte heeft gebracht?'

'Van wat?'

'Dat hij mij en mijn vriendin als verdachten heeft behandeld.'

Maureen wierp haar man een scherpe blik toe. 'Wat?' Waarna ze zich weer razendsnel tot Trevor richtte. 'Vriendin?'

Duckworth schudde zijn hoofd. 'Zo was het niet. Trevor, je weet dat het niet zo is gegaan.'

'Ik heb me nog nooit zo opgelaten gevoeld,' zei Trevor, die verder de keuken inliep. 'Zo wil je echt dat iemand je vader ontmoet.'

'Wat heb je gedaan?' vroeg Maureen.

'Ik dacht dat hij me zou kunnen helpen,' zei Duckworth. 'Meer niet.'

'En waarom heb je me dat niet verteld?'

'Omdat je hier nog maar twee minuten was.'

'Wie is dat meisje?' vroeg ze aan Trevor.

'Carol,' zei hij.

'Beakman,' voegde Duckworth eraan toe.

'Ja, dat weet pa precies. Hij heeft het allemaal in zijn notitieboekje opgeschreven.'

'Jezus nog aan toe,' zei Duckworth. 'Kom op, Maureen, laten we gaan.'

'We gaan ergens eten,' zei Maureen tegen Trevor. 'Ga mee. Dan kunnen we het erover hebben.'

'Ik ga niet mee,' zei Trevor terwijl hij de keuken uitliep.

'Wat wil je eten?' vroeg Maureen. 'Ik heb niets gekookt. Er is wat...'

'Ik ben geen kleuter, mam,' riep hij haar na. 'Ik verzin wel iets.' Ze hoorden hem de trap op stampen.

'Net alsof we weer een puber in huis hebben,' zei Duckworth.

'Hoe heb je dat kunnen doen?'

Hij hief zijn handen op. 'Het is allemaal sterk overdreven. Ik vind het ook vervelend, maar hij blaast het wel heel erg op. Kom, laten we ergens gaan eten.'

'Ik weet niet of ik nog wel wil gaan.'

'Kom op. Mag ik nog steeds kiezen?'

Ze keek hem behoedzaam aan. 'Oké. Zeg het maar.'

'Laten we naar Knight's gaan.'

Maureens mond zakte open. 'Dat meen je niet. Dat is toch geen restaurant? Dat is een kroeg.'

'Ze hebben heerlijke kippenboutjes,' zei hij. 'En er is daar iets waar ik nog eens naar wil kijken.'

Ze haalde haar schouders op. 'Ik ben over vijf minuten klaar.'

Maureen liep een stuk geruislozer de trap op dan haar zoon zonet had gedaan. Het was niet haar bedoeling om door het huis te sluipen, maar ze maakte geen enkel geluid toen ze op haar kousenvoeten naar hun slaapkamer liep.

De deur van haar zoons kamer stond op een kiertje, ze hoorde dat hij aan de telefoon zat.

'Ik denk niet dat het een goed idee is,' fluisterde Trevor hard. Hij klonk kwaad.

'Je hoeft het echt niet voor mij te doen,' vervolgde hij. 'Nou ja, misschien is wat we nu doen dan wél het goede.'

Maureen stond op de overloop en verroerde zich niet.

'Ik wil niet bij een zaak van mijn vader betrokken raken. De beroemdste politieman van Promise Falls… Mijn god, ik dacht dat je ogen uit je hoofd vielen toen hij ons die foto van die jongen zijn rug liet zien.'

Maureen hoorde geen bewondering in zijn stem doorklinken.

'Goed,' zei Trevor. 'Je moet maar zien… Ja, ja, ik kom nog steeds. Ik zie je daar.'

Daarna een zeer kort 'dag'.

Maureen liep door naar haar slaapkamer om zich om te kleden. Maar haar gedachten waren niet bij het etentje.

Wát was volgens Trevor geen goed idee?

22

Cal

'Mijn tas inpakken?' zei Jeremy, die rechtop ging zitten.

'Ja,' zei ik. 'Ik denk dat het hier niet veilig voor je is.'

Hij zwaaide zijn benen op de vloer. 'Wat moet ik dan meenemen?'

Ik haalde mijn schouders op. 'Je spullen.'

'Dat doet mijn moeder altijd.'

'Neem dan maar mee wat ze voor je heeft ingepakt.'

'Hoelang blijven we weg?'

Daar had ik nog niet over nagedacht. 'Dat weet ik nog niet. In elk geval twee of drie dagen. Pak maar in wat er is. Als we iets missen, dan kopen we het wel.'

'Koop je ook een telefoon voor me?'

'Nee. Geef me een paar minuutjes. Ik denk dat je moeder het ermee eens is, maar ik wil het zeker weten.' Ik aarzelde. 'Tenzij je natuurlijk niet wilt vertrekken.'

Hij keek me perplex aan. 'Eh, nee hoor, ik vind het best.'

Ik hoorde het gekibbel uit de keuken al toen ik de trap af liep. Het was duidelijk dat Gloria niet meer in de woonkamer zat.

'Jij denkt geloof ik dat ik een alcoholist ben,' zei ze.

'Dat woord heb je mij niet horen gebruiken,' antwoordde Madeline Plimpton.

'Dat hoef je ook niet, want ik weet dat je het vindt. Maar ik heb een vraag voor je, Madeline. Is het misschien in je opgekomen dat ik alleen maar een heel klein beetje meer drink dan normaal? En heb je je niet afgevraagd waarom dat zou kunnen zijn?'

'We hebben veel moeten doorstaan,' zei haar tante.

'O ja, jij hebt zó veel moeten doorstaan. Hoe vaak ben je naar het proces gekomen? Drie keer? Vier keer?'

'Vaker dan dat, en dat weet je best, Gloria,' zei Madeline afwerend.

'En als je kwam, weet je wat dan zo opvallend was? Dat je aan het einde van de dag nergens te vinden was.'

'Gloria, stop.'

'Maar op een van die dagen vond ik je wel. Toch? Alleen niet op het einde van de dag.'

'Mijn god, dit gaat helemaal nergens over.'

Bob keek Gloria smekend aan. 'Gloria...'

'Daar was je dan om acht uur 's morgens. Samen met Grant Finch liep je de lift van het hotel uit.'

Madeline Plimpton draaide haar de rug toe.

'Maar het goede nieuws is dat vrouwen van jouw leeftijd blijkbaar nog steeds van bil gaan,' vervolgde Gloria. Ze glimlachte vilein naar Bob. 'Dat belooft nog wat voor onze oude dag, schat.'

Bob keek mevrouw Plimpton aan met een verontschuldigende blik. 'Het is de wijn...'

'Nee, dat is het niet,' zei Madeline. 'Ze heeft nooit kunnen waarderen wat ik voor haar heb gedaan.'

Gloria gooide haar armen dramatisch in de lucht. 'O ja, jij kwam me redden nadat mijn vader stierf. En daar moet ik mijn leven lang dankbaar voor zijn.'

'Kunnen jullie nu niet eens ophouden?' zei Bob. 'In godsnaam. Of vecht elkaar anders maar de tent uit. Wat kan het me ook schelen eigenlijk.' Hij haalde zijn telefoon tevoorschijn. 'Ik moet Galen bellen. Ik ben hem iets vergeten te vragen.'

'Galen, Galen, Galen,' zei Gloria. 'Misschien moet je maar met hém trouwen.'

'Jezus, hou je nou eens op? Galen heeft ons enorm geholpen.'

'O ja, dat was ik vergeten. Nee, hij is geweldig geweest.'

'Hij bezorgt ons een fortuin door me in dat project te laten participeren,' zei Bob. 'Als je die miljoenen niet wilt hebben, dan moet je het maar zeggen.'

Hier had Gloria even niets op te zeggen. Ik gebruikte het moment om mijn entree te maken.

'Ik heb een voorstel,' zei ik. Alle ogen waren op mij gericht. Ik denk dat ze ietwat verbluft en gegeneerd waren dat ik getuige van hun geruzie was geweest.

'En dat is?' zei Bob.

'Ik neem Jeremy voor een paar dagen mee.'

'Waarheen?' vroeg Gloria.

'Weg van hier, in elk geval. Hij is nu zijn tas aan het inpakken. Jullie grootste zorg is Jeremy's veiligheid. Het is makkelijker om hem ergens anders mee naartoe te nemen dan dit huis te beveiligen.'

Bob knikte. 'Dat is geen slecht idee.'

'Het hele land denkt dat hij in Promise Falls zit. En laat ze dat maar denken, toch? Jullie zijn groot genoeg om jezelf te redden.'

Gloria leek niet overtuigd. 'Ik weet het niet. Ik vind het niet fijn als hij niet bij me in de buurt is. Ik wist niet dat dit was wat je in gedachten had.'

'Ik zal goed op hem passen.'

Gloria zette haar wijnglas neer. 'Oké,' zei ze. 'Dan moet het maar zo. Ik ga hem helpen met zijn spullen.'

Ik hief mijn hand op. 'Zoals ik al zei, hij is er al mee bezig.'

Ze keek gekweld. 'Hij zou iets kunnen vergeten.'

'Het gaat prima. Als we iets zijn vergeten, dan kopen we het wel onderweg.'

'Waar gaan jullie heen?' vroeg Bob.

'Daar ben ik nog over aan het nadenken. Misschien blijven we wel op de weg.' Ik keek Madeline Plimpton aan. 'Voor het geval jullie me willen bereiken, je hebt mijn nummer.'

Ze knikte, en zei toen tegen haar nicht: 'Dan kunnen jullie weer terug naar Albany.'

'O, we kunnen nog wel een paar dagen blijven,' zei Gloria. 'Ik vind het altijd heerlijk om bij jou te zijn, Madeline.'

Wat Jeremy ook bij zich had, het paste allemaal in zijn rugzak. Hij gooide hem in de kofferruimte van mijn Honda, die nog steeds op straat stond geparkeerd. Hij wilde net voorin gaan zitten toen zijn moeder uit het huis kwam. We hadden binnen al een afscheidsritueel gehad, maar dat was blijkbaar niet genoeg.

Ze sloeg haar armen om de jongen heen en drukte hem tegen zich aan.

'Je gedraagt je, hè?' drukte ze hem op het hart. 'Zorg goed voor mijn jongen,' zei ze vervolgens over zijn schouder tegen mij.

'Komt in orde,' zei ik.

Gloria bracht haar lippen naar zijn oor en fluisterde hem iets toe. Ik wilde ze hun privacy geven en stapte in de auto. Zo'n vijftien seconden later kwam Jeremy naast me zitten. Hij bloosde enigszins, ik nam aan dat het uit schaamte was.

'We moeten eerst langs mijn huis om wat dingen op te halen,' zei ik terwijl ik de auto startte.

'Zoals een pistool?' vroeg hij.

'Zoals sokken en ondergoed.'

‘O. Draagt u geen pistool dan?’

‘Soms.’

‘Mijn moeder heeft er een.’

‘Geweldig.’

‘Ze had hem tijdens het proces. Bob had hem voor haar gekocht. Omdat er zoveel doodsbedreigingen waren.’

‘Heeft ze ook schietlessen genomen, zodat ze weet hoe ze het pistool moet gebruiken?’

Jeremy haalde zijn schouders op. ‘Bob heeft tegen haar gezegd dat je alleen maar hoeft te richten en schieten.’

‘Waar is dat pistool nu?’

‘Toen we hierheen gingen, had mam het in haar handtas, maar daar schrok mijn oudtante nogal van. Ze zei dat het ergens opgeborgen moest worden. Hij ligt in een van de keukenladen, naast de messen en vorken. Gisteravond zaten ze allemaal in de woonkamer, ik heb het pistool er toen uitgehaald om het te bekijken.’

‘Is het geladen?’

Jeremy knikte. ‘Stel dat er wordt ingebroken, wat zou je er dan aan hebben als er geen kogels in zaten?’

Het was dat ik aan het rijden was, anders had ik mijn ogen gesloten en zeer diep gezucht. Eigenlijk was het heel goed om die jongen een tijdje uit dat huis weg te houden.

‘Waar woont u?’ vroeg hij.

‘In het centrum.’

‘Deze stad is een puinhoop, toch?’

‘We hebben hier betere tijden gekend. Maar men zegt dat Promise Falls op de weg terug is. Er is een nieuwe burgemeester. Eigenlijk had hij al een keer eerder die functie, hij zit nu dus voor de tweede keer in het stadhuis. Misschien dat hij het verschil kan maken.’

‘O ja, mijn oudtante had het over hem. Ze zei dat het een waardeloze eikel was en dat hij minderjarige hoertjes had ingehuurd. Is dat waar?’

Ik knikte. Tegenwoordig leek het niet meer uit te maken wat je gezegd of gedaan had. Je werd zo weer herkozen.

We reden een paar kilometer in stilte. Ik keek om de zoveel seconden in mijn achteruitkijkspiegel. Er reed al een tijd een zwart busje achter ons.

‘Het is hier,’ zei ik. Ik parkeerde de auto voor Naman’s Books en het busje reed door.

‘Woon je in een boekwinkel?’ vroeg Jeremy.

‘Ik woon erboven.’

Ik moest er een paar maanden uit, maar nu was ik weer terug.

Verleden jaar was Promise Falls in de greep van een mogelijke terroristische aanval. Die was er nooit gekomen, maar als reactie erop had een stel racistische idioten een brandbom bij de boekwinkel naar binnen gegooid. Gelukkig was Namans winkel inmiddels weer open, en ik had mijn oude appartement terug.

'Je kunt je spullen in de auto laten,' zei ik terwijl ik het portier openduwde. Toen Jeremy uit was gestapt, sloot ik de Honda af en liep naar een deur naast de winkel met een bordje erop waar CAL WEAVER, PRIVÉDETECTIVE op stond.

'Wauw, net als in van die oude Hollywoodfilms,' zei Jeremy.

Ik opende de deur, waar zich een trap naar boven achter bevond. Ik strekte mijn arm uit. 'Jij eerst.'

Toen we boven waren, opende ik de deur van mijn appartement. Een woonkamer met een open keuken, en achterin een slaapkamer. Het hele huis was kleiner dan de hal bij zijn oudtante.

'Jezus, wóón je hier?' vroeg Jeremy.

'Het is niet veel, maar het is genoeg,' zei ik. Ik wees naar de koelkast. 'Je kunt een cola nemen als je wilt.'

Hij trok hem open terwijl ik naar de slaapkamer liep. In de kast lag een weekendtas. Ik gooide hem op het bed en zocht kleren uit.

'Er is geen cola,' riep Jeremy. 'Maar er is wel bier. Mag ik een blikje bier?'

'Nee.'

'Dit gaat een leuk uitstapje worden.'

'Weet je wat? Maak maar wat sandwiches klaar voor ons.'

'Wát?'

'Onder in de koelkast. Ik heb gisteren boodschappen gedaan, er is ham, rosbief... In het keukenkastje ligt vers brood. Of als je tonijn wilt, die ligt er ook, en er is mayonaise. We kunnen nu iets eten, en dan nog iets klaarmaken voor onderweg.'

'Kunnen we niet gewoon bij een McDonald's of een Burger King stoppen als we honger hebben?'

'Nee.'

Ik liep terug naar de slaapkamer. Toen ik klaar was met mijn kleren, pakte ik mijn pistool van de bovenste plank. Ik hoefde het hoogstwaarschijnlijk niet te gebruiken, maar je wist het nooit. Ten slotte pakte ik een kleine koelbox die ik vroeger altijd op surveillance meenam om water en sandwiches in te bewaren.

Ik ritste de weekendtas dicht en bracht hem met de koelbox naar de woonkamer.

'Hoe gaat het hier?'

Hij had alles lukraak op het aanrecht gezet, en keek ernaar alsof het een verzameling puzzelstukken was. 'Goed. Ik zal het doen. Maar ben jij niet ingehuurd om voor mij te zorgen? Zou jij dit eigenlijk niet moeten doen?'

'Hoe kan ik de boeven neerschieten als ik tot aan mijn ellebogen in de mayonaise en mosterd zit?'

Jeremy keek me verwonderd aan, hij wist niet of ik het meende of dat het een grap was.

Ik ging naast hem staan.

'Oké, laten we een productielijn opzetten. Jij smeert boter op het brood en schuift het naar mij toe.'

Hij deed wat hem was gezegd. Maar de boter was nog hard, toen hij hem uit probeerde te smeren vielen er gaten in het brood.

Ik pakte de botervloot en zette hem tien seconden in de magnetron.

'Ah, dat is beter,' zei hij toen hij de boter met een mes op het brood uitsmeerde. 'Ik maakte vroeger altijd sandwiches met mijn pa.'

'O ja?' zei ik. 'Wanneer zijn je ouders uit elkaar gegaan?'

Hij haalde zijn schouders op. 'Lang geleden. Ze waren al eeuwen uit elkaar, en uiteindelijk besloten ze officieel te scheiden.'

'Dat kan zwaar vallen.'

'Ach, ja,' zei Jeremy. Hij legde ham op het brood, daarna een plakje kaas en ten slotte nog een snee brood. 'Het is rustig hier.'

'Overdag is er meer verkeer,' zei ik. 'Dan is het lawaaiiger.'

'Dat bedoelde ik niet. Er wordt hier niet voortdurend geschreeuwd.'

'O, dat. Is het zo erg daar?'

Hij haalde zijn schouders op. 'Mijn moeder en Madeline hebben de hele dag ruzie. En dan mam en Bob ook nog eens. Dat is waarom ik er weleens tussenuit knijp.'

'Ik begrijp het.'

Hij schoof gesmeerde boterhammen mijn kant op zodat ik ze kon beleggen.

'Waar gaan we straks heen?'

'Ik dacht eraan om alle attracties van het noorden van de staat New York te bezoeken.'

'Zijn die er dan?'

Daar moest ik om lachen. 'Er zijn er wel een paar. Wat heeft je interesse?'

Hij haalde weer zijn schouders op. 'Dat weet ik niet.'
'Zijn er geen dingen die je interesseren?'
'Mijn moeder probeert me altijd te interesseren voor dingen waar ik niet om geef.'
'Zoals?'
'Ik weet niet. Zoals documentaires, of History Channel... Dat interesseert me niets. Ik hou van films. Heb je de nieuwe *Star Wars* gezien?'
'Nee.'
'Hij was oké.'
'En wat heeft je moeder verder nog geprobeerd?'
'Ze wilde graag dat ik een sport ging doen, maar ik hou niet van sport.'
'Waarom niet?'
'Moet er een reden voor zijn?'
'Nee, dat hoeft niet.'
'Maar er is één ding,' zei Jeremy.
'En dat is?'
'Beloof dat je niet zult lachen.'
'Beloofd.'
'Ik hou van kunst.'
'Kunst? Hou je van schilderen?'
Hij schudde zijn hoofd. 'Ik haat geschiedenis, maar ik vind het leuk om over schilders te lezen. Gaan we ook naar kunstgaleries?'
Dit had ik niet verwacht. 'Ja, ik denk dat we er wel een paar kunnen vinden. Volg je ook kunstvakken op school?'
'Dat wilde ik wel, maar Bob had tegen ma gezegd dat ik iets anders moest nemen omdat je niets aan kunst had. In de kunst vind je geen werk.'
'Niet alles in je leven hoeft carrièregericht te zijn.'
'Dat zei ik ook, maar ma was het met Bob eens.'
'Zou je kunstenaar willen zijn? Ik ken een klein meisje – nou ja, ze is nu twaalf, dus zo klein is ze niet meer – dat Crystal heet en altijd aan het tekenen is. Hoe noemen ze die dingen ook alweer? O ja, graphic novels. Die wil ze later gaan maken.'
'Is ze goed?'
'Ja. Ik neem aan dat ze het nog steeds doet. Ik heb haar al een tijd niet meer gezien. Ze is bij haar vader in San Francisco gaan wonen.' Ik zweeg een moment. 'Haar moeder is overleden.'
'Graphic novels zijn gaaf. Maar zelf wil ik niet tekenen, ik ben er niet goed in. Maar ik vind het dus wel leuk om schilders te bestuderen. Om alles te weten te komen over schilders als Renoir en Rafaël en Michelange-

lo... Maar niet alleen klassieke schilders. Ook moderne kunst, zoals die vent die van alles op zijn doeken smeet en van die druipschilderijen maakte.'

'Je bedoelt Pollock?'

'Ja, dat is hem. Pollock. Ik zou later graag een baan willen in een galerie of een museum. Vind je dat stom?'

'Stom? Nee.'

'Waar gaan we zo heen? Het is al etenstijd. Eten we alleen maar sandwiches?'

'Daar zat ik net over na te denken,' zei ik. 'Of we vanavond of morgenochtend zullen vertrekken.'

Het begon buiten donker te worden. We konden vanavond hier blijven, maar dat zou betekenen dat Jeremy op de bank moest slapen. Het was nog steeds beter dan de gevangeniscel die hem boven het hoofd had gehangen, maar misschien verdiende hij beter. Nu Jeremy me had bekend dat hij in galeries was geïnteresseerd, zat ik aan New York te denken. We konden er in drie of vier uur zijn. Maar dan moest ik eerst een hotel boeken.

Misschien dat ik daarom naar het raam liep – om te zien hoe donker het al was. Er stonden op dit uur van de dag niet veel auto's in de straat geparkeerd; alle winkels waren gesloten, misschien met uitzondering van Naman. Hij bleef vaak nog lang open omdat hij niets beters had te doen.

En daarom viel het zwarte busje aan de overkant van de straat me direct op. Het was het enige geparkeerde voertuig op een stuk van honderd meter. Ik dacht dat het dezelfde bus was die zonet achter ons reed. Ik kon niet zien of er iemand in zat, de ramen waren getint.

'Ga jij verder met die sandwiches,' zei ik tegen Jeremy. 'Ik moet even iets uit de auto halen.'

'Oké,' zei hij afwezig.

Ik liep snel naar beneden en opende de voordeur. Het voertuig stond zo'n vijftien meter van me af met zijn achterkant naar me toe. Toen ik de straat overstak, zag ik dat er rook uit de uitlaat kwam. De achterlichten flitsten kort op, er werd gas gegeven en het busje reed weg.

Zelfs als ik dichtbij genoeg was geweest om het nummerbord te lezen, dan zou het niets zijn geworden. Het was zo vuil dat het onleesbaar was.

Toen ik weer boven was, zei ik tegen Jeremy: 'Ik stel voor dat we vanavond vertrekken.'

23

Er werd zacht op Craig Pierce' slaapkamerdeur geklopt.

'Ja?' zei hij.

In de deuropening stond een vrouw van in de veertig met een map in haar handen. Ze droeg een bril, had kort haar en ging gekleed in een simpele zwarte rok met een beige bloes erop. Haar handtas hing over haar schouder.

'Hoi,' zei ze. 'Sorry dat ik zo laat ben vandaag, ik werd door een cliënt opgehouden.'

'Kom binnen, mevrouw Sinclair,' zei Craig.

'O, hoe vaak moet ik je nog zeggen dat je me Beverly kunt noemen?' zei ze glimlachend. Ze keek recht in zijn verwrongen, mismaakte gezicht. Craig, die bij het dressoir stond, verbrak het oogcontact om de inhoud van een kleine doos te inspecteren.

'Wat heb je daar?' vroeg Beverly Sinclair opgewekt.

'O, wat dingen die ik heb besteld,' zei hij. Hij pakte er iets uit; iets kleins, glinsterends en metaligs. Het was klein genoeg om het op de palm van zijn hand te leggen en het met zijn vingers te omklemmen. Toen ging hij op de stoel naast het voeteneinde van zijn bed zitten.

Beverly nam in de andere stoel plaats, zette haar handtas op de vloer, legde de map op haar knieën en vouwde haar handen samen. 'En,' ze glimlachte nog steeds alsof ze in een tandpastareclame figureerde, 'hoe voelen we ons vandaag?'

'*We* voelen ons geweldig,' antwoordde Craig. Zijn verminkte lippen vormden een verwrongen grijns. 'Dat komt natuurlijk omdat ik zo'n goede psycholoog heb.'

'Nou, dank je wel,' zei ze terwijl ze de map opensloeg. 'Maar jij bent degene die lof verdient. Jij doet al het werk.'

Craig haalde zijn schouders op.

Ze wierp een blik op een vel blocnotepapier met geschreven aantekeningen dat in de map zat. 'De laatste keer dat ik hier was, hebben we het gehad over je angst om naar buiten te gaan.'

'Ja, al is het niet zozeer mijn angst, maar die van andere mensen. Ik bedoel, ik zie er tamelijk eng uit.'

'Maar dat is dan hun probleem, toch?' zei Beverly. 'Mensen zouden kritisch moeten zijn over hun houding in de omgang met gehandicapten of personen die anders zijn.'

'Nou, je kunt daar moeilijk een goed gesprek met iemand over hebben als hij gillend van je wegloopt,' wierp Craig tegen.

Ze knikte begripvol. 'Je punt is duidelijk. Maar ben je nog naar buiten geweest de afgelopen week?'

'Ja.'

'En waar ben je heen gegaan?'

'Ik heb wat rondgereden. En ik heb gewandeld. Meestal 's nachts.'

'Als je wat meer zelfvertrouwen hebt, zul je volgens mij ook vaker overdag naar buiten gaan,' zei Beverly aanmoedigend.

'Dat zou mooi zijn,' antwoordde hij.

'En hoe zou je je gemoedstoestand van, zeg, de afgelopen week beschrijven? Kun je de situatie al beter accepteren?'

'De situatie?' vroeg Craig. 'Dat is een grappige manier om het te omschrijven.'

'Ik benader dingen nu eenmaal zo respectvol en voorzichtig mogelijk,' zei ze.

'O, maar dat heb ik gemerkt, hoor.' Craig toonde haar zijn enge grijns. 'Wat mijn gemoedstoestand betreft, ik zou zeggen... dat hij verbeterd is.'

'Dat is geweldig,' zei ze.

'Ik heb besloten dat ik vooruit wil. Om controle over mijn leven te hebben, en niet passief te blijven en gecontroleerd te worden.'

'Dat is goed om te horen.'

'Ik wil mijn energie en mijn... behoeftes op een productieve manier gebruiken,' zei Craig.

Beverly's glimlach verbleekte. 'Wat bedoel je daar precies mee?' vroeg ze.

'Waarmee?'

'Eh,' zei ze aarzelend, 'dat van die behoeftes.'

'Nou,' hij leunde bijna samenzweerderig naar voren en fluisterde, 'hoewel ik het gereedschap niet meer heb, ik heb nog steeds de handleiding, als je begrijpt wat ik bedoel.'

Beverly slikte. 'Ik geloof van wel.'

'Dus als ik me in mijn hoofd... opgewonden voel, en ik niet de bijbehorende fysieke reactie krijg, dan voel ik een soort pijn. Weet je wat ik bedoel? Je kent de term fantoompijn misschien? Dat je been eraf wordt geschoten in de oorlog en je daarna nog steeds de pijn voelt.' Hij boog zich nog dichter naar haar toe. 'Volgens mij heb ik een fantoomerectie.'

Beverly leunde achterover in haar stoel.

'Daar heb ik geen verstand van,' zei ze. 'Dat is iets wat je met je fysiotherapeut zou moeten bespreken.'

Craig leek teleurgesteld. 'O, ik dacht dat jij me daarbij zou helpen. Want, weet je, het heeft een behoorlijke invloed op mijn gevoel van eigenwaarde.'

'Er zijn... grenzen aan mijn hulp, Craig. Ik ben hier om je te helpen je aan te passen aan het nieuwe leven dat je hebt, dat je leert inzien dat dit – ondanks alles wat er is gebeurd – een nieuw begin kan zijn.'

Hij knikte alsof hij het helemaal begreep. 'Zoals een glimlach eigenlijk een omgekeerde frons is, toch?'

Beverly Sinclairs kaken spanden zich. 'Weet je, Craig, ik heb altijd oprecht geprobeerd je te helpen. Ik weet dat je het allemaal onzin vindt, maar mijn intenties zijn altijd goed geweest. Je gelooft het dan wel niet, maar voor mij is het belangrijk. Ik geef om al mijn cliënten alsof ze mijn eigen familie zijn.'

'Dat is mooi,' zei Craig. 'Misschien dat ik maar eens op bezoek moet komen, als je mij ziet als familie. Dan kan ik je dochter eens ontmoeten.'

Beverly's gezicht verstrakte.

'Je had het een keer over haar,' zei Craig. 'Je zei geloof ik dat ze veertien was. Leanne heette ze, dacht ik. Toch?'

Beverly zei niets.

'Misschien dat ik eens langskom als ik 's nachts rondrijd.'

Beverly had haar stem terug. 'Je weet niet waar ik woon.'

Craig opende zijn hand en bekeek het metalige bolletje dat erin lag.

'Wat is dat?' vroeg Beverly.

'Dit,' hij plukte het met duim en wijsvinger van zijn handpalm en hield het omhoog, 'is een prachtig apparaatje. Ik heb ze eerder besteld, maar dit is een nieuw model.'

Alsof ze het liever niet wilde horen, vroeg Beverly aarzelend: 'En wat... kun je ermee doen?'

'Het is een minuscule gps-tracker. Je plakt hem ergens op vast en dan kun je zien waar hij heen gaat.'

Beverly klapte de map dicht en pakte haar handtas. Ze drukte hem tegen haar borst. 'Hou jij hem maar bij je.'

Hij grijnsde haar sinister toe. 'Wie weet. Misschien heb ik er verleden week wel een in je handtas laten vallen.'

Ze legde de map op de stoel, en begon met twee handen haar tas te doorzoeken.

Craig lachte. 'Geintje. Dat heb ik niet gedaan.'

Beverly keek hem aan en speurde zijn misvormde gezicht af om de waarheid te ontdekken.

'Of toch wel?' voegde hij eraan toe.

Beverly greep de map en opende de deur. Voordat ze de gang opliep zei ze: 'Ik... Ik denk dat ik je dossier aan een collega ga overdragen. Je zult me niet meer zien.'

'Dat weet je nooit,' zei Craig. 'We kunnen elkaar nog weleens tegenkomen.'

24

'Ik hoop dat we de juiste beslissing hebben genomen,' zei Gloria Pilford, een glas in haar hand. Ze was op rode wijn overgegaan.

'Zijn er nog wel flessen over in de kelder?' vroeg Madeline Plimpton. Ze zat op een kruk aan het kookeiland.

'Waar is Bob?' vroeg Gloria.

'Ben je soms doof?'

'Hoe bedoel je?'

'Heb je al die herrie niet gehoord? De elektrische zaag en het boren?'

'O,' zei Gloria. 'Dat.'

'Hij heeft er een plaat triplex tegenaan gezet. Je kunt dat gat niet zo laten tot er nieuw glas in komt.'

'Nee. Dat begrijp ik.'

'En hij was ook nog een tijdje aan het bellen,' zei Madeline.

'Denk je dat we er goed aan hebben gedaan? Om Jeremy met een volslagen vreemde te laten vertrekken?'

'Weaver is te vertrouwen,' zei haar tante. 'Ik heb hem gecheckt. Ik heb ook nog even met hem zitten praten. Weet je wat er met zijn vrouw en zoon is gebeurd?'

Madeline vertelde haar dat ze een paar jaar geleden waren vermoord. Gloria zweeg een paar tellen en zei toen: 'Het spijt me van daarnet.'

'Welk gedeelte?' vroeg Madeline.

Gloria kneep haar ogen samen. 'Dat van Grant.'

Madeline zuchtte. 'Het doet er niet toe.'

'Ik herinner me het nog,' zei Gloria.

'Wat herinner je je?'

'Ik herinner me hem van jaren geleden. Toen hij voor het eerst praktiseerde. Dat was hier in Promise Falls, toch?'

'Ja,' zei haar tante.

'Is jullie affaire toen begonnen? Of was het voordat ik bij jou kwam wonen?'

Madeline keek haar nicht nors aan. 'Ervoor.'

'Maar toen hield het op een gegeven moment op,' zei Gloria.

'Grant was getrouwd. Hij was niet van plan zijn vrouw te verlaten, en ik wilde niet bij mijn man weg. Een jaar later was ik weduwe, maar toen was Grant al over me heen.'

'Dus al die jaren gingen voorbij en jullie hadden niets met elkaar?'

'Dat klopt.'

'Maar toen was er weer contact, want we hebben Grant uiteindelijk ingeschakeld om Jeremy te verdedigen.'

Madeline zuchtte. 'Zijn vrouw stierf zes jaar geleden. We... trokken weer naar elkaar toe.'

'Hebben jullie nog steeds iets met elkaar?'

'Dat zijn jouw zaken toch helemaal niet?' zei Madeline.

Gloria haalde haar schouders op. 'Jij steekt je neus in mijn zaken en ik steek mijn neus in jouw zaken.'

'Je hebt te veel gedronken, Gloria. Ik ga slapen.'

Bob liep in zijn sportjack de keuken in. Zijn gezicht leek rood van woede. Hij keek Gloria aan.

'Wat?' zei ze terwijl ze haar glas neerzette.

'Waar is hij?'

'Waar is wat?' zei ze.

'Het is mijn eigen schuld,' zei Bob hoofdschuddend. 'Ik had beter moeten weten. Ik ben een idioot.'

'Ik heb geen idee waar je het over hebt,' zei Gloria.

Madeline keerde op haar schreden terug en keek Bob aan. 'Waar heb je het in godsnaam over?'

'De telefoon,' zei hij. 'Háár telefoon.'

Madeline richtte haar blik op haar nicht. 'Wat heb je gedaan?'

'Ik heb níéts gedaan,' zei Gloria met opgeheven kin.

'De telefoon zat in mijn jasje,' zei hij. 'Het hing vanmiddag eerst nog over die stoel. Toen heb ik het weer aangetrokken en er verder niet meer aan gedacht.' Hij klopte op zijn linkerborst. 'Hij zat hier en nu is hij weg.'

'Misschien dat hij eruit is gevallen toen je dat raam repareerde,' zei Gloria.

'Jij hebt hem teruggepakt,' zei hij. 'Weaver had groot gelijk toen hij zei dat je beter geen telefoon kon hebben. Voor je het weet ben je weer online om iets stoms te zeggen.'

Gloria nam nog een slok wijn, en zette het glas zo hard terug dat de voet brak. Het glas kantelde en de rode wijn liep over het kookeiland.

'Jezus nog aan toe,' zei Madeline.

'Wil je me fouilleren?' Gloria ging midden in de keuken staan en spreidde haar armen. 'Wil je voelen of hij hier ergens zit? Is dat wat je wil?'

Bob stond op en gaapte haar aan. 'Meen je dat serieus?'

'Me fouilleren? Dat wil je toch? Waarom niet? Ik zal me niet verzetten.'

Ze kruiste haar armen, pakte de onderkant van haar trui en trok hem omhoog.

'Dit is belachelijk,' zei Madeline.

Gloria's hoofd verdween even in de trui, toen trok ze hem eroverheen en stond ze in een witte bh.

'Gloria, stop hiermee,' zei Bob.

Ze draaide rond. 'Zie je iets? Nee? Oké dan.' Ze schopte haar schoenen uit, knoopte haar broek los en begon hem uit te trekken.

'Hij zit waarschijnlijk in haar handtas,' zei Madeline.

Gloria wees naar haar handtas, die op de keukentafel lag. 'Ga je gang. Doorzoek alles. Haal mijn kamer maar overhoop. Ik heb die telefoon niet.' Haar gezicht was rood van woede. 'Ik laat me niet als een klein kind behandelen!'

Ze schopte haar broek uit en stond in haar ondergoed. 'Wil je ook nog mijn lichaamsopeningen controleren, Bob? Dat zou je wel willen, hè?' Ze balde haar vuisten en plantte ze uitdagend op haar heupen.

Bob draaide zich om en liep de keuken uit.

'Nu niet weggaan!' riep Gloria hem na. 'Ik heb een idee! Waarom bel je me niet? Misschien klinkt er zo wel een belsignaal uit mijn reet!'

Madeline, die blijkbaar vond dat deze uitdaging het verdiende te worden aangegaan, liep naar de huistelefoon en toetste het nummer in.

Er viel een stilte toen de twee vrouwen aandachtig luisterden.

Niets.

'Waarschijnlijk heb je het geluid uitgezet,' zei Madeline. 'Mijn god, je zou een leger therapeuten op deze familie kunnen loslaten.'

Deze keer liep ze door naar boven.

Gloria bleef alleen in haar ondergoed achter. Na een minuut pakte ze een nieuw glas uit de kast en schonk zichzelf nog eens in.

25

‘Wat een geweldige plek,’ zei Maureen terwijl zij en Duckworth Knight’s in liepen.

‘Dat toontje ken ik,’ zei hij.

‘Welk toontje? Ik weet niet waar je het over hebt. Wil je naast de tafel gaan zitten waar ze aan het armpjedrukken zijn? Of naast het stel dat een huis van suikerklontjes probeert te bouwen?’

‘Wat dacht je van hier?’ Hij wees een lege vaste bank aan, die zich niet in de directe nabijheid vond van iets waar ze zich aan zou ergeren.

‘Dat ziet er prima uit,’ zei ze. ‘En slechts een paar stappen van de wc verwijderd, voor het geval ik die nodig zou hebben.’

Toen ze net tegenover elkaar zaten, verscheen er een meisje met de menu’s.

‘Willen jullie iets drinken?’ vroeg ze.

Maureen bestelde een glas pinot grigio, Duckworth een glas water met munt.

‘Is Axel er ook?’ vroeg hij.

Het meisje knikte.

‘Kun je hem vragen of hij langs wil komen als hij tijd heeft?’

Het meisje knikte nog een keer en liep weg.

Maureen bestudeerde het menu. ‘Nou, jij zult het hier leuk vinden. Ik zie niet één ding op deze kaart dat jij zou mogen hebben. O, wacht, er zit bleekselderij bij de extra grote dubbelgepaneerde kippenboutjes.’

‘Ik weet ook wel dat dit geen driesterrenrestaurant is, maar wat is er met je?’

‘Niets,’ zei Maureen.

‘Je bent kwaad op me vanwege dat gedoe met Trevor.’

‘Dat heb ik niet gezegd.’

‘Luister, dat akkefietje dat we hadden, daar komt hij wel overheen.’ Zijn blik schoot door het café. ‘Het is vanwege deze plek dat ik het over onze zoon wilde hebben.’

Maureen liet haar menu zakken. 'Waar heb je het over?'

'Trevor en zijn nieuwe vriendin. Ze zaten elkaar af te lebberen op die bank hierachter.'

'Nee.'

'Ja.'

'Hoe weet je dat zo goed?'

Hij vertelde hoe hij Trevor en Carol Beakman stomtoevallig op de beveiligingsvideo had gezien.

'Natuurlijk was ik niet naar hen op zoek. Maar daar waren ze opeens.'

Ze keek hem argwanend aan. Net toen ze hem iets wilde vragen stond Axel aan hun tafel.

'Hé, rechercheur, hoe gaan de zaken?'

Duckworth stelde hem voor aan Maureen.

'De maaltijd is van het huis,' zei Axel.

De rechercheur glimlachte. 'Dat kan ik helaas niet accepteren. Het is tegen de regels. Maar je kunt wel iets voor me doen.'

'Zeg het maar.'

Duckworth vertelde het hem. Axel zei dat hij er even mee bezig zou zijn, maar dat hij teug zou komen als het klaar was.

'En ik zou graag een portie van die extra grote dubbelgepaneerde kippenboutjes willen bestellen,' voegde de rechercheur eraan toe.

Axel keek Maureen aan. 'Een groene salade met vinaigrette graag.' Ze leek even te aarzelen. 'En in de schil gebakken aardappelen met zure room erbij.'

Axel knikte en liep terug naar de bar.

'Ik begon me al even zorgen te maken,' zei Duckworth.

'Maar dan wil ik wel een kippenboutje van jou.'

'En ik wil een van je gebakken aardappelen met zure room.'

'Ik had eigenlijk het idee om die salade samen met je te delen.'

Hij leunde achterover en slaakte een zucht. 'Zoals ik al zei, het spijt me van zonet.'

Ze snoof met veel omhaal.

'Wat? Ik ken die blik. Er is iets.'

Maureen zuchtte. 'Ik weet niet hoe goed het gaat tussen hem en die Carol, trouwens.'

'Waarom zeg je dat?'

'Ik hoorde hem over de telefoon met haar praten. Toen ik naar boven ging om me om te kleden.'

'Oké.'

‘Het klonk alsof hij kwaad op haar was. Het zou iets met jou te maken kunnen hebben, maar er was nog iets anders.’

‘En dat was?’

‘Iets wat ze wilde doen en waar hij het niet mee eens was.’

‘Maar je weet niet wat het was?’

Ze schudde haar hoofd.

‘Dus je hebt hem stiekem afgeluisterd.’

Ze knikte.

Duckworth glimlachte. ‘Daar is niets verkeerd mee. Maar weet je? Wat er tussen hen speelt, is hun probleem en niet dat van ons.’

‘Dat weet ik.’

‘Het zal wel goed komen. Tot vandaag wist ik niet eens van haar bestaan, dus het is nog pril wat ze met elkaar hebben. Het is niet zo dat er een langdurige relatie op de klippen loopt.’

‘Ik wil alleen maar dat hij gelukkig is.’

Axel bracht de drankjes. ‘Ik heb het voor je opgezocht. Jullie eten is nog niet klaar, dus je zou nu even kunnen kijken.’

‘Ik ben zo terug,’ zei Duckworth tegen Maureen.

Hij volgde Axel naar het kantoor waar hij vandaag al eerder was geweest. De barkeeper had de bewakingsvideo van twee avonden geleden klaargezet op het beeldscherm van de computer.

‘Wat wil je precies zien?’ vroeg Axel.

‘De man die al aan de bar zat voordat Brian Gaffney binnenkwam.’

‘O, die jongen.’ Axel wees naar het beeld. ‘Die ene die ik om legitimatie vroeg.’

‘Op het eerste gezicht zou je ze zo met elkaar kunnen verwarren,’ zei Duckworth. ‘Ik bedoel, het is geen tweeling, maar ze hebben vrijwel dezelfde kleren aan. Dezelfde bouw en haarkleur… et cetera.’

‘Ja.’

‘Kun je hem vooruit spoelen?’

Axel deed wat hem werd gevraagd. Toen ze bij het punt waren aangekomen waarop Brian Gaffney opstond om te vertrekken, vroeg Duckworth of de band weer op de normale snelheid kon worden afgespeeld.

‘Daar gaan we dan,’ zei de rechercheur. Niet lang daarna stonden Trevor en Carol ook op om het café te verlaten.

De man die zo op Brian leek zat nog aan de bar; hij keek voortdurend op zijn telefoon, alsof hij er een spelletje op aan het spelen was.

‘Spoel hem nu nog eens een stukje vooruit.’

Het beeld snelde voorbij. Toen de man aan de bar opstond, gebaarde Duckworth dat de band weer op normale snelheid kon.

Hij zag dat het op dat moment 21.43 uur was. Elf minuten nadat Gaffney was vertrokken.

De jongen liep langs een tafel waar vier mannen een kan bier deelden. Een van hen greep hem plotseling bij zijn arm, hij wees naar hem en zei iets.

'Wat gebeurt daar?' vroeg Duckworth.

'Ja, ik herinner me dat. Ze vielen hem lastig toen hij naar buiten liep.'

'Was daar reden toe?'

'Niet dat ik weet. Maar ik herinner me dat een van die mannen zoiets als "Hé, Big Baby!" naar hem riep.'

Duckworth knikte langzaam, en keek nog eens goed naar de jongen. 'Wel heb ik ooit...'

'Herken je hem?' vroeg Axel.

Duckworth glimlachte slechts. 'Bedankt voor je hulp. Dit is beter dan honderd rondjes van het huis.'

Hij liep terug naar hun tafel, waar Maureen aan haar wijn zat.

'Er was net iemand die me probeerde te versieren,' zei ze toen hij ging zitten.

'Dat meen je niet,' zei hij.

'Dat is het verkeerde antwoord, Barry.'

'Wie was het?'

'Die ene die daar bij de pooltafel staat, hij gaat nu stoten. Hij ziet er niet eens zo slecht uit voor een zeventigplusser.'

'Goed, ik zal hem zo neerschieten,' zei Duckworth. De serveerster bracht hun bestelling. 'Maar eerst ga ik eten.'

'Mijn god,' zei Maureen toen ze de berg kippenbouten op zijn bord zag. 'Zal ik maar vast een ambulance bellen?'

Hij pakte een kippenbout en beet erin. 'Ik denk dat ze de verkeerde jongen hadden.'

'Wat?'

'Ze wilden Brian niet. Ze wilden de Big Baby hebben.'

'Ik heb geen idee waar je het over hebt,' zei Maureen.

26

Cal

Het ging ons niet lukken om nog vanavond in Manhattan te zijn. Maar ik wilde niet dat Jeremy de nacht in mijn appartement zou doorbrengen, het kon zijn dat ze al wisten waar hij was. Het zwarte busje voor het huis had me verontrust. Ik had geen idee of het iets te maken had met de baksteen die bij Madeline Plimpton door de ruit was gegaan; het was geen zwart busje geweest dat ik had zien wegrijden vanmiddag.

Ik pakte mijn weekendtas en de koelbox – waar we de sandwiches en nog wat snacks in hadden gedaan – en we vertrokken. Ik sloot mijn huis af, zette de spullen in de auto en zei tegen Jeremy dat hij kon instappen. Ik moest eerst nog iets anders doen.

Ik ging op mijn knieën zitten en bescheen met een zaklamp het chassis van de auto. Ik liet mijn hand langs de binnenkant van de spatborden gaan. Tot slot controleerde ik de bumpers.

'Wat deed je nou?' vroeg Jeremy toen ik achter het stuur zat.

'Er is ooit een keer een gps-tracker op mijn auto bevestigd,' zei ik. 'En zelfs niet een, maar twee.'

'Wauw,' zei Jeremy. 'Gaaf.'

Ik wierp hem een zijdelingse blik toe. 'Nee, dat was het niet. Het heeft iemands dood betekend.'

'O, shit. Wanneer was dit?'

'Vier jaar geleden.'

'Wat gebeurde er?'

Ik negeerde de vraag.

Ik reed Promise Falls uit en nam de 87 in zuidelijke richting naar Albany. Het plan was om daar de rondweg te nemen en vervolgens in dezelfde richting door te rijden naar New York. Tijdens het eerste uur aten we alle sandwiches uit de koelbox op. Jeremy had niet veel te zeggen, en ik was ook niet in zo'n spraakzame bui.

Toen we bij Selkirk de afrit naar de Mass Pike naderden, zei Jeremy opeens: 'Kunnen we de volgende afrit nemen?'

'Waarom?'

'Hier is het al. Ga eraf! Ga eraf!'

Ik zette de richtingaanwijzer aan en reed de afrit op. 'Wat is er aan de hand?' vroeg ik.

'Aan het eind van de afrit moet je naar rechts,' zei hij.

'Ik moet helemaal niets, en ik ga hier stoppen als je me niet vertelt waarom we van de snelweg af moesten.'

Het kostte hem enkele seconden voordat hij de moed had verzameld het me te vertellen.

'Beloof dat je het niet aan mijn moeder doorbrieft,' zei hij.

'Kom op, Jeremy, je kunt me niet iets laten beloven wat ik misschien toch zal moeten vertellen. Dus zeg het me, anders rijden we terug naar de snelweg.'

'Mijn vader woont hier,' zei hij. 'Hier naar rechts.'

Ik sloeg aan het eind van de afrit rechts af. 'Oké,' zei ik. 'We gaan dus bij je vader op bezoek. Zou je moeder dat zo erg vinden?'

Hij haalde zijn schouders op. 'Min of meer. Ze moet niets van hem weten.'

'Dat gebeurt wel vaker als mensen uit elkaar gaan.'

'Ja, maar dit is ánders,' zei Jeremy.

'Wat bedoel je daarmee?' Ik wierp hem een onderzoekende blik toe, maar ik kon niets uit zijn gezicht opmaken. 'Was je vader gewelddadig tegen je moeder?'

Gloria's eigen vader was gewelddadig geweest, en soms zocht iemand op wat slecht voor hem was – omdat het *het enige* was wat je kende.

'Hij heeft haar nooit geslagen of iets dergelijks,' zei Jeremy. 'Niet zoiets. Hier moet je linksaf.'

'Zei je niet dat je vader leraar was?'

'Ja, op een middelbare school.'

'Waarom wil je bij hem langsgaan?'

Jeremy keek me aan alsof hij zwaar aan mijn verstandelijke vermogens twijfelde. 'Omdat hij mijn vader is,' zei hij.

'Oké,' zei ik. 'Wijs me de weg maar.'

Hij loodste me door een oude buurt en vroeg me te stoppen voor een bescheiden huis met twee dakkapellen. Hoewel het huis niet veel om het lijf had, was de tuin onberispelijk onderhouden, met voorjaarsbloemen die eruitzagen alsof ze zojuist waren geplant.

'Niet schrikken hoor,' zei hij en hij stapte de auto uit voordat ik kon vragen waarvan.

Ik volgde hem naar de deur. Hij belde aan, en tien seconden later werd er opengedaan door een kalende man van in de vijftig. Hij droeg een bril en ging gekleed in een sweatshirt en een spijkerbroek.

'O, mijn god, Jeremy,' zei de man op een toon die als gematigd enthousiast op me overkwam. Ze keken elkaar een moment lang opgelaten aan. Toen omhelsde de man zijn zoon en drukte hem tegen zich aan. 'Wat kom je hier doen?'

'We waren in de buurt,' zei Jeremy.

De man keek over Jeremy's schouder in mijn richting, hij kneep zijn ogen samen en zei: 'En dit is?'

'Dit is mijn bodyguard,' zei Jeremy. 'Pap, dit is meneer Weaver. Meneer Weaver, dit is mijn vader.'

Ik stak mijn hand uit. 'Cal,' zei ik.

'Jack Pilford,' zei de man, die me argwanend aankeek. 'Bodyguard?'

'Dat niet precies.' Ik verklaarde in drie zinnen mijn aanwezigheid hier.

'Oké...' zei hij aarzelend. 'Luister, Jeremy, ik vind het geweldig om je te zien en het is heel leuk dat je zomaar langskomt. Ik bedoel, zonder van tevoren te bellen. Maar dit is eigenlijk niet zo'n...'

De deur zwaaide verder open en er verscheen een man die ouder dan Jack moest zijn. Hij keek naar Jeremy, registreerde wie hij was en zei toen: 'Kijk eens wie we hier hebben. De slechtste chauffeur van Amerika.'

'Jezus, Malcolm,' zei Jack. 'Doe niet zo bot.'

Malcolm richtte zijn blik op mij. 'En jij bent zeker Bob.'

'Nee.' Ik vertelde hem wie ik was.

'Meneer Weaver is ingehuurd om Jeremy te beschermen,' zei Jack.

'Ik zal hem niets aandoen, hoor,' zei Malcolm afwerend.

'Het gaat hier niet om jou, Malcolm.' Jack schudde zijn hoofd. 'Sorry. Ik wilde jullie zeggen dat dit niet zo'n goed moment is.'

'Een echtelijke ruzie,' zei Malcolm.

'Misschien kunnen we maar beter gaan,' zei ik tegen Jeremy, die eruitzag als een jongen die bij de gymles als laatste wordt gekozen.

'Waarom ben je niet gekomen?' vroeg Jeremy.

'Jeremy, we hebben het hier al over gehad,' zei zijn vader. 'Je weet dat...'

'Hij is niet gekomen vanwege die trut van een moeder van je,' zei Malcolm.

'Genoeg!' zei Jack. Hij duwde Malcolm zachtjes naar binnen. Malcolm verzette zich niet, hij leek er zelfs ingenomen mee dat hij die reactie had veroorzaakt. Jack deed een stap naar buiten en trok de deur achter zich dicht.

'Sorry,' zei hij nog eens. 'En Jeremy, je weet dat ik bij het proces wilde zijn. Ik wilde er voor je zijn, maar Gloria, je moeder...'

'Je hoeft niet alles te doen wat ze zegt,' onderbrak Jeremy hem.

'Ze zei tegen me, en dit waren haar exacte woorden, "We hebben geen behoefte aan een stel relnichten die van het proces een circus zullen maken." Dat heeft ze gezegd.'

'Je had haar kunnen negeren.'

'Het was niet alleen zij,' zei Jeremy's vader.

'Wie dan nog meer?'

Jack Pilford aarzelde. 'Madeline belde me. Ze zei dat ze Grant Finch had gesproken, en die bleek het min of meer met je moeder eens te zijn. Ze hadden een verdedigingsstrategie bedacht, die bullshit dat jij de consequenties van je daden niet kon overzien. Ze wilden niet dat daar ook nog eens verhalen bij zouden komen dat je vader – ik dus – gay was. Ik denk dat Finch en Madeline dachten dat homoseksualiteit gelijkstond aan gevoeligheid, en als dat zo was, dan zou het vreemd zijn dat mijn invloed niet op jou zou zijn uitgestraald toen je moeder en ik nog bij elkaar waren. Wat mij betrof was het allemaal klinkklare onzin, maar ik wilde de boel niet saboteren als ze het zo hadden uitgewerkt. Ik wilde niet iets doen wat tegen je zou kunnen werken. Maar goed, ondanks dat hebben ze mij óók weten te vinden.'

'Wat bedoelt u daarmee?' vroeg ik.

Jack knikte in de richting van het huis. 'Dat is waar Malcolm zo pissig over is. Ik weet dat het een fractie is van jij en je moeder hebben meegemaakt, maar wij zijn ook lastiggevallen.'

'Lastiggevallen?' zei ik.

'Vreemde telefoontjes, beledigd worden op internet... Ik ben die flikker van een vader die de Big Baby het verschil tussen goed en kwaad niet heeft bijgebracht. Hoe kan het ook anders, zeggen ze dan, hij heeft immers een zieke en perverse geest.'

Het was als een kankergezwel, dit gescheld in de sociale media.

'Malcolm is woedend dat ik dit soort dingen heb moeten ondergaan,' zei Jack. Hij glimlachte zijn zoon vermoeid toe. 'Maar ik overleef het wel. Op een dag, als het allemaal is overgewaaid, dan kunnen we elkaar weer zien en leuke dingen gaan doen. Hoe vind je dat klinken?'

Jeremy keek me aan. 'We moeten maar eens gaan.'

'Oké,' zei ik.

'Wacht,' zei Jack. 'Misschien dat we ergens een kop koffie kunnen gaan drinken.'

'Ik haat koffie,' zei Jeremy, die al op weg was naar de auto.

Door het bezoek aan Jeremy's vader hadden we een half uur vertraging, het was geen optie meer om vanavond nog naar New York te rijden. Toen we Kingston naderden, was het tijd om een slaapplek te zoeken. Vanaf de snelweg kon je een Quality Inn zien liggen, en als we nog een paar kilometer doorreden waren er nog genoeg andere hotels.

Ik reed naar de Quality Inn en parkeerde de auto vlak voor de ingang zodat ik mijn Honda vanaf de balie zou kunnen zien. Ik stak de autosleutels in mijn zak.

'Wacht hier,' zei ik tegen Jeremy. Hij was nogal norsig sinds we zijn vaders huis hadden verlaten. Ik wist niet zeker of hij de benen zou nemen als hij de kans kreeg. Tot nu toe leek de trip hem wel aan te staan, hoewel hij ook wel moest beseffen dat het bezoek aan zijn vader geen goed idee was geweest. Maar toch, het kon zijn dat hij me voor de gek hield. Misschien dat hij het voor elkaar had gekregen om zijn vriendin Charlene een bericht te sturen, en dat ze om de hoek in haar Miata stond te wachten.

Ik liep naar de balie en vroeg of er een kamer met twee bedden beschikbaar was. Eenpersoons, tweepersoons, het maakte niet uit. Terwijl de receptioniste op haar beeldscherm keek, kwam er een jong stel het hotel binnen.

Ik hoorde ze praten toen ze langs de lobby naar de lift liepen.

'Dat was hem!' zei de vrouw.

'Wie?' vroeg de man.

'Die van het nieuws. Die jongen, de Big Baby. Hij zat in die auto.'

'Echt waar?'

Ze hielden hun pas in, de man keek achterom om naar mijn auto te kijken.

'Laat maar,' zei ik tegen de receptioniste.

'Ik heb iets gevonden,' zei ze. 'Twee tweepersoonsbedden en...'

Ik schudde mijn hoofd. 'Nee, dank u.'

Ik stapte de auto in, draaide het sleuteltje om en startte de motor. Ik trok aan de gordel en klikte hem vast.

'Vol?' vroeg Jeremy.

'Ja,' zei ik.

De Hampton Inn en de Courtyard waren vol, maar de Best Western had nog kamers vrij. Bij alle drie parkeerde ik de auto op een donkere parkeerplek, zodat niemand Jeremy zou kunnen zien. Toen ik de kamer had, liep ik zo snel mogelijk met hem door de hotellobby.

'Ze zullen denken dat je zo'n viezerik bent die op kleine jongetjes valt,' zei Jeremy.

‘Je bent geen klein jongetje. Je bent achttien.’

‘O, mag het dan wel?’

‘Dat bedoel ik niet.’

De kamer was redelijk. Het eerste wat Jeremy deed nadat hij zijn rugzak op het bed had gegooid was het pakken van de afstandsbediening om te kijken wat het hotel te bieden had. ‘Zullen we een film bestellen?’ vroeg hij.

‘Nee.’

‘Ze hebben ook pornofilms.’

‘Nee.’

‘Vind je het gek dat mijn vader gay is?’

‘Nee.’

‘En dat hij met Malcolm samenwoont?’

‘Nee.’

‘Ik heb hem nooit gemogen.’

‘Malcolm?’ vroeg ik.

‘Ja. Niet omdat hij gay is. Nou, ook wel. Omdat mijn vader op hem verliefd werd, omdat ze allebei gay zijn, en omdat mijn ouders daarom uit elkaar zijn gegaan. Maar ik mag hem vooral niet omdat hij een eikel is.’

‘Oké,’ zei ik.

‘Ik bedoel, als je pa vertrekt, dan zou hij daar een goede reden voor moeten hebben, toch? Dat de persoon voor wie hij vertrekt hem gelukkiger zou maken.’

‘Denk je dat hij en Malcolm niet gelukkig zijn samen?’

Jeremy haalde zijn schouders op. ‘Ach, het kan me eigenlijk niets schelen.’ Hij propte wat kussens achter zijn rug zodat hij rechtop kon zitten. ‘Wat gaan we doen?’

‘Heb je geen boek meegenomen?’

Hij schudde zijn hoofd.

‘Ik heb er drie meegenomen,’ zei ik. Toen ik mijn tas openritste om ze te pakken, ging mijn telefoon.

‘Hallo?’

‘Meneer Weaver?’

‘Hallo, Gloria.’

‘Is Jeremy daar?’

‘Natuurlijk.’ Ik keek hem aan zei geluidloos: ‘Je moeder.’

Hij liet zijn hoofd vooroververvallen als een zoutzak. Zonder me aan te kijken stak hij zijn arm uit zodat ik hem de telefoon kon geven.

‘Hoi, mam… Ja, we hebben sandwiches gegeten… Dat weet ik niet.’

Hij keek me aan en zei: 'Ga je nog een warme maaltijd voor me halen?'

'Dat wordt het ontbijt,' zei ik.

'Hij zegt dat ik als ontbijt een warme maaltijd krijg.' Hij trok een gezicht om me te laten zien dat zijn moeder niet blij was met dit antwoord. 'Nee, het is goed allemaal. Nee, we zijn hier in één keer naartoe gereden. Geen tussenstops. We zijn nu in Kingston. Ik geloof dat we naar New York gaan.'

Ik schudde mijn hoofd.

'O, dat had ik geloof ik niet moeten zeggen... Ja, ik weet dat je mijn moeder bent en dat je het recht hebt om te weten waar ik ben... Bel je mevrouw Harding morgenochtend om te zeggen wat er aan de hand is?'

Ik keek hem vragend aan. 'Mijn reclasseringsambtenaar,' fluisterde hij me toe.

Toen weer tegen zijn moeder: 'Oké... Ja, ik zal je bellen. Oké... Ja, ik ook van jou. Dag.'

Hij gaf me de telefoon terug. Ik hield hem tegen mijn oor om te horen of Gloria er nog was – misschien dat ze me nog iets te zeggen had – maar ze had opgehangen.

'Ze kan me soms echt als een kind van vijf behandelen,' zei Jeremy.

'En dat zal ze waarschijnlijk altijd blijven doen. Hoe oud ze ook zijn, kinderen blijven kinderen voor hun ouders.'

'Ze heeft een zware jeugd gehad,' zei hij.

Ik knikte. 'Dat heb ik gelezen, ja.'

Ik haalde drie boeken uit mijn tas tevoorschijn. 'Deze ben ik aan het lezen.' Ik hield een beduimeld exemplaar van John Irvings *A Prayer for Owen Meany* op dat ik bij Naman's had gekocht. 'Maar je kunt een van deze lezen als je wilt.'

Ik gooide twee paperbacks op zijn bed. *Early Autumn* van Robert B. Parker, en *The Stand* van Stephen King. De laatste was ongeveer vijf keer zo dik als de eerste. Jeremy wierp er een vluchtige blik op en pakte de afstandsbediening.

'Ik wou dat ik mijn telefoon had,' zei hij.

Hij keek een paar afleveringen van *The Big Bang Theory* terwijl ik probeerde te lezen, maar ik kon me moeilijk concentreren met alle achtergrondgeluiden. Uiteindelijk zei ik dat het tijd was om te gaan slapen. Ik liep de badkamer in om mijn tanden te poetsen, waarna ik Jeremy de ruimte gaf. Hij deed de deur dicht. Ik hoorde de douche, maar nadat die was gestopt kwam hij er maar niet uit.

'Alles goed daar?' riep ik.

‘Ja,’ antwoordde hij snel. ‘Ik heb last van mijn maag. Ik denk dat het een van die sandwiches was. We hadden beter ergens een pizza kunnen halen.’

Ik had nergens last van.

Na wat een eeuwigheid leek kwam hij uit de badkamer en ging in zijn bed liggen. Er heerste geen totale duisternis, want toen ik het nachtlampje uitdeed, filterde het licht van de parkeerplaats door de gordijnen.

‘Snurk je?’ vroeg Jeremy.

‘Er is me gezegd van wel.’

‘Fijn. Ik hoorde Madeline zeggen dat u niet getrouwd bent of zoiets.’

‘Niet meer.’

‘Bent u gescheiden?’

‘Nee.’

Jeremy zweeg. Voor een lange tijd was er niets te horen vanaf zijn kant van de hotelkamer, ik dacht dat hij in slaap was gevallen.

Dat bleek een vergissing.

‘Wat zal er met me gebeuren?’ Het klonk als een verre noodkreet in de duisternis.

‘Hoe bedoel je?’

‘Wat voor leven zal ik krijgen?’ vroeg hij. ‘Ik bedoel, de hele wereld kent me en haat me. Wat gebeurt er als ik terug naar school moet? En hoe moet het als ik wil studeren? Als ik dat al ooit ga doen. Of daarna, als ik een baan wil krijgen? Wie zal me aannemen? Ze googelen mijn naam en zien dan wie ik ben en wat ik heb gedaan – en dan zullen ze niets meer met me te maken willen hebben. Ik ben de grootste klootzak die je kunt vinden.’

‘Nee, dat ben je niet,’ zei ik. ‘Dat is Galen Broadhurst waarschijnlijk.’

Ik hoorde hem zowaar grinniken.

‘Sorry,’ zei ik. ‘Dat had ik niet mogen zeggen.’ Ik draaide me op mijn zij zodat Jeremy me beter zou kunnen verstaan in het donker. ‘Luister, ik heb ook niet alle wijsheid in pacht. Ik kan zeker niet zeggen dat ik een ideale vader ben geweest.’

‘Heb je kinderen?’

‘Ik had een zoon.’

‘O.’ Het bleef even stil. ‘Maar nu niet meer?’

‘Nee.’

‘O.’

‘Het gaat erom dat je gedaan hebt wat je hebt gedaan, en daar kun je niets aan veranderen. Je moet het erkennen. Je kunt er niet voor weglopen. Als je het de mensen niet meteen vertelt en ze er later achter komen, dan zullen ze vinden dat je ze om de tuin hebt geleid, hoewel iedereen het zou doen. Je wilt dat je privacy wordt gerespecteerd.'

'Ja, natuurlijk. Dus boven aan mijn cv zet ik zeker "ik ben de jongen die dat meisje heeft doodgereden"?'

'Nee. Je hebt iets stoms gedaan. Alle mensenkinderen van jouw leeftijd hebben weleens iets stoms gedaan. Anderen hebben meer geluk gehad dan jij. Misschien dat ze ook dronken achter het stuur zijn gaan zitten, maar dat er niets rampzaligs is gebeurd. Ja, het is een zwaar lot. Maar je moet de verantwoordelijkheid nemen. Je kunt de anderen niet de schuld geven. Je moet zeggen: "Ik heb het gedaan, ik erken het." En je zult daar voortaan elke dag weer van moeten blijven leren.'

Het bleef stil.

'Heb je daar iets aan?' vroeg ik ten slotte.

'Niet echt.'

Ik hoorde dat hij zich omdraaide en het dekbed optrok.

Hij was er klaar mee.

27

Hoewel zijn ogen nog dicht waren, merkte Barry Duckworth dat er iemand in de slaapkamer was.

Hij opende ze, knipperde een paar keer tegen het licht dat door het raam kwam, en zag zijn zoon Trevor in de deuropening staan.

'Trev?' zei hij.

Maureen, die naast Duckworth lag, schoot wakker. Ze trok haar slaapmasker af en zei: 'Wat is er aan de hand? Wat gebeurt er? Hoe laat is het?'

Ze wierp een blik op de wekkerradio die op het nachtkastje stond. 'Het is tien over half zeven. Waarom ben je zo vroeg op?'

Trevor was volledig aangekleed. Zijn haar zat enigszins in de war, en hij leek zich nog niet geschoren te hebben.

'Ik ben nog niet naar bed geweest,' zei hij met trillende stem. 'Pa, ik heb je hulp nodig.'

Zijn vader richtte zich op en zwaaide zijn benen over de rand van het bed. 'Wat is er gebeurd, jongen?'

'Het is Carol,' zei hij. 'Er is iets met Carol gebeurd.'

*

Duckworth kleedde zich snel aan. Tegen de tijd dat hij beneden was, had Maureen koffiegezet. Trevor ijsbeerde door de keuken.

'Oké, laten we bij het begin beginnen,' zei Duckworth, die een mok koffie van Maureen aannam. Hij leunde tegen het aanrecht en nam een slok.

'We zouden elkaar gisteravond zien. Dat was nadat jij en ma de deur uit waren.'

'Waar?'

'In het winkelcentrum.'

'De Promise Falls Mall?'

'Ja. We zouden er een hapje gaan eten. En er is nu dat bioscoopcomplex, dus we wilden kijken wat er allemaal draaide. Misschien dat we een film zouden pakken.'

'Hoe laat hadden jullie er afgesproken?'

'Om acht uur. Dan hadden we nog genoeg tijd om iets te eten en een film uit te zoeken.'

'Oké.'

'Ik was er om kwart voor acht en liep eerst naar de eetstraat, voor het geval ze er al was. Dat bleek niet het geval, dus ik besloot om wat winkels te bekijken en te zien welke films er draaiden. Toen ben ik om acht uur weer naar de eetstraat teruggelopen, en ze was er nog steeds niet.'

Trevor trilde terwijl hij sprak. Maureen legde haar hand op zijn arm terwijl hij zijn verhaal vervolgde.

'Dus ik ging ergens zitten en probeerde te bedenken wat we zouden eten. Nadat het vijf over acht en tien over acht was geweest, appte ik haar. Zoiets als: ik ben hier, waar ben je?'

Duckworth knikte. 'En kreeg je antwoord?'

Trevor schudde zijn hoofd. 'Niets. Dus ik bleef maar kijken of het bericht was gelezen, wat niet zo was. Toen belde ik haar, maar ik kreeg direct haar voicemail.'

'Ze moet haar telefoon hebben uitgezet,' zei Maureen. 'Soms zet ik mijn telefoon uit en vergeet hem dan weer aan te zetten terwijl je vader honderd keer geprobeerd heeft me te bellen.'

'Ja, maar er was meer aan de hand. Ze kwam niet opdagen.'

'En wat gebeurde er toen?' vroeg Duckworth.

'Ik ben door het winkelcentrum gelopen, misschien dat ze was gaan winkelen en de tijd was vergeten. En ik ben steeds weer naar de eetstraat teruggegaan om te kijken of ze ondertussen niet was gearriveerd. Dat was dus niet zo. En de hele tijd hield ik mijn telefoon in mijn hand, hè? Voor het geval ik een bericht zou krijgen. Maar er gebeurde niets.'

'Hoelang heb je gewacht?'

'Het winkelcentrum sluit om negen uur, op het bioscoopcomplex na. Dus ik ben om negen uur bij de kaartjesverkoop gaan staan, ik dacht dat ze misschien door iets was opgehouden en er op het laatste moment aan zou komen. Maar nee. Toen ben ik naar het parkeerterrein gelopen om te kijken of haar auto er stond.'

'Waar rijdt ze in?'

'Een kleine zilverkleurige Toyota. Een Corolla. Hij zal zo'n vijf jaar oud zijn.'

'En zag je hem?'

Trevor schudde zijn hoofd. 'Toen besloot ik om naar haar huis te rijden.'

'Waar woont ze?'

'Ze heeft een appartement in de Waterside Towers.'

Duckworth kende het. Een appartementencomplex dat in de buurt van de watervallen stond, in het hartje van de stad.

'Ik reed erheen. Carol heeft er een eigen parkeerplek, maar haar auto stond er niet. Toen dacht ik, misschien heeft ze autopech gehad en is ze met een taxi thuisgekomen en...'

'Had je haar vaste telefoon geprobeerd?'

'Die heeft ze niet,' zei Trevor. 'Ze heeft alleen maar een mobiel. Maar goed, ik wachtte bij de ingang tot er iemand naar binnen ging en ben met hem meegelopen. Ik ging naar boven en klopte op haar voordeur, maar er werd niet gereageerd.'

'Wanneer heb je voor het laatst geprobeerd haar te bellen?' vroeg Duckworth.

'Een minuut voordat ik hier naar binnen liep,' zei Trevor. 'Ik heb de hele nacht bij haar parkeerplek gewacht. Toen de zon opkwam, ben ik naar huis gegaan.' Hij stond op het punt om in huilen uit te barsten. 'Ik weet niet wat ik moet doen.'

'Waar werkte ze ook alweer?' vroeg zijn vader.

'Ze werkt in het stadhuis.'

'O ja.'

Maureen trok haar wenkbrauwen op. 'Voor Randall Finley?'

Trevor schudde zijn hoofd. 'Nee, ze werkt niet op de afdeling van de burgemeester. Ze werkt bij Ruimtelijke Ordening. Ze heeft ook zoiets gestudeerd, hoe je steden moet plannen, dat soort dingen.'

'Hoe heb je haar ontmoet?' vroeg Duckworth.

'Doet dat er iets toe?'

'Waarschijnlijk niet. Ik was alleen maar benieuwd.'

'Ik was in het stadhuis om mijn cv af te geven, en ze herkende me. Op de middelbare school zaten we in hetzelfde jaar. Ongeveer een maand geleden zijn we een keer ergens koffie gaan drinken, en zo is het begonnen.'

'Wanneer was je eigenlijk van plan om haar mee te nemen, zodat we haar kunnen ontmoeten?' vroeg Maureen.

Trevor keek haar aan. 'Meen je dat nou? Is dát waar je je op dit moment druk om maakt?'

Maureen fronste. 'Sorry.'

‘Het zal vast wel goed zijn,’ zei Duckworth. ‘Ik weet zeker dat er een simpele verklaring is. Een familiekwestie, misschien. Iets waardoor ze de stad uit moest.’ Hij keek op zijn horloge. ‘Het stadhuis gaat over een uur open. We rijden erheen om te kijken of ze er is.’

Trevor knikte langzaam; hij likte zijn lippen, alsof hij nog iets wilde zeggen.

‘Er is nog iets,’ zei hij zacht.

‘Wat?’ vroeg Duckworth.

‘We waren… we waren gisteren niet helemaal eerlijk tegen je, toen we dat gesprek in de Starbucks hadden.’

De rechercheur wachtte af.

‘Ik bedoel, ik was niet in de positie om het te zeggen. Als iemand dat was, dan was het Carol.’

‘Hoezo dat?’

‘Zij was degene die iets had gezien.’

‘Die iets bij Knight’s had gezien toen jullie er vertrokken?’

‘Niet “iets”, eigenlijk. Iemand. En ze heeft niemand iets zien doen. Waarschijnlijk is het niets.’

‘Ik begrijp het niet.’

‘Oké, we komen dus uit Knight’s, het is donker, en we lopen naar mijn auto – ik had haar die avond thuis opgehaald – en ze zegt opeens tegen iemand: “Hé, hoe is het ermee?”’

‘Ze zag iemand die ze kende?’

‘Ja. Een vrouw die bij de steeg naast Knight’s stond. Weet je waar ik bedoel?’

‘Ja, ik ken het daar.’

‘Dus Carol loopt naar haar toe. Ik hou me enigszins afzijdig, want het is niet iemand die ik ken, en ik weet het nooit zo goed als ze me aan vrienden voorstelt. Ik bedoel, zij heeft een goede baan, iets waar ik nog steeds naar op zoek ben, en dan moet ik dat allemaal uit gaan leggen…’

‘Dat snap ik.’

‘Ze praat ongeveer een halve minuut met deze vrouw, dan zegt ze haar gedag en loopt met me naar de auto. En dat was het.’

‘Wie was ze?’

Trevor haalde zijn schouders op. ‘Ik vroeg het haar, en ze zei dat het gewoon iemand was die ze kende, niets bijzonders. Ze was een beetje pissig omdat die vriendin geen zin in een gesprek leek te hebben en haar afpoeierde.’

‘Dat is het? Dat is wat jullie me niet hadden verteld?’

'Ja. Ik was echt witheet toen jij naar de Starbucks kwam om ons uit te horen over onze aanwezigheid in Knight's, weet je?'

'Dat heb ik begrepen, ja,' zei Duckworth.

'Ik bedoel, ik zat eraan te denken om haar een keer aan jullie voor te stellen. Maar voordat ik daar de kans toe kreeg, was jij daar opeens om ons als een stel verdachten te ondervragen. Nadat jij weg was, hadden we het erover en ze zei dat ze die vriendin had gesproken. Ook al hadden we niets verdachts gezien, dan had zij dat misschien wel. Carol vroeg zich af of ze je dat misschien toch nog moest vertellen, maar toen dacht ze dat het beter was om eerst die vriendin erover te spreken. En als haar vriendin iets had gezien, dan zou zíj daar misschien beter zelf contact met je over op kunnen nemen.'

'Oké.'

'Carol baalde ervan dat ze bij de eerste ontmoeting met mijn vader tegen hem had gelogen. Ze dacht dat ze het goed met je kon maken als die vriendin iets wist waar je wat aan had. Niet dat jij er ooit iets van geweten zou hebben.'

'Dáár hadden jullie het dus over,' zei Maureen.

Trevor keek haar aan. 'Wat?'

'Gisteravond, over de telefoon. Ik liep langs je kamer en ik hoorde je iets zeggen, dat je het niet zo'n goed idee vond.'

'Heb je me af zitten luisteren?'

'Ik hoorde het toevallig toen ik voorbijliep,' zei ze.

'Daar hadden we het over, ja. Ik zei dat ze niets hoefde te doen, dat ze niet bij iets betrokken hoefde te raken om op hém een goede indruk te maken.' Hij knikte in de richting van zijn vader.

'Maar ze besloot het wel te doen.'

Trevor knikte. 'Ze zei dat ze haar vriendin zou bellen, meer niet. Ze zou haar bellen om te zeggen dat er die avond iets was gebeurd bij Knight's, en dat ze contact met jou moest opnemen als ze iets had gezien.'

'En dat was de laatste keer dat je haar hebt gesproken?' vroeg Duckworth.

Zijn zoon knikte.

'Kun je je nog herinneren hoe die vrouw eruitzag?'

'Het was donker. En zoals ik al zei, ik ben er niet heen gelopen. Ze had waarschijnlijk onze leeftijd.'

'Blank? Zwart?'

'Blank.'

'Had je haar weleens eerder in Knight's gezien?'

'Niet dat ik weet.'
'En geen naam? Carol moet toch een naam hebben genoemd als jullie het er een paar keer over hebben gehad...'
'Eerst zei ze dat het gewoon een vriendin was, dat was vlak nadat we haar hadden gezien. En we waren het zo weer vergeten. Het was geen kwestie tot jij er met ons over kwam praten. Daarna vroeg ik aan haar: en die vriendin dan? En toen zei Carol: misschien moet ik contact met haar opnemen.'
'Hoe wist ze haar nummer dan?'
'Ze zei dat ze haar via het werk kende, en dat ze haar nummer had.'
Duckworth zuchtte. 'Oké, daar ga ik wel achteraan. Alles wat we nu willen weten, is dat het goed gaat met Carol.'
'Ja, precies.'
'Is het mogelijk,' vroeg Duckworth voorzichtig, 'dat ze misschien dacht dat het niet zou werken tussen jullie? Dat ze je niet meer wilde zien, maar het je niet recht in je gezicht durfde te zeggen? En dat haar telefoon daarom uitstond en ze de deur niet opendeed?'
Trevor keek hem aan met een wazige blik. 'Ik weet het niet, als het zo was, dan zou ik het toch wel gemerkt hebben?'
Duckworth legde zijn hand op Trevors schouder. 'Oké, laten we het zo doen. Je wilt haar niet het idee geven dat je haar stalkt of zoiets. Dus ik ga zo naar de afdeling Ruimtelijke Ordening om te kijken of ze er is. Ondertussen blijf jij hier en houd je je telefoon in de gaten. Je kunt ook naar het appartementencomplex gaan om te kijken of haar auto er weer staat. Is dat een plan?'
Trevor knikte. 'Ik geloof van wel.'
Duckworth glimlachte. 'Dan gaan we dat doen.'
Hij omhelsde zijn zoon, gaf Maureen een kus op haar wang en vertrok.

Duckworth belde Trevor anderhalf uur later.
'Heb je nog nieuws?' vroeg hij aan zijn zoon.
'Niets. Ik sta hier te wachten. Geen spoor van haar auto. En jij?'
Duckworth aarzelde. 'Carol Beakman is niet op haar werk verschenen. En ze heeft zich niet ziek gemeld.'

28

Cal

Jeremy was al aangekleed en klaar om te vertrekken voordat ik goed en wel wakker was. Toen ik onder de douche vandaan stapte, klopte hij op de badkamerdeur. Ik deed een handdoek om mijn middel en zei: 'Ja?'

Hij stak zijn hoofd om de deur. 'Ik ben uitgehongerd. Vind je het goed als ik zonder jou ga ontbijten?'

Ik aarzelde. Ik wilde niet dat de jongen ertussenuit kneep, maar dat had hij al makkelijk kunnen doen toen ik aan het douchen was. Hij hoefde het niet eens te vragen. Maar waar zou hij heen moeten gaan? Niet dat ik hem niet vertrouwde – nou ja, eigenlijk deed ik dat ook niet – maar behalve mijn pistool had ik ook de autosleutels mee de badkamer in genomen.

'Ik zal er echt niet vandoor gaan,' zei hij. 'Ik heb gewoon heel veel honger.'

'Oké.' In de hoop dat de beslagen spiegel weer helder zou worden, zette ik de ventilatie aan.

Hij trok zijn hoofd terug. Even later hoorde ik de kamerdeur hard open- en dichtgaan. Ik was bezorgd dat iemand hem zou herkennen, zoals dat gisteravond gebeurde bij het hotel waar ik was vertrokken. Maar dat probleem hadden we eigenlijk overal.

Ik scheerde me snel, hing de handdoek op en liep de kamer in. Mijn telefoon lag op het dressoir. Het was misschien stom om hem daar te laten liggen. Maar hij had een viercijferige toegangscode, dus Jeremy had er niemand mee kunnen bellen of sms'en.

Ik trok schoon ondergoed en sokken aan, schoot in mijn broek en strikte mijn schoenveters. Terwijl ik mijn overhemd dichtknoopte, liep ik naar het raam en keek naar buiten. Het was iets na achten, en de ochtendspits was in volle gang.

Ik wierp een blik op de parkeerplaats.

'Wel, verdomme,' zei ik.

Er stond een rode Miata cabriolet, met het dak omhoog. Ik wist niet zeker of het de auto van Jeremy's vriendin was, zo zeldzaam was zo'n wagen nu ook weer niet. Maar het was een oud exemplaar, de kleur was verschoten en het dak was versleten en gescheurd.

Snel pakte ik mijn jack, pistool en telefoon en sprintte de hotelkamer uit. In plaats van de lift nam ik de trap, die ik met twee treden tegelijk afdenderde. Ik beende door de gang naar de eetzaal. Er waren ongeveer dertig mensen, van wie de meesten zich bij het ontbijtbuffet bedienden.

Een snelle blik wees uit dat Jeremy er niet tussen zat.

Als hij bij Charlene Wilson was ingestapt, dan konden ze nu al over de oprit naar de snelweg rijden.

Ik liep door de lobby naar buiten en moest me even oriënteren. Het raam had niet op de voorkant uitgekeken. De parkeerplaats waarop ik de Miata had zien staan, bevond zich achter het hotel.

Ik begon te rennen.

Daar stond de Miata, het dak was inmiddels omlaag. Jeremy zat in de passagiersstoel, Charlene zat achter het stuur. Ze hadden zich naar elkaar toe gedraaid en waren aan het zoenen.

De motor stond uit.

Toen ik volledig buiten adem zijn portier had bereikt, keek hij me schaapachtig aan. 'Ik wilde er net aankomen,' zei hij. 'We gingen nergens heen.'

Ik kon hem wel wurgen.

'Dat is zo, meneer Weaver,' zei Charlene. 'Ik ben alleen maar even op bezoek. Eerlijk waar. Ik was niets van plan.'

'Hoe?' vroeg ik hem.

'Wat?'

'Hoe hebben jullie contact gehad?' Het eerste waar ik aan dacht, was de telefoon in de hotelkamer, maar ik wist zeker dat Jeremy die nooit had gebruikt.

Hij durfde me niet aan te kijken. 'Het stelt niets voor. Het was maar voor even.'

'Wat was maar voor even?'

Hij liet mismoedig zijn hoofd hangen. Toen schoof hij langzaam zijn hand in zijn broekzak en viste er een telefoon uit.

'Jezus,' zei ik.

Hij zat in een roze hoesje met witte stippen. Ik herkende hem direct als Gloria's telefoon, de ene die ze bij Bob had ingeleverd. Niet voor lang, blijkbaar.

'Hoe kom je daaraan?'

'Mam heeft hem teruggepakt en me hem gegeven toen we vertrokken,' bekende hij. Waarschijnlijk toen ze hem nog een laatste keer omhelsde voordat hij in mijn auto stapte.

'Dus het was allemaal theater toen je moeder gisteravond belde?' vroeg ik.

Jeremy knikte.

'En het was ook niet vanwege buikpijn dat je zo lang in de badkamer bleef?'

Weer een sullig knikje. 'Ik heb mijn moeder weer gebeld en Charlene gesproken.'

'Wat een idioot ben ik toch, ik had het kunnen weten,' zei ik.

'Kan Charlene ook komen ontbijten?' vroeg hij, zich volkomen onbewust van het feit dat ik op het punt stond uit mijn vel te springen.

'Je weet wat Bob heeft verteld,' zei ik. 'Het internet is vergeven van de grootst mogelijke idioten die je maar al te graag willen opsporen. Misschien krijgen ze er zelfs wel een beloning voor. Je maakt het ze wel heel gemakkelijk als je telefoneert – vooral als de telefoon op jouw of op je moeders naam staat – of als je Facebook of een van die andere verdomde sites bezoekt. Ze weten je te vinden. Zelfs de pers hanteert zulke praktijken. Wat heb ik je gisteren gezegd? Ik vroeg je of je Charlene graag mocht, en dat je maar beter geen contact met haar moest opnemen als dat zo was, omdat je haar dan aan deze gevaren blootstelt. Mijn god, Jeremy, je snapt het echt niet, hè?'

'Ik ben heel voorzichtig geweest,' zei Charlene. 'Ik heb er goed op gelet dat ik niet gevolgd werd.'

Ik opende het portier aan Jeremy's kant. 'We gaan,' zei ik. 'En geef me die telefoon.'

Hij overhandigde hem.

'Mijn moeder wordt verschrikkelijk boos als je die in een frituur gooit,' zei Jeremy.

'Dat ga ik niet doen.' Ik gooide hem op het wegdek en verbrijzelde hem met de hak van mijn schoen. Ik boog me voorover en pakte hem op om te kijken of hij voorgoed onbruikbaar was. Dat bleek het geval.

'Jezus, je bent écht een klootzak,' zei Jeremy, die uit de auto stapte.

'Tot ziens, Charlene,' zei ik en ik pakte Jeremy bij zijn elleboog om hem in de richting van het hotel te manoeuvreren.

'Dit is niet leuk meer,' zei hij.

'Boeien dan.'

Ik had direct spijt van mijn taalgebruik. Ik werd verondersteld de volwassene te zijn. Ik was niet ingehuurd om een fatsoenlijke jongen van Jeremy te maken, ik was er voor zijn veiligheid. De waarheid was dat ik op geen van beide fronten enige progressie boekte. Ik had me voorgenomen om hem mee naar Manhattan te nemen en daar kunstgaleries te bezoeken, maar nu leek dat me niet meer zo'n goed idee. Ik zou hem nooit meer terugvinden als hij er daar tussenuit kneep.

We waren bijna bij de ingang van het hotel toen Charlene langzaam voorbijreed in haar Miata, ze schakelde terug naar de eerste versnelling en remde af.

'Het spijt me,' zei ze. Ik wist niet tegen wie van ons tweeën ze het had. Misschien wel tegen ons allebei.

Ik keek haar niet aan. In plaats daarvan strekte ik mijn arm uit en wees in de richting van de oprit. Misschien dat ik alerter zou zijn geweest als ik haar kant op had gekeken. Dan had ik het aan zien komen en het kunnen stoppen, al weet ik eerlijk gezegd niet hoe. Ik had in elk geval tegen Charlene kunnen roepen dat ze gas moest geven.

Ik hoorde dat er gas werd gegeven, en direct daarna het bekende geluid van metaal tegen metaal. De rode Miata schoot naar voren.

Charlene gilde en ze sloeg achterover tegen de hoofdsteun. Jeremy gilde ook en sprong instinctief opzij.

Ik draaide me snel om en trok net zo instinctief mijn pistool.

Direct na de klap klonk het geluid van piepende remmen; die van Charlenes Miata, en de bestuurder van de auto die haar van achteren had geramd stond ook vol op de rem.

Ik herkende meteen de vrouw achter het stuur en de man die naast haar zat. Het was het stel uit de lobby van het eerste hotel dat ik gisteravond probeerde. Het koppel dat Jeremy had herkend.

Niet dat ik ze zo goed kon zien, de airbags hadden hun werk gedaan, maar ze begonnen nu leeg te lopen. De man hield een telefoon in zijn hand om foto's te maken, de vrouw hield een hand voor haar mond en leek in shock te zijn. Ik nam aan dat het niet haar bedoeling was geweest om Charlenes auto te rammen, en dat ze op de een of andere manier te veel gas had gegeven.

De man gooide zijn portier open en begon driftig foto's van Jeremy te maken, maar toen zag hij dat ik hem onder schot hield.

De vrouw achter het stuur begon te gillen.

'Donny!'

Donny stak zijn handen omhoog. 'Jezus! Niet schieten! Niet schieten!'

'Ga naar Charlene kijken!' riep ik Jeremy toe.

Hij rende naar de Miata. Ik liep op Donny af, die nog steeds zijn handen omhooghield. 'Liggen,' zei ik.

Hij ging plat op zijn buik liggen, zijn armen op het wegdek uitgestrekt. 'Alsjeblieft, niet schieten!' zei hij nog eens.

Ik stopte het pistool terug en liep naar de auto. 'Bent u gewond?' vroeg ik aan de vrouw.

'Het was een ongeluk!' zei ze. 'Het was niet mijn bedoeling om die auto te raken! Donny zei dat ik gas moest geven omdat die jongen het hotel in liep!'

'Bent u gewond?' herhaalde ik.

Hoewel ze de Miata hard genoeg had geraakt om de airbags te activeren, leek het allemaal mee te vallen. Ik zag dat de schade aan de auto's niet veel voorstelde.

'Ik... ik weet het niet,' zei ze terwijl ze haar gezicht en borst betastte. 'Ik geloof dat ik niets heb.'

Er kwam personeel uit het hotel gerend. 'Bel 911,' riep ik.

Een paar van hen knikten, alsof het al gebeurd was.

'Donny wilde alleen maar een foto maken,' zei de vrouw. 'Voor die website. Je krijgt er geld voor!'

Ik liep terug naar Donny, die nog steeds plat op het asfalt lag. 'Sta op.'

Jeremy was bij Charlene. Hij had het portier geopend; ze zat zijdelings op de bestuurdersstoel, haar voeten op het wegdek. Ze hield haar hoofd omlaag en wreef over haar achterhoofd.

'Hoe gaat het met haar?' vroeg ik.

Voordat Jeremy kon antwoorden, zei Charlene: 'Mijn nek doet pijn.'

'Je zult naar het ziekenhuis moeten,' zei ik. 'We zullen je ouders bellen.'

Jeremy knielde voor haar neer en probeerde haar in de ogen te kijken. 'Het komt allemaal goed. Alles komt in orde. Het is hun schuld. Die idioten. Zij hebben dit veroorzaakt.'

Ik kon hem wel een dreun verkopen.

'Laten we kijken of je kunt staan,' zei hij.

'Nee,' zei ik. 'Beweeg je niet, Charlene. Blijf daar gewoon zitten.'

Ik meende in de verte al een sirene te horen. Ik keek naar de ingang van de parkeerplaats. Het was niet iets wat eraan kwam rijden dat mijn aandacht trok, het was iets wat wegreed.

Een zwart busje.

29

Duckworth zei tegen Trevor dat hij bij het appartementencomplex van Carol Beakman moest blijven wachten. Hij kwam eraan.

Tien minuten later reed hij de parkeerplaats op in zijn zwarte, onopvallende rechercheauto. Trevor zat met zijn telefoon in zijn hand op een laag muurtje dat over de hele lengte langs het gebouw liep. Zodra hij zijn vader zag, stond hij op. Duckworth stopte voor de ingang en stapte uit.

'Laten we de huismeester gaan zoeken,' zei hij.

Ze liepen samen de hal in. Duckworth vond een naambordje waar 'huismeester' op stond en drukte de bel in.

Na een paar seconden klonk er een krakerige vrouwenstem: 'Ja?'

'Politie.'

'Wat?'

'Politie,' herhaalde Duckworth.

'Een moment.'

De rechercheur keek zijn zoon aan. 'Die Toyota waarin ze rijdt; ik neem aan dat je het kentekennummer niet uit je hoofd kent?'

'Jezus, nee. Hoe zou ik dat moeten weten?'

'Oké. Ik vroeg het alleen maar.' Hij pakte zijn telefoon en belde een nummer. 'Ja, met Duckworth. Zou je voor mij een kentekennummer willen opzoeken? Het gaat om een ongeveer vijf jaar oude, zilverkleurige Toyota Corolla die op naam van Carol Beakman staat.' Hij noemde haar adres. 'Oké, bel me even als je iets weet.'

De huismeester, een bleke vrouw van in de veertig met een blauwe ochtendjas aan, draaide een glazen deur van het slot en duwde hem open. 'Kan ik uw legitimatie zien?'

Duckworth toonde haar zijn penning. Hij vroeg naar haar naam, ze bleek Gretchen Hardy te heten.

'Wat is het probleem, heren?'

'We maken ons zorgen over een van uw huurders,' zei Duckworth. 'Ze neemt haar telefoon niet op en ze reageerde ook niet toen we op de deur klopten.'

'Als u al bij haar aan de deur bent geweest, waar heeft u mij dan voor nodig?' vroeg Gretchen.

'We willen dat u ons het appartement binnenlaat.'

'Heeft u voor zoiets niet een huiszoekingsbevel nodig?'

De rechercheur schudde zijn hoofd. 'We gaan het huis niet doorzoeken. We willen alleen maar zien of ze er is, en of ze het goed maakt.'

Gretchen Hardy knikte. 'Neem de lift naar de derde etage, dan zie ik u daar.'

Toen ze in de lift stapten, vroeg Duckworth aan Trevor: 'Hoe zit het met haar familie?'

'Hè?'

'Weet je nog dat ik zei dat het ook een familiekwestie zou kunnen zijn? Wonen Carols ouders ook in Promise Falls? Heeft ze broers en zussen? Misschien dat ze bij een van hen heeft gelogeerd.'

'Haar ouders zijn een paar jaar geleden overleden. Ze heeft me weleens iets over een broer verteld, maar die woont in Toronto, geloof ik.'

De liftdeur gleed open. Trevor leidde zijn vader door de hal van de derde etage naar een deur waar in verguld metaal het nummer 313 op stond.

Even later ging er een branddeur aan het eind van de hal open en Gretchen liep naar hen toe. Het geluid van haar slippers echode bij elke stap. Toen ze Carols appartement had bereikt, stak ze een sleutel in het slot.

'Ik hoop dat ze hem niet op de ketting heeft zitten. We kunnen er niet in als de ketting erop zit.'

'Als de ketting erop zit,' zei Duckworth, 'dan zullen we de deur moeten intrappen.'

'En wie betaalt dan de schade? Gaat de politie dat doen?'

Het bleek niet te hoeven. Ze draaide de knop om en de deur zwaaide open.

Trevor wilde naar binnen lopen. Duckworth greep hem bij zijn arm.

'Laat mij dit doen,' zei hij. 'Jij blijft hier wachten.'

Trevor gaf er met tegenzin gehoor aan.

'Ben jij ook een agent?' vroeg Gretchen.

'Nee.'

'Dat dacht ik al. Maar ik heb je hier weleens eerder gezien.'

'Dat zou kunnen,' zei Trevor.

Duckworth liep snel het kleine appartement door. Het was eenvoudig maar smaakvol ingericht en had een Ikea-achtige uitstraling. Grote kussens met een bloemenprint op de bank, een rij tijdschriften die keurig op de koffietafel lag uitgestald. Trevor zag zijn vader de slaapkamer in gaan en er weer uit komen; daarna was de badkamer aan de beurt en tot slot de keuken.

'Ze is er niet,' zei hij toen hij weer naast zijn zoon stond.

'Heb je iets bijzonders gezien?'

Duckworth zuchtte. 'Er is me niets opgevallen. Het ziet er keurig uit. Ik zag een paar handtassen in de slaapkamer, maar de meeste vrouwen hebben zo'n verzameling. Er zat er geen een tussen met een portemonnee en autosleutels erin.'

'Ze moet toch ergens geslapen hebben,' zei Trevor.

Gretchen grinnikte. 'Tja, vrouwen van nu hoeven niet meer elke avond thuis te komen.'

'Dank voor uw hulp, mevrouw Hardy,' zei Duckworth. 'U kunt het huis weer afsluiten.'

Hij duwde zijn zoon met zachte drang de hal door in de richting van de lift.

'Wat nu?' zei Trevor. 'Als ze hier niet is, en als ze niet op haar werk is, dan...'

Duckworths telefoon ging. Hij pakte hem uit zijn binnenzak, nam het gesprek aan en hield hem tegen zijn oor.

'Duckworth. Heb je dat kentekennummer? Wat?' Hij bleef staan. 'Zeg dat nog eens?'

Wat hij hoorde leek hem niet op te beuren.

'Wat is er?' zei Trevor.

Duckworth hief afwerend een hand op. 'Oké,' zei hij in de telefoon. 'Raak niets aan.'

'Eerst naar buiten,' zei de rechercheur tegen zijn zoon.

Ze namen de lift en liepen zwijgend door de hal. Toen ze buiten waren, hield Duckworth zijn pas in en zei: 'Ga naar huis.'

'Wat bedoel je? Ik ga niet naar huis. Wat is er aan de hand?'

'Trevor, echt, ik meen het. Ik bel je zodra ik iets weet.'

Maar de jongen liet zich niet commanderen. 'Nee. Waar dat telefoontje ook over ging, en waar je ook heen gaat, ik ga met je mee.'

Duckworth zuchtte. 'Ze hebben een auto gevonden.'

Trevor volgde zijn vaders auto naar een industrieterrein in het zuiden van de stad. Duckworth sloeg op Millwork Drive af en reed langs een opslagbedrijf, een kartonfabriek en een cementleverancier, tot zijn richtingaanwijzer begon te knipperen bij een bedrijfsgebouw waar vloertegels werden gemaakt en verkocht.

Een patrouilleauto van de Promise Falls Police – met het zwaailicht in de lage stand – blokkeerde de ingang. Toen de geüniformeerde agent achter het stuur zag wie het was, reed hij een stukje door zodat Duckworth, en Trevor, het terrein op konden.

De rechercheur parkeerde in een vak bij de ingang, Trevor op de plek ernaast. Toen de jongen uitstapte, zei hij: 'Ik zie Carols auto niet.'

'Ze zeiden dat het achterom was. Kom, we gaan lopen.'

Ze liepen langs de zijkant van het gebouw. Toen Trevor er een tempo in zette, zei zijn vader: 'Blijf bij mij.'

Trevor paste zich aan en liep naast zijn vader.

Toen ze de achterkant van het gebouw hadden bereikt, troffen ze een volgende patrouilleauto aan; er zat een vrouwelijke agent achter het stuur. Ze stapte uit toen ze hen zag.

Duckworth hoefde zich niet te legitimeren. Iedereen van het korps wist wie hij was.

'Rechercheur Duckworth,' zei ze.

'Agent Stiles, is het niet?'

Ze knikte. 'Ja, meneer.' Ze wierp een blik op Trevor.

'Dat is mijn zoon, Trevor,' zei Duckworth. 'Hij probeert mevrouw Beakman al sinds gisteravond te bereiken. Waar is de auto?'

Ze wees. 'Achter die container daar.'

'En hoe weten we hiervan?'

'De manager van het bedrijf zag hem vanochtend staan. Toen hij wat beter ging kijken, begon hij zich zorgen te maken. Hij belde rond dezelfde tijd dat u om het kentekennummer van mevrouw Beakmans auto vroeg.'

'Waar maakte hij zich zorgen over?' vroeg Trevor.

Duckworth stak vermanend zijn wijsvinger op. Trevor zweeg.

'Laten we gaan kijken,' zei de rechercheur.

Agent Stiles leidde hen langs een roestige afvalcontainer die zo'n tien meter lang was. Er stond een zilverkleurige Toyota Corolla achter. Het portier aan de bestuurderskant hing wagenwijd open.

'Dat is de auto,' zei Trevor opgewonden. 'Dat is hem!'

'Oké, dan ga ik nu Trevors vraag stellen,' zei Duckworth tegen Stiles. 'Wat baarde de manager zorgen? Stond de auto er zo bij toen hij hem vond? Met het portier open?'

Stiles knikte. 'Dat klopt. Hij vond het er verdacht uitzien. En, hij liep nog.'

'De motor draaide?'

'Ja.'

'Maar nu niet meer.'

'Hij zei dat hij hem had uitgezet, maar dat hij verder alles heeft gelaten zoals het was.'

Duckworth kuierde met zijn handen in zijn zakken om de auto heen. Hij boog zich voorover aan de bestuurderskant en zag de sleutel in het contact zitten.

'Wat zie je?' vroeg Trevor.

Er werd een volgende vermanende wijsvinger opgestoken.

Duckworth zocht in zijn jaszak en haalde er een set latex handschoenen uit. Hij wees naar een plek op zo'n drie meter van de auto en zei tegen Trevor: 'Jij blijft daar staan.'

'Waarom?'

'Doe het gewoon.'

Trevor deed vijf stappen naar achteren. 'Is het zo goed?' vroeg hij met een sarcastische ondertoon.

'Ja.'

Duckworth boog zich weer voorover en trok aan de hendel waarmee de klep van de kofferbak openging. Er klonk een klik.

'Waarom ga je daarin kijken?' vroeg Trevor.

Duckworth zei niets. Hij liep naar de achterkant van de auto en tilde voorzichtig met zijn wijsvinger de klep op.

Zelfs vanuit Trevors positie was het duidelijk wat erin zat.

'O, jezus,' zei hij en hij snelde naar voren.

Duckworth draaide zich vliegensvlug om. 'Blijf waar je bent.'

'Ze is het! O, mijn god, ze is het. Het is Carol.'

'Nee...' zei Duckworth weifelend.

'Wat?'

Duckworth keek nog eens goed naar de vrouw die in de kofferbak van de Corolla lag. Hij probeerde te bedenken waar hij haar eerder had gezien. Zeker niet in de Starbucks met zijn zoon.

Natuurlijk zag ze er nu anders uit. Haar gezicht was opgezwollen, en op haar hals zaten blauwe wurgsporen.

Maar hij wist vrijwel zeker dat dit de vrouw was die niet kon geloven dat hij nog nooit een aflevering van *Seinfeld* had gezien.

Het was Dolores, van de tatoeagesalon.

Dolly voor haar vrienden.

30
Cal

Jeremy en ik volgden de ambulance die Charlene Wilson naar het dichtstbijzijnde ziekenhuis reed. Het ambulancepersoneel behandelde haar uiterst voorzichtig, maar er waren geen aanwijzingen dat Charlene zwaar letsel had. Waarschijnlijk zou er voor alle zekerheid een röntgenfoto worden gemaakt.

Charlene had me haar telefoon gegeven en het nummer van haar moeder voor me opgezocht; ze bleek Alicia te heten. (De Alicia Wilson die in het krantenartikel over het feest van Galen Broadhurst werd genoemd was dus inderdaad Charlenes moeder.) Ik belde haar toen we na tien minuten bij het ziekenhuis waren aangekomen.

Ik had een emotionele reactie verwacht, maar Alicia Wilson was een en al zakelijkheid toen ik haar had verteld wie ik was en waarom ik belde.

'Waar is dit gebeurd?'

Ik zei het haar.

'Naar welk ziekenhuis is ze gebracht?'

Ik zei het haar.

'Is die jongen er ook?'

Ik zei haar dat hij er zou zijn.

'Ik ben er over drie kwartier.' Ze hing op.

Ik keek Jeremy aan. 'Wat weet je over Charlenes moeder?'

'Nou, los van het feit dat ze me haat, is ze wel oké, geloof ik.' Hij zakte onderuit op zijn stoel, alsof hij zich aan mijn blikveld wilde onttrekken. 'Ze zal uit haar vel springen als ze hoort dat Charlene naar het hotel is gereden om mij te zien.'

'Iets om naar uit te kijken dus,' zei ik.

Nadat ik de auto had geparkeerd, gingen we in de wachtkamer van de spoedeisende hulp zitten. Jeremy zat er voorovergebogen bij, zijn ineengestrengelde handen tussen zijn knieën.

'Wil je praten?' vroeg ik hem.

'Niet echt,' zei hij.

'Oké.'

'Gaan we nog steeds naar New York?' vroeg hij.

'Dat staat nu allemaal op losse schroeven. Ik zal je moeder, Bob en mevrouw Plimpton moeten laten weten wat er is gebeurd.'

Zijn hoofd zakte zo mogelijk nog dieper.

'Wat is er met die andere twee gebeurd?' vroeg hij.

'De twee die Charlenes auto hebben geramd? Ik weet het niet. Dat is een zaak van de politie, niet de mijne.'

We zaten er al bijna een uur toen een chic geklede dame met kastanjebruin haar met een gedecideerde air de wachtkamer kwam binnenzetten. Ze liep direct naar de balie en zei: 'Ik ben Alicia Wilson. Waar is mijn dochter? Charlene Wilson.'

Ik stond op en liep naar haar toe.

'Mevrouw Wilson, ik ben Cal Weaver. We hebben elkaar over de telefoon gesproken.'

Ze keek naar me zoals iemand een insect in een glazen potje bestudeert. Toen zag ze Jeremy zitten, en in de blik die ze hem toezond zat zelfs nog meer minachting.

'Ik spreek u nadat ik Charlene heb gezien.'

Ze draaide zich om en verdween in het labyrint van behandelkamers.

'Ze leek me nogal pissig,' zei Jeremy toen ik naast hem kwam zitten.

'Je meent het,' zei ik.

Vijf minuten later verscheen Alicia Wilson weer. We stonden allebei op toen ze met driftige stappen naar ons toe liep.

'Hoe gaat het met uw dochter?' vroeg ik.

'Ze maakt het goed,' zei Alicia. 'Ik neem haar mee naar huis. Weet u hoe haar auto eraan toe is?'

'Niet precies,' antwoordde ik. 'Ik zag wat beschadigingen op de bumper, maar volgens mij is het niet veel meer dan dat. Hij staat nog bij het hotel.'

'Hotel?' Haar ogen schoten naar Jeremy. 'Zaten jullie in een hotel?'

'Nee,' haastte ik me te zeggen. 'Ik zat er met Jeremy. Charlene is er vanochtend heen gereden om Jeremy te zien.'

Haar blik was nog steeds op Jeremy gericht. 'Je bent een verachtelijke worm.'

Jeremy zei niets.

'Er is al één meisje dood door jouw schuld. Wilde je er soms een tweede bij?'

Hoewel de omstandigheden compleet anders waren, hield ik me op de vlakte. Alicia had alle reden om kwaad op Jeremy te zijn, al ging haar dochter ook niet geheel vrijuit.

'Ik heb niet gezegd dat ze moest komen,' zei Jeremy gedwee. 'En ik heb haar auto niet geramd.'

'O, denk maar niet dat ik Charlene zal sparen. Maar jij... jij zou niet vrij mogen rondlopen. Je zou in de gevangenis moeten zitten, en lang ook.'

Als ik Alicia Wilson was, dan zou ik dezelfde mening zijn toegedaan. Charlene zou niet naar het hotel zijn gekomen als Jeremy haar niet had verteld waar hij was. Hij had haar duidelijk niet ontmoedigd om in de auto te stappen en hem voor de tweede keer binnen twee dagen te zien, zelfs niet na mijn preek dat hij haar op die manier in gevaar bracht.

Als ik Alicia Wilson was, dan zou ik hem ter plekke wurgen.

Er was ook nog ons gesprek van gisteravond, toen het licht al uit was, over het leren leven met je daden en het nemen van verantwoordelijkheid.

'Is er nog iets wat je wilt zeggen, Jeremy?' vroeg ik hem.

Zijn ogen zochten de mijne, alsof hij daar een antwoord in zou vinden. 'Zoals?' zei hij.

Alicia lachte. 'Hij is ongelooflijk.' De lach verdween weer onmiddellijk. 'Blijf uit de buurt van mijn dochter. Als ik ooit merk dat je vanaf de overkant van de straat naar haar zwaait, laat staan dat je haar nog een berichtje stuurt, dan zorg ik dat je een contactverbod krijgt.'

Jeremy keek naar de grond.

Alicia draaide zich om en liep weg.

'Je had daar een mogelijkheid,' zei ik.

'De mogelijkheid om wat te doen?'

'Om iets goeds te doen. Om te zeggen dat het je spijt. Om zelfs maar een deel van de verantwoordelijkheid op je te nemen.'

'Ik... ik wist niet wat ik... Ik...' De tranen stonden in zijn ogen. 'Denk je...' vroeg hij aarzelend. 'Denk je dat ik Charlene nog gedag kan zeggen?'

'Met haar moeder erbij? Meen je dat serieus?'

Hij liet zijn schouders zakken, het was alsof er een ballon was doorgeprikt.

'Ik zal zo je moeder bellen. Ze moeten weten wat er is gebeurd.'

Jeremy zuchtte.

We verlieten de spoedeisende hulp en liepen terug naar mijn Honda. Ik wilde zijn moeder niet spreken waar hij bij was, dus ik pakte mijn autosleutels en zei: 'Als ik je deze geef, beloof je dan dat je er niet vandoor gaat?'

Hij nam ze aan. 'Ja hoor, alsof ik weet hoe je in zo'n auto moet rijden.'

'Ik vraag me af of ik hem eigenlijk wel heb afgesloten,' zei ik. Toen we hier arriveerden, hadden we ons meteen naar de spoedeisende hulp gehaast om te zien hoe het met Charlene was, dus het kon best zijn dat ik het was vergeten.

Toen Jeremy wegliep, zocht ik het nummer op in mijn telefoon. Madeline Plimpton nam op.

'Meneer Weaver?'

'Hallo,' zei ik.

'We wilden u al bellen. Dat wil zeggen, Bob en ik. Gloria niet.'

'Wat is er aan de hand?'

'We denken dat Gloria haar telefoon aan Jeremy heeft gegeven. Ze heeft hem uit Bobs jack teruggepakt en we kunnen hem nergens vinden.'

'Dat is inderdaad precies wat ze heeft gedaan.'

'O jee. Ik hoop niet dat er problemen van zijn gekomen.'

Ik vertelde haar over de laatste gebeurtenissen.

'Mijn god,' zei Madeline Plimpton. 'U krijgt het wel voor uw kiezen, hè?'

Haar sympathieke reactie deed me zowaar glimlachen. 'Ik vroeg me af wat we nu gaan doen. Willen jullie dat ik wegblijf, of zal ik hem terugbrengen?'

'Ik zal het met Gloria en Bob bespreken, misschien zelfs ook nog met Grant, maar eerlijk gezegd geloof ik niet dat terugkomen een optie is.'

'Hoezo dat?'

'Er was gisteravond een protestbijeenkomst voor het huis. Een stuk of tien mensen die borden bij zich hadden waar BIG BABY GO HOME en dat soort kreten op stonden. We hebben de politie moeten bellen om ervoor te zorgen dat ze vertrokken.'

'Oké,' zei ik. 'Het was het plan om met hem naar New York te gaan, maar dat lijkt me niet meer zo'n goed idee.'

Madeline Plimpton zei niets.

'Hallo?'

'Ik zat te denken,' zei ze. 'Ik weet nog wel een plek.'

'Een plek?'

'Een strandhuis. Op de Cape. Cape Cod. Mijn man en ik hebben het jaren geleden gekocht. Sinds zijn overlijden ben ik er niet meer geweest. Het is nog steeds van mij, maar het wordt beheerd door een makelaar die het als vakantiehuis verhuurt. In de zomermaanden zitten er altijd mensen. Maar het is nu nog maar mei. Het zou goed kunnen dat het op het moment niet is verhuurd.'

'Zou iemand ons daar kunnen vinden? Jeremy kan geen stap verzetten of men lijkt te weten waar hij is.'

Ze leek te aarzelen. 'Dat zou ik niet weten... Ik heb het in bezit via een bedrijf, dus mijn naam is er niet echt aan verbonden. Maar ik ben al jaren niet meer naar de Cape geweest. En Gloria denkt waarschijnlijk dat het al lang geleden is verkocht, voor het geval u bang bent dat die zich weer iets zal laten ontvallen... Het goede nieuws is dat het aan het strand ligt en dat je er genoeg privacy hebt. Zo vroeg in het seizoen zullen er door de week niet zoveel mensen zijn. Ik kan bellen om te vragen of het beschikbaar is. Het is niet zo ver rijden. East Sandwich. Je hebt er een prachtig uitzicht op Cape Cod Bay.'

Ik dacht erover na. Een vaste plek leek beter dan van hotel naar hotel rijden.

'De vraag is, hoelang houden we dit nog vol?' zei ik.

Ze zuchtte. 'Ik weet het.'

'Laten we het dag voor dag bekijken. Als u informeert of het huis vrij is, dan beginnen we daar.'

We zeiden elkaar gedag.

Ik trof Jeremy aan op de passagiersstoel van de Honda, de plek waar hij verondersteld werd te zijn. Met alle kracht die hij had sloeg hij onophoudelijk met zijn rechtervuist op zijn bovenbeen.

31

Duckworth had iedereen aan het werk gezet. De forensische recherche, de lijkschouwer, en extra agenten om de omgeving af te zetten en mogelijke getuigen te ondervragen. Dolores – Dolly voor haar vrienden – had geen legitimatie bij zich, waardoor Duckworth geen achternaam en adres had.

Maar hij wist wel waar ze werkte.

'En Carol dan?' vroeg Trevor. 'Waar is ze in godsnaam?'

Dat was de grote vraag.

Haar auto was gevonden met het lichaam van iemand anders erin. Dat beloofde niet veel goeds voor Carol, hoe je het ook bekeek. Ze zou een tweede slachtoffer kunnen worden, of ze had misschien iets met het lijk te maken.

Duckworth droeg de agenten op te beginnen met de vuilcontainer waar de zilverkleurige Corolla achter stond. Maar hij bleek nagenoeg leeg te zijn, en er was weinig onderzoek voor nodig om te zien dat er geen lichaam in lag. Toch zou de moordenaar – of moordenaars – er iets in achtergelaten kunnen hebben.

Ze moesten de spreekwoordelijke stofkam hanteren om niets over het hoofd te zien.

Duckworth moest zijn prioriteiten nu opeens tussen een moord en een vermist persoon verdelen.

En de twee gevallen leken iets met Brian Gaffney te maken te hebben.

Gaffney was ontvoerd nadat hij Knight's had verlaten.

Carol had iemand gezien die ze kende toen ze er een moment later vertrokken.

Carol had tegen Trevor gezegd dat ze met deze vrouw wilde praten om haar te overreden Duckworth te benaderen als ze iets had gezien.

Carol verdween.

Dolores, die in een tatoeagesalon werkte waar onlangs een tatoeagepistool was gestolen, werd dood in Carols auto aangetroffen.

Over tatoeages gesproken, Duckworth was er ondertussen zo goed als zeker van dat Gaffney niet het uitgekozen doelwit was. Hij leek griezelig veel op iemand die op de bewuste avond ook in het café had gezeten. En de rechercheur wist wie het moest zijn: de beklaagde van het proces dat landelijke aandacht had gekregen, de jongen die een meisje had doodgereden en slechts een voorwaardelijke straf had gekregen omdat hem nooit was geleerd de consequenties van zijn daden te overzien.

Mijn god, wat een wereld.

De hele toestand met Craig Pierce had hem geleerd dat er genoeg mensen rondliepen die de jongen, Jeremy Pilford was zijn naam, graag een lesje wilden leren.

Nadat Maureen en hij gisteravond in Knight's hadden gegeten – zijn heerlijkste maaltijd in maanden, overigens – ging hij online en zocht de zaak-Pilford op om zijn geheugen op te frissen.

Toen hij de naam zag van het meisje dat Jeremy Pilford met de Porsche van die zakenman had doodgereden – Sian McFadden – viel het allemaal op zijn plaats. Het was zeer goed mogelijk dat degene die Gaffneys rug had getatoeëerd niet goed kon spellen. 'Sean', hij wist het bijna zeker, had eigenlijk 'Sian' moeten zijn.

Het leek hem een plausibele theorie.

Voordat Trevor vanochtend aan zijn bed stond, was het zijn plan geweest om deze invalshoek eens beter te bekijken.

Het was trouwens niet het enige waar hij achteraan wilde gaan. Er klopte iets niet bij de overbuurvrouw van de Gaffneys. Het verhaal van mevrouw Beecham, dat haar thuishulp opeens haar nicht bleek te zijn, schreeuwde om nadere uitleg. En de ontdekking dat Norma Lastmans busje op een andere achternaam stond geregistreerd, zat hem ook niet lekker.

Maar deze zaken moesten wachten. Duckworth moest zo snel mogelijk meer te weten komen over Dolores, en dat betekende dat hij haar baas Mike met een bezoekje zou gaan vereren.

Zodra hij hem zag haastte Trevor – die met veel tegenzin bij zijn auto had gewacht – zich naar zijn vader toe.

'Wat gaan we nu doen?' vroeg hij.

'*We* doen niets,' zei Duckworth.

'Hoe bedoel je? We moeten Carol proberen te vinden.'

'Ik weet het. Heb je een foto van haar?'

Trevor knikte.

'Stuur hem maar naar me door.'

Trevor pakte zijn telefoon, opende zijn fotoarchief, en liet zijn vader het beeldscherm zien. 'Wat vind je van deze?'

Het was een foto van Carol die aan een restauranttafeltje zat, waarschijnlijk had zijn zoon tegenover haar gezeten. Het licht was zwak en er viel een schaduw over de helft van haar gezicht.

'Heb je nog andere?'

Trevor veegde een paar keer met zijn wijsvinger over het scherm tot hij een selfie van Carol en hem had gevonden; ze zaten op een bankje met de waterval op de achtergrond. Trevor had zijn arm om haar heen geslagen en hield zijn gezicht tegen het hare aangedrukt.

'Carol staat er goed op,' zei Duckworth zonder veel enthousiasme.

'Wat?'

'Heb je nog een andere?'

Trevor schudde zijn hoofd. 'Wat is er mis met deze?'

Duckworth aarzelde en zei toen: 'Nee, deze is goed. Stuur hem maar naar me door.'

'Er is iets. Zeg wat het is.'

'Jij staat ook op de foto.'

'Ik kan eruit geknipt worden.'

'Ja, dat is zo.' Een volgende aarzeling. 'Het gaat hierom, Trevor. Ik zou hier niet eens meer met je over mogen praten.'

'Hoe bedoel je?'

'Begrijp me niet verkeerd. Maar we hebben nu opeens met een moordonderzoek en een vermissing te maken. Jij bent hierbij betrokken en ik heb de leiding over dit onderzoek, in elk geval op dit moment. En je bent mijn zoon. Dat zou het onderzoek kunnen beïnvloeden. Men zou mijn objectiviteit later in twijfel kunnen trekken.'

'Ja, maar dat zou alleen maar iets uitmaken als ik ergens schuldig aan was,' zei Trevor. 'Maar ik heb niets te maken met die vrouw in Carols kofferbak. En ik heb geen idee wat er met Carol is gebeurd.'

'Dat weet ik.'

'Je gelooft me toch, hè?' drong Trevor aan. 'Je weet toch dat ik hier allemaal niets mee te maken heb?'

'Natuurlijk. Maar daar gaat het niet om. Luister, Trevor, laat me gewoon mijn werk doen. Als je iets van Carol hoort, of als je nieuwe ideeën hebt waar ze zou kunnen zijn, bel me dan. Maar je kunt niet met me meegaan. Dat gaat niet werken.'

Trevor balde zijn handen tot vuisten en opende ze toen weer. 'Het is niet oké.'

'Dat is het wel,' zei Duckworth. 'Eén ding nog.'

'Wat?'

'Die vrouw in de kofferbak. Is zij degene die Carol bij Knight's heeft gezien?'

Trevor haalde zijn schouders op. 'Zoals ik al zei, ik heb haar toen niet gezien. En ik heb haar nu zeker niet gezien.'

'Kun je je herinneren of Carol heeft gezegd dat ze Dolores of Dolly heette?'

Trevor knipperde met zijn ogen. 'Misschien. Niet Dolores, maar ze zou "Dolly" gezegd kunnen hebben. Ik heb het niet goed gehoord.'

Duckworth legde een hand op zijn zoons schouder. 'Oké. Ik moet gaan.'

Ze stonden er ongemakkelijk en weifelend bij; toen greep Trevor zijn vader bij zijn arm.

'Ik ben doodsbang,' zei hij. 'Ik ben zo bang dat er iets met Carol is gebeurd.'

'Ik ook,' zei Duckworth.

Hij parkeerde de auto voor Mikes tatoeagesalon, maar voordat hij uitstapte had hij nog wat dingen te regelen. Het eerste was het verspreiden van de foto die Trevor voor hem had uitgezocht. Hij stuurde hem door naar kantoor en belde daarna over de details. Hij wilde dat iedere agent van Promise Falls naar Carol Beakman zou uitkijken. Toen vroeg hij naar Shirley van de communicatieafdeling en vroeg haar een persbericht over Carol op te stellen. Ze moest het tweeten, op de Facebookpagina van het bureau zetten en het naar de nieuwsredacties van alle lokale tv-zenders sturen.

'En bewerk die foto,' zei Duckworth, 'zodat je alleen nog maar het gezicht van de vrouw ziet.'

'Je wilt die jongen er niet bij hebben?' vroeg Shirley.

'Nee.'

'Misschien dat hij straks een potentiële verdachte is,' zei ze.

'Haal hem eraf.'

'Oké. Ik probeerde je alleen maar te helpen, hoor. Hij lijkt eigenlijk wel een beetje op je. Alleen een stuk jonger, dat wel.'

'Dank je, Shirley.'

'Ach, je moet er oog voor hebben, hè?'

'Ik wou je nog iets vragen.'

'Zeg het maar, baas.'

'Je kent die zaak van de Big Baby?'

Shirley snoof. 'Wie niet?'

'Die jongen heet Jeremy Pilford. Kun je hem voor me googelen en kijken of er iets is wat hem in verband brengt met Promise Falls? Ik heb het idee dat hij hier weleens in de buurt zou kunnen zijn.'

'Nee, meen je dat serieus?'

'Ja. Ik denk dat ik hem op de beveiligingsbeelden van Knight's heb gezien. Is dat zo vreemd?'

'Heb je het niet op de radio gehoord vanochtend?'

'Waar heb je het over?'

'Er was een protestbijeenkomst gisteravond. Er zijn een paar patrouillewagens heen gestuurd.'

Duckworth drukte de telefoon dichter tegen zijn oor. 'Een protestbijeenkomst? Waar?'

'Ken je Madeline Plimpton? De voormalige uitgever van *The Standard*?'

'Ja, natuurlijk.'

'Het was bij haar huis.'

'Bij haar? Waarom bij háár huis?'

'Die jongen logeerde er. Hij hield zich er verborgen, maar dat was dus niet zo gelukt. Er stonden tien mensen of nog meer voor het huis. Je weet wel, met borden en zo.'

'Wat is de connectie? Waarom daar?'

'Plimpton is geloof ik de oudtante van die snotaap. Haar nicht Gloria is zijn moeder. Het schijnt dat ze in Albany niet meer veilig de straat over konden, dus zijn ze hiernaartoe gekomen. Maar er staat een prijsvraag of een spel op de een of andere website waarop mensen worden aangemoedigd om hem te spotten. Weet je nog dat gedoe met Craig Pierce?'

'Jazeker.'

'Nou, zoiets dus.'

'We leven in een vreemde wereld, Shirley.'

'Hé, vertel mij wat. Verder nog iets?'

'Nee. Spreek je later.'

Duckworth beëindigde het gesprek. Maar het horen van de naam Craig Pierce herinnerde hem aan iets en hij zocht een nummer op.

'Met de assistente van commissaris Finderman,' klonk een vrouwenstem.

'Met Barry Duckworth. Is de commissaris er?'

'Eén moment graag.'

Even later klonk er een stem: 'Barry?'

'Rhonda,' zei Duckworth. De werkrelatie van de rechercheur en commissaris Rhonda Finderman had de afgelopen twee jaar zijn hoogte- en dieptepunten gekend, maar de laatste tijd ging het best aardig. 'Dat gedoe met Craig Pierce...'

Duckworth kon haar bijna horen huiveren aan de andere kant van de lijn.

'Jezus, ja,' zei ze. 'Wat is daarmee?'

'Hoe ver zijn we daar al mee, ik bedoel, op juridisch gebied?'

'We proberen nog steeds om die website – Just Deserts, was het toch? – te dwingen om ons informatie te geven wie die foto erop heeft gezet, maar het ligt bij de advocaten. Dat kan eeuwen duren, en dan nog weten we niet wat het zal opleveren. Hoewel ze absoluut geen officieel nieuwskanaal zijn, zeggen ze dat ze de plicht hebben hun bronnen te beschermen en beroepen ze zich op de vrijheid van meningsuiting. Het is totale bullshit, maar zo is het wel.'

'We kunnen het ook anders aanpakken.'

'Vertel.'

'Ik ben geen expert op dit gebied, maar Pierce vertelde me vandaag dat...'

'O, god, hoe is het met hem?' vroeg Finderman. 'Ik bedoel, hij is natuurlijk een weerzinwekkend figuur, maar wat hem is overkomen zou je niemand willen toewensen.'

'Ik weet niet of je dat nog zou denken als je hem hebt ontmoet. In elk geval, hij suggereerde dat we het anders moesten aanpakken.'

Finderman aarzelde en zei: 'Dat doen slachtoffers wel vaker.'

'Maar ik denk wel dat hij iets op het spoor is. Hebben we van die computernerds op het bureau?'

'Als we die niet hebben, dan vinden we ze wel. Wat is het idee?'

'We moeten al die berichten nauwkeurig bekijken en op zoek gaan naar een signatuur, zoals hij het noemde. Zinswendingen, spelfouten... Kam het internet af op dat soort dingen.'

'Dat lijkt me geen gek idee,' zei Rhonda.

'Oké. Ik spreek je binnenkort.'

Duckworth stopte zijn telefoon terug in zijn jasje en stapte uit de auto. Mike's Tattoos was open en hij liep naar binnen. Mike zat achter het bureau.

'Hé, ben jij het,' zei hij. 'Heb je mijn gestolen tatoeagepistool teruggevonden?'

Duckworth schudde zijn hoofd. 'Nee, sorry.'

Hij glimlachte. 'Geintje. Ik wist dat de politie daar geen moer om zou geven. Zoals je ziet hebben we een personeelstekort vandaag. Maar dat is niet zo erg, want ik heb pas later in de middag mijn eerste afspraak. Tenzij je natuurlijk een tatoeage van inspecteur Columbo op je borst wilt hebben.'

'Nee.' Duckworth hield zijn hoofd scheef en zei: 'Heb je ooit iemand gehad die dat wilde? Een tatoeage van Columbo?'

'Nee, hoewel ik ooit eens in Belfast in een te gekke boekwinkel was waar ze zijn portret op het plafond hadden. De enige misdaadbestrijder die ik op een klant heb gezet is Batman. Een paar keer zijn gezicht – maar het logo, je weet wel, die vleermuis met die cirkel eromheen, dat is populairder. Net als die S van Superman. Daar heb ik er ook wel een paar van gezet het afgelopen jaar. Maar goed, wat brengt je hier als je mijn gestolen spullen niet hebt teruggevonden?'

'Ik zag dat Dolores er niet is.'

Mike hief radeloos zijn armen op. 'Geen spoor van te bekennen. Ze heeft niet eens afgebeld.'

'Wat is haar achternaam?'

'Guntner.'

'Heb je haar adres ook?'

'Is er iets aan de hand?'

'Ik zou erg blij zijn met een adres.'

Mike trok een bureaula open en rommelde erin. 'Oké.' Hij pakte er een A4'tje uit, schreef er iets op en reikte het Duckworth aan. 'Het is de boerderij van haar ouders. Ze zitten nu in een bejaardentehuis en ze woont er alleen.'

'Een bejaardentehuis? In Promise Falls?'

'Ja. Het Davidson House, geloof ik.'

'Ik ken het.' Duckworth wierp een blik op het A4'tje dat Mike hem had aangereikt. Het adres van Dolores was 27 Eastern Avenue. Hij vouwde het op. 'Bedankt.'

'Als je haar nog wilt spreken, ik denk dat ze er straks wel zal zijn. Het zal niet de eerste keer zijn dat ze later komt. Misschien dat het gisternacht iets te gezellig was. Probeer het na de lunch, dan is ze er wel.'

'Ik denk het niet,' zei Duckworth.

Mikes gezicht werd donker. 'Hoe bedoel je?'

'Er is vanochtend een vrouw dood gevonden die voorlopig als Dolores is geïdentificeerd.'

'Jezus, nee.' Hij stond op. 'Wat zeg je nu? Dolly is dood?'

'Ik zou je graag wat vragen willen stellen.'

'Wacht even,' riep Mike. 'Wat is er gebeurd?' Hij sloeg met zijn hand tegen zijn voorhoofd. 'Jezus, heeft ze zich van kant gemaakt?'

‘Is dat het eerste waar je aan zou denken?’ vroeg Duckworth.

‘Nou, ja, het is me wel een type. Wás me wel een type. Mijn god, ik kan het nauwelijks geloven.’

‘Wat bedoel je met “een type”?’

‘Ik weet niet, gewoon anders. Man, ik kan het niet geloven. Maar om te beginnen zijn mensen die in tatoeagesalons werken – en daar reken ik mezelf natuurlijk ook toe – van een ander slag dan de gemiddelde bankemployee. Ik zeg niet dat we allemaal gek en suïcidaal zijn, maar wel ánders.’

‘En op welke manier was Dolores anders?’

‘Ze kon zich enorm opwinden over dingen. Ze maakte zich druk over allemaal gebeurtenissen die mij niets konden schelen. Ze had het over het onrecht in de wereld, dat mensen wegkwamen met hun daden. Ik bedoel, ze kon ook heel grappig zijn, ze was niet altijd zo heftig, maar er waren zaken waar ze echt mee zat, zoals de opwarming van de aarde en die klootzakken op Wall Street.’

‘Was ze altijd al zo?’

Mike dacht na. ‘Eigenlijk niet. Ze is vooral het laatste jaar wat radicaler geworden, geloof ik. Ik bedoel, niet geradicaliseerd zoals dat IS-gedoe, maar ze wond zich er meer over op.’

‘Hoelang heeft ze hier gewerkt?’

Hij moest weer nadenken. ‘Vier jaar?’

‘En kende je haar al van daarvoor?’

Hij schudde zijn hoofd.

‘Dus wat zou er een jaar geleden zijn gebeurd, dat ze heftiger op de wereld reageerde?’

‘Nou, in elk geval al die ellende die we hier hebben gehad,’ zei Mike.

‘Je bedoelt de massamoord met het vergiftigde water?’

‘Ja. Ze zei dat het nooit was gebeurd als we ons meer bekommerden om onze medemens. Herinner je je die zaak met Olivia Fisher? Dat ze gilde toen ze vermoord werd en er niemand kwam? Ach, waar heb ik het over, natuurlijk weet je dat.’

‘Zou je nog iets weten wat invloed op haar heeft gehad? Zeg, de laatste drie, vier maanden?’

‘Misschien die gast met wie ze omgaat.’

‘Welke gast?’

‘Cory.’

Duckworth herinnerde zich de jongeman in de kakibroek die op de rand van het bureau zat toen hij hier eerder was. ‘Ik heb hem ontmoet,’ zei hij. ‘Weet je ook zijn achternaam?’

'Calder. Cory Calder.'
'Heb je zijn adres ook?'
Mike fronste. 'Hoe zou ik dat moeten weten? Hij is geen werknemer van me.'
'Wat weet je van hem?'
'Waarom al die vragen? Heeft Dolly zich van kant gemaakt, of is er iets anders met haar gebeurd?'
'Ik denk niet dat Dolly zelfmoord heeft gepleegd.'
'Wat dan... Was het soms een auto-ongeluk?'
'Nee.'
Mike leek zich af te vragen of er nog andere mogelijkheden waren. 'Wacht, is ze soms vermóórd?'
'Ja,' zei Duckworth kalm. 'Het spijt me, je wilt natuurlijk meer weten, maar op het moment is het belangrijk dat je zo goed mogelijk mijn vragen beantwoordt. Heb je de laatste weken of maanden iets aan haar gemerkt? Was er iets veranderd?'
'Eh, ja, ik denk het wel.'
'Vertel.'
'Ze leek bezorgder. En ze was stiller. Het leek alsof iets haar bezighield. Ik bedoel, ze kon heel vrolijk doen tegen iedereen die hier binnenkwam, maar ze was vaak erg onrustig.'
'Praatte ze er ook over?'
'Niet veel, maar ik had het gevoel dat het met Cory had te maken.'
'Wat vind je van hem?'
'Ik weet het niet. Het is nogal een mafkees.'
'Zie je hem weleens buiten je werk?'
Mike schudde zijn hoofd. 'Nee, maar ik kan je wel dit zeggen. Het is iemand die het hoog in zijn bol heeft.'
'Hoe bedoel je?'
'Nou, alsof hij vindt dat hij Bill Gates of Steve Jobs had kunnen zijn. Hij vindt zichzelf veel belangrijker dan hij in werkelijkheid is. Begrijp je?'
'Ik geloof van wel. Nog iets?'
'Hij kijkt soms mee.'
'Kijkt mee?'
'Als ik aan het werk ben. Hoe ik het doe.'
'Hij heeft toegekeken hoe je iemand tatoeëerde?'
'Ja. Maar alleen als de klant het goedvond.'
Duckworth knoopte het in zijn oren. 'Terug naar Dolly. Heeft ze het ooit over Craig Pierce gehad? Of Jeremy Pilford?'

'Wie zijn dat in godsnaam?'

'Pierce was die jongen die nadat hij was vrijgesproken alsnog bekende dat hij een geestelijk gehandicapt meisje had misbruikt, en Pilford is degene die de Big Baby wordt genoemd.'

'O ja. Ja, daar had ze het weleens over. Dan vroeg ze wat ik ervan vond.' Hij haalde zijn schouders op. 'Ik heb me er nooit zo mee beziggehouden, ik heb geloof ik een keer gezegd dat je vroeg of laat krijgt waar je om gevraagd hebt.'

'Maar ze heeft ze dus weleens genoemd.'

Mike knikte.

'En zegt de naam Carol Beakman je iets?'

'Nee. Dat doet geen enkel belletje rinkelen. Weet je, ze vroeg me een keer iets heel vreemds.'

'En dat was?'

'Ze vroeg of het rechtssysteem minder streng voor vrouwen was dan voor mannen. Of een vrouw net zo zwaar gestraft zou worden als ze door een man tot een misdrijf was gedwongen.'

'Dat vroeg Dolly aan je?'

'Ja. Ik vond het nogal vreemd, maar dacht er verder niet meer over na. Waarom zou ze zoiets gevraagd hebben?'

'Moeilijk te zeggen.'

'Ze zei me dat ze iets over een geruchtmakende zaak in Canada had gelezen, over een stel dat een paar meisjes had ontvoerd en vermoord. Die vrouw kwam er met een lichte veroordeling vanaf omdat ze zei dat haar man haar gedwongen had om mee te doen.'

'Ik kan me die zaak herinneren,' zei Duckworth. 'Dat was zo'n twintig jaar geleden.'

'Ze zei dat vrouwen soms onterecht met dingen wegkomen.'

'Interessant.' Duckworth knikte hem toe. 'Bedankt voor je hulp.'

'Mag ik je iets vragen?'

'Zeker.'

'Je heet toch Duckworth?'

'Dat klopt.'

'Ben je toevallig familie van Trevor Duckworth?'

De vraag overrompelde de rechercheur nogal. 'Eh, ja. Hij is mijn zoon.'

Mike glimlachte. 'Ik vroeg het me al af. Het is niet een veelvoorkomende naam, weet je.'

'Ken je Trevor?'

Mike schudde zijn hoofd. 'Nee, nee. Maar ik heb laatst een tatoeage bij hem gezet.'

'O ja?'

'Ja. Aardige jongen.'

'Wanneer was dit precies?'

Hij dacht even na. 'Twee weken geleden, misschien? Ik weet het niet precies meer. Het was ergens rond de tijd dat mijn pistool werd gestolen, geloof ik. Wil je hem de groeten van me doen?'

'Ja,' zei Duckworth. 'Dat zal ik doen.'

32
Cal

Het schoot me te binnen dat we door alle vroege chaos het ontbijt hadden overgeslagen. Toen we van Charlene Wilsons moeder een uitbrander hadden gekregen en vervolgens het ziekenhuis verlieten, liep het al tegen elven.

'Heb je honger?' vroeg ik terwijl we naar het hotel terugreden. We moesten nog steeds onze spullen pakken en afrekenen.

'Ik weet het niet,' mompelde Jeremy nauwelijks hoorbaar.

In de vierentwintig uur dat ik hem kende, had ik hem nog niet zo gedeprimeerd gezien. De gebeurtenissen van vanochtend hadden hem niet onberoerd gelaten. Tot op dit moment had ik gemengde gevoelens over hem. Een getroebleerde jongeman, inderdaad, maar ook een vervelende klier. Maar nu maakte ik me voor het eerst zorgen over hem.

Dat hij onophoudelijk tegen zijn eigen bovenbeen stompte, had mijn bezorgdheid gewekt. Ik wist niet of het een uitzondering was of dat ik er van nu af aan rekening mee moest houden dat hij zichzelf iets aandeed.

'We gaan even langs het hotel om onze spullen te pakken, daarna kijken we wat we gaan doen,' zei ik.

Geen reactie.

Ik weet niet wat de politie had besloten met die twee idioten te doen, maar hun auto stond er niet meer. Zowel de agenten als het stel dat Jeremy wilde fotograferen waren verdwenen. Maar Charlenes kleine Miata stond er nog, hij zou wel worden opgehaald.

Ik wilde Jeremy niet alleen laten, dus ik nam hem mee naar de hotelkamer. We pakten snel onze spullen in – we hadden eigenlijk nauwelijks iets bij ons – en liepen terug naar de lobby, waar ik de rekening betaalde.

De man achter de balie zei: 'Nou, dat was me wat vanochtend.'

'Wat zegt u?'

'Die aanrijding voor de ingang,' zei hij.

'O. Ja. Weet u wat de agenten met die twee hebben gedaan?'

Hij schudde zijn hoofd. 'Volgens mij hebben ze hen een verklaring laten afleggen, waarna ze mochten gaan.'

Ik bromde wat. Toen schoot me iets te binnen.

'Heeft u hier gisternacht iemand met een zwart busje gehad?'

De man grijnsde. 'Is dat een serieuze vraag?'

'Vlak na de aanrijding zag ik er een over de parkeerplaats wegrijden. Ik dacht dat het iemand was die ik kende.'

'Meneer, we noteren het automerk en het kentekennummer, maar ik zou u niet kunnen vertellen of we een gast met een zwart busje hadden.'

'Natuurlijk,' zei ik. 'Stomme vraag.'

Ik zou kunnen vragen of ze beveiligingscamera's hadden, en of ik de beelden mocht zien als dat het geval was. Maar, zelfs al zouden ze me toestemming geven, wat had ik eraan? Het was mogelijk dat er nog iemand anders was, iemand in een zwart busje, die van plan was een foto van Jeremy in het wild te schieten. En dan? Wie het ook was, hij was een van de velen. Ik kon ze niet allemaal achterna gaan zitten.

Toen we naar de Honda liepen, zei Jeremy: 'Welk zwart busje?'

'Het is waarschijnlijk niets,' zei ik.

We gooiden onze bagage in de kofferbak en stapten in. 'Ik zag geloof ik een paar straten verderop een cafetaria. Hoe klinkt dat?'

'Goed hoor.' Het was niet meer dan een gefluister.

Toen we naar het ziekenhuis reden, waren we langs een filiaal van Bette's Grill gekomen. Ik vond het terug en parkeerde de auto. Het was er niet druk. Het ontbijtpubliek was vertrokken en het was pas over een half uur lunchtijd. De serveerster wilde ons net een tafeltje aanwijzen toen Jeremy opeens stil bleef staan. Hij liet zijn hoofd hangen, zijn armen bungelden slap langs zijn lichaam.

'Jeremy?'

Zijn ogen waren gesloten, hij hield zijn lippen op elkaar geperst.

'Jeremy, praat met me.'

Zijn schouders schokten. Ik had het idee dat de jongen op het punt stond volledig in te storten.

'Laat maar,' zei ik tegen de serveerster.

Ik sloeg mijn arm om zijn schouders en liep met hem de cafetaria uit. Toen we bijna bij de auto waren zakte hij in elkaar. Het was alsof hij smolt. Hij zonk op zijn knieën, bijna in slow motion. Ik knielde naast hem neer en draaide hem zodat hij met zijn rug tegen de auto leunde.

'Gaat het wel?' vroeg een langslopende vrouw.

Ik glimlachte en hief mijn hand op. 'Het is oké.'

Ik ging naast hem zitten, sloeg mijn arm weer om zijn schouders en trok hem tegen me aan. Het zou kunnen dat er daardoor iets in hem brak, of dat het proces erdoor werd versneld.

Maar hij begon te snikken. Zo hard dat zijn hele lijf schokte.

Ik wist niets anders te doen dan hem vast te houden. Ik kon hem zeggen dat het allemaal goed kwam, maar hij zou er niet meer in geloven dan ik. Zijn leven was een puinhoop. Waar te beginnen? Hij was verantwoordelijk voor de dood van een meisje, het leven thuis was een chaos, en de hele wereld haatte hem. Zelfs zijn vader wilde geen tijd met hem doorbrengen. De jongen was tot een karikatuur gereduceerd. Een jankend en verwend kind.

Maar hij was meer dan dat.

Gooi het eruit, dat was alles wat ik kon bedenken.

Hij deed het.

Er liepen nog een paar mensen langs die ons nieuwsgierig aankeken, maar ik wist ze met mijn blik op afstand te houden voordat ze vragen stelden of hulp aanboden.

Jeremy mompelde iets wat ik niet kon verstaan.

'Wat zei je?' vroeg ik.

Deze keer hoorde ik het, hoewel ik er de nodige moeite voor moest doen. Hij zei: 'Ik wil dood.'

Ik kneep nog wat harder in zijn schouder. 'Nee. Ik bedoel, ja. Ik geloof je. Maar, nee.'

Hij huilde nog een paar minuten door. De voorkant van mijn overhemd was nat van tranen en snot. Hij maakte zich van me los, zocht in zijn zakken, en haalde er een versleten pakje tissues uit.

'Ik heb ze ook nog in de auto liggen,' zei ik.

'Deze zijn goed.'

Hij depte zijn ogen droog en snoot zijn neus. Hij bleef zitten en staarde voor zich uit; langzaam maar zeker werd hij weer rustig.

'Voelt het goed om even alles eruit te gooien?' vroeg ik.

'Een beetje.'

Van ergens vlakbij klonk er een rommelend geluid. Jeremy keek me aan en zei: 'Wat was dat?'

'Dat was mijn maag,' zei ik. 'Man, ik ben uitgehongerd.'

Hij lachte kort, zowaar. 'Ja, ik zou ook wel iets willen eten. Maar niet meer daar.' Hij keek in de richting van de cafetaria. 'Iedereen heeft me daar in elkaar zien storten. Ze zullen me allemaal aanstaren. Kunnen we ergens anders heen gaan?'

'Natuurlijk.'
Hij stond als eerste op. Ik stak mijn hand uit en hij trok me omhoog. Hij was dan wel ingestort, ik was degene met oude knieën.
Ik opende de auto en we stapten in.
'Het maakt me niet uit of we naar New York gaan of niet,' zei hij toen ik de sleutel in het contact stak.
'Nou, de plannen staan sowieso op losse schroeven,' zei ik.
'Wat?'
'Ik wacht op een telefoontje van je oudtante. Zodra ik iets hoor laat ik het je weten,'
Hij knikte gedwee.
'Jeremy,' begon ik voorzichtig toen we van de parkeerplaats af reden, 'tijdens het proces, en daarna, eigenlijk sinds het allemaal is begonnen... Hebben ze er ooit weleens aan gedacht om hulp voor je te regelen?'
'Hulp?'
'Ja, psychische hulp. Iemand met wie je kunt praten over al die ellende die je is overkomen?'
Hij schudde zijn hoofd. 'Je bedoelt een psychiater?'
'Ja, zo iemand. Een psycholoog, of...'
'Mijn moeder zei dat ik alleen maar liefde nodig had.'
'Ja, dat is mooi en wel. Absoluut. Maar als je zoiets zegt als jij een paar minuten geleden deed, dan denk ik dat je iemand nodig hebt om over dit soort gevoelens te praten.'
Hij haalde zijn schouders op. 'Ik weet het niet. Het is oké om met jou te praten.'
'Ik ben geen professional,' zei ik.
'Misschien heb ik wel helemaal geen professional nodig,' antwoordde hij. 'Alleen maar iemand die zich betrokken voelt.'
Voelde ik me betrokken? Waarschijnlijk wel, tot op zekere hoogte.
Ik tuurde in de verte. 'Ik geloof dat daar nog een cafetaria is.'
'Oké. Moet het een ontbijt zijn?'
'Je mag nemen wat je wilt.'
Mijn telefoon ging. Ik viste hem uit mijn binnenzak en zette hem tegen mijn oor.
'Weaver,' zei ik.
'Met Madeline Plimpton.'
'Hallo.'
'Het strandhuis is beschikbaar.'
'Oké.'

‘Ik zal u de naam geven van de makelaar die het voor me verhuurt.’

‘Ik zit achter het stuur. Maar kunt u me vertellen waar het precies is?’ Dat deed ze, en om er zeker van te zijn herhaalde ik het huisnummer. ‘En u zei North Shore Boulevard in East Sandwich?’

‘Dat klopt.’

‘Kunt u me de andere details e-mailen?’

‘Ja, dat zal ik doen,’ zei ze.

‘Is er iemand die weet dat we erheen gaan?’

‘Alleen de makelaar.’

‘Laten we dat dan zo houden,’ zei ik en ik wierp nog eens een blik in mijn achteruitkijkspiegel. Ik had het gevoel dat het zwarte busje elk moment weer zou kunnen verschijnen.

‘Goed dan,’ zei ze op effen toon.

‘Hoe gaat het daar?’ vroeg ik.

‘Er gaat niets boven je familie,’ zei ze zuchtend. ‘Hou ons alstublieft op de hoogte, meneer Weaver.’

‘Dat zal ik doen.’

Ze hing op.

‘Wat is er aan de hand?’ vroeg Jeremy.

‘Ik neem aan dat je geen zwembroek hebt meegenomen,’ zei ik. ‘Ik in elk geval niet. Nou ja, het water is nu waarschijnlijk toch nog te koud om in te zwemmen.’

‘Hè?’

‘We gaan naar Cape Cod.’

‘O.’

Ik stopte bij de cafetaria, zette de motor uit en trok de handrem op – een vaste gewoonte van me.

Toen schoot er opeens iets door mijn hoofd. Ik draaide me naar Jeremy toe en zei scherp: ‘Wat zei je nou eerder?’

Hij schrok en deinsde terug. ‘Wat?’ Hij keek me met opengesperde ogen aan. ‘Ik zei alleen maar “O”.’

‘Nee, niet daarnet. Eerder. Toen we wegreden van het ziekenhuis.’

‘Ik weet niet waar je het over hebt.’

‘Toen we naar de auto liepen, zei je iets. Ik moest nog bellen terwijl jij alvast in de auto ging zitten.’

Hij haalde zijn schouders op. ‘Ik weet het niet meer.’

Het deed er niet toe. Ik wist het namelijk wel.

‘Laat maar.’ Ik keek hem nog even peinzend aan en zei toen: ‘Laten we wat gaan eten.’

33

Dolores Guntners adres, 27 Eastern Avenue, klonk alsof het zich in een woonwijk van Promise Falls bevond, maar het lag buiten de stad. In oostelijke richting, zoals de naam al aangaf. De huisnummers begonnen pas enkele kilometers buiten de stadsgrens. De huizen, waaronder veel boerderijen, lagen ver van de weg en stonden op ruime afstand van elkaar.

Aan het begin van de opritten stonden brievenbussen. Barry Duckworth reed langzaam voorbij en lette zowel op de naam als het nummer.

Hij remde af bij een brievenbus waar GUNTNER op stond, in goedkope schuine plakletters. Het was een wit huis met een zwart dak, er liep aan twee kanten een veranda omheen. Zo'n twintig meter achter het huis stond een schuur die, hoewel hij nog overeind stond, betere tijden had gekend. De grijs uitgeslagen zijwanden moesten ooit rood zijn geweest, en het dak was in het midden doorgezakt. Duckworth vroeg zich af of het bouwsel nog een winter met zware sneeuwval zou overleven.

Hij parkeerde zijn auto vlak bij de veranda en liep naar de voordeur. Mike had gezegd dat Dolores er volgens hem alleen woonde sinds haar ouders in een bejaardentehuis zaten. Maar dat wilde niet zeggen dat er niemand zou zijn.

Duckworth belde aan. Toen er na tien seconden niets was gebeurd, drukte hij de belknop nog een keer in. Wederom geen reactie.

Hij probeerde de deurknop, maar de deur zat op slot. Hij tuurde door het raam en zag een doodnormale woonkamer met een bank, fauteuils en een tv. Hij verliet de veranda en liep behoedzaam om het huis heen. Een klein trapje leidde naar een achterdeur. Hij keek door het raam naar een keuken die niet meer leek veranderd sinds de jaren vijftig.

Hij draaide de deurknop om; hoewel de deur op slot zat, voelde hij enige speling. Hij probeerde het nog eens, maar zette er deze keer zijn schouder tegenaan. De deur schoot van het slot en zwaaide open.

Er klonk niets, er was dus geen alarmsysteem.

'Hallo?' riep hij. 'Is daar iemand?'

Hij wachtte een moment. Toen riep hij: 'Politie! Rechercheur Barry Duckworth van de Promise Falls Police!'

Geen reactie.

Hij liep voorzichtig verder. Het zou mooi zijn als er een telefoon met een antwoordapparaat was, zodat hij de berichten kon afluisteren. Hij zag de aansluiting in de muur, maar er hing geen toestel meer aan. Waarschijnlijk had Dolores Guntner, net als velen van haar generatie, de vaste telefoon opgezegd en gebruikte ze alleen nog maar haar mobieltje.

Er was niets in de keuken, de eetkamer en de woonkamer dat zijn aandacht trok. Hij liep de keldertrap af; zoals bij veel oude boerderijen was het geen recreatieruimte met een biljart en een minibar. Hij liep over aangestampte aarde, en hij moest oppassen dat hij zijn hoofd niet stootte tegen de balken die over het plafond liepen. Het licht kwam van een paar kale peertjes die ertussen hingen.

Duckworth keek tussen oude dozen en achter stapels rotzooi, maar hij zag niets verontrustends. Hij had het idee dat hier al eeuwen niemand meer was geweest, tenzij het voor de verwarmingsketel was.

Hij liep terug naar de begane grond en nam de trap naar de bovenverdieping.

Er waren drie slaapkamers, waarvan er een in gebruik leek te zijn. De eerste was een rommelkamer; er stonden bananendozen met ordners en oude kleren en schoenendozen waar foto's in bleken te zitten. Hij pakte er een en ging er snel doorheen – familiekiekjes die Dolores' ouders in vijftig jaar hadden verzameld.

In de tweede kamer stond een onopgemaakt bed en de vloer lag bezaaid met dameskleren; het was duidelijk dat dit Dolores' vaste slaapplek was.

In de derde kamer stond een eenpersoonsbed dat tegen de muur was geschoven om plaats te maken voor een bureau en een draaistoel, er hingen boekenplanken boven. Op het bureau stond een opengeklapte laptop, met een snoer dat naar een stopcontact in de muur liep. Duckworth zag een ingelijste foto van Dolores naast de laptop staan, ze zag er precies zo uit zoals hij haar in de tatoeagesalon had gezien; ze stond tussen twee oudere mensen in die waarschijnlijk haar ouders moesten zijn.

Hij tikte op de spatiebalk en het scherm lichtte op. De achtergrondafbeelding was een foto van een draak en een vrouw met lichtblond, bijna wit haar. De rechercheur wist het niet zeker, maar hij dacht dat het uit die tv-serie, *Game of Thrones*, kwam.

Hij was bang dat de computer met een wachtwoord beschermd zou zijn, maar dat bleek niet het geval. Hij trok de draaistoel naar achteren, ging erop zitten en klikte op de browser. Toen hij online was, klikte hij op haar zoekgeschiedenis. Hij hoopte maar dat deze niet was gewist.

Dat was niet zo.

Dolores had uitgebreid rondgereisd op internet. Facebookpagina's, Twitter, de lokale buienradar en roddelsites.

Een van de sites die ze de laatste vierentwintig uur had bezocht, bleek Just Deserts te zijn. Toen Duckworth erop klikte, verscheen er direct een banner met de oproep WAAR IS DE BIG BABY? Hij keek naar de recentste waarnemingen van Jeremy Pilford in Promise Falls en omgeving. De laatste bleek een vage foto van de jongen voor de ingang van een hotel in Kingston, New York, ten zuiden van Albany. De foto scheen pas een paar uur geleden genomen te zijn.

'Hmm,' zei Duckworth.

Hij besloot om de inhoud van de laptop verder aan de computerexperts van het bureau over te laten. Hij wilde zijn inspectietocht voltooien.

Toen hij de rest van de bovenverdieping had bekeken, liep hij terug naar beneden en verliet het huis via de keuken. Toen hij buiten stond, viel zijn oog op de schuur. Hij zag niets wat erop wees dat de boerderij nog in bedrijf was. Geen koeien, varkens of kippen, en geen mest. Noch zag hij enige landbouwwerktuigen. Geen tractor, niet eens een pick-uptruck. Misschien dat er iets in de schuur stond.

Er bevond zich een houten deur in het betonnen fundament dat zo'n anderhalve meter hoog was, erboven zaten zijpanelen die tot aan het dak liepen. Duckworth drukte de klink omlaag, de deur bleek niet op slot te zijn.

Hij liep naar binnen. Op de plek waar hij binnen was gekomen was de schuur open tot aan het ingezakte dak. Door de kieren tussen de zijpanelen drongen banen gefilterd zonlicht naar binnen waar stofdeeltjes doorheen dwarrelden. Halverwege de schuur was een kleinere ruimte met een zolder erop gebouwd. Een openstaande deur trok zijn aandacht.

Hij liep erheen en bleef in de deuropening staan. Het was er donker. Zijn hand zocht een schakelaar, die hij ten slotte aan de linkerkant vond. Hij knipte het licht aan.

Het was een werkplaats. Langs een wand stond een werkbank, met kastjes erboven die eruitzagen alsof ze ergens uit een oude keuken waren gehaald en hier weer waren opgehangen. Op de werkbank lag gereedschap. De vloer bestond uit aangestampte aarde.

Het rook er naar hooi en schimmel, en ook naar modder en mest.

In het midden van de ruimte stond een eenpersoonsbed.

Het was een oud en verroest logeerbed op wieltjes, zo'n ding dat je op kon klappen. Er lag een blauw met wit gestreept matras op, met enkele scheuren waar de vulling door naar buiten probeerde te komen. Je kon zien dat het matras bij het bed hoorde. Duckworth liep erheen en zag dat het onder de vlekken zat, variërend van sporen van diverse lichaamssappen tot olie-, vernis- en koffievlekken.

En hij dacht ook enkele bloedvlekken te zien.

Wat in het bijzonder zijn aandacht trok waren de korte stukken touw die aan de vier hoeken van het bed waren vastgeknoopt.

Naast het bed stond een rode klapstoel, die door zijn glanzende nieuwheid nogal uit de toon viel.

Wat Duckworth vervolgens op de stoel zag liggen, was minstens zo interessant als de stukken touw. Het was een klein apparaat met een elektrisch snoer eraan. Hij zag een verlengsnoer op de grond liggen dat naar een stopcontact boven de werkbank liep.

Hij had zo'n apparaat niet vaak in zijn leven gezien, maar hij had er laatst een bij Mike's zien liggen, dus niemand hoefde hem uit te leggen wat een tatoeagepistool was.

34
Cal

De makkelijkste manier om van Kingston naar de Cape te komen, was om terug te rijden in de richting van Albany tot je de afslag naar de I-90 kon nemen. Daarna oostwaarts over de 495, dan nog langs Boston in dezelfde richting, waarna we in zuidoostelijke richting moesten afzakken. Ik had mijn telefoon erbij gepakt en het opgezocht, het zou toch bijna vier uur rijden zijn.

Jeremy was nogal zwijgzaam, en ik deed geen moeite om hem aan de praat te krijgen. Hij leek me in een bedachtzame bui.

Tijdens een van onze tussenstops langs de snelweg bekeek ik de routeaanwijzingen naar het strandhuis in East Sandwich die Madeline Plimpton me had gemaild. Ik haalde de navigatie uit het dashboardkastje en voerde ze in. Daarna kreeg het apparaat met behulp van zuignappen een prominente plaats op het dashboard.

'Je kan beter een navigatiesysteem in het dashboard hebben,' zei Jeremy, die zijn zelfopgelegde gelofte van stilte doorbrak.

'Ik denk niet dat ze wisten wat een navigatiesysteem was toen deze auto werd gebouwd. Ik ben al blij dat er een radio in zit.'

'Hoelang zullen we er blijven?' vroeg hij.

'We bekijken het van dag tot dag, maatje,' zei ik.

Mijn tijdsinschatting zat er niet ver naast. Drie uur en achtenvijftig minuten nadat we de cafetaria in Kingston hadden verlaten, namen we op Old King's Highway – ook wel bekend als de 6A – de afslag naar Ploughed Neck Road, die uitkwam op North Shore Boulevard. In de verte lagen huizen met grijze dakpannen. We reden North Shore op en Jeremy hielp me met het zoeken naar het huisnummer dat mevrouw Plimpton me had gegeven.

'Hier is het,' zei hij.

Ik remde af, draaide het stuur om en reed de oprit op. De banden knerpten op het schelpenpad. Ik parkeerde de auto achter een huis dat een open trap aan de zijkant had. De sleutel lag onder de deurmat, mevrouw

Plimpton had me in de e-mail geschreven dat de makelaar hem daar zou achterlaten. Terwijl ik de voordeur opende, liep Jeremy de trap aan de zijkant op.

De begane grond bestond uit twee slaapkamers, een redelijk grote keuken, een woonkamer en een badkamer. Zoals te verwachten viel, was er de nodige Cape Cod-kitsch aanwezig. Scheepsmodellen, op de haardmantel en op planken aan de muur, schilderijen van de zee en een visnet dat kunstig aan een muur hing. De boekenkast stond vol achtergelaten paperbacks en er was een schap met spelletjes. Een metalen wenteltrap leidde naar de bovenverdieping, waar zich nog een slaapkamer bevond en een zitkamer met een schuifpui die toegang verschafte tot een ruim balkon.

En daar zag ik Jeremy staan. Hij was er via de trap aan de zijkant terechtgekomen.

Ik duwde de schuifpui open en voelde de koele bries van Cape Cod Bay op mijn gezicht. Ongeveer twintig meter helmgras scheidde ons van het strand, en daarachter leek het blauwe water zich eindeloos uit te strekken.

'De oceaan is prachtig,' zei Jeremy, die met zijn handen op de reling leunde.

'Het is eigenlijk nog niet de oceaan,' zei ik, 'maar het is zeker prachtig. Dit is de baai, daarachter ligt de overkant van de Cape.' Ik hield mijn arm op in de vorm van een L, alsof ik mijn spieren wilde ballen. 'Als dit de Cape is,' zei ik, en ik wees op de plek waar mijn onderarm bijna tegen mijn biceps aandrukte, 'dan zitten we ongeveer hier. De Atlantische Oceaan begint pas daarachter.'

Hij knikte en wees voor zich uit, enigszins naar rechts. 'Dat lijkt wel land, daar in de verte.'

'Ja, dat moet Provincetown zijn. Je kunt het bijna zien.'

We keken naar de naburige huizen.

'Ik heb niet het idee dat er iemand is,' zei ik. 'We hoeven niet bang te zijn dat we hier ontdekt zullen worden.'

Hij knikte.

'Ga maar even binnen kijken,' zei ik. 'Je mag een slaapkamer uitkiezen. Daarna moeten we het dorp in om boodschappen te doen. We hoeven niet elke dag uit eten te gaan. Je kunt hier prima koken.'

'Oké.'

Hij liep naar binnen om het huis te zien terwijl ik de spullen uit de auto haalde. Daarna begon ik aan een boodschappenlijstje.

'Wat zou je graag willen koken?' riep ik.

'Hè?' klonk het van boven.

‘We wisselen om de dag. Ik kook vanavond. Jij bent morgen aan de beurt.’

Stilte. Toen: ‘Ik kan hotdogs maken.’

‘Verzin iets beters.’

Een volgende stilte. ‘Spaghetti misschien?’

‘Goed. Met tomatensaus?’

‘Ja. En gehaktballen?’

‘Staat genoteerd.’

Ik inspecteerde de keukenkastjes om te zien of vorige gasten nog spullen hadden achtergelaten. Er was zout, peper en suiker, en er was zelfs nog wat koffie. We zouden het wel overleven.

Jeremy denderde de wenteltrap af en liep naar de keukentafel. ‘Kan ik de slaapkamer boven krijgen?’

De slaapkamers op de begane grond keken uit op het helmgras tussen het huis en het strand. Maar boven had je uitzicht op de baai.

‘Natuurlijk,’ zei ik.

‘Heb je ook koekjes opgeschreven?’

‘Nee. Wil je die?’

‘Oreo’s.’

‘Het staat erbij.’

Ik vouwde het lijstje op en stopte het in mijn broekzak. ‘Laten we gaan.’

‘Oké.’

We stapten in de Honda en ik reed achteruit tot we op North Shore Boulevard stonden. Toen zette ik de auto in de vrije stand en trok de handrem op.

‘Ik heb een idee,’ zei ik.

‘Wat?’

‘Waarom rij jij niet? Ik heb de hele dag al gereden.’

‘Hè?’

‘Ja, jij mag achter het stuur.’

‘Dat kan niet,’ protesteerde hij.

‘Waarom niet?’

‘Ze hebben mijn rijbewijs ingevorderd. Voor iets van honderd jaar.’ Hij keek naar de versnellingspook. ‘Ik kan trouwens toch niet met zo’n ding rijden.’

‘Oké,’ zei ik. ‘Maar op een dag zul je je rijbewijs terugkrijgen, en dan moet je nog wel kunnen rijden. En die handmatige versnelling, daar is geen kunst aan. Ik heb het je zo geleerd.’

Ik zag angst in zijn ogen.

'Ik weet het niet.'
'Kijk,' zei ik en ik wees naar de weg. 'Het is hier compleet verlaten. Er is niemand. Dit is een uitstekende omgeving voor een rijlesje.'
Hij beet op zijn lip. 'Ik ben nooit zo gek van auto's geweest, weet je. Ik bedoel, ik vond het leuk wanneer het kon, maar ik ben niet zo iemand die de hele dag alleen maar wil rondscheuren.'
Ik wilde hem niet dwingen tot iets wat hij niet wilde doen. 'Oké.'
'Ik weet wat je denkt,' zei hij. 'Als ik niet gek van auto's ben, waarom zou ik dan in die Porsche zijn gestapt?'
Ik zei niets.
'We waren gewoon gein aan het trappen. Het was trouwens Sian die over de auto begon, ze zei zoiets als: "Moet je kijken, wat een flitsende kar." Toen ben ik daarin meegegaan, alsof het me interesseerde. Ik geef haar niet de schuld, hoor. Maar zo is het gegaan.'
'Natuurlijk,' zei ik.
Ik zette de Honda in de eerste versnelling, liet de koppeling opkomen en gaf gas. 'Oké,' zei Jeremy opeens.
'Oké?'
Hij haalde zijn schouders op. 'Ik zou het kunnen proberen.'
'Mooi.' We duwden onze portieren open. Hij liep voor om de auto heen, ik liep achterom. We waren van stoel verwisseld en trokken de portieren dicht. Ik deed mijn autogordel om en wachtte tot Jeremy hetzelfde deed.
'Ken je het principe van de handmatige versnelling?' vroeg ik hem.
'Niet echt. Ik bedoel, ik heb het Charlene wel zien doen. Zij is geloof ik de enige die ik ken die daarmee kan rijden. Ze zei dat in Engeland en Europa iedereen ermee rijdt, maar hier bijna niemand.'
'Oké. Je zult eerst vertrouwd moeten raken met de versnellingspook. Je trapt de koppeling in met je linkervoet, ja, dat is goed en hou hem ingedrukt. Nu pak je de versnellingspook, duw hem iets naar links en dan naar voren. Oké, dat is zijn één. Dat is de eerste versnelling, maar zo noem je dat. Dan trek je hem van daar af helemaal naar je toe, dat is zijn twee.'
Hij bewoog de pook heen en weer om het te voelen.
'Omhoog in het midden is zijn drie, dan vandaar naar je toe is zijn vier, en vandaar rechts naar boven is zijn vijf. Ja, zo is het goed.'
'En achteruit?'
'We kijken later naar zijn achteruit. Nu gaan we leren hoe je het koppelingspedaal moet gebruiken.' Ik hield mijn handen op en bewoog ze te-

gengesteld aan elkaar op en neer. ‘Kijk naar mijn linkerhand, dat is je linkervoet en die gebruik je alleen maar voor de koppeling. Mijn rechterhand is je rechtervoet, en die gebruik je voor het gas en de rem.’

‘Hoe moet je tiphielen? Daar heb ik weleens iets over gehoord.’

‘Daar hebben we het wel over als je klaar bent om mee te doen aan de Indy 500. Op het moment willen we alleen maar naar de supermarkt. Dus om de versnellingsbak te gebruiken, trap je de koppeling in met je linkervoet terwijl je met je rechtervoet niets doet.’ Ik maakte weer het tegengestelde-handen-gebaar.

Jeremy hield de koppeling nog steeds ingedrukt terwijl we nog eens met de pook oefenden. ‘Ik snap het,’ zei hij.

‘Zet hem nu in zijn één.’

Hij deed het.

‘Nu laat je langzaam de koppeling los, en tegelijkertijd geef je een beetje gas.’

‘Allebei op hetzelfde moment?’

‘Ja, zo doe je dat. Heb je dat Charlene nooit zien doen?’

‘Als ik naar haar benen kijk, dan is het om een andere reden.’

Ik glimlachte. ‘Ja ja. Goed, probeer het eens.’

Jeremy haalde diep adem. Hij liet de koppeling te snel los voordat hij gas gaf. De auto schokte en de motor sloeg af.

‘O, shit,’ zei hij.

‘Geeft niets. Trap nu de koppeling weer in en start de auto opnieuw.’

Hij draaide de sleutel een slag. Ik zei dat hij het nog eens moest proberen, de auto schokte en de motor sloeg weer af.

‘Ik kan het niet,’ zei hij. ‘Ik kan dit niet.’

‘Toen mijn vader me het leerde was de auto zowat total loss voordat ik het kon. In het begin is het moeilijk, maar als je het eenmaal in je vingers hebt, dan vergeet je het nooit meer.’

‘Zoals fietsen?’

‘Precies,’ zei ik.

Hij haalde nog eens diep adem. Hij startte de auto. En weer liet hij de koppeling te snel opkomen en sloeg de motor af.

‘Dit is pure tijdverspilling,’ zei hij.

‘Hebben we haast dan?’ vroeg ik.

Hij startte de auto. Hij liet de koppeling nu minder snel opkomen en gaf wat gas. De auto schokte, maar de motor sloeg deze keer niet af. We reden.

‘Het is me gelukt!’ riep hij uit.

De auto stond nog in zijn één en de motor brulde. Hij smeekte bijna om de tweede versnelling.

'Goed gedaan,' zei ik. 'En nu ga je naar zijn twee.'

'O, shit,' zei Jeremy. Zijn blik werd weer angstig.

'Het is oké. Het gaat nu makkelijker omdat we rijden. Koppeling in, gas los.' Ik wierp een blik op zijn voeten en zag dat hij gedaan had wat ik zei. 'Trek nu de pook helemaal naar je toe.'

Hij deed het, maar hij liet de koppeling weer te snel los en er klonk een verschrikkelijk schurend geluid.

'Jezus!' schreeuwde hij uit.

'Het is oké, het is oké, trap de koppeling in en we proberen het nog een keer. Oké. Koppeling in, trek de pook naar je toe. Zo, ja. Nu laat je de koppeling opkomen en tegelijkertijd geef je wat gas.'

De auto schokte, maar deze keer was het niet zo'n rodeo. We reden nog steeds. Ik zag zweetdruppeltjes op Jeremy's bovenlip. Eerlijk gezegd was het zweet mij ook uitgebroken. Ik ben nooit een goede passagier geweest, zelfs niet naast goede chauffeurs.

'Klaar voor zijn drie?'

Jeremy haalde een paar keer kort adem. 'Oké.'

'Het gaat hetzelfde. Koppeling in, voet van het gas, de pook terug naar het midden en dan recht naar boven duwen. Ja, zo. Nu de koppeling laten opkomen en gas bijgeven.'

Deze keer liep het gesmeerd. Ik keek voor me uit en zag dat we een kruising naderden.

'Oké, nu gaan we stoppen. Eerst rem je licht met je rechtervoet. Niet te hard, anders slaat de motor af. Goed. Nu de koppeling weer helemaal intrappen en harder remmen.'

De auto stopte.

'Dat is het,' zei ik. 'Nu...'

De auto schoot opeens naar voren, ik sloeg achterover tegen de hoofdsteun. We bewogen nauwelijks een meter vooruit voordat de motor afsloeg.

'Wat deed ik?' vroeg Jeremy met een blik vol afgrijzen.

Ik lachte. 'Het is oké. Je liet de koppeling los terwijl de versnellingsbak niet in zijn vrij stond.'

Hij liet zijn hoofd achterovervallen en sloot zijn ogen. 'Allejezus,' zei hij. 'Wat een marteling. Ik kan niet meer.'

'Goed, dat was onze rijles van vandaag. Ik zal ons naar de supermarkt rijden. Je mag trouwens toch niet op de hoofdweg, niet zolang je je rijbewijs nog niet terug hebt. Maar morgen doen we het nog een keer.'

Hij wierp me een blik toe. 'Serieus? Moet dat echt?'

'Waarom niet? Oefening baart kunst. Voor je het weet, heb je het in de vingers.' Ik gaf hem een schouderklop. 'Je deed het prima, Scott.'

Hij keek me verbaasd aan. 'Wie is Scott?'

Ik was lamgeslagen. 'Sorry,' zei ik. 'Ik was ergens anders met mijn hoofd.'

Toen we bij de supermarkt waren, gaf ik Jeremy het boodschappenlijstje.

'Wat moet ik hiermee?'

'Pak een kar en zoek die spullen.'

Hij had me niet hoeven te vertellen dat hij nog nooit boodschappen had gedaan. Ik kon het aan zijn gezicht aflezen. Maar nadat hij zijn rijles had overleefd, zou dit er misschien ook nog wel bij kunnen, dacht ik.

'Wat ga jij dan doen?' vroeg hij.

'Ik moet iemand bellen.'

'Wat als ik word herkend?'

Daar had hij een punt. Ik liep naar de kofferbak, opende hem en haalde er een honkbalpet uit, met 'Toronto Blue Jays' erop. 'Zet deze op en trek de klep flink omlaag.'

'Waar heb je die nu weer vandaan?'

'Zet hem nu gewoon maar op.'

Ik stuurde hem de supermarkt in. Toen hij eenmaal een kar uit de rij voor het winkelpand had getrokken en naar binnen was gegaan, haalde ik mijn telefoon tevoorschijn. Ik zocht in mijn zakken naar een visitekaartje dat me gisteren was overhandigd; ik keek naar het nummer en toetste het in.

Er klonk een vrouwenstem. 'Broadhurst Developments. Waarmee kan ik u helpen?'

'Ik zou Galen graag willen spreken,' zei ik.

'Ik ben bang dat hij in een vergadering zit,' zei de vrouw.

Ik lachte. 'Dat is wat je van hem moet zeggen, toch? Luister, ik ben een vriend van hem. Zeg hem dat het Cal Weaver is. Het is belangrijk.'

'Een moment, alstublieft.'

Het bleef even stil. Toen: 'Hallo?'

'Galen Broadhurst?' zei ik.

'Ja. Spreek ik met Weaver?'

'Dat klopt.'

'De privédetective die ik gisteren heb ontmoet?'

'In eigen persoon.'

'Wat is er aan de hand? Mijn secretaresse zei dat het belangrijk was.'

‘Ik heb het iets belangrijker laten klinken dat het eigenlijk was. Maar gezien de reden van mijn telefoontje dacht ik dat je het eigenlijk wel zou willen horen.’

‘Wat dan?’ Hij klonk op zijn hoede.

Ik lachte. ‘Niets aan de hand, hoor. Het gaat om die auto.’

‘Wat is er met mijn auto?’

‘Je zei dat je eraan dacht hem te verkopen.’

‘Nou ja, eventueel.’

‘Hij moest zo’n vijftigduizend kosten. Ik vroeg me af hoe serieus dat was.’

‘Ben je echt geïnteresseerd?’

‘Ik heb mijn hele leven al zo’n kar willen hebben, maar ik wist altijd uitvluchten te verzinnen. Maar je zei dat hij net was nagekeken, dus ik neem aan dat alles goed is, hoewel je zult begrijpen dat ik er nog wel een monteur naar laat kijken.’

‘Ja, natuurlijk. Dat lijkt me een goed idee.’

‘Kun je me nog iets meer over die wagen vertellen?’

‘Het bouwjaar is 1978, en hij heeft zo’n zestigduizend en nog wat op de teller staan, en daar is niet mee gesjoemeld. Ik heb alle afschriften van de reparaties die er de afgelopen jaren aan zijn verricht. Het is een Targa, dus het dak kan eraf. Hij is altijd met originele Porsche-onderdelen opgeknapt. De banden zijn nog prima.’

‘Dat klinkt veelbelovend.’

‘Hij verkeert in een onberispelijke staat. Je interesse verrast me eigenlijk.’

‘Hoezo?’

‘Nou,’ en nu was het Broadhursts beurt om te lachen, ‘gezien dat oude barrel waar je in reed, had ik nou niet het idee dat je een liefhebber was.’

‘Zie je mij al ergens posten in een Porsche?’ zei ik. ‘Nu weet ik dat een sportwagen niet alle luxe heeft, maar zit er een airco in?’

‘Nee, dat niet,’ antwoordde hij. ‘Als het warm is, dan schuif je het dak eraf. En dan heb je eigenlijk een cabrio.’

‘En het is toch een automaat?’

Hij snoof. ‘Ben je gek? Hij heeft een handmatige versnelling. Zo’n auto wil je toch niet met een automaat?’

‘Oké, ik vroeg het me af. Lijkt me prima zo. Weet je, ik denk erover na, en dan bel ik nog wel.’

‘Oké, en als je er nog iemand naar wilt laten kijken, dan hoor ik het wel.’

'Dat is goed. Tot ziens.'
'Dag.'
Ik beëindigde het gesprek en stopte de telefoon terug in mijn zak. Ik stond tegen de auto aangeleund en was in gedachten verzonken.
Ik keek peinzend naar de supermarkt.
Toen ik naar binnen liep, trof ik Jeremy met een nagenoeg lege winkelwagen aan. Hij kwam naar me toe om te laten zien wat hij tot nu toe had gevonden.
'Ik heb de Oreo's,' zei hij.

35

Albert Gaffney lag al uren wakker en vroeg zich af wat hij moest doen.

Zou hij de politie bellen over Ron Frommer? Het was mogelijk dat Frommer zijn zoon had ontvoerd en getatoeëerd, maar toch, hoe waarschijnlijk was dat? Er waren geen harde bewijzen dat hij het had gedaan. Maar hij had natuurlijk wel een motief om Brian te grazen te nemen. Als Frommer wist dat Brian met zijn vrouw Jessica had lopen rotzooien, nou ja, hij zou niet de enige zijn die zich zou laten gaan in zo'n situatie.

Wat hij Brian in elk geval wél had aangedaan – hij had zijn zoon van de trap geduwd en in zijn ribben geschopt – klonk meer als iets wat een man in zo'n situatie zou doen. Dat was puur en ondubbelzinnig geweld. En je zou er bijna begrip voor kunnen hebben. Albert zou deze man zeker niet de mishandeling van zijn zoon vergeven, maar gezien de omstandigheden zat er tenminste nog énige logica achter.

Zou Frommer Brian werkelijk hebben ontvoerd en gedrogeerd om iets onzinnigs op zijn rug te tatoeëren? Maar toch, íémand had het gedaan. En wie het ook was, niemand wist wat zijn beweegredenen waren geweest, dacht Albert.

Hij overwoog zijn opties. Hij kon in de ochtend die Duckworth bellen en hem vertellen wat Brian was overkomen toen hij bij Jessica Frommer op bezoek ging. Dan zou de politie Frommer in elk geval in het vizier hebben en konden ze uitzoeken of hij iets met Brians ontvoering te maken had.

Het probleem was echter dat Brian niet wilde dat zijn vader dat deed. Hij was bang dat de heetgebakerde Ron Frommer zijn vrouw Jessica iets zou aandoen als de politie werd ingeschakeld. Niet omdat hij haar daarvan zou verdenken – hoewel dat ook nog zou kunnen – maar omdat hij nu eenmaal een agressieveling was die zich afreageerde op zijn directe omgeving.

Wat te doen, wat te doen, wat te doen?

Hij staarde naar het plafond. De andere optie die hem wakker hield was om Ron Frommer zelf te benaderen.

De man ermee confronteren. Maar niet op een al te confronterende manier. Hij zou hem ergens op een min of meer openbare plek moeten aanspreken, en hem op de man af vragen of hij zijn zoon zoiets verschrikkelijks had aangedaan. Dat zou hij dan natuurlijk ontkennen, maar Albert zou direct naar Duckworth kunnen stappen als hij het gevoel had dat de man loog.

Jammer voor Brian dan.

Maar Monica had gelijk. Albert hield niet van confrontaties. Was dat niet de reden waarom hij al die jaren zijn vrouw tegen hem tekeer liet gaan? Maar dit... dit was anders.

Dit ging over zijn zoon.

Dit ging over Brian.

Toen hij de volgende ochtend wakker werd, wist hij wat hem te doen stond. Om te beginnen zou hij vandaag vrij nemen. Albert Gaffney was assistent-manager bij een bank, de Syracuse Savings and Loan, die een vestiging had in Glen Falls, ten noorden van Promise Falls. Een verschrikkelijke saaie baan op een verstikkend kantoor, iets wat helemaal bij een man als Albert paste. Hij reed er elke werkdag heen, maakte zijn sommetjes, zorgde dat alles klopte en lette erop dat er genoeg pennen bij de loketten lagen.

In de twintig jaar dat hij er werkte, was er nog nooit een overval geweest. Uit bezuinigingsoverwegingen waren ze plan geweest hun beveiligingsbeambte te ontslaan, een oude man die voortdurend tijdens zijn dienst in slaap sukkelde. Maar toen de man er lucht van kreeg, bood hij aan om voor de helft van zijn salaris te werken.

'Het is beter dan thuiszitten,' had de oude beveiliger gezegd.

Albert dacht dat deze twintig jaar hem in elk geval mensenkennis had opgeleverd. Dus hij zou het zeker merken als Frommer tegen hem loog.

Toen Constance hoorde dat Albert vandaag vrij wilde nemen, dacht ze dat hij dat deed om vandaag bij zijn zoon in het ziekenhuis te kunnen zijn. Brian moest nog steeds de tests ondergaan, en zijn gekneusde ribben werden nu ook behandeld. Het was inderdaad de reden die Albert opgaf toen hij naar zijn werk belde. Maar toen Constance hem vroeg hoe laat ze naar Brian zouden gaan, zei hij dat hij eerst nog wat dingen moest doen.

'Wat voor dingen?' wilde ze weten.

'Gewoon, dingen,' zei hij en hij ontvluchtte het huis voordat hij aan een kruisverhoor zou worden onderworpen.

Hij reed naar het adres van de Frommers dat Brian hem gisteren had gegeven. Om half acht parkeerde hij zijn auto een tiental meters verderop.

Een kwartier later kwam er een man uit het huis van wie Albert aannam dat het Ron Frommer moest zijn. De man stapte in een pick-uptruck en reed achteruit over de korte oprit naar de straat. Albert kon nog net lezen dat er FROMMER RENOVATIONS op het portier stond.

Toen de pick-up wegreed, trapte Albert het gaspedaal van zijn beige vierdeurs in en volgde hem. Misschien, dacht hij, dat Frommer ergens koffie ging drinken. Dat zou een goede gelegenheid zijn om hem te benaderen, op een plek met andere mensen erbij. Frommer zou niet gewelddadig worden als er zoveel getuigen bij waren.

Of dat hoopte Albert tenminste.

Albert blonk nu niet bepaald uit in wat je zelfverdediging zou kunnen noemen. Hij had nooit op karate of judo gezeten. Hij had op school niet aan sport gedaan. Op de universiteit nog steeds niet.

Hij golfde weleens.

Frommer reed langs verschillende plekken waar hij koffie had kunnen drinken. Een Dunkin' Donuts, een McDonald's en een paar lokale cafetaria's.

Die vlieger ging dus niet op.

De man reed de stad uit. Albert bedacht dat hij Ron Frommer vanochtend beter had kunnen googelen voordat hij het huis verliet. Misschien dat hij had kunnen vinden waar hij werkte. Misschien dat hij dit allemaal beter had moeten overdenken.

Het was op zo'n acht kilometer buiten Promise Falls, waar de snelweg door een bos sneed, dat Frommer zijn richtingaanwijzer aandeed en een oprit in sloeg. Albert keek, maar zag niets.

Alleen maar bos.

De pick-up reed over een grindpad en verdween achter de bomen.

Albert remde af en stopte in de berm. Waar was Frommer gebleven? Moest hij hem volgen?

Hij bleef zitten en luisterde naar de stationair draaiende motor. Zijn handen knepen in het stuur en hij baadde in het zweet.

'Ik wil alleen maar met hem praten,' zei hij tegen zichzelf. 'Dat is alles. Een gesprek, meer niet.'

Langzaam sloeg hij de oprit in, het grind knerpte onder de banden. Na een bocht verscheen er een open plek in het bos waar een chalet was gebouwd. Voor het huis stonden twee zaagbokken en een workmate.

Albert stopte een meter achter de pick-up. De laadklep was al open, en hij zag gereedschap en planken liggen. Frommer, die een baseballpet met een lange klep droeg, stond naast zijn auto een gereedschapsgordel om te gespen. Toen hij Alberts auto zag naderen, nam hij zijn pet af.

Albert zette de motor af en stapte behoedzaam uit.

'Goeiemorgen,' zei Frommer.

'Eh, hallo.' Albert deed een paar stappen in de richting van de pick-up.

'Wat kan ik voor je betekenen?' zei Ron met een vriendelijke grijns.

'Jij bent... jij bent Ron? Ron Frommer?'

'Helemaal.'

'En je bent klusjesman?'

Hij knikte. 'Ja. Ik werk hier voor de Cunninghams, die op het moment in Europa zijn. Was je naar hen op zoek of naar mij?'

'Ik was... ik was naar jou op zoek.'

'En wat is de naam, als ik het vragen mag?'

'Albert. Mijn naam is Albert.'

'Aangenaam, Albert.' Frommer stak zijn hand uit en Albert schudde hem. De man had een stevige handdruk. Albert wist zeker dat zijn hand zacht aanvoelde in die eeltige klauw van Ron. 'En, Albert, wat kan ik voor je betekenen?'

'Ik, eh... ik wilde je een paar vragen stellen.'

'Ga je gang.'

'Kijk, eh... je hebt mijn zoon ontmoet.'

Ron knikte. 'Oké. Hoe heet je zoon dan?'

'Brian.' Albert lette op Rons reactie.

'Brian?' zei Ron. 'Brian hoe?'

'Brian Gaffney.'

De vriendelijke grijns was van Rons gezicht verdwenen. 'Wil je zeggen dat Brian Gaffney je zoon is?'

Albert knikte nerveus. 'Volgens mij heb je hem gisteren ontmoet.'

Ron zette zijn pet weer op. 'Ik denk dat je beter in je auto kunt stappen en vertrekken.'

'Je... je hebt hem flink toegetakeld. Hij ligt nu weer in het ziekenhuis.'

'Zoals ik al zei, je kunt beter vertrekken.'

Albert wilde graag een stap achteruit doen, maar hij vond dat hij op zijn strepen moest staan. 'Ik weet... ik bedoel, ik kan ergens wel begrijpen waarom je dat hebt gedaan. Als je erachter komt dat je vrouw iets met hem heeft, dan kun weleens je zelfbeheersing verliezen.'

Ron Frommer duwde zijn tong eerst tegen zijn linker- en toen tegen zijn rechterwang.

'Ik zeg niet dat het goed was om zoiets te doen,' vervolgde Albert. 'Ik denk dat het een zaak van de politie moet worden, dat denk ik, ja, maar ik wil alleen maar zeggen dat ik het me voor kan stellen. Maar ik wilde je eigenlijk iets anders vragen.'

'O, ja? En wat wilde je me dan vragen?'

'Ik wilde weten waarom je hem dat andere hebt aangedaan. Ik wil weten waarom je dát hebt gedaan.'

Zo had Albert het ingestudeerd toen hij in bed lag. Hij zou net doen alsof hij wist dat Frommer het had gedaan.

Dat zou hem wel op doen schrikken.

Op zoek naar een teken speurde hij Rons gezicht af.

'Waar heb je het in godsnaam over, man?' zei Ron Frommer.

Albert slikte. 'Ik denk dat je dat wel weet.'

Frommer keek hem enkele seconden aandachtig aan, grijnsde toen en zei: 'Ik zal je vertellen wat ik weet.'

'Ja?' zei Albert hoopvol.

'Ik denk dat alleen een mietje z'n papa op pad stuurt om de boel te regelen.'

Albert knipperde met zijn ogen. 'Daar... daar gaat het helemaal niet om. Mijn zoon is geen... Dat is hij niet. Het is een goede jongen.'

'Een jongen? Een goede *jongen*?' Ron grinnikte. 'Hoe oud is hij, twaalf jaar?'

'Zoiets hoef je niet te zeggen.'

'Dus kleine Brian stuurt zijn papa hierheen om me terecht te wijzen. Nou, als dat niet bewijst dat hij een mietje is... Is zijn mama soms ook meegekomen? Of is ze thuisgebleven om hem een boekje voor te lezen?'

'Ik ga de politie inlichten over jou,' zei Albert, wiens stem begon te trillen.

'Ga jij die mietjes van de politie maar bellen,' zei Frommer. 'Daar zul je vast iets aan hebben. Jij lijkt me trouwens ook een mietje. En nu wegwezen hier. Ik moet aan de slag.'

Hij draaide zich om en liep naar het huis.

Albert bleef staan, en voelde de schaamte en vernedering als warme pek over hem heen lopen.

Hij had deze man persoonlijk benaderd omdat hij hoopte dat het hem een inzicht zou verschaffen, een teken dat hem op de een of andere manier zou duidelijk maken of Ron nu iets met de ontvoering van Brian te maken had of niet.

Sinds zijn aankomst hier was hij niets te weten gekomen. In elk geval niets over Ron. Maar hij had wel meer inzicht gekregen in zichzelf.

Hij was een sukkel.

Hij stelde niets voor.

Hij was een mietje.

Frommer stond bij de zaagbokken. 'Shit, waar is mijn zaag?'

Albert wierp een blik in de laadbak van de pick-up. Er lagen twee zagen, een ladder, een koevoet en een stapel tengels in.

Frommer beende in de richting van zijn auto.

'Hé, mietje. Ben je er nu nog steeds?'

Toen Albert dit moment later keer op keer in zijn hoofd liet afspelen, herinnerde hij zich dat er over alles een rood waas leek te vallen. Alsof er bloed over zijn ogen liep.

Maar het was geen bloed. Zijn blikveld was door pure woede vertekend.

Hij kon zich niet herinneren dat hij iets van plan was. Er was geen stem in zijn hoofd geweest die zei: 'Hé, pak die koevoet en sla die klootzak helemaal verrot.'

Nee, het was niet iets wat hij had gedacht.

Hij deed het gewoon.

Hij pakte de koevoet, en toen Frommer via de andere kant van zijn pick-up de laadbak bereikte, haalde Albert uit met alle kracht die hij had.

Ron Frommer had nog net tijd om 'Wat...' te zeggen toen de koevoet zijn slaap raakte.

Er klonk het geluid van een krakende schedel.

Frommer zakte meteen in elkaar, maar voordat hij de grond raakte, knalde zijn hoofd nog tegen de rand van de laadbak.

Hij lag onbeweeglijk op het grindpad en er stroomde bloed uit een hoofdwond.

Albert begon zenuwachtig te giechelen.

36

Barry Duckworth belde het forensisch team, dat op dit moment de auto van Carol Beakman doorzocht, en zei dat ze daarna naar de boerderij van Dolores Guntner konden afreizen. Je zou denken dat één forensisch team genoeg was voor een stadje als Promise Falls.

In de tussentijd besloot hij ook maar wat forensisch werk te verrichten.

Langzaam onderzocht hij elke centimeter van de schuur. Stap voor stap. Maar toen hij was begonnen, bedacht hij zich iets en pakte zijn telefoon.

'Pa?' zei Trevor.

'Ja. Waar ben je?'

'Nog steeds bij Carols appartement. Ze is nog niet verschenen. Bij elke taxi die langskomt, kijk ik of ze erin zit. Waar ben jij?'

'Bij het huis van de vrouw die in Carols kofferbak lag. Ik ben erachter gekomen dat haar achternaam Guntner is. Zegt dat je iets?'

'Nee, maar weet je nog dat je zei dat ze Dolly heette?'

'Ja?'

'Misschien dat ik die naam toch wel heb gehoord toen we buiten voor Knight's stonden. Ik hoorde haar geloof ik wel zoiets zeggen. Het schoot me opeens te binnen.'

'Hmm,' zei Duckworth.

'Wat bedoel je?'

'Ik ben aan het nadenken.'

'Wat?'

'Waarom kom je niet even hierheen?'

'Waar is hier?'

Duckworth vertelde hem waar het was.

'Ik dacht dat je me niet om je heen wilde hebben als je met recherchewerk bezig was?' zei Trevor.

'Ik wil je iets vragen.'

'Oké. Doe maar.'

'Nee, onder vier ogen.'
Het bleef even stil aan de andere kant van de lijn. 'Oké. Ik kom eraan.'
Duckworth ging verder met het uitkammen van de schuur, stap voor stap speurde hij de vloer af naar iets opvallends. Hoewel je kon zien dat er vroeger vee moest hebben gestaan, was er in de hele schuur niets meer van over dan een paar sprietjes hooi.
Toen hij klaar was met de vloer, liep hij naar buiten. Hij wilde de omgeving uitkammen, misschien dat hij daar nog iets zou vinden. Aan de zijkant lag een enorm veld, terwijl er achter de schuur een bos begon.
Maar eerst moest hij terug naar de bovenverdieping. Hij wilde het portret hebben van Dolores met de twee mensen die waarschijnlijk haar ouders waren. Hij liep het huis in, ging de trap op en pakte de ingelijste foto van het bureau.
Toen hij weer buiten was, kwam er een auto over de oprit aangereden met een stofwolk in zijn kielzog. Hij stopte en Trevor stapte uit.
Duckworth liep naar hem toe en begroette hem.
'Ik was er al een keer voorbijgereden,' zei Trevor. 'Toen ben ik omgekeerd en zag ik je auto staan.'
'Mooi.'
'Waar wilde je me nu onder vier ogen over spreken?'
'Ik wil gewoon niet achter de feiten aanlopen,' zei Duckworth.
'Wat bedoel je daarmee?'
'Ik wil geen onnodige verrassingen.'
'Ik snap nog steeds niet waar je heen wilt.'
'Ik denk dat je die vrouw in de kofferbak kende, of dat je haar waarschijnlijk hebt ontmoet.'
Trevor zette grote ogen op. 'Zou ik haar moeten kennen? Die Dolores?'
'Ja.'
'Ik zei toch al, ik heb die naam nog nooit eerder gehoord.'
'Oké,' zei Duckworth. 'Maar misschien dat je haar een keer hebt ontmoet. Ik zal je iets laten zien.'
Hij hield de ingelijste foto op die hij net uit het huis had meegenomen.
'Wie is dit?'
'Dit is Dolores Guntner. En die mensen naast haar zijn volgens mij haar ouders.'
'Oké.'
'Bekijk haar eens goed.'
Trevor tuurde naar de foto. 'Nu je het zegt, misschien ja.'
'En waar denk je dat je haar gezien kunt hebben?'

Hij schudde langzaam zijn hoofd. 'Ik zou het niet weten.'
'Misschien in een tatoeagesalon?'
Trevor hief zijn kin op. Hij keek zijn vader in de ogen. 'Wat?'
'Je zou haar bij Mike's ontmoet kunnen hebben. Toen je daar een tatoeage liet zetten.'
Trevors gezichtsuitdrukking veranderde van verwarring in woede. 'Wat is hier verdomme aan de hand? Zit je me soms overal te bespieden? In cafés, in tatoeagesalons, in elke openbare ruimte van Promise Falls? Als ik in de McDonald's ga pissen, heb jij dan foto's waarop ik met mijn pik in mijn hand sta?'
'Of je het nu leuk vindt of niet, je bent betrokken bij de gebeurtenissen van vandaag. Ik zeg niet dat je er op een kwalijke manier bij betrokken bent, maar je speelt wel een rol in dit stuk. Je vriendin wordt vermist, waarschijnlijk sinds ze met Dolores heeft gepraat, en jij blijkt haar al een keer eerder ontmoet te hebben.'
'Dit is ongelooflijk.'
'Kun je je die vrouw herinneren of niet?'
'Ja! Ik herinner me haar.'
'Wat kun je je van haar herinneren?'
'Ik heb bij haar betaald, oké? Ik gaf haar mijn creditcard, die ze door het apparaat haalde en weer aan me teruggaf. Gaat het er nu om dat ik een tatoeage heb laten zetten, of gaat het erover dat ik er geld aan heb uitgegeven terwijl ik niet eens een baan heb?'
'Dat maakt me niets uit. Je bent oud genoeg om dat zelf te beslissen.'
'Maar je vindt het niets.'
'Ik zei je dat het me niets uitmaakt.'
'Hoe weet je trouwens dat ik bij Mike's ben geweest?'
Duckworth zuchtte. Hij realiseerde zich dat hij het weer deed. Misschien bestond er wel geen goede manier om als rechercheur je eigen zoon te ondervragen.
'Ik was er al eerder geweest, vanwege die jongen wiens rug was getatoeeerd. Daar heb ik Dolores ontmoet. En ik herkende haar toen ik haar in Carols kofferbak zag liggen. Ik ben naar Mike gegaan om hem wat vragen te stellen, en hij vroeg me op het laatst of ik soms familie van Trevor Duckworth was.' Hij probeerde te glimlachen. 'Had ik dan nee moeten zeggen?'
'Jezus,' was alles wat Trevor uit kon brengen.
'Dus ik bedacht dat je die vrouw uit de kofferbak ontmoet zou kunnen hebben, ook al wist je het niet eens meer. En misschien dat je je nu weer

iets van haar kunt herinneren, nu je weet wie ze was. Je hebt haar tenslotte meegemaakt toen je bij Mike's was.'

'Dat heb je allemaal leuk bedacht,' zei Trevor.

'Het is de waarheid,' zei Duckworth. 'Ik wil geen verrassingen. Als je hier iets mee te maken hebt, dan moet ik het weten.'

'Dus je denkt dat ik hier iets mee te maken heb?'

'Dat heb ik niet gezegd. Natuurlijk denk ik dat niet.'

'Je zou Carol moeten proberen te vinden. Nu zit je je tijd aan mij te verspillen.' Trevor schudde kwaad zijn hoofd. 'Ik had hem nooit moeten nemen.'

'Wat?'

'Die tatoeage. Het was een vergissing.'

'Ach, zo voelen mensen zich wel vaker nadat ze er een hebben laten zetten.'

'Ik zal je hem laten zien,' zei Trevor.

'Nee, dat hoeft niet, je...'

'Ik wil hem je graag laten zien.'

Trevor knoopte zijn rechtermanchet los en begon de mouw van zijn overhemd op te rollen. 'Shit,' zei hij toen hij hem niet langs zijn elleboog kreeg.

Hij knoopte zijn overhemd aan de voorkant los, ver genoeg om zijn linkerschouder te onthullen.

'Hier. Kijk maar,' zei hij.

Duckworth keek. Zoals veel tatoeages was het een simpele afbeelding. Vier cijfers. 6201. Hij werd door verdriet en schaamte overvallen.

'Moet ik je uitleggen wat het is?'

Dat hoefde niet. Duckworth kon zijn eigen penningnummer wel dromen.

37
Cal

Toen we weer terug waren in het strandhuis pakten we de boodschappen uit. Ik had wel trek in een biertje gehad, maar dan zou ik tegen Jeremy moeten zeggen dat hij er geen kreeg, en ik wilde niet drinken in zijn bijzijn. Met zijn achttien jaar was hij zeker oud genoeg om een biertje te drinken – al mocht dat in de staat New York officieel pas op je eenentwintigste – maar gezien de problemen die hij zich op de hals had gehaald, leek het me geen goed idee.

Maar ik had wel frisdrank en een zak ijsblokjes gekocht. Ik vulde twee glazen en legde de rest in de vriezer. Daarna schonk ik er cola bij.

'Laten we op het balkon gaan zitten,' zei Jeremy.

'Dat is prima.'

We namen onze glazen en een zak chips mee en gingen op twee plastic tuinstoelen zitten.

'Ik wist niet eens dat Madeline dit huis had,' zei hij. 'Ze zal het wel niet aan mijn moeder hebben verteld omdat die er dan gebruik van had willen maken.'

'Hebben ze zo'n moeizame relatie?' vroeg ik.

'O, ja. Ik bedoel, Madeline is als een moeder voor haar, maar ook weer niet. Ze heeft mijn moeder grotendeels opgevoed, maar ik denk dat mam vaak niet wilde doen wat Madeline zei omdat ze niet haar echte moeder was.'

'Oké.'

'Mijn moeder heeft het behoorlijk zwaar gehad voordat ze bij Madeline kwam wonen. Haar vader behandelde haar als een slavin. Ik weet dat ze nogal hysterisch kan doen, maar dat is de reden waarom ze is zoals ze is.'

'Dat begrijp ik. We zijn allemaal een product van onze opvoeding.'

'Wie is Scott?' vroeg Jeremy.

De vraag overrompelde me. 'Hij was mijn zoon.'

'Dus hij is… eh, dood?'

'Ja.'

'Dat spijt me, man.'

'Dank je.'

'Wat is er met hem gebeurd?'

Ik wilde het er niet uitgebreid over hebben, maar ik zei: 'Hij hing met wat vrienden rond op het dak van een gebouw, ze waren stoned en iemand heeft hem eraf geduwd.'

'O, man. Dat is heftig. En je vrouw?'

'Zij is ook dood.' Ik keek uit over de baai en mijn blik volgde een langs scherende zeemeeuw. 'Ze is doodgeschoten.'

Het was duidelijk dat Jeremy niet wist wat hij hierop moest zeggen. Hij nam een slok cola en propte wat chips in zijn mond.

Uiteindelijk zei hij: 'Iedereen heeft zijn eigen ellende, lijkt het wel.'

'Ja.'

'Je denkt dat je het zwaar hebt, en dan blijkt een ander het nog zwaarder te hebben.'

'Precies.'

'Hoelang geleden is dit allemaal gebeurd?' vroeg hij.

'Ongeveer vijf jaar.'

'En ben je er inmiddels overheen?'

'Nee.'

'Maar zou dat niet moeten, op een gegeven moment?'

Ik glimlachte. 'Ik weet niet of ik dat wel wil. Maar zelfs dan zie ik ze nog. Elke nacht.'

'In je dromen?'

Ik knikte.

Jeremy nam nog een slok cola en at nog wat chips. 'Waar zijn die boeken die je had meegebracht?' vroeg hij.

'In mijn tas. En er staan hier ook nog een hele zooi in de kast.'

'Er zijn ook spelletjes. Hou je van spelletjes?'

'Van sommige,' zei ik. 'Zullen we na het eten een potje scrabble spelen?'

Jeremy nam het in overweging. 'Misschien. Maar ik ben er niet erg goed in.'

'Ik ook niet, hoor. Luister, ik moet iemand bellen. Ik denk dat ik even naar het strand loop. Jij redt je wel hier?'

'Ja, hoor.'

Ik stond op. De telefoon zat al in mijn zak, dus ik hoefde niet meer het huis in. Toen ik naar de buitentrap liep, zei Jeremy: 'Meneer Weaver?'

'Ja?'

'Het spijt me van je zoon. En je vrouw. Hoe heette ze?'

'Donna.'

'Ja, en ook van haar.'

'Dank je,' zei ik.

Toen ik beneden was, liep ik over de plankieren door het helmgras naar het strand. Ik wilde geen zand in mijn schoenen hebben, dus ik schopte ze uit en liet ze op een plankier liggen.

Ik zocht een nummer op en belde.

'Finch, Delray en Klein,' zei een vrouw.

'Ik zou Grant Finch graag willen spreken.'

'Een moment.'

Het bleef even stil, toen hoorde ik een andere vrouwenstem. 'Met het kantoor van Grant Finch.'

'Hallo. Is Grant daar ook?'

'Meneer Finch zit in een vergadering. Waarmee kan ik u helpen?'

De hele wereld zat in een verdomde vergadering. 'Mijn naam is Cal Weaver, ik ben privédetective. Het gaat over Jeremy Pilford, ik heb hem onder mijn hoede. Ik moet meneer Finch hierover spreken.'

'Een moment graag.'

Weer een stilte. Toen hoorde ik dat ik werd doorverbonden.

'Meneer Weaver?'

'Meneer Finch, fijn dat u aan de telefoon wilt komen.'

'Is alles goed met Jeremy?'

'Ja hoor, hij is oké.'

'Waar bent u?'

Ik aarzelde. 'We rijden van plek naar plek.'

'O ja, natuurlijk. Ik sprak Madeline Plimpton en dat zei ze al. Je moet het die idioten niet te makkelijk maken. Wat kan ik voor u doen?'

'Tja, waar zal ik beginnen?' zei ik. 'Ik zou graag willen dat u me iets uitlegt.'

'En wat mag dat zijn?'

'Ik weet dat ik hier pas net ben ingestapt. Ik was niet bij het proces, noch bij het onderzoek, dus het kan zijn dat er al gesproken is over het punt dat ik heb. Het kan niets zijn, maar vooralsnog denk ik daar anders over.'

'Oké,' zei Grant Finch behoedzaam.

'Ik heb Jeremy vandaag in mijn auto laten rijden.'

'O. Ik weet niet of dat wel zo'n goed idee was. Het besturen van een motorvoertuig is in strijd met de voorwaarden van zijn invrijheidstelling. Zijn rijbewijs is ingetrokken.'

'Ja,' zei ik. 'Dat is me bekend. Maar we reden op een verlaten weg, en zo vroeg in het seizoen is er nog niemand hier.'

'Zitten jullie in een vakantieoord?'

Oei, dat was een misser. 'Zoals ik al zei, we rijden van plek naar plek.'

'Goed, ga verder met uw verhaal. Maar ik waarschuw u, Jeremy mag niet rijden.'

'Ik snap het. Maar het ging erom dat ik hem in een auto met een handmatige versnelling wilde leren rijden.'

'Sorry, hoe bedoelt u?'

'Een auto met een versnellingspook. Ik heb Japanse auto met een handmatige versnelling.'

'Ik weet wat dat is, meneer Weaver. Ik begrijp alleen nog niet waar dit over gaat.'

'Hij kon er helemaal niets van.'

'Dat is niet verrassend. De meeste auto's van nu zijn automaten. U en ik hebben in onze jeugd nog leren rijden met een koppeling, maar volgens mij kun je op een rijschool alleen nog maar les krijgen in een automaat. Mijn dochter is twintig en heeft nog nooit in een auto met een handmatige versnelling gereden.'

'Precies,' zei ik.

Het bleef even stil aan de andere kant van de lijn. 'Zeg me waar u heen wilt met dit verhaal.'

'Jeremy was er niet zómaar slecht in. De motor sloeg voortdurend af, en hij blokkeerde de motor zo vaak dat ik blij ben dat al mijn tanden er nog in zitten. Het was overduidelijk dat hij nog nooit eerder in een auto met een handmatige versnelling had gereden. Is dit ook tijdens het proces besproken?'

'Nee, dat heeft niemand aangevoerd.'

'Wist u dat de Porsche van Galen Broadhurst een versnellingspook heeft?' zei ik.

Er viel een stilte. 'Ik kan niet zeggen dat het me bekend was.'

'Galen en u zijn bevriend, toch? Jullie kennen elkaar al een hele tijd.'

'Dat klopt, we kennen elkaar al een hele tijd, ja. Ik vertegenwoordig hem al jaren. En ja, we zijn vrienden. Maar die vriendschap komt voort uit onze zakelijke relatie.'

'Heeft u vóór het ongeluk ooit in die Porsche gezeten?'

'Niet... niet dat ik me kan herinneren.'

'Nou, u kunt me op mijn woord geloven. Die auto heeft een versnellingspook. Ik heb Galen er gisteren in zien wegrijden, en ik heb vanmiddag gebeld om hem het te laten bevestigen.'

'Meneer Weaver.' Ik hoorde Grant diep ademhalen. 'U wilt toch niet suggereren dat Jeremy op het feest níét in die wagen heeft gereden?'

'Ik weet niet precies wat ik wil suggereren. Maar het schoot door mijn hoofd.'

'Ik vind het allemaal tamelijk onverkwikkelijk,' zei Finch.

Kijk, dat was nog eens een woord dat je niet elke dag hoorde.

'Waarom is het onverkwikkelijk?' Ik zag in de verte een zeilboot passeren.

'Zoals u zelf al zei, u bent er pas net ingestapt,' zei Finch, die nu enigszins belerend begon te klinken. 'Als ik ooit had gedacht dat zo'n versnellingspook relevant zou zijn, dan zou ik het wel te berde hebben gebracht. Maar eerlijk gezegd heeft het nooit een rol gespeeld.'

'Dus u heeft nooit overwogen om het ter verdediging van de jongen te gebruiken, geen moment?'

'Wat heb ik u net gezegd? Ik heb een verdedigingsstrategie bedacht, en die heeft prima gewerkt. Het zal u toch moeten zijn opgevallen dat Jeremy op dit moment niet in de gevangenis zit.'

'Dat is waar,' zei ik.

'En Jeremy heeft me nooit op dit detail geattendeerd. Als iemand dat had moeten doen, dan zou hij het wel zijn geweest.'

'Ik denk niet dat Jeremy er enig benul van had. Hij heeft die auto alleen maar gezien toen hij stomdronken was, dus hij zal het niet hebben opgemerkt. En het is niet iets wat hij al zal hebben geweten, want hij is niet zo'n autofanaat. Kijk. Als je dol bent op sportwagens, dan weet je dat een Porsche 911 een handmatige versnelling heeft, maar...'

'Luister,' zei Grant Finch, die de ongeduldige toon in zijn stem niet meer wist te verbergen. 'Als u bij het proces was geweest, dan had u van verschillende getuigen kunnen horen wat ze hebben gezien.'

'Wat zagen ze dan precies?'

'Dit is een belachelijk gesprek aan het worden.'

'U zegt het.'

'Ten minste vijf van de mensen die op het feest waren zagen Jeremy uit de Porsche wankelen. Op het stuur zat bloed van zijn voorhoofd. En er was een DNA-match.'

'Ik zei niets. En,' vervolgde Finch, 'hij was eerder die avond in dezelfde auto betrapt. Net op tijd, want hij was al bezig hem te starten.'

'Ik weet het. De sleutels lagen in de asbak.'

'Precies.'

'En zelfs na dat akkefietje legde Galen ze er gewoon weer terug.'

'Hij zal ermee moeten leren leven,' zei Grant Finch. 'Een beslissing die hem de rest van zijn leven zal blijven achtervolgen.'

'Ja, ik heb hem gisteren ontmoet,' zei ik. 'Hij leek me een zeer gekweld persoon.'

Finch ging hier niet op in. 'Maar ondanks Galens falende inschattingsvermogen ben ik bang dat de echte verantwoordelijkheid uiteindelijk bij Jeremy ligt.'

'U zegt dat ten minste vijf personen hem uit de auto hebben zien komen nadat Sian McFadden was aangereden.'

'Dat klopt.'

'Hoeveel personen hebben hem ín de Porsche zien stappen?'

Hoorde ik daar een zucht? Blijkbaar werd het geduld van de advocaat zwaar op de proef gesteld. 'Als hij uit de auto stapte, dan lijkt het me logisch dat hij op een eerder moment in de auto is gestapt.' Hij deed geen enkele poging meer om niet belerend te klinken.

'Dat is mijn punt niet,' zei ik.

'Wat is uw punt dan?'

'Het punt is wannéér hij erin is gestapt.'

'Sorry, maar ik kan u nog steeds niet volgen, meneer Weaver.'

'Is hij vóór of ná het ongeluk ingestapt?'

'Wat?'

'Laat ik het zo stellen. U zegt dat vijf personen hem uit de auto hebben zien komen. Niemand die hem in de auto heeft zien stappen. Hoeveel mensen hebben het feitelijke ongeluk eigenlijk gezien? Wie heeft gezien dat hij Sian McFadden met de Porsche aanreed?'

'Niemand,' zei Finch resoluut. 'Het maakt ook niet uit. Laat me u iets vragen, meneer Weaver. Stel dat iemand uw auto ramt op een parkeerplaats, u stapt uit en kijkt wie er achter het stuur zit. Moet u hem dan ook ín de auto hebben zien stappen om te weten dat hij u heeft geraakt?'

'Waarom klinkt u meer als een openbare aanklager dan als een advocaat?'

'Zo kan hij wel weer, meneer Weaver. Ik heb alles gedaan wat ik kon voor die jongen. Dankzij mijn werk zit hij nu niet in de gevangenis.'

'Maar toch, wilt u me nu vertellen dat u of iemand anders nog nooit aan die handmatige versnelling heeft gedacht?'

'Zelfs als iemand erover was begonnen, wat dus niet is gebeurd, dan zou het bijzonder onhandig zijn geweest. Je kunt geen verdediging opbouwen die uit twee volledig tegenstrijdige strategieën bestaat. Je kunt niet suggereren dat hij niet in die auto heeft kunnen rijden en tegelijkertijd beweren dat hij niet verantwoordelijk kan worden gesteld voor zijn daden.'

Dat liet ik even bezinken.

'Bent u daar nog, meneer Weaver?'

'Ik ben er nog.'

'Luister, mijn excuses voor de toon die ik net tegen u aansloeg. Ik kan uit uw woorden horen dat u zich om Jeremy bekommert. Maar geloof me, dat hebben we van het begin af aan allemaal gedaan. Denk maar aan Gloria, die bereid was haar goede naam te grabbel te gooien en door iedereen belachelijk is gemaakt – ze deed het om haar zoon te redden. We hebben altijd het beste voor hem gewild.'

'Natuurlijk,' zei ik.

'Dus ik apprecieer het dat u me hierop wilt wijzen, maar ik zou me er geen zorgen om maken.'

'Maar kunt u het verklaren? Hoe verklaart u dat Jeremy absoluut niet wist hoe hij in mijn auto moest rijden? In elk geval niet zonder een berg instructies. En dat was in nuchtere staat. Hoe kon hij stomdronken achter het stuur van Galen Broadhursts sportwagen gaan zitten en fluitend wegrijden en opschakelen?'

'Feit is dat hij het toch op de een of andere manier heeft gedaan,' zei Finch. 'Is het niet in u opgekomen dat hij u in de maling heeft genomen?'

'Wat?'

'Misschien dat hij een geintje met u wilde uithalen. Misschien dat hij precies weet hoe je in zo'n auto moet rijden, maar dat hij zich van de domme hield.'

Toen ik niet direct antwoordde, zei Finch: 'Meneer Weaver? Bent u daar nog?'

'Jazeker,' zei ik.

'Hoorde u wat ik net zei? Misschien dat hij net deed alsof...'

'Ik heb u gehoord.'

'Hoewel ik geen enkele reden kan bedenken waarom hij zoiets zou doen,' zei Finch. 'U wel?'

Ik wilde eigenlijk 'Nee, ik ook niet' zeggen.

Maar toen schoot me iets te binnen.

'Bedankt voor uw tijd, meneer Finch,' zei ik en ik beëindigde het gesprek.

38

Barry Duckworth wilde Trevor net vragen waarom hij het nummer van zijn vaders penning op zijn schouder had laten tatoeëren toen zijn telefoon ging.

'Duckworth,' zei hij.

'Shirley.'

'O, hoi.'

'Die foto van Carol Beakman heb ik al verspreid, maar nu mag ik kennelijk ook opeens het werk van een ander doen. Je wilde informatie over een man die Cory Calder heet? Ze hebben het aan mij doorgespeeld, ze denken geloof ik dat ik anders niks te doen heb.'

'Altijd goed om van je te horen,' zei Duckworth, die toekeek hoe Trevor zijn overhemd dichtknoopte en zijn mouw weer omlaag rolde.

'Oké, hij is eenendertig, zijn geboortedatum is 20 september 1984, hij woont op 87 Marshall Way, hij...'

'Wacht even,' zei hij. 'Stuur je dit allemaal naar me door?'

'Natuurlijk. Niemand noteert tegenwoordig nog iets, Barry.'

'Oké. Maar waar het me om gaat is het adres. Is dat een huis of een appartement?'

'Een huis.'

'Mooi. En zijn auto?'

'Wat ik hier heb is een Chryslerbusje uit 2007. Zwart. Het kentekennummer staat in de e-mail die ik je zo stuur.'

'Nog meer?'

'Allemaal officiële dingen. Moet ik hem voor je googelen?'

'Wil je dat doen?'

'Je hoort het straks.'

Duckworth stopte de telefoon terug in zijn binnenzak.

'Ik dacht dat ik Carols naam hoorde,' zei Trevor.

'Ja. Er is geen nieuws. Ze hebben haar foto verspreid.' Duckworth wreef zijn hand hard over zijn mond en perste zijn lippen op elkaar. 'Oké, vertel me daar eens over.'

Hij wees op zijn zoons schouder.

'Het was een manier om mijn held eer te bewijzen.'

Duckworth sloot een moment zijn ogen en schudde zijn hoofd. Toen opende hij ze weer en zei glimlachend: 'Dat zal er moeilijk afgaan, hè?'

'Ja,' zei Trevor. 'Misschien dat ik een nieuw telefoonnummer neem, dan laat ik er nog wat cijfers bij zetten. Of het wordt mijn postcode.'

Duckworth keek naar de grond. 'Het spijt me van de laatste paar dagen. Het is mijn werk nu eenmaal, en ik laat me door het onderzoek leiden.'

Trevor keek de andere kant op. 'Ik blijf Carol wel zoeken.'

'Oké. Ik zou graag willen zien wat ze hier allemaal vinden, maar ik moet nog van alles doen. Kan ik je nog één vraag stellen?'

'Je zegt het maar.'

'Zegt de naam Cory Calder je iets?'

'Nee. Wie zou hij moeten zijn?'

'Hij is de vriend van Dolores Guntner.'

Hij haalde zijn schouders op. 'Nee, die naam zegt me niets.'

'Oké.'

Trevor trok het portier van zijn auto open. Dit afscheid zou niet gepaard gaan met een omhelzing. Hij ging achter het stuur zitten, draaide de auto en reed de oprit af. Hij wachtte tot er een tractor met laadbak was gepasseerd, en nam toen Eastern Avenue in de richting van het stadje. De banden piepten kort toen hij het gaspedaal intrapte.

Duckworth legde de ingelijste foto van Dolores op de passagiersstoel van zijn auto. Hij opende de kofferbak en haalde er een rol geel politielint uit; hij spande het voor de twee deuren van het huis en alle ingangen van de schuur. Niet dat het lint iemand zou tegenhouden die er per se naar binnen wilde, maar het waarschuwde nietsvermoedende bezoekers om er weg te blijven. Toen belde hij een patrouilleauto om hierheen te komen en te wachten tot het forensisch team zou zijn gearriveerd.

Hij kon hier niet langer blijven.

Hij stapte in en startte de auto. Hij kende Promise Falls goed genoeg om fluitend naar Marshall Way te rijden. Misschien moest hij maar een taxibedrijf beginnen. Of zo'n Uber-chauffeur worden. Uber was al in Promise Falls, al had hij nog nooit van hun diensten gebruikgemaakt. Hoewel zo'n chauffeur de nodige risico's liep, was het niets vergeleken bij zijn huidige baan, waarbij hij bijna was doodgeslagen.

De woning van de familie Calder was een smaakvol rood bakstenen huis met een bovenverdieping en witte zuilen die de voordeur flankeerden. De tuin was minutieus onderhouden, er was geen grassprietje dat over het aangrenzende trottoir viel. Op de geasfalteerde oprit stond een witte Lincoln SUV te glimmen alsof hij vanochtend was aangeschaft. Hij moest pas gewassen zijn.

Duckworth liep naar de voordeur en belde aan. Een paar seconden later werd er opengedaan door een tengere zeventiger in een gesteven ruitjesoverhemd en een perfect gevouwen pantalon eronder.

'Ja?' zei hij.

Duckworth haalde zijn penning tevoorschijn zodat de man hem kon bekijken.

'Rechercheur Duckworth, Promise Falls Police.'

De man trok zijn neus op. 'Ja?'

'Ik ben op zoek naar Cory Calder.'

'Hij is er niet,' zei de man.

'En u bent?'

'Alastair Calder. Ik ben Cory's vader. Is er een probleem?'

'Waar zou ik Cory kunnen vinden?' vroeg Duckworth.

'Ik heb geen idee,' zei Alastair.

'Maar hij woont hier wel?'

'Jazeker. Maar ik ben niet zijn oppas. Hij is een volwassen man.'

'Zou ik binnen mogen komen, meneer? Misschien dat u me met wat dingen zou kunnen helpen.'

Alastair Calder aarzelde een moment en deed toen de deur verder open. Duckworth dacht dat ze in de woonkamer zouden gaan zitten, maar die zag eruit alsof hij nooit werd gebruikt. In het tapijt waren stofzuigersporen zichtbaar.

'Deze kant op,' zei Alastair en hij leidde Duckworth dieper het huis in. Hij opende de eiken deur van een studeerkamer, waar een groot bureau in het midden stond. Twee wanden waren volledig met rijen boeken bedekt. Aan een kant zaten grote ramen die op een lommerrijke tuin uitkeken, en aan de laatste wand hingen ingelijste foto's en verschillende diploma's en onderscheidingen. Er stonden twee stoelen; een achter het bureau, en een ervoor.

'Gaat u zitten,' zei Alastair. 'Goed, waar gaat het over?'

'Wanneer heeft u Cory voor het laatst gezien?'

'Ik vroeg u waar het over gaat.'

'En ik vroeg u wanneer u hem voor het laatst heeft gezien.'

Alastair Calder perste zijn lippen op elkaar en snoof. 'Gisteren, geloof ik. We zien elkaar sporadisch.'

'Maar u zei dat hij hier woont.'

'Ja.'

'Wie woont er hier nog meer?'

'Niemand.'

'Alleen u en uw zoon.'

'Dat is wat ik zei.' Hij zuchtte. 'Mijn vrouw is drie jaar geleden overleden. We hebben nog twee kinderen, maar die zijn allebei getrouwd. Mijn zoon woont in Tokyo, hij doet onderzoek naar een methode om van zeewater drinkwater te maken. Mijn dochter is arts. Ze zit nu in Europa en doet vluchtelingenwerk, en daar zal ze voorlopig nog wel mee bezig zijn.'

'En Cory? Wat doet hij?'

'Hij woont hier,' zei Alastair met een minachtende ondertoon in zijn stem. 'Wat moet u van hem?'

'Kent u Dolores Guntner?'

Hij trok zijn wenkbrauwen op. 'Dolly?'

Duckworth glimlachte. 'Ja.'

'Ja, ik ken haar.' Hij schudde afkeurend zijn hoofd. 'Mijn zoon is oud genoeg om zelf zijn vriendinnetjes uit te kiezen, helaas.'

'Dus Dolores had iets met uw zoon?'

'Al enige tijd, ja. Gaat het over Dolores? Wat heeft ze gedaan? Het zou me niets verbazen als ze wat heeft uitgespookt. Weet u waar ze werkt?'

'In een tatoeagesalon.'

'Precies. Meer hoef ik niet te zeggen. Wat is er met haar?'

'Ze is om het leven gekomen.'

Hij schoot rechtop in zijn stoel. 'Wat?'

'Ze is dood, meneer Calder.'

Zijn mond viel open. 'Mijn god, wat is er gebeurd?'

'We beschouwen haar dood als moord.'

'Dat meent u niet.'

'Dus ik wil graag praten met iedereen die haar heeft gekend. Er is me verteld dat uw zoon haar vriend was, dus hij staat boven aan mijn lijstje.'

'U denkt toch niet dat hij hier iets mee te maken heeft? Hij heeft zijn grillen, maar zoiets zou hij niet doen.'

'Maar hij zou dingen kunnen weten die me bij het onderzoek kunnen helpen. Dus ik vraag het u nog eens: weet u waar hij is?'

'Nee… dat weet ik niet.'

'Verwacht u hem snel thuis?'

'Ik heb geen idee.'

'U suggereerde daarnet dat hij geen baan heeft.'

'Eh… niet op het moment, nee.'

'Kunt u hem bellen, zodat we weten waar hij is? Hij zal toch wel een telefoon hebben?'

'Die heeft hij.'

Duckworth keek de man aan. Alastair begon zich steeds ongemakkelijker te voelen, hij wierp een blik op de telefoon die op het bureau stond en nam uiteindelijk de hoorn van de haak. Hij drukte op een sneltoets en hield de hoorn tegen zijn oor.

Hij trok een gezicht. 'Ik krijg zijn voicemail.' Hij wachtte een moment en zei toen streng: 'Cory, je vader hier. Bel direct naar huis.' Hij legde de hoorn terug op de haak.

'Hij heeft zijn telefoon uitgezet,' zei Duckworth.

'Of hij is ergens waar hij geen bereik heeft. Ik weet zeker dat het dat zal zijn. Wat is er met Dolores gebeurd? Ik heb het recht dat te weten.'

'Wat is uw beroep, meneer Calder?'

Alastair knipperde met zijn ogen, hij was duidelijk van slag dat zijn eis zo simpel werd genegeerd. 'Ik ben sociaal raadsman,' zei hij.

'Eh, waarvoor?' vroeg Duckworth. 'Of moet ik vragen voor wie?'

'Allebei,' zei hij. 'Mijn vrouw Annette en ik hebben tientallen jaren campagnes gevoerd voor ontelbare personen en organisaties op het gebied van sociaal onrecht, de bescherming van het milieu, strafrechtelijke dwalingen, vrijheid van meningsuiting... Het is een eindeloze lijst.'

'Ik begrijp het. Hoe gaat zoiets in zijn werk?'

'Is dat op het moment belangrijk, rechercheur?'

'Gewoon om een idee te krijgen, meneer Calder.'

'Ons kantoor bedacht strategieën en loodste organisaties door hun actieplan heen. We zijn begonnen in pr en communicatie, dus we waren zeer bedreven in de kunst van het argumenteren en overtuigen. We gebruikten onze expertise om de wereld te verbeteren, en niet om mensen artikelen aan te smeren die ze waarschijnlijk niet eens nodig hadden.'

'En u deed dit werk hier in Promise Falls?'

'Nee,' zei hij, 'we woonden in New York. Maar mijn vrouw kwam uit deze streek, en toen we met pensioen gingen zijn we hiernaartoe verhuisd. Dat was zeven jaar geleden. Maar zoals u ziet,' hij maakte een gebaar dat de kamer bestreek, 'ben ik nog steeds niet helemaal met werken gestopt.' Hij leunde naar voren, zijn ellebogen steunden op het bureau. 'Zeg me niet dat mijn zoon in de problemen zit.'

'Ik weet het niet,' zei Duckworth. 'Vertel me eens wat meer over hem.'

Nog een zucht. 'Hij leeft in de schaduw van zijn broer en zus,' zei Alastair. 'Zij zijn belangrijk werk gaan doen, een verschil gaan maken. Net als hun ouders. Cory heeft op dat gebied minder succes gehad.'

'Hoezo?'

'Hij... hij neemt altijd de kortste weg. Hij is te ongeduldig. De weg naar persoonlijk succes is nu eenmaal niet de snelste route. Er zijn bochten en omleidingen, en soms blijkt zelfs de brug ingestort te zijn. Velen van ons vinden een andere route, zelfs al moeten ze honderden kilometers omrijden. Cory keert de auto en rijdt terug naar huis.' Er verscheen een trieste uitdrukking op zijn gezicht. 'Annette zei altijd dat we niet van hem konden verwachten dat hij dezelfde route als die andere twee zou nemen. We moesten hem maar laten zijn wie hij was, wat dat ook mocht zijn. En hij bleek een jongen te zijn – een jonge man – die voortdurend achter de computer zit om met de rest van de wereld te discussiëren.'

'Hij had niet het sociale bewustzijn dat zo vanzelfsprekend is binnen uw gezin?'

'Dat zou ik niet willen zeggen,' zei Alastair Calder, en er klonk voor het eerst een verholen trots door in zijn stem. 'Hij maakt zich kwaad over het onrecht op deze planeet. Cory is altijd online om te debatteren. Als ik om drie uur 's morgens dat gehamer op het toetsenbord hoor, dan klop ik weleens op de deur om te zeggen dat het nu wel genoeg is. En dan zegt hij dat hij nog een argument moet opwerpen tegen de een of andere idioot uit Oklahoma, Dublin of Kaapstad. Alsof hij de hele mensheid van zijn gelijk wil overtuigen. Het is net als die cartoon waarin die man tegen zijn vrouw zegt dat hij niet naar bed kan komen omdat iemand ongelijk heeft op het internet.'

'Over wat voor soort zaken windt hij zich op?'

Alastair fronste. 'Wie zal het zeggen. Ik denk weleens dat hij alleen maar op zóék is naar dingen om zich over op te winden. Hij ziet anderen reageren en haakt dan ook aan. Hij zegt dat al die sociale media een middel zijn om mensen aan te pakken.'

'Om mensen aan te pakken?'

Hij haalde zijn schouders op. 'Om wraak te nemen. Om ervoor te zorgen dat ze hun verdiende loon krijgen. Maar zo hebben mijn vrouw en ik het nooit gezien. Het ging ons nooit om vergelding, het ging om ons gerechtigheid.'

'Kunt u zich bepaalde momenten herinneren?'

Alastair moest hierover nadenken. 'Nou, neem die klootzak die dat achterlijke meisje had misbruikt... Sorry, dat mogen we natuurlijk niet meer zeggen – en terecht – ik bedoel, dat geestelijk gehandicapte meisje had misbruikt. Nadat hij ermee was weggekomen, bekende hij alsnog dat hij het had gedaan, maar kwam ermee weg. Cory vond dat weerzinwekkend.'

'U weet hoe het is afgelopen met die jongen?' zei Duckworth.

'O ja, verschrikkelijk. Dat zou je niemand toewensen.'

'En die jongen die dat meisje doodreed?' vroeg Duckworth. 'De verdediging voerde aan dat hij de consequenties van zijn gedrag niet zag omdat zijn moeder hem zo had verwend...'

'De Big Baby,' zei Calder.

'Die bedoel ik. U kent die zaak dus. Heeft Cory het ooit erover gehad?'

Alastair begon zorgelijk te kijken. 'Waarom vraagt u daarnaar?'

'Heeft hij het erover gehad?'

'Ja, gisteren toevallig. Hoe wist u dat zo?'

'Heeft u ooit gehoord van een website die Just Deserts heet?'

'Wat is dat? Een kooksite of zoiets?'

'Nee,' zei Duckworth. 'Het is een site die eigenrichting aanmoedigt. Mensen worden helden op zo'n site als ze iets ondernemen tegen een persoon die volgens hen ten onrechte met iets is weggekomen. Zoals die jongen die dat meisje had misbruikt.'

'Wat voor soort eigenrichting?' vroeg Alastair.

'Dat mag iedereen zelf bedenken,' zei Duckworth fronsend.

'Maar wat suggereert u dan in godsnaam? Dat Cory op zo'n site probeert te scoren?'

Duckworth haalde zijn schouders op. 'Misschien dat het de kortste weg is om dezelfde sociale status als zijn broer en zus te bereiken,' hij zweeg een moment, 'of als zijn moeder en vader.'

'Dit is... nee, dit is belachelijk. En wat heeft dat met Dolly te maken? Zij heeft nooit iets ergs gedaan.'

'Niet dat ik weet,' zei Duckworth. 'Maar daarom zou het ook bijzonder helpen als ik uw zoon kon spreken.'

'Ik zal het nog eens proberen.' Alastair nam de hoorn weer van de haak en drukte de sneltoets in. 'Ik krijg weer zijn voicemail.'

'Misschien dat hij uw telefoontje verwacht,' zei Duckworth. 'En dat hij weet dat het geen goed nieuws is.'

Alastair legde de hoorn op de haak. 'Jezus,' zei hij. Hij streek verschillende keren met zijn hand langs zijn mond. 'Ik weet niet wat ik hiervan moet denken. Ik weet wat er met die man is gebeurd die u noemde. Craig Pierce. Ze hebben een hond op hem losgelaten. Hij is mismaakt.'

'Ja.'

'U denkt toch niet dat Cory daar iets mee te maken heeft gehad?'

'Meneer Calder, ik zou graag Cory's kamer eens willen bekijken. Als u het goedvindt, zou ik het nu kunnen doen. Anders moet ik een huiszoekingsbevel regelen.'

Alastair Calder zat er een paar tellen onaangedaan bij, zonder met zijn ogen te knipperen, tot hij zei: 'U zult niets vinden.'

'Misschien niet,' zei Duckworth. 'Maar u wilt op dit moment waarschijnlijk net zo graag als ik weten of dat inderdaad het geval is.'

39

Albert Gaffney was snel uitgegiecheld.

Na een korte viering van Ron Frommers uitschakeling begon hij te beseffen wat hij eigenlijk had gedaan.

'O jee,' zei hij hardop. 'O jee, o jee, o jee.'

Hij liet de bebloede koevoet uit zijn hand vallen. Ron lag achter de pick-uptruck op de grond en er liep bloed uit zijn slaap.

Albert keek om zich heen of iemand het zou kunnen hebben gezien. Maar het huis waar de klusjesman aan werkte lag van de weg af en in een bos verborgen. Zolang er geen eekhoorns als getuigen werden opgeroepen, was er niets aan de hand.

Nee, dacht hij. Ik moet de politie bellen. Ik moet ze vertellen wat ik heb gedaan.

Hij zou zijn morele gevoel laten spreken. Hij zou de politie vertellen wat hij had gedaan. Oké, het verhaal moest enigszins aangepast worden. Ron Frommer wilde hem te lijf gaan en toen had hij de koevoet gepakt. Het was zelfverdediging.

En al had Frommer hem niet bedreigd op het moment dat Albert uithaalde, hij had het kúnnen doen. Deze man had zijn zoon afgetuigd. Hij had een reputatie.

'Ja,' fluisterde Albert. 'Ik moest dit doen. Ik had geen keus. Hij viel me aan. Hij heeft mijn zoon afgetuigd, en nu viel hij mij aan.'

Het mooie was dat Ron zijn verhaal niet meer kon tegenspreken.

Ze moesten Albert op zijn woord geloven. En hij was per slot van rekening de assistent-manager van Syracuse Savings and Loan. Hij was een gerespecteerd lid van de gemeenschap. Terwijl Ron Frommer...

'Ooooo...'

Albert draaide zich met een ruk om. Rons oogleden knipperden. Hij probeerde zijn ogen te openen.

Hij leefde nog.

'Nee, nee, nee,' zei Albert.

Wacht even, dacht hij. Dit was eigenlijk goed nieuws, toch? Hij had niemand vermoord. Als Albert nu 911 belde om een ambulance te laten komen, dan konden ze hem misschien nog redden.

Ja. Dat was waar.

Het leek hem het beste.

Maar als Ron Frommer het overleefde, dan zou hij de politie kunnen vertellen dat hij Albert Gaffney niet had bedreigd.

'Ik was mijn zaag aan het zoeken toen hij m'n kop er zowat afsloeg met die koevoet. Wie had dat gedacht, dat zo'n mietje dat zou doen?'

Maar misschien had hij Frommer hard genoeg geraakt voor een permanente hersenbeschadiging, misschien dat hij het zich niet meer kon herinneren. Maar dan nog zou het zijn woord tegen dat van de ander zijn.

'Jezus, wat is er verdomme gebeurd?' wist Ron Frommer met veel moeite uit te brengen. Hij streek met een hand langs zijn slaap, voelde bloed en mompelde iets.

Maak het af, klonk een stem in Alberts hoofd.

Het was makkelijk genoeg. Ron Frommer bleek dan nog wel te leven, maar hij was zwaargewond en verdoofd. Albert hoefde alleen maar de koevoet te pakken om nog een keer uit te halen. Dat moest kunnen. De man was niet in staat om zich te verzetten.

Hij liep naar de plek waar hij de koevoet had laten vallen en pakte hem op. Toen ging hij over Ron Frommer heen staan.

De eerste keer dat hij naar deze man had uitgehaald was in blinde woede geweest. Hij had er niet over nagedacht. Het was een impuls, een instinctieve daad.

Maar dit was anders. Hij moest het bewuste besluit nemen iemands leven te beëindigen.

Hij liet de koevoet van zijn ene in zijn andere hand gaan. De eerste keer had hij het ding met één hand vastgehouden. Nu zou hij het met twee handen kunnen doen, hij zou de koevoet als een golfclub kunnen gebruiken en veel meer kracht hebben. Hij zou die klootzak z'n hoofd er zowat af slaan.

Opeens voelde hij een golf van misselijkheid opkomen.

Hij draaide zich om, rende naar de bosrand en boog zich voorover om drie keer te kotsen.

Hij kon het niet.

Albert richtte zich op, haalde een paar keer diep adem en liep naar zijn auto. Hij opende de kofferbak, legde de koevoet erin en duwde de klep dicht. Toen liep hij naar Frommer toe, ging op zijn knieën naast hem zitten en boog zich naar de man toe.

‘Hou vol,’ zei hij in Frommers oor. ‘Ik breng je naar het ziekenhuis.’

Ron brabbelde iets onverstaanbaars.

‘Denk je dat je kan staan?’

Frommer reageerde niet.

‘Ik breng je naar mijn auto,’ zei Albert. ‘Oké?’

Hij ging achter Frommer staan en plaatste zijn handen onder zijn oksels. De man was lichtgebouwd, maar als levenloos lichaam – nou ja, bijna levenloos – was het een aardige klus. Albert had in zijn leven nog nooit zwaar lichamelijk werk verricht, maar toch lukte het hem om een solide greep op de man te krijgen. Toen hij hem hoger optilde was Frommers hoofd bijna op gelijke hoogte met het zijne en het bloed besmeurde zijn overhemd, jas en nek.

Albert wist een volgende golf van misselijkheid te onderdrukken.

Hij sleepte de man naar zijn auto. Hij wist met één hand het achterportier aan de bestuurderskant open te krijgen en tilde Frommer met de nodige moeite de auto in. Hij duwde hem zo ver op de achterbank dat hij zijn benen binnenboord had.

Hij gooide het portier dicht en leunde tegen de auto om op adem te komen.

Albert wist dat hij eigenlijk een ambulance had moeten bellen, maar hij was bang dat het lang zou duren voordat ze deze plek zouden bereiken. En als ze het grindpad misten, zou het nog langer duren. Hij wist zeker dat hij sneller bij het ziekenhuis zou zijn.

Hij duwde zich van de auto af, draaide zich om en zag vol afgrijzen dat er bloedvegen op het portier zaten. Hij probeerde ze weg te krijgen met de mouw van zijn jas, maar dat maakte het alleen nog maar erger.

Dan moest het maar zo.

Hij ging achter het stuur zitten, startte de motor en keerde de auto. Hij reed met vol gas naar het eind van het grindpad, keek haastig beide kanten op of er niemand aankwam en schoot toen met piepende banden de autoweg op.

‘We zijn er zo,’ zei hij over zijn schouder tegen Frommer. ‘Zo’n tien minuten. Hou vol!’

Hij reed het stadje in. In de verte kon hij al de letters PFG van Promise Falls General op het dak van het ziekenhuis onderscheiden.

Toen keerde de auto.

Hij week van de route af die hen naar het ziekenhuis zou brengen.

Het was alsof het voertuig een eigen wil had gekregen.

Wat natuurlijk niet zo was.

Het was Albert die op het laatste moment had besloten om Ron Frommer niet naar het ziekenhuis te brengen.

Hij zou hem naar huis meenemen.

40
Cal

Jeremy en ik maakten weer sandwiches, deze keer met het beleg dat we in de supermarkt hadden gekocht. Het ging steeds beter; hij legde een plak kaas op een boterham, daarna een plak ham en dan kwam er nog een kwak mosterd op.

'Misschien dat ik in een restaurant moet gaan werken,' zei hij.

'Toen ik iets jonger was dan jij ben ik bordenwasser in een cafetaria geweest.'

'Alleen borden wassen? Je kookte niet of zoiets?'

'Alleen borden wassen. Mijn handen waren na afloop altijd helemaal gerimpeld.'

We namen de sandwiches mee naar het balkon. Jeremy zag in de verte een enorm schip varen.

'Ik zag een verrekijker op een van die boekenplanken liggen,' zei ik tegen hem.

Jeremy liep het huis in en vond hem, hij kwam terug en hield de verrekijker voor zijn ogen. 'Het is zo'n containerschip,' zei hij. 'Ze hebben allemaal verschillende kleuren. Het lijken wel legostenen.'

Vanuit mijn ligstoel hield ik mijn hand op en hij reikte me de verrekijker aan. Ik keek erdoorheen en speurde de horizon af. Het was dat we op de vlucht waren voor internetidioten die Jeremy iets wilden aandoen, anders zou het hier goed toeven zijn geweest.

Toen Jeremy zijn tweede sandwich op had, zei ik: 'Laten we gaan wandelen.'

'Waar?'

'Wat dacht je van het strand?'

'Oké.'

We liepen de buitentrap af en trokken onze schoenen uit. Jeremy rende over het strand en ging tot aan zijn enkels in het zeewater staan.

'Het is ijskoud,' riep hij me toe.

'Laten we die kant op lopen,' zei ik en ik wees in oostelijke richting. We liepen langs de branding en lieten onze voeten om de zoveel seconden nat worden.

'Het is hier mooi,' zei Jeremy. 'We hebben het strand bijna helemaal voor onszelf.'

Hij had gelijk, hoewel we niet de enige wandelaars waren. Ik telde zo'n tien of twintig mensen als ik over het hele strand keek. Bijna niemand was in zwemkledij. De meesten waren in een lange broek met opgerolde pijpen. Sommigen waren zo verstandig geweest om een windbreker aan te trekken, de bries die van de oceaan af kwam was tamelijk fris. Had ik er maar een meegenomen. Behalve het water aan zijn voeten leek de kou Jeremy niet te deren.

'Ik wil het ergens met je over hebben,' zei ik.

'O ja? Waarover dan? Dat ik Charlenes moeder mijn excuses had moeten aanbieden?'

'Nee, maar daar kunnen we later nog wel op terugkomen.'

'Het spijt me écht,' zei hij.

Ik knikte en legde even mijn hand op zijn schouder. 'Goed. Maar eerst wil ik je iets vragen over daarnet. Toen je in mijn auto reed.'

Hij keek me bezorgd aan. 'Shit, heb ik iets kapotgemaakt? Ik heb iets kapotgemaakt, hè? Het spijt me. Het was niet mijn idee, weet je?'

Ik schudde mijn hoofd. 'Nee, er is niets met de auto.' Ik bedacht dat hij misschien best de koppeling gemold kon hebben, maar als dat zo was, dan had ik het wel gemerkt toen we van de supermarkt terugreden. 'Wat ik je wilde vragen, was dat nep?'

'Wat was nep?'

'Je onbekwaamheid.'

'Mijn wat?'

'Je was echt waardeloos met die handmatige versnelling,' zei ik. 'Was dat theater?'

'Theater? Waar heb je het over?'

Misschien dat ik hem hier niet mee had moeten overvallen, maar ik zat met iets. 'Zou het kunnen dat je bewust de schuld op je hebt genomen voor iets wat je nooit hebt gedaan? Om een dierbare te beschermen, misschien? En dat je nu misschien spijt hebt van die beslissing? Dat je wilt dat ik denk dat jij het niet bent geweest, dus dat ik zal uitzoeken wie het wel was?'

'Ik heb geen idee waar je het over hebt, man,' zei hij.

Als Jeremy's huidige verwarring en zijn geklungel in mijn auto gespeeld waren, dan verdiende hij een Oscar. Mijn theorie had inmiddels de nodige averij opgelopen en begon langzaam te zinken.

'Nee, echt. Waar heb je het in godsnaam over?' drong hij aan.

Ik hief mijn handen op. 'Oké, terug naar af. Vergeet wat ik net zei. Laten we opnieuw beginnen. Ik wil dat je me nog eens vertelt van de nacht waarop het is gebeurd. Ik weet dat het moeilijk voor je is, omdat je vragen moet beantwoorden die je al honderd keer zijn gesteld. Maar probeer het, oké?'

Hij keek me behoedzaam aan. 'Oké.'

'Vertel me alles.'

'Alles?' zei hij.

'Vertel me over die avond. O, wacht even.'

Er naderde een bejaard echtpaar. Ze knikten ons toe en glimlachten.

'Een prachtige dag, niet?' zei ik.

'Nou, het mag wel iets warmer worden!' zei de vrouw.

'O, maar dat komt er wel aan,' zei ik. 'Als het zomer is, dan klagen we weer over de hitte.'

'Zo is het maar net,' zei de man. Ze liepen verder en waren al snel buiten gehoorsafstand.

'Oké, vertel,' zei ik tegen Jeremy.

'Nou, iedereen was aan het schreeuwen en gillen en iemand trok me uit de auto en meneer Broadhurst was er en Bob was er en nog andere mensen en toen kwam meneer McFadden die op me in begon te slaan en ze trokken hem van me af... Het was verschrikkelijk.'

'Ga door.'

'Ik zag Sian liggen, en ik kon niet geloven dat ik dat had gedaan. Je blijft maar denken, wat als ik een uur terug in de tijd kon gaan en alles veranderen, weet je?'

'Vertel me hoe je in de auto bent beland.'

'Ik ben er gewoon ingestapt, neem ik aan.'

'Was Sian bij je toen je instapte?'

'Ze kan niet bij mij in de auto zijn geweest, hoe zou ik haar anders hebben kunnen aanrijden?'

'Zeker. Maar ik dacht, misschien dat ze was ingestapt en jullie een stukje reden, en dat ze toen weer uitstapte terwijl jij in de auto bleef. Zoiets.'

'Wat er volgens mij is gebeurd,' zei Jeremy, 'was dat ze over de oprit rende en dat ik toen de auto instapte om naar haar toe te rijden.'

'Waarom zeg je "wat er volgens mij is gebeurd"?'

Jeremy wierp me een blik toe. 'Hoe bedoel je?'

'Wat ik net zei. Je zegt, "wat er volgens mij is gebeurd".'

'Ja.'

'Maar je weet het dus niet zeker.'

'Ik was stomdronken, dat is wat ik weet.'

'Oké, laten we teruggaan naar eerder op die avond,' zei ik. 'Toen Broadhurst je in zijn Porsche aantrof, en Sian naast je zat. Kun je je dat herinneren?'

Hij knikte. 'Ja, grotendeels wel.'

'Dus... O, wacht even.'

Een kleine, stevige vrouw kwam op ons af gelopen. Dit was geen wandelen, dit was een work-out. Ik wilde haar al bijna groeten toen ik zag dat ze oortjes in had. Ik wuifde haar vriendelijk toe, maar ze negeerde het en passeerde ons.

'Je bent echt bang dat mensen ons horen, hè?' zei Jeremy.

'Ik ben alleen maar voorzichtig. Maar goed, dus Broadhurst betrapt je in zijn sportwagen.'

'Ja, en hij is woedend. Vooral omdat ik de autosleutels in mijn hand had en de auto probeerde te starten. Maar ik kon het contact niet vinden; ik zag niets bij het stuur, waar het altijd zit. Ik had net ontdekt dat het links op het dashboard zat toen Broadhurst het portier opentrok en zei dat ik moest opsodemieteren.'

'Maar je had de wagen dus nog niet gestart...'

'Nee.'

'En je had de sleutels in de auto gevonden?'

'Ja. Ze lagen in de asbak tussen de stoelen.'

'Dat lijkt me nogal een domme plek.'

'Ja, hij deed dat omdat de auto op zijn eigen terrein stond, het huis staat ver van de openbare weg. Hij zei op het proces dat hij altijd zijn sleutels kwijt was, dus vond hij het makkelijker om ze in de auto te laten.'

'Zo'n dure sportwagen?'

Jeremy haalde zijn schouders op. 'Dat vroegen ze hem inderdaad ook. Hij zei dat hij ze daar niet liet liggen als hij ergens heen ging, maar soms wel als hij thuis was.'

'Dus hij ziet je in de Porsche zitten met de autosleutels in je hand, klopt dat?'

Hij knikte.

'En wat gebeurde er met de sleutels?'

'Hij pakte ze af.'

'En wat deed hij ermee?'

De uitlopers van de golven raakten onze enkels en trokken zich weer terug.

'Wat hij ermee deed?' herhaalde Jeremy.
'Ja.'
'Ik denk dat hij ze in zijn zak heeft gestopt.'
'Dus hij legde ze niet terug in die asbak?'
'Nou, niet meteen. Misschien later.'
'Oké,' zei ik. 'Maar je lijkt je dat incident, die confrontatie, nog goed te herinneren.'
'Best wel, ja,' zei Jeremy. 'Ik was toen nog niet zo bezopen.'
'Vertel me nu eens over de tweede keer dat je in de auto stapte.'
'Dat is allemaal veel vager,' zei hij zacht.
'Want?'
'Sian en ik liepen het huis in om nog wat drank te snaaien. Dus we... Ik was straalbezopen toen ik voor de tweede keer in die auto stapte. Maar deze keer wist ik waar ik de contactsleutel in moest duwen om de motor te starten.'
'Als de sleutels er waren.'
'Nou, dat moet dus wel zo zijn geweest, hè,' zei Jeremy. Hij stopte en keek me aan. 'Waarom ga je hier zo over door? En dat andere waar je het over had, begrijp ik ook niet. Dat ik iemand probeerde te beschermen?'
'Ik had je gevraagd om nog even geduldig te zijn.'
'Oké, prima.' Hij bedoelde het tegenovergestelde.
'Kun je je herinneren dat Broadhurst zich over je heen boog voordat je uit de auto stapte? Om de sleutels terug te leggen op de plek waar jij ze had gevonden?'
'Nee, dat moet hij daarna hebben gedaan.'
'En wat gebeurde er tussen het moment dat Sian en jij in de Porsche waren betrapt en het moment dat je weer in de auto stapte?'
'Zoals ik al zei, we gingen naar binnen en graaiden twee bijna volle en al geopende flessen wijn mee en liepen weer naar buiten.'
'Naar buiten? Waarheen?'
'Eh... gewoon, buiten.'
'De voorkant van het huis? De achterkant?'
'We liepen over de oprit, in de richting van de weg. Er is daar een heuvel, weet je wel?'
'Nee. Ik ben er nog nooit geweest.'
'O, oké. We zaten op het bankje en dronken de wijn, direct uit de fles. De een was rood, de ander wit, en we gaven ze aan elkaar door.'
'Welk bankje?'

'Er staat daar zo'n ouderwets bankje langs de oprit, net over de heuvel. We zaten daar, dronken wijn en keken naar de sterren en zo.'

'Wanneer ben je teruggekomen en in de auto gestapt?'

Daar moest hij over nadenken. 'Ongeveer toen, denk ik. Sian moet op het bankje zijn achtergebleven terwijl ik naar de auto liep.'

'Weet je dat zeker?'

Hij haalde zijn schouders op. 'Zoals ik al zei, het begon toen allemaal erg wazig te worden. Volgens mij ben ik ook even buiten westen geweest.'

Zo'n honderd meter vóór ons zag ik een jonge man in de branding staan. Hij had zijn voeten stevig in het natte zand geplant en was op de oceaan gericht. Het was een bijna meditatieve pose, ik meende vanaf hier te zien dat hij zijn ogen gesloten hield. Hij stond er onbeweeglijk bij terwijl het zeewater langs zijn voeten stroomde.

'Dus, laten we zeggen dat je naar de auto terugloopt, hem start en over de heuvel rijdt, terwijl Sian net van het bankje moet zijn opgestaan en over de oprit loopt om vervolgens door de auto geschept te worden, of misschien dat je de controle over het stuur verloor. Zoiets.'

'En toen tegen de boom aanreed.'

'Hoe heb je het kunnen doen?'

'Wat bedoel je daar nu weer mee? Je bedoelt, hoe ik zoiets stoms heb kunnen doen? Dat heeft iedereen al gevraagd. Het is omdat ik de consequenties van mijn daden niet kan overzien.'

De laatste zin klonk alsof hij hem van een teleprompter oplas.

'Dat was de verdedigingsstrategie,' zei ik. 'Maar denk je dat zelf ook?'

Een aarzeling. 'Ik geloof van wel.'

'Het is bullshit, en dat weet je, maar het heeft gewerkt,' zei ik.

'Voor mijn part.'

'Maar dat was mijn vraag niet. Hoe heb je het kunnen doen?'

'Wat kunnen doen?' vroeg hij ongeduldig.

'In die auto kunnen rijden.'

'Er zijn veel mensen die stomdronken kunnen autorijden, je moet alleen niet vragen hoe.'

Ik stak mijn arm uit om hem staande te houden. Ik draaide mijn hoofd naar hem toe en keek hem aan. 'Die auto heeft een versnellingspook.'

'Wat?'

'Galen Broadhursts auto heeft een versnellingspook. En een koppeling.'

'Nee, dat kan niet,' zei Jeremy. 'Je hebt het mis.'

'Nee hoor. Ik heb er nog speciaal over gebeld.'

'Maar... dat klopt helemaal niet. Misschien dat jouw versnellingspook moeilijker gaat of zoiets.'

'Dat denk ik niet. Ik zie jou in geen enkele auto met een handmatige versnelling rijden. Sorry, maar je was er verschrikkelijk slecht in. Nog een paar lessen en het zal je vast wel gaan lukken. Maar vandaag? Nee, dat was niet best.'

'Maar hoe... Misschien was het een van die versnellingspoken die alleen maar naar boven en beneden kunnen. Waarmee je in een automaat kunt schakelen als je dat wilt, maar het hoeft niet.'

Ik legde mijn hand op zijn schouder en duwde lichtjes om aan te geven dat we weer gingen lopen. 'Nee, zoiets was het niet. Ik begrijp niet hoe iemand die nog nooit met een handmatige versnelling heeft gereden in die auto kon springen en wegrijden, en dan ook nog eens stomdronken.'

Jeremy zei niets. Hij keek naar het zand, alsof een van die miljarden korreltjes het antwoord wist en dat we die alleen maar hoefden te vinden.

'Maar...'

'Maar wat?' vroeg ik.

'Maar dat is toch vreemd, dan. Ik bedoel, ik moet in die auto hebben gereden, al weet ik niet hoe ik het heb gedaan. Maar als dat gedoe met die versnellingspook genoeg zou zijn voor, hoe noemen ze het ook alweer in de rechtszaal, gerede twijfel, dan zou meneer Finch er toch over begonnen zijn?'

'Dat zou je denken, ja. Is het tijdens die gesprekken over de verdediging nooit genoemd?'

'Daar was ik nooit bij,' zei hij.

'Ik heb Grant Finch erover gesproken. Hij zei dat jij het wel zou hebben gezegd als het een issue was.'

'Hoe dan? Ik wist het niet eens.'

'Hoe goed kende je die auto?'

Jeremy dacht na. 'De eerste keer dat ik die auto zag, was toen ik erin stapte. Toen ik straalbezopen was. De tweede keer dat ik hem zag, was gisteren, toen hij voor Madelines huis stond geparkeerd.'

Daar was ik bij. Jeremy wilde niet in de buurt van de Porsche komen, dus hij had niet naar binnen kunnen kijken om te zien dat er zich tussen de stoelen een versnellingspook bevond.

'Luister, meneer Weaver. Mam en Bob, meneer Finch en Madeline, en zelfs Galen Broadhurst zochten allemaal naar de beste verdedigingsstrategie. En toen bedachten ze dat Big Baby-gedoe. En hoewel ik het helemaal niets vond, ik zit nu tenminste niet in de gevangenis.'

'Dat is waar,' zei ik. 'Maar is het mogelijk, Jeremy, dat je ook niet *wílde* dat die versnellingspook ter sprake zou komen?' Hiermee dook ik de diepte in, maar ik hoopte dat er iets aan de oppervlakte zou komen, dat hij iets zou zeggen.

'Hè?'

'Is het mogelijk dat het inderdaad ter sprake was gekomen, maar dat jij er niets van wilde weten?'

Gezien de manier waarop hij me aankeek, had ik hem net zo goed kunnen vertellen dat de hemel groen was. Toch schoot het door me heen dat het theater kon zijn. Dat hij bewust zo ontsteld reageerde.

'Dit is idioot,' zei hij.

'Vertel me eens over Charlene.'

'Wat is er met Charlene?'

'Was jullie relatie ten tijde van het feest serieuzer dan je hebt laten doorschemeren? Was ze je vriendin? Had je zowel iets met haar als Sian op dat moment?'

'Ik weet niet waar je het over hebt.'

'Vertel me eens, Jeremy. Er klopt hier iets niet. Laat het me je nog eens vragen. Heb je al die tijd willens en wetens de schuld op je genomen voor een ander?'

'Wat?'

'Ik heb gezien dat Charlene wél met een handmatige versnelling kan omgaan. En ze beweerde gisteren dat iedereen, dronken of niet, Sian geraakt zou hebben toen ze die oprit opliep. Waarom zou ze zoiets zeggen?'

'Dat is gewoon háár mening.' Hij schudde kwaad zijn hoofd. 'Dit is allemaal bullshit.'

Ik had nog een vraag, maar we hadden bijna de meditatieve jongeman bereikt. Hij moest ons aan hebben horen komen, want hij opende zijn ogen en draaide zijn hoofd naar ons toe.

'We hebben het hier later nog wel over,' fluisterde ik tegen Jeremy.

'Ik denk het niet,' fluisterde hij terug.

De man op het strand glimlachte ons breed toe. 'Hoi.'

'Dat zag er behoorlijk zen uit,' zei ik.

De man knikte. 'Ja. Het is hier zo... schitterend.'

'Ik zou het niet anders kunnen zeggen, jongen,' zei ik. Laat mij maar kletsen, daar ben ik goed in. Ik wierp een blik op Jeremy, die er tamelijk gesloopt uitzag. Hij toonde geen enkele interesse voor deze ontmoeting, of voor wat dan ook. Hij staarde alleen maar voor zich uit.

'Ik heb jullie hier nog niet eerder gezien,' zei de jongeman.

‘We zijn hier net aangekomen,’ zei ik.

‘Leuk jullie te ontmoeten.’ Hij stak zijn hand uit en ik schudde hem. ‘Hoe heet je?’

‘Cal,’ zei ik.

Hij stak zijn hand naar Jeremy uit en vroeg hetzelfde. Ik voelde direct paniek toeslaan.

Niet je naam zeggen. Niet je naam zeggen.

Jeremy stak werktuigelijk zijn hand uit.

‘En jij bent?’ vroeg de man nog eens.

Ik probeerde Jeremy’s blik te vangen, maar hij was nog steeds onbereikbaar.

‘Eh, ik ben Alan.’

Stiekem haalde ik opgelucht adem. Zelfs in deze staat was hij bij de pinken genoeg om met een valse naam te komen.

‘Oké,’ zei de man. ‘Leuk jullie te ontmoeten. Wie weet tot later. Ik heet Cory, trouwens.’

41

Alastair ging Duckworth voor naar de bovenverdieping en opende de eerste deur rechts.

'Dit is Cory's kamer,' zei hij.

Misschien dat Duckworth een jongenskamer had verwacht die eruitzag alsof er een bom in was ontploft, maar Cory's wereld zag er onberispelijk uit. Het bed was opgemaakt, het bureau was leeg. In een wandkast stonden rijen cd's, dvd's en boeken, en hij had voor alles een ordeningssysteem. De cd's en dvd's waren alfabetisch gerangschikt, de boeken waren in genres onderverdeeld. Zo stond er een rij sciencefictionboeken, alfabetisch op auteursnaam. Op een andere plank non-fictieboeken. De stripboeken waren op hoofdpersoon gerangschikt, zo stond er een rij Batman-titels van verschillende tekenaars naast elkaar.

'Hij is netjes,' zei Duckworth.

'Dat moet ik hem nageven,' zei Alastair Calder.

Het bed, dat lager dan gemiddeld was, leek in de kamer te zweven. Duckworth zag dat het matras direct op een houten plaat lag, en dat de korte poten ver genoeg naar binnen zaten om onzichtbaar te zijn.

Hij bekeek het bureau. Er stond een pc met een enorme, flinterdunne monitor. Een draadloze muis, een draadloos toetsenbord. Hij bewoog de muis en de monitor lichtte op, maar er werd om een wachtwoord gevraagd.

'Kent u het wachtwoord van uw zoon?'

Alastair schudde zijn hoofd. 'Nee.'

'Heeft u enig idee wat het zou kunnen zijn?'

'Nee.'

Duckworth knikte. Hij kon niets opvallends in de kamer ontdekken. Hij bekeek de titels in de boekenkast. De dvd-titels waren voornamelijk sciencefiction en fantasy. *Star Wars, Lord of the Rings* en *The Hobbit.* Hij inspecteerde de boekruggen, en hoopte op titels als *Leer zelf tatoeëren* of *Ontvoeren 2.0.*

Wat hij niet had verwacht was *Het complete handboek van de anesthesie*. Hij nam het van de plank en liet het Alastair zien. 'Wat moeten we hiervan denken?'

'Ik zou het niet weten.'

Op dezelfde plank stond ook een aantal studieboeken dat Cory uit zijn middelbare school- of studietijd bewaard moest hebben, de meeste leken iets met scheikunde te maken te hebben. Duckworth had het idee dat Cory slim genoeg was om iemand een paar dagen bewusteloos te houden. En als de precieze informatie niet in de boeken stond, dan had je altijd nog het internet. Je hoefde het alleen maar te googelen. Daarom vond Duckworth het ook jammer dat Cory's pc beveiligd was.

Hij liep naar de klerenkast en opende hem.

'Kijk eens aan,' zei hij.

In plaats van een ruimte voor kleerhangers was de hele kast onderverdeeld in opbergplanken, maar er lagen geen sokken of ondergoed in. Ze waren gevuld met verpakkingsdozen – sommige leeg, sommige niet – die in grootte varieerden, van heel klein tot het formaat van een aktetas. Aan de etiketten viel af te lezen dat er elektronische artikelen in hadden gezeten.

Alastair, die achter Duckworth stond, zei: 'Hij bewaart altijd overal de verpakking van, inclusief de handleiding.'

Duckworth bukte en bestudeerde enkele etiketten. Modems, laders en snoeren. Maar ook interessantere dingen als minuscule camera's en afluisterapparatuur.

'Waarom zou Cory dit allemaal hebben?' vroeg hij.

Alastair keek met hem mee. 'Dat weet ik niet.' Zijn gezicht werd donker.

Duckworth richtte zich weer op en duwde de kastdeur dicht. Hij ging op zijn knieën naast het bed zitten en trok de sprei omhoog. Maar al deze plotselinge lichaamsbewegingen bezorgden hem een lichte duizeling. Hij leunde met zijn ellebogen op het bed om even bij te komen.

'Hoe komt hij aan het geld voor al die spullen?' vroeg hij.

'Geld voor welke spullen?'

Duckworth knikte met zijn hoofd in de richting van de klerenkast. 'Al die elektronische apparatuur.'

Alastair slikte en zei zacht: 'Dat krijgt hij van mij. Hij ontvangt een maandelijkse toelage van me.' Hij keek enigszins beschaamd. 'Soms is het makkelijker om hem gewoon te laten hebben wat hij wil.'

'Ik begrijp het,' zei Duckworth.

Toen de duizeling was weggetrokken, ging Duckworth op handen en knieën naast het bed zitten om eronder te kijken. Er viel niets te zien, zelfs geen stof. Maar toen zag hij iets bij de muur, er stond iets tegen de plint aan. Wat het ook was, het reflecteerde het weinige licht dat onder het bed kwam.

Duckworth wrong zijn lijf half onder het bed. Hij kon er nog steeds niet bij, maar nu zag hij het beter. Het was een potje. Ongeveer tien centimeter hoog, met een metalen deksel. Er zat geen etiket op, maar het leek zo'n potje waar pastasaus in had gezeten.

'Heeft u misschien een liniaal of iets dergelijks voor me?' vroeg hij aan Alastair Calder.

'Wat is er?'

'Ik zie iets daaronder waar ik niet bij kan.'

'Hoe ziet het eruit?'

'Als een potje.'

Duckworth hoorde Alastair laden opentrekken. Uiteindelijk reikte hij de rechercheur een schaar aan.

'Ik kon niets anders vinden,' zei hij.

Duckworth hield de schaar bij de punt vast, strekte zijn arm uit en kon er net bij. Hij schoof het potje naar zich toe en merkte een glinstering op; er zat een vloeistof in, maar ook nog iets anders. Voorzichtig – hij wilde niet dat het omviel – schoof hij het verder naar zich toe, tot hij er met zijn hand bij kon.

Hij gaf Alastair de schaar terug, stak zijn arm weer onder het bed en pakte het potje. Toen ging hij op zijn knieën zitten en zette het, terwijl hij het bleef vasthouden, neer op het bed.

'Jezus christus, wat is dat in godsnaam?' riep Alastair uit.

Duckworth voelde of de deksel er goed op zat. De vloeistof in het potje had een gelige tint. Op de bodem lag een gerimpelde, vlezige massa, die ongeveer de grootte had van twee kippenmaagjes. Maar volgens Duckworth waren het alleen geen kippenmaagjes.

'Wat denk jij dat het zijn?' vroeg hij aan Alastair.

'Het zouden... Mijn god, het lijken wel testikels.'

'Dat dacht ik ook,' zei Duckworth. 'En ik weet precies van wie ze zijn geweest.'

De hond had dus toch niet alles opgegeten.

42

Cory Calder voelde zich als herboren. En dat voelde goed, na zoveel blunders.

Hij had Jeremy Pilford ontmoet. In levenden lijve. Hij had zijn hand geschud. Hij had hem recht in de ogen gekeken! Nou ja, bijna. Jeremy leek in gedachten verzonken, alsof die man met wie hij was hem net iets had verteld wat hij niet wilde horen. Goed. Het maakte niet uit.

Dit was totaal anders dan wat er met Craig Pierce was gebeurd, of zelfs Brian Gaffney, hoewel hij het over die laatste liever niet meer wilde hebben. Cory moest toegeven dat hij zich schuldig voelde over Gaffney.

De jongen had zoveel op Jeremy Pilford geleken, ze waren zelfs min of meer hetzelfde gekleed. Cory en Dolly hadden de Big Baby het café zien binnengaan en gewacht tot hij weer naar buiten kwam. En toen dat gebeurde, nou ja, toen zijn dubbelganger naar buiten kwam, had Dolly gezegd: 'Hallo, kun je me even helpen? M'n contactlens moet hier ergens op de grond liggen.'

Toen de jongen de steeg in liep, had Cory hem van achteren benaderd en met chloroform verdoofd. Ze sleepten hem naar het busje, dat aan het eind van de steeg klaarstond.

Helaas hadden ze de verkeerde te pakken.

En toen, om het allemaal nog erger te maken, was er iemand die Dolly herkende terwijl Cory de jongen naar het busje sleepte. Ze hadden zelfs nog even kort met elkaar staan kletsen!

Maar goed, gedane zaken nemen geen keer. Soms worden onschuldige mensen het slachtoffer als je iets goeds probeert te doen.

Hij wist er alles van.

Gelukkig had Gaffney hen niet gezien, hij had ze nooit echt goed kunnen bekijken. Zelfs Dolly niet, die hem vanuit de steeg had geroepen. Het was donker, en ze waren er zeker van dat hij hen niet aan de politie zou kunnen beschrijven. Hij was de hele tijd bewusteloos geweest toen ze hem in de schuur bij Dolly's huis vasthielden, maar ze hadden hem voor alle zekerheid geblinddoekt. Ze konden hem dus met een gerust hart weer laten gaan. Twee dagen later gooiden ze hem op dezelfde plek uit het busje en gingen ervandoor.

Man, ze hadden er een puinhoop van gemaakt. En dat na al het risico dat Dolly had moeten nemen om het tatoeagepistool van haar baas te stelen.

Die jongen van Pilford liep nog steeds gewoon rond, en had er geen idee van hoe weinig het had gescheeld.

Cory voelde zich verplicht zijn vergissing recht te zetten.

Terwijl het allemaal zo gesmeerd was verlopen met Craig Pierce. Ze waren in topvorm. Toen de hond zich tegoed aan hem deed, dat was nog eens iets. Dolly ging over haar nek, maar Cory vond dat ze het geweldig hadden gedaan. Hij dacht op een gegeven moment dat ze te ver waren gegaan, dat Pierce dood was, want dat was niet wat hij wilde. Cory vond, destijds tenminste, dat slechte mensen hun straf werkelijk moesten ondergaan.

Dus hij joeg de hond weg en keek of Pierce nog in leven was. Hij bleek nog te ademen, maar, jezus, wat een slachtpartij. Er lag zelfs nog iets op de grond dat uit de bek van hond moest zijn gevallen. Cory had al foto's genomen, maar dit was een tastbaar souvenir. (Hij was er trots op dat hij nooit een teergevoelige jongen was geweest.)

Maar de grootste beloning was de aandacht die de daad daarna had gekregen. Cory had de foto's op Just Deserts geüpload; hij had erop gelet dat er geen digitaal spoor naar hem zou leiden, en er uitgebreide informatie bij gezet over wat Pierce had gedaan. Hij had goed over de onderschriften bij de foto's nagedacht, hoe er '*revenj*' werd genomen op dit walgelijke en perverse mannetje.

De website liet het erop staan. Veel andere sites pikten het op.

Het zien van de respons was zonder twijfel het opwindendste dat Cory Calder ooit was overkomen. Hij zat dagenlang onafgebroken achter zijn computer om van de gevolgen van zijn actie te genieten. Ten eerste zat er een teller op de site voor het bezoekersaantal. Het waren er duizenden, en dan keek hij nog niet eens naar de sites die zijn foto's hadden overgenomen.

Ten tweede waren er de commentaren. Om de zoveel minuten verschenen er nieuwe reacties. Sommigen vonden dat degene die dit Craig Pierce had aangedaan – een daad die uiteenlopende kwalificaties opleverde, van 'weerzinwekkend' tot 'Nobelprijs-waardig' – ontmaskerd en berecht zou moeten worden. Anderen juichten het toe en noemden hem een waakzame burger, een held die het enige juiste deed nu de rechtspraak zo jammerlijk had gefaald.

Eén persoon ging zelfs zo ver om hem met Batman te vergelijken, hoewel deze stripheld er nu niet direct om bekendstond dat hij de edele delen van schurken aan honden voerde.

Cory had ook nog zelf een reactie geplaatst, waarin hij schreef dat degene die dit had gedaan 'geweldig' was.

Als hij thuis in zijn slaapkamer zat moest hij vanwege zijn vader zijn enthousiasme temperen als hij de site bezocht. Maar bij Dolly thuis was hij niet meer te houden, dan joelde hij van enthousiasme achter haar computer.

'Moet je dit lezen!' riep hij haar toe, en dan moest ze weer komen kijken. 'Kijk eens wat ze nu weer over me zeggen!'

Ze was niet altijd zo enthousiast als hij, en dat ergerde hem weleens. Maar goed, hij was nu eenmaal het genie achter deze operatie. Het was niet vreemd dat ze er wat minder hard om kon juichen.

Hoewel zijn naam natuurlijk nooit werd genoemd – en dat was maar goed ook – genoot hij mateloos van alle aandacht. Was er maar een manier om de wereld straffeloos te vertellen dat hij, en niemand anders, het had gedaan!

De adoratie die hij op internet kreeg, werkte verslavend. Toen de reacties op de aanval op Craig na een paar weken minder werden, begon Cory rusteloos te worden. Hij moest de belangstelling vasthouden, het debat levend houden. Of het nu lof of afkeer was, dat deed er niet toe. Het ging erom dat de wereld het over hém had.

Dus hij begon aan een nieuw project te denken.

Iets wat hij die stomme broer en zus van hem goed zou kunnen inpeperen.

Wat hield papa toch van ze. Wat was hij toch trots.

Je had Caitlin, die in Europa vluchtelingen hielp. Mensen uit Syrië die met niets meer dan een rugzakje gevaarlijke boottochten ondernamen waarbij de helft van hen verdronk. Dat jongetje op het strand. Cory en zijn vader zaten op een avond naar CNN te kijken toen er een item over de vluchtelingen langskwam. Ze kwamen letterlijk de zee uit gelopen met kleine kinderen in hun armen omdat hun boot dertig meter van de kust was gezonken, er klonk gehuil en geschreeuw. Ze werden op het strand opgewacht door een groep hulpverleners, onder wie een medisch team. Alastair wees opeens naar het tv-scherm en riep: 'Dat is Caitlin! Kijk, het is Caitlin! Daar is je zus!'

Inderdaad. Het was Caitlin. Ze rende naar een man die een slap kind in zijn armen hield. Ze nam het meisje van hem over en begon haar direct te reanimeren. Het lukte.

Zijn vader kon er maar niet over ophouden.

En dan had je zijn broer, Miles, die CNN nog niet had gehaald, maar die baanbrekend werk verrichtte, o ja, reken maar. Zijn onderzoek om zeewater drinkbaar te maken zorgde ervoor dat de briljante wetenschapper over de hele wereld op congressen werd uitgenodigd. Ja, hij zou de planeet wel even redden. Hij was al een paar keer geciteerd in de *Scientific American*, en zelfs een keer in *The New York Times*. Ze noemden hem een genie. Nou, Cory kon zich nog herinneren dat Miles een keer zijn autosleutels in zijn Infiniti had laten zitten terwijl de motor liep en de auto op slot zat. Een waar genie, inderdaad.

Je hoefde echt geen arts te zijn of een academische titel te hebben in wat het ook was dat zijn broer had gestudeerd om je te onderscheiden in deze wereld. Er waren andere wegen die naar succes leidden.

Cory vond zijn eigen werk op een bepaalde manier nobeler, want het was anoniem. Hij verscheen niet op CNN. Hij werd niet geciteerd in *The New York Times*. Hij werkte achter de schermen om de wereld te veranderen. Dat maakte het toch authentieker? En waarachtiger?

Maar soms speelde hij met de gedachte om het toch aan zijn vader te vertellen. 'Dacht je dat Miles en Caitlin zo geweldig zijn? Dat ze zich zullen inzetten op de manier zoals ik dat doe? Nemen zij soms zulke grote risico's? Ik kan ervoor de bak indraaien. Ze kunnen me opsluiten. Zij zullen zich nooit aan zoiets wagen.'

Hij had het vaak willen zeggen. Niet alleen omdat hij dan zou beseffen dat zijn waardeloze zoon helemaal niet zo waardeloos was, maar ook om zijn gezicht te zien.

Cory had de laatste vierentwintig uur het gevoel dat dit vroeg of laat zou gebeuren. Als zijn vader hem op het politiebureau opzocht met een advocaat in zijn kielzog.

Hij moest toegeven dat het de laatste tijd niet meer zo gesmeerd liep.

Al had hij nog wel een succesje geboekt. Het opsporen van Jeremy bijvoorbeeld. Hij had hem gevonden, was hem toen kwijtgeraakt, en had hem toch weer teruggevonden.

Hij had de jongen gisteren opgespoord toen hij samen met die oude vent uit het huis van zijn oudtante kwam en in die Honda stapte. Het was niet moeilijk geweest om uit te dokteren dat hij zich in het huis van Madeline Plimpton bevond. Dat wist de hele wereld al. Geen wonder dat ze hem daar weg wilden hebben.

Cory was ze gevolgd naar een appartement boven een boekwinkel in Promise Falls. Maar toen moest de oudere man zijn busje hebben opgemerkt, want hij kwam opeens de deur uit en liep recht op hen af.

'O nee, hij loopt hiernaartoe,' had Dolly gezegd, en Cory had meteen gas gegeven.

Toen ze terugkwamen was de Honda verdwenen.

Shit.

Hij was hem kwijtgeraakt.

Maar toen hij later die avond Just Deserts bezocht, kwam daar het bericht binnen dat Jeremy Pilford in Kingston, New York, was gesignaleerd. Een stel had hem bij een hotel in een geparkeerde auto zien zitten.

Nadat Cory enkele andere onvoorziene zaken had geregeld was hij in zijn busje naar Kingston gereden.

Hij zocht op de parkeerplaats van het hotel dat op de website was genoemd, maar hij kon de Honda nergens vinden. Misschien, dacht hij, hadden ze gemerkt dat het stel Jeremy had herkend en waren ze vertrokken. Hij reed alle hotels in de buurt af, en vond de Honda uiteindelijk om vijf uur 's morgens.

Maar wat moest hij doen, nu hij ze had gelokaliseerd? Ik moet ze volgen, dacht hij, en op mijn kans wachten. Maar hij moest toegeven dat hij eigenlijk geen plan had. Hij was bovendien nogal ondersteboven van de gebeurtenissen van de avond ervoor. En hij had inmiddels ook geen partner meer. Maar, toen hij daar op de parkeerplaats stond geparkeerd en een strategie probeerde te bedenken, gebeurde er iets onverwachts.

Een of ander dom stel ramde een auto toen het een foto van Pilford wilde maken. Cory wist dat de politie erbij zou komen, dus hij reed weg. Maar hij stopte verderop en wachtte. Even later reed er een ambulance voorbij, gevolgd door de Honda. De auto werd bij het ziekenhuis om de hoek geparkeerd, en toen had Cory een enorme meevaller.

Hij zat niet op slot.

Deze keer wist hij wat hem te doen stond, hij had slechts dertig seconden nodig. Cory opende het portier aan de bestuurderskant, ging op zijn knieën op straat zitten en stak zijn hand onder de stoel. Hij plakte er een minuscuul microfoontje met een zender tegenaan. Hij sloot het portier en maakte dat hij wegkwam.

Nu hoefde hij alleen nog maar goed te luisteren.

Toen hij weer in zijn bus zat, deed hij oortjes in; hij stak het snoertje in een telefoonachtig apparaat dat het signaal van de zender ontving.

O, wondere wereld der techniek!

Hij hoorde Pilford en de oudere man – hij bleek Weaver te heten – over veel dingen praten, maar het belangrijkste wat hij hoorde was hun bestemming.

Cape Cod.

Dat was een tamelijk groot gebied, maar toen hoorde hij Weaver het adres herhalen. North Shore Boulevard in East Sandwich.

Bingo.

Hij tankte haastig, want hij wilde eerder dan zij in de Cape zijn. Het gaf hem de gelegenheid om bij een van de lokale huisjesverhuurbedrijven een logeeradres te zoeken. Hij vond een spotgoedkoop huisje van ongeveer zes bij zes meter, dat op zo'n vierhonderd meter lag van waar Pilford en Weaver verbleven. Het had geen uitzicht op de oceaan, het lag aan de andere kant van de straat. Maar dat was niet erg. Hij was hier niet op vakantie.

Het was een keurig huisje. Eén ruimte eigenlijk, met een badkamer in de hoek. Een grote oude koelkast met wanden die dikker dan die van een bankkluis waren; een wit porseleinen gootsteen zonder kastjes eronder, maar met een brede plank waar potten en pannen op stonden. In een hoek stond een oude houtkachel, met een pijp die door het dak naar buiten ging. De verhuurders hadden een kleine voorraad brandhout achtergelaten, en er stond een gietijzeren rek bij waar een schepje, haardtangen, een kachelpook en een kleine bezem in stonden.

Knus.

Het leek Cory niet nodig om de kachel aan te maken. Hij zag trouwens dat er ook nog een elektrisch kacheltje stond wat hij zo kon aandoen als hij wilde.

Voordat hij naar het strand liep, parkeerde hij zijn bus achter het huisje. Wie langsreed kon nog net de achterkant zien, maar dan moest je wel goed kijken.

Het was heerlijk geweest om over het strand te lopen, om in het natte zand te staan en het koude zeewater langs zijn enkels te laten stromen en de frisse zeelucht diep in te ademen.

En je ontmoette er de interessantste mensen.

Hij was nu weer terug in het huisje en dacht na. Hoe zou hij het aanpakken? Er was een tijd geweest dat hij vond dat zijn doelwitten met hun straf moesten leven, maar hij was er anders over gaan denken.

Hij ging aan de kleine tafel bij het kookgedeelte zitten en pakte zijn telefoon. Hij had hem uren geleden uitgezet. Hij wilde geen enkel risico lopen en moest dus zeker niet online gaan om te kijken of er nieuws over Pilford was. Ze konden hem immers al op het spoor zijn.

Nou ja, misschien heel even dan.

Hij zette de telefoon aan en zag dat zijn voicemail was ingesproken. Hij hielde de telefoon bij zijn oor en luisterde.

'*Cory, je vader hier. Bel direct naar huis.*'

'Ik denk niet dat ik dat ga doen,' zei hij hardop. Hij wiste het bericht en zette zijn telefoon weer uit.

'Wat te doen, wat te doen, wat te doen,' zei hij. 'Ik neem aan dat jij ook geen ideeën hebt?'

Die had Carol Beakman niet. Ze was bewusteloos en lag vastgebonden op een van de twee eenpersoonsbedden in het huisje.

43
Cal

Toen we terug in het strandhuis waren, gingen Jeremy en ik weer op het balkon zitten. Straks moesten we aan het eten gaan denken, maar er was nog genoeg tijd om te relaxen. Het enige probleem was dat Jeremy daar niet mee bezig leek te zijn, ik zag dat ons gesprek van daarnet hem nog steeds dwarszat.

'Dat was alert van je, om te zeggen dat je Alan heette,' zei ik.

'Ja, zeg, ik ben geen idioot,' antwoordde hij stuurs.

Ik glimlachte naar hem, maar hij gaf geen krimp.

'Ik heb erover nagedacht,' zei hij uiteindelijk. 'Je weet wel, hoe ik in de Porsche heb kunnen rijden.'

'Oké,' zei ik.

'Misschien dat ik erin heb kunnen rijden omdát ik dronken was,' zei hij.

'Ik volg je even niet.'

'Nou, het is hetzelfde als dat ze zeggen dat je in nuchtere staat eerder iets breekt bij een val omdat je spieren zich spannen. Maar als je te veel op hebt, dan is het alsof je van rubber bent en gebeurt er niets.'

'Dat klinkt als een theorie die door puberjongens is bedacht,' zei ik. 'Maar ga door.'

'Dus misschien dat ik altijd al in mijn hoofd heb geweten hoe je met een versnellingspook moet omgaan, maar dat ik zo gespannen was toen ik vanmiddag in jouw auto reed dat het niets werd. En dat het dus allemaal prima ging toen ik dronken was.'

'Daar zeg je nogal wat.'

'Wat denk je?' vroeg hij.

'Ik weet niet wat ik ervan moet denken.'

'Als je niet weet wat je ervan moet denken, waarom begin je er dan eigenlijk over?'

Ik zuchtte. 'Dat is nu eenmaal mijn werk.'

'Is dat wat bodyguards doen? Mensen gek maken?'

'Ik ben geen bodyguard, Jeremy. Ik ben een detective.'

'Nou, veel onderzoek heb je nog niet verricht. Je hebt op me gepast en me overal naartoe gereden. Het is een soort vakantie, en verder niets.'

'Dank je,' zei ik. 'Ik hoop dat je me op TripAdvisor een goede recensie zult geven. Ik wil namelijk meer vijfsterrenrecencies.'

'Ik zeg alleen maar dat je me gek maakt met al die stomme vragen, terwijl je zelf geen antwoorden hebt.'

'Ik had gehoopt dat jij die zou hebben.'

'Die heb ik dus niet, oké?' Jeremy schudde kwaad en gefrustreerd zijn hoofd. Zelf voelde ik vooral dat laatste. We werden onderbroken door mijn telefoon, die ik op het bijzettafeltje naast me had gelegd. Ik pakte hem en keek naar de naam op het scherm.

'Ik ga even naar binnen.' Ik stond op, duwde de schuifpui open en ging op de bank zitten. 'Weaver.'

'Je spreekt met Bob.'

Bob Butler.

'Hallo, Bob.'

'Ik ben blij dat ik je heb bereikt. Ik weet dat jullie ergens op de weg zijn.'

'Ja,' zei ik. Als hij niet wist waar ik was, dan moest Madeline Plimpton het hem niet gezegd hebben. En dan zou ze het zeker niet aan Gloria hebben verteld.

'Hoe is het met Jeremy?' vroeg Bob.

'Hij is oké,' zei ik. Ik dacht aan het moment dat hij met zijn vuist op zijn been sloeg, toen ik me afvroeg of hij geen hulp nodig had, maar ik besloot dat dit niet het goede moment was om hierover te beginnen. 'Hoe gaat het daar? Hoe is het met Gloria?'

'Ach, Gloria is Gloria. Maar het gaat.'

'Jullie zijn nog steeds bij Madeline, toch?'

'Dat klopt.'

'Wat kan ik voor je betekenen, Bob?'

Hij aarzelde even en zei toen: 'Ik kreeg een raar telefoontje van Grant Finch.'

'Ja?'

'Hij zei dat je hem had gebeld om te zeggen dat Jeremy weleens niet in die auto gereden zou kunnen hebben op het feest.'

'Dat klopt,' zei ik kalm.

'Vertel me er eens wat meer over.'

Ik vertelde hem in het kort over mijn avontuur met Jeremy in de Honda.

'Jezus,' zei Bob. 'Ik bedoel, ik weet niet wat ik hierop moet zeggen.'

'Grant reageerde afwijzend,' zei ik. 'Maar hij vond het blijkbaar belangrijk genoeg om jou erover te bellen.'

'Ja. Hij deed er nog steeds wel afwijzend over. Maar hij vond dat we het erover moesten hebben. Het gaat erom...' Hij aarzelde.

'Waar gaat het om?' vroeg ik.

'Het gaat erom dat ik minder geneigd ben dan Grant om het weg te wuiven.'

'Oké.'

'Ik bedoel, wat denk jíj hier dan eigenlijk van?'

'Nou, ik denk dat het in elk geval op het proces ter sprake had moeten komen. Er zou gerede twijfel zijn gerezen.'

'Gerede twijfel over wát?'

Nu was het mijn beurt om te aarzelen. 'Gerede twijfel over het feit of Jeremy sowieso in die auto heeft gereden.'

'Zoiets dacht ik al,' zei Bob. 'Maar we hebben hem uit de auto zien komen.'

'Maar niemand heeft hem erin zien stappen.'

'Mijn god, Weaver, wat wil je daarmee zeggen?' Toen ik niet direct antwoordde, zei hij: 'Denk je dat iemand hem in de auto heeft gezet? Dat iemand anders de auto heeft gepakt, dat meisje heeft doodgereden en toen Jeremy achter het stuur heeft gezet?'

'Het is één theorie,' zei ik kalm.

'Heb je er nog een?'

'Ja.'

'Welke dan?'

'Wat weet je van Charlene Wilson?'

'Dat vriendinnetje van Jeremy?'

'Ja. Ze heeft de afgelopen twee dagen twee keer met Jeremy afgesproken. Ik neem aan dat ze elkaar daarvóór ook regelmatig zagen?'

'Zeker. Ze zijn dik bevriend met elkaar.'

'Hoe dik precies?'

'Eh... Hoe bedoel je?'

'Houdt Jeremy van haar?'

'Of hij van haar houdt?' vroeg Bob. 'Ik bedoel, wie weet wat er in het hoofd van zo'n jongen omgaat? Ik weet dat hij haar mag. Ze kennen elkaar al lang.'

'Denk je dat hij genoeg van haar houdt om de schuld op zich te nemen van iets wat zij heeft gedaan?'

'Jezus, Weaver. Waar doel je op?'

'Luister, het is maar een theorie, meer niet. Misschien dat Charlene niet in die Porsche heeft gereden, maar ik weet zo goed als zeker dat het Jeremy in elk geval niet is geweest.'

'Dit is... Man, mijn hoofd tolt ervan.'

'Jij was op het feest. Kun je je herinneren dat Charlene er was? En dronk zij ook?'

'Ik... ik kan het me niet herinneren. Ik weet nog dat Alicia, dat is haar moeder, er met haar man was.'

'Kijk, het gaat me hierom: als Galen zo stom was om die autosleutels in de auto te laten liggen nadat Jeremy hem geprobeerd had te starten, dan kan iedereen in de Porsche hebben gereden. En degene die dat heeft gedaan, weet waarschijnlijk hoe Jeremy achter het stuur is terechtgekomen.'

'Ik weet eerlijk gezegd niet wat ik met deze speculatie aan moet. En ik weet ook niet of ik dit aan Gloria moet vertellen. Ik denk dat ze in alle staten zal zijn. Maar denk je dat het genoeg reden zal zijn voor een hoger beroep? Dat de zaak heropend kan worden?'

'Heb je die vraag ook aan Finch gesteld?'

'Min of meer. Maar hij zei dat de verdediging er juist op was gebouwd dát Jeremy het had gedaan, en dat hij de consequenties van zijn daden niet kon overzien. Volgens hem zouden we er niet ver mee komen.'

'Hij is de advocaat,' zei ik. 'Hij heeft er meer verstand van dan ik.' Ik wist niet of ik in de positie was om het volgende eraan toe te voegen, maar wat kon mij het schelen. 'Maar ik twijfel eraan of hij wel echt in Jeremy's belang handelt. Misschien dat jullie een andere advocaat moeten zoeken.'

Het bleef stil aan de andere kant van de lijn.

'Bob?' zei ik.

'Ja ja, ik ben er nog. Mijn god, wat een enorme puinhoop. Ik wil dit nog verder met je doorspreken, in elk geval voordat ik het aan Gloria vertel. Waar ben je?'

'Zoals ik al zei, we zijn onderweg.' Bob kon afgeluisterd worden, en ik wilde niet dat onze locatie bekend werd. 'Maar we zijn binnenkort terug. Laten we het nog één dag aankijken, en dat we daarna naar Promise Falls terugrijden.'

'Oké, natuurlijk, dat... klinkt goed,' zei Bob. 'Maar wat vindt Jeremy hier eigenlijk van?'

'Hij is óf volledig verbijsterd, óf hij is een briljante acteur. Maar, Bob, er klopt hier iets niet.'

'Dat ben ik met je eens,' zei hij. 'Oké... we houden contact.'

'Zeker.'

Bob beëindigde het gesprek.

Toen ik weer op het balkon was, vroeg Jeremy: 'Wie was dat?'

'Bob.'

'Heb je hem over je gestoorde theorie verteld?'

'Wat valt er te vertellen? Zoals ik al zei, je bent de eerste persoon ter wereld die stomdronken de kunst van het schakelen onder de knie heeft gekregen.'

Jeremy knikte. 'Dat is de enige logische verklaring.'

44

Albert sloeg zonder af te remmen de oprit in en stopte vlak voor de garagedeur. Het was een losstaande dubbele garage achter het huis. Hij liet de motor draaien, sprong de auto uit en draaide de hendel in het midden van de rechterdeur om. Hij tilde hem op, duwde hem tegen het plafond, sprong weer in zijn auto en gaf gas. De auto schoot zo abrupt vooruit dat zijn portier de deurlijst van de garage schampte omdat hij het nog niet helemaal dicht had getrokken.

Hij trapte de rem in, zette de motor uit en sprong uit zijn auto om de garagedeur naar beneden te trekken. Toen leunde hij op zijn knieën om uit te puffen.

Hij hoorde een geluid uit de auto komen: 'Arrrrch...'

Albert haalde nog een paar keer diep adem, richtte zich toen op en opende het achterportier. De achterbank en de vloer waren met bloed doordrenkt. Ron Frommer lag op zijn buik, zijn linkerarm en been bengelden over de rand van de bank. Hoewel hij zachte keelklanken voortbracht, bewoog hij zich niet.

'Wat is hier aan de hand?'

Albert draaide zich razendsnel om. Constance stond in de deuropening aan de zijkant van de garage.

'Je kwam er als een maniak aangereden,' zei ze. 'Ik zag het door het raam. Wat mankeert je in...'

'Hou je mond,' schreeuwde hij. 'Hou verdomme je mond!'

Constance Gaffney hield haar mond. In tweeëndertig jaar huwelijk was ze nog nooit op zo'n manier door haar man toegesproken. Het had niet veel gescheeld of ze was flauwgevallen.

'Doe verdomme die deur achter je dicht,' blafte haar man.

'Wat... wat is...'

'De deur!' Hij priemde zijn wijsvinger in haar richting.

Ze draaide zich om en sloot de deur. Toen nam ze de situatie in zich op. De auto met de vegen bloed op het achterportier. Haar man, die onder het bloed zat.

En dan de man die op de achterbank lag.

Ze opende haar mond om te gaan gillen, maar Albert schoot op haar af en drukte zijn hand tegen haar mond. Hij sloeg zijn arm om haar heen zodat ze geen kant op kon.

'Luister naar me,' fluisterde hij. 'Je gaat niet gillen. Je blijft muisstil. Begrepen?'

Constance Gaffneys ogen puilden zo ver uit dat ze elk moment door de garage leken te kunnen schieten.

'Nou?'

Ze wist haar hoofd op en neer te bewegen. Albert nam zijn hand van haar mond en liet haar los.

'Albert,' zei ze zacht. Haar lippen trilden. 'Albert, wat is er gebeurd?'

'Hij was het!' zei hij, op Frommer wijzend. 'Hij is degene die Brian heeft afgetuigd. Die ongelooflijke klootzak. Hij!' Hij begon nu ook te trillen. 'En ik weet zeker dat hij degene is die Brian heeft ontvoerd. Hij is degene die in zijn rug heeft zitten prikken.'

Albert hield een trillende hand voor zijn mond en liet hem toen over zijn kin omlaagglijden.

'Hij moet het zijn,' zei hij. 'Dat... kán niet anders.'

Constance deed aarzelend een stap naar voren, maar bleef op veilige afstand van de auto staan. Ze hield haar hoofd scheef, alsof ze de gewonde man beter wilde bekijken.

'Arrrch,' klonk het zacht vanuit de auto.

'Wie is dat?' vroeg ze.

'Frommer,' zei Albert. 'Ron Frommer. Hij... hij viel me aan. Ik denk, ik denk dat hij me vermoord zou hebben. Ik heb gedaan wat ik moest doen.'

'Mijn hemel, die man moet naar het ziekenhuis,' zei Constance. 'Het lijkt wel of hij... Albert, het lijkt wel of hij...'

Hij keek haar fel aan. 'Ik dacht dat hij dood was. Dat ik hem had vermoord. Maar toen... begon hij geluiden te maken...' Hij keek rond in de dubbele garage; zijn blik richtte zich eerst op de vloer, op het afvoerputje in het midden, vervolgens op de muur, waar een opgerolde tuinslang aan hing. Hij liep naar de achterkant, waar een werkbank stond met een gootsteen ernaast, onder de bank bevonden zich kastjes. Erboven hing gereedschap aan de muur.

Hij begon in de kastjes te zoeken.

'Ik heb vuilniszakken nodig,' zei hij. 'Van die dikke.'

Toen keek hij naar het gereedschap. Zijn blik viel op een beugelzaag. Hij pakte hem van de muur.

'Ik word bang van je,' zei Constance.

Hij wierp haar een blik toe. 'Nou, kijk eens aan.' Zijn blik ging van de werkbank naar de auto. 'Ik moet alles schoonmaken. Het interieur... dat wordt me nog een klus. De buitenkant is niet zoveel werk. Je stoomreiniger.'

'Wat?'

'Luister naar me, stomme koe. *Luister naar me.* Ik heb je stoomreiniger nodig!'

Constance deed een stap in de richting van de zijdeur.

'En neem kleren voor me mee,' zei Albert.

'Kleren?'

Hij gebaarde naar zichzelf. 'Kijk dan! Ik moet schone kleren hebben. Ik kan hier niet in blijven rondlopen. En ook andere schoenen.'

Constance stond als aan de grond genageld.

'Nu!' riep hij haar toe.

Ze rende de garage uit. In haar haast vergat ze de deur dicht te doen. Albert liep erheen en deed hem dicht, daarna liep hij terug naar de auto.

Hij bleef er bijna een minuut voor staan om zich te vermannen. Uiteindelijk liep hij naar de achterbak en opende hem. Hij pakte de koevoet die hij uit Ron Frommers laadbak had gepakt. Hij voelde het gewicht van het metaal in zijn hand. Toen liep hij om de auto heen en opende het achterportier.

Ron Frommers hoofd lag voor hem op een presenteerblaadje.

Albert hief de koevoet en haalde uit.

Baf.

Nog een keer.

Baf.

Ron Frommer maakte geen geluiden meer.

Albert wankelde achteruit en vond steun tegen de muur.

'Je hebt mijn jongen pijn gedaan,' zei hij. 'Jij hebt het gedaan. Ik weet het. Ik wéét dat je het hebt gedaan.'

Hij liet de koevoet uit zijn hand vallen. Het ding kletterde hard neer op de betonvloer. Langzaam kwam hij weer op adem, zijn hartslag werd weer normaal. Hij voelde zich merkwaardig rustig worden.

Voor de eerste keer in zijn leven voelde Albert Gaffney zich een sterke man.

Hij keek naar het levenloze lichaam van Ron Frommer, en dacht: *dit heb ik gedaan. Dit heb ik zélf gedaan.*

De deur ging open. Constance verscheen met schone kleren en sportschoenen. Hij keek langzaam naar haar op.

'Albert,' zei ze zacht. 'Albert, je glimlacht.'

'Het is klaar,' zei hij.

Ze zei niets. Ze legde de kleren en schoenen op de werkbank. 'Ik heb ook nog een schone onderbroek voor je meegenomen. Ik... ik wist niet of het ook door je broek heen was getrokken.'

Albert liep naar de andere kant van de auto, en trok Frommer er aan zijn benen uit. Toen hij hem op de betonvloer liet vallen, moest Constance even slikken.

Haar man moest weer even op adem komen. Hij keek een moment lang naar het lichaam en vroeg zich af hoe hij dit aan moest pakken.

'Hé, ik hoor iets,' zei Constance.

Albert, die in een soort trance was, keek op. 'Wat?'

Constance was naar de garagedeur gelopen. Er zaten twee bezoedelde raampjes in op schouderhoogte.

'Er komt iemand aan,' zei ze. 'Er staat een auto voor het huis.'

Albert probeerde te slikken, maar zijn keel was te droog. 'Wie? Is het Monica? Zeg haar dat ze even weg moet blijven, dat ze ergens...'

'Het is Monica niet,' zei ze. 'Het is die rechercheur. Je weet wel, die man met die rare naam. Duckworth.'

45

Barry Duckworth had een half uur eerder het potje met het lichaamsdeel van Craig Pierce naar zijn auto gebracht en in een bewijscontainer opgeborgen, die hij vervolgens in de kofferbak zette.

Alastair Calder stond hem in de deuropening op te wachten. 'Mijn zoon is een soort monster, hè?'

'Ik moet een foto van hem hebben,' zei Duckworth.

'Hoe kon hij zoiets onder zijn bed bewaren? Hoe heeft hij dit allemaal kunnen doen, zonder dat ik er iets van afwist? Misschien... misschien dat er iets anders in dat potje zat. Misschien dat het van een dier is.'

'Ik moet Cory zo snel mogelijk vinden,' zei Duckworth. 'Niet alleen omdat hij iemand iets zou aandoen, maar ook omdat hem iets zou kunnen worden aangedaan. Hij speelt een gevaarlijk spel.'

'Mijn god, dit is werkelijk onvoorstelbaar.'

'Ik weet het.'

'Ik... ik denk dat hij hulp nodig heeft.'

'Dat zou goed kunnen. Maar eerst heb ik een foto van uw zoon nodig.'

'Eh, ik zal kijken of ik iets kan vinden.'

Alastair liep naar een kamer naast de keuken, die gedomineerd werd door een wandkast met een grote tv erin. Er stonden een lange bank, een koffietafel en twee ligstoelen. Hij trok een la in de wandkast open en haalde er een groot fotoalbum uit.

'Hier heb ik wel iets.' Hij ging op de bank zitten, legde het album op de lage tafel en sloeg het open. Hij wees op een foto van een vrouw en drie kinderen die voor een kerstboom zaten.

'Dit zal begin jaren negentig zijn geweest,' zei hij. 'Dit is mijn vrouw, dit is Cory, en daar hebben we zijn broer en zus.'

'Hij ziet eruit alsof hij negen of tien is op die foto.'

'Ja, dat kan wel kloppen.'

'Ik heb eigenlijk een wat meer recente foto nodig,' begon Duckworth voorzichtig.

'O, ja, natuurlijk. Waar ben ik met mijn hoofd?' Maar Alastair was volkomen door de foto gebiologeerd. Hij kon zijn ogen er niet van afhouden.

'Meneer Calder?'

Alastair draaide zijn hoofd en keek hem aan. 'Je weet nooit hoe het zal gaan. Je maakt ze mee als kinderen, de wereld ligt voor ze open en is één grote belofte. Het zijn de dagen waarin je grote dromen kunt koesteren.' Hij trok een gezicht. 'En dan, als ze iets ouder zijn, dan zie je het potentieel dat ze hebben. Soms is het grenzeloos, het is alsof ze alles kunnen. Maar dan, als ze nog iets ouder zijn, worden ze door de werkelijkheid ingehaald. In plaats van een eindeloos potentieel zie je de beperkingen. Dat ze niet van hun levens maken waarop je had gehoopt. Ik mag me gelukkig prijzen, denk ik. Twee van de drie is niet slecht, toch? Maar zelfs bij Cory, bij een kind dat het niet erg ver zal schoppen en dat de wereld niet zal verbeteren, hoop je dat hij die wereld in elk geval niet slechter zal maken.'

'Je hebt het niet in de hand,' zei Duckworth.

'We denken dat we alles kunnen beheersen,' vervolgde Alastair. 'Maar als we de levens van onze kinderen willen sturen, dan merken we hoe machteloos we eigenlijk zijn.'

'Eh, een recente foto?' probeerde Duckworth nog eens.

Alastair zuchtte. 'Ik zal eens op mijn telefoon kijken. God, ik kan me niet eens meer herinneren wanneer ik voor het laatst een foto heb laten afdrukken.'

Duckworth volgde hem naar de keuken, waar zijn mobiel naast de vaste telefoon lag. Hij pakte hem. 'Een momentje.'

Hij zocht in zijn foto's. 'Hier is er een,' zei hij. 'Ik heb Cory op zijn verjaardag getrakteerd. We waren in de Clover gaan eten, dat grillrestaurant. Cory is dol op biefstuk. Hier heb je hem.'

Hij reikte Duckworth de telefoon aan. Op de foto zag je Cory glimlachend aan een tafeltje zitten, waarschijnlijk tegenover zijn vader, met een dralende ober op de achtergrond. Maar er was iets vreemds aan het portret. De glimlach leek volkomen leeg, alsof de gezichtsspieren onafhankelijk functioneerden en geen impuls van het hoofd of hart hadden gekregen. De foto was echter goed genoeg voor identificatie.

'Ik zal deze naar mezelf mailen,' zei Duckworth.

Alastair knikte vermoeid. 'Ik zal blijven proberen hem te bereiken.'

'Ik kan niet verwachten dat u het ook doet, maar ik wilde u vragen hem niet te vertellen dat hij door de politie wordt gezocht. Vraag hem alleen maar thuis te komen. En laat het me weten als hij er is. Ik zou hem graag willen spreken voordat de boel uit de hand loopt.'

'Het voelt... alsof ik hem verraad. Maar,' hij zocht naar een formulering, 'het voelt tegelijkertijd alsof híj alle liefde en toewijding van mijn vrouw en mij heeft verraden.'

'Nog een paar dingen,' zei de rechercheur.

Alastairs blik leek te willen zeggen dat hij er niet veel meer bij kon hebben.

'Ja?'

'In wat voor auto rijdt Cory?'

'Hij heeft een busje. Een zwarte Sienna.'

'Staat die op uw naam of die van hem geregistreerd?'

'De mijne. De verzekering is goedkoper als hij op mijn naam staat. Het busje maakt deel uit van de familievloot, zullen we maar zeggen.'

'Ik kan het opzoeken, maar weet u het kentekennummer uit uw hoofd?'

Alastair knikte en zei het op. Duckworth noteerde het in zijn aantekenboekje.

'Nog één ding, meneer,' zei de rechercheur. 'Is Cory in het bezit van een vuurwapen?'

'Wat? Nee, niet dat ik weet.'

'En u?'

'Ik verzamel ze niet of iets dergelijks. Ik deel de obsessie van dit land voor vuurwapens niet. Het is complete waanzin.'

Het viel Duckworth op dat hij geen antwoord op zijn vraag had gekregen.

'Maar?' drong hij aan.

Alastair zuchtte. 'Een paar jaar geleden, toen mijn vrouw en ik aan een campagne voor een abortuskliniek werkten, hebben we doodsbedreigingen ontvangen. De politie dacht dat het daarbij zou blijven, maar ze namen het desalniettemin serieus. Het was een vrouw van de Promise Falls Police. Ik geloof dat ze Rhonda heette.'

'Rhonda Finderman,' zei Duckworth. 'Ze is nu commissaris.'

'Dat klopt. Ik zag haar verleden jaar nog op tv – u ook, trouwens – toen al die mensen waren vergiftigd. Godzijdank waren Cory en ik toen weg.'

'En wat had Rhonda tegen u gezegd?'

'Ze zei dat het geen slecht idee was om mezelf te beschermen.'

'Een pistool.'

Hij knikte ernstig. 'Ik was er eerst nogal terughoudend over. Maar ik kreeg 's nachts een keer een telefoontje van een onbekend nummer, en die man zei dat het langzaam en pijnlijk zou worden als hij me te pakken had. Het was doodeng. Dus ik besloot Rhonda's raad op te volgen. Ik heb een wapen gekocht. Een revolver.'

'En waar bewaart u die?'

'In mijn slaapkamer, achter slot en grendel,' zei hij. 'Toen er nog bedreigingen binnenkwamen, lag hij naast de lamp op mijn nachtkastje, zodat ik hem snel kon pakken als dat nodig was. Maar toen na verloop van tijd de bedreigingen stopten, heb ik de revolver veilig opgeborgen. Nog steeds in de slaapkamer, dat wel.'

'Kunt u me de revolver laten zien?'

Alastair knikte en leidde de rechercheur naar de trap. Hij griste onderweg een bos sleutels mee die in een decoratieve kom op de tafel in de hal lagen. Toen ze de bovenverdieping hadden bereikt gingen ze ditmaal linksaf.

'Ik hoop dat ik hem volgens de wettelijke voorschriften heb opgeborgen,' zei hij. 'Ik wil niet in de problemen komen.'

'Maakt u zich geen zorgen,' zei Duckworth.

Onder de la van het nachtkastje zat een deurtje. Alastair knielde ervoor neer en draaide met een sleutel het deurtje van het slot.

'Daar is hij dan,' zei hij. Duckworth kon de opluchting in zijn stem horen. Hij haalde een koffertje van hard plastic tevoorschijn en legde die op het bed.

'Hier zit ook een slot op,' zei hij. De sleutel voor het koffertje zat niet aan zijn bos, maar lag onder wat papieren op het nachtkastje. Hij stak de sleutel in het slot en opende het koffertje, dat met grijs schuim gevoerd bleek te zijn. Je kon de vorm van de revolver erin zien, maar het wapen zelf was verdwenen.

'O, nee,' zei Alastair.

46

Cory Calder wierp een blik op Carol Beakman, die vredig lag te slapen – oké, volledig comateus was misschien een betere omschrijving – en vroeg zich af of het wel zo'n slim idee was geweest om haar mee te nemen.

Het had hem een goed plan geleken.

Het was niet zo dat hij haar leven had gespaard omdat hij haar zo leuk vond. En het was ook niet omdat ze het niet verdiende om te sterven, hoewel dat absoluut zo was.

Cory zag haar als een onderpand. En dat was iets wat hij hard nodig zou hebben.

De hele zaak begon in het honderd te lopen, en ook nog eens in een razend tempo. Cory zag Carol Beakman als een waarborg. Als een ticket naar de vrijheid, zogezegd. Iets waarmee hij kon onderhandelen als het zover was. Nou ja, niet zozeer áls, maar wannéér.

Cory wist dat het vijf voor twaalf was.

Maar ondanks dat wilde hij nog steeds zijn doel bereiken. Vanaf het begin af aan ging het daarom. Het verschil maken. En reken maar dat hij dat ging doen.

Hij had het gevoel dat Jeremy Pilford zijn laatste trofee zou worden. Craig Pierce was een fantastisch debuut geweest, en Pilford was een mooie afsluiter. Een korte, doch memorabele carrière. Hij had het prima gevonden als ze langer zou zijn geweest, maar als hij eenmaal met de Big Baby had afgerekend, dan kon je er donder op zeggen dat iedereen wist wie hij was. Geen anonimiteit meer. Geen eenzaam gejuich achter de laptop meer.

Het zou dan niet meer zijn daad zijn die opzien baarde. Nee, hij zou het zélf zijn. Daar twijfelde Cory niet aan. En zijn werk zou niet langer alleen op Just Deserts worden vermeld. Hij zou het nieuws van acht uur halen. Hij zou op CNN komen.

De wereld zou zijn naam kennen.

Kende de wereld de naam van zijn zus? Kende de wereld de naam van zijn broer? Welnee. Ze waren op pad gegaan om hun nobele idealen te verwezenlijken, maar wat hadden ze er nu eigenlijk mee bewezen?

Sukkels.

Zelfs zijn ouders hadden met al hun actiecampagnes nooit de roem gekend die hij zou gaan oogsten.

Hij wilde ervan kunnen genieten. En om dat te kunnen, moest hij in leven blijven.

Dat was waar Carol Beakman in het plaatje verscheen.

Hij kon zich verschillende scenario's voorstellen waarbij hij haar nodig zou hebben. De politie zou hem in het nauw kunnen drijven. Ze zouden met getrokken wapens een gebouw kunnen bestormen waarin hij zich bevond. Zo opereerden ze vaak. Eerst schieten, en dan vragen stellen. Maar dat zouden ze niet doen als hij haar bij zich had. Dan zouden ze voorzichtiger zijn.

Ze zou zijn redding zijn als het er hard aan toeging. En ach, als hij haar niet nodig zou blijken te hebben zou hij zich gewoon van haar ontdoen.

Net zoals hij dat met Dolores had gedaan.

Maar man, dat was nog niet meegevallen. Cory was gek op Dolores geweest. Hij had echt, maar dan ook écht van haar gehouden. Ze was zijn eerste echte liefde, wat wel iets zei over een man die in de dertig was. Cory was nu niet bepaald de populairste jongen van de klas. (Dit in tegenstelling tot zijn broer of zus, die bij wijze van spreken al verkering op de kleuterschool hadden.) Maar Dolly en hij hadden iets bijzonders met elkaar. Hoeveel jonge vrouwen waren bereid om toe te kijken hoe een hond iemand aan stukken scheurde? En ze was meer dan een toeschouwer. Zij was degene die Pierce' aandacht had getrokken toen de jongen klaar was met zijn werk bij het pizzarestaurant, waardoor Cory hem van achteren kon benaderen om een in chloroform gedrenkte doek tegen zijn gezicht aan te drukken. Die gast crashte als een oude laptop.

Ze had hem met Pierce geholpen, en ze had hem met het volgende slachtoffer geholpen – het probleem was alleen dat het de verkeerde jongen bleek te zijn. Dolly had na hun tatoeagesessie ongeïnteresseerd de inhoud van zijn portemonnee bekeken, maar toen wierp ze een blik op zijn rijbewijs. 'O jee,' zei ze opeens.

Dat *O jee* zou Cory nooit vergeten.

Hij vond het ook vervelend. Die arme sukkel had niet zo'n lot verdiend. Maar hun intenties waren oprecht. Cory dacht werkelijk dat hij in de rug van Jeremy Pilford aan het prikken was. Hij had het goed bedoeld. Waar gehakt wordt, vallen spaanders. Jammer dan. Je zult toch verder moeten.

Misschien dat dit het omslagpunt voor Dolly was geweest. Hoewel hij moest toegeven dat er al eerder verontrustende signalen waren.

Zoals die ene keer toen Dolly zich afvroeg of ze eigenlijk niet net zo verdorven waren als hun doelwitten. Zo zei ze eens: 'Misschien dat iemand ons straks gaat pakken zoals wij die eerste jongen hebben gepakt.'

En ze kon de namen van hun slachtoffers niet uitspreken. Noch die van Pierce, noch die van Gaffney. Die van Pilford wel, omdat ze hem nog niets hadden aangedaan. Maar ze zou een spontane aanval van geheugenverlies krijgen als dat wél gebeurd was. Het was een manier voor haar om afstand te scheppen, zo probeerde ze zichzelf voor te houden dat ze er niets mee te maken had. Cory had het daarentegen voortdurend over Pierce – als er tenminste geen andere mensen bij waren.

Ze begon er ook een keer over wat de politie zou doen als ze werden gepakt. Wat zei ze ook alweer?

'Als ze eenmaal weten dat het allemaal jouw idee was, dan zullen ze jou de duimschroeven aandraaien.'

Ja, dat was het. Wat bedoelde ze daar in godsnaam mee? Cory had wel een idee. Dolly zat vooruit te denken. Ze zou hem erbij lappen als ze werden opgepakt. Zeggen dat hij haar had gedwongen. Zeggen dat hij haar dingen liet doen die ze eigenlijk niet wilde.

Hij hield zo veel van haar. Vreemd dat je gevoelens voor iemand zo snel konden omslaan.

Sinds het fiasco met Gaffney begon hij meer op haar te letten. Hij probeerde haar uitspraken en gedrag te duiden. Er was absoluut iets mis, dat was hem duidelijk.

En toen verscheen Carol Beakman. Ze stond voor de deur, godbetert.

Als ze Dolly nu gewoon had gebeld, dan zou het allemaal anders zijn gelopen. Maar Carol had Dolly's mobiele nummer niet, en toen ze naar het huis van haar ouders belde, bleek het een afgesloten nummer te zijn.

Dus reed ze naar haar huis, en dat was het moment waarop alles naar de klote ging.

Dolly en hij zaten toen in de keuken. Ze had worstjes gebakken en wilde ze net op een broodje leggen toen er op de deur werd geklopt. Cory zag de paniek in haar ogen. *Dit was het dan!* Ze kwamen hen halen. Ze zette de pan terug op het fornuis, en vergat zelfs het vuur uit te zetten voordat ze naar de buitendeur liep. Cory zette de gasvlam uit, en toen hij naar Dolly liep, zag hij dat er geen FBI of Starsky and Hutch voor de deur stond.

Het was de vrouw met wie Dolly een kort gesprek had gevoerd toen ze met Brian Gaffney bezig waren, hun doelwit dat eigenlijk Jeremy Pilford had moeten zijn. Maar goed, daar hadden ze het al vaak genoeg over gehad.

Nou, daar was ze dus.

Ze zei dat ze hen niet wilde storen. Maar het geval was, er was iets met de vader van haar vriendje die bij de politie zat – ze praatte maar door en er viel geen touw aan vast te knopen.

Maar toen zei ze iets waar Cory van opschrok. Op het moment dat ze elkaar voor Knight's waren tegengekomen, was er daar een jongen ontvoerd wiens rug ze hadden getatoeëerd. Het was afschuwelijk. Carol en haar vriend waren op de beveiligingsbeelden van het café door de politie geïdentificeerd. Ze had hun Dolly's naam niet gegeven, maar ze had erover nagedacht en was tot de conclusie gekomen dat ze haar moest benaderen. Misschien dat zij iets had gezien?

'Het was echt ongelooflijk,' zei Carol. 'Ik heb een foto gezien. Het is weerzinwekkend wat ze die jongen hebben aangedaan.'

Cory dacht achteraf dat er toen eigenlijk nog niets aan de hand was. Dolly had gewoon moeten zeggen: '*Jeetje, goed dat je het zegt. Maar we hebben helemaal niets gezien. Zo is het toch, Cory?*'

Maar nee.

Ze had Cory met trillende lippen aangekeken. En ze zei zoiets als: *O mijn god, o mijn god, o mijn god.*

Iets van die strekking. Ze was compleet in paniek.

'We zijn erbij, verdomme!' zei ze. 'Ze zullen ons vinden!'

Cory probeerde het weg te lachen. Hij zei tegen die Carol Beakman dat Dolly een geintje maakte. Maar Dolly was niet meer te houden, en Cory zag dat Carol dacht: shit, waar ben ik nu in beland?

Ze maakte dus aanstalten om te vertrekken.

Wat Cory geen goed idee leek. Wacht even, had hij tegen haar gezegd. Het is een misverstand. We komen hier wel uit.

Maar Carol was al op weg naar haar auto. Cory wilde haar achternagaan, maar eerst zei hij tegen Dolly dat ze bij zinnen moest komen. Kijk nou wat ervan is gekomen.

'Het is uit!' schreeuwde Dolly. 'Ik kan het niet meer, ik kan het niet meer! Je bent knettergek! Je bent godverdomme een psychopaat!'

Cory voelde haar hals tussen zijn handen. Hij duwde haar tegen de muur omhoog en kneep met alle kracht die hij had. Ze bood goed verzet, dat moest hij haar nageven. Ze schopte en wrong zich in alle bochten, maar hij liet niet los, hij kneep door. Tot ze naar beneden zakte en levenloos op de vloer viel.

Maar dan was er nog Carol Beakman.

Hij stoof de deur uit. Ongelooflijk, ze was er nog. Ze had blijkbaar in alle haast haar handtas laten vallen. Op handen en knieën zat ze voor haar auto alles wat op de grond lag bij elkaar te graaien, koortsachtig op zoek naar de autosleutels.

Cory schopte haar tegen haar hoofd.

Meer was niet nodig. Carols hoofd knalde tegen de bumper van de Toyota, waarna ze niet meer bewoog. Cory tilde haar op en droeg haar naar de schuur. Hij bond haar vast aan het metalen bed waarop hij eerder zijn tatoeagesessie met Brian Gaffney had gehad.

Toen hij ontdekte dat ze nog leefde, twijfelde hij eerst nog. Maar hij bedacht dat het gunstig kon zijn om het zo te houden. Stel dat Dolly gelijk had – dat de politie hem op het spoor was… In dat geval zou hij Carol Beakman kunnen inzetten.

Nu hij hier samen met haar in een vakantiehuisje op Cape Cod zat, besefte Cory dat hij zijn hachelijke situatie beter had moeten overdenken.

Ik moet me ontdoen van Dolly en van Carol Beakmans auto, dat was gisteravond zijn eerste gedachte geweest. Om te beginnen legde hij Dolly in de kofferbak van de Toyota. Toen reed hij zijn busje naar een industrieterrein. Vanaf daar liep hij naar de dichtstbijzijnde bushalte, waar het streekvervoer hem naar het centrum van Promise Falls bracht. Daar nam hij een taxi om zich vlak bij Dolly's huis te laten afzetten. Hij liep het laatste stuk en stapte in Carols Toyota om naar de tegelfabriek te rijden, waar hij de auto bij een container achterliet.

Hij liep naar zijn busje, keek online of Jeremy Pilford nog ergens was gesignaleerd en koerste naar Kingston.

En van daar naar de Cape.

Maar niet voordat hij Carol Beakman, die achterin lag, zwaar had gedrogeerd.

Hij liet zich niet door een paar tegenslagen van zijn missie afbrengen.

En nu zat hij hier, in East Sandwich, als tijdelijke buurman van Jeremy en die bodyguard van hem. Weaver.

Het werd tijd om aan de slag te gaan.

Cory vond het jammer dat er deze keer minder creativiteit aan te pas zou komen. Het lot van Craig Pierce was een kunststukje geweest. En Jeremy Pilford zou op artistieke wijze zijn gestraft als ze niet per ongeluk de rug van Brian Gaffney hadden bewerkt.

Maar Cory kon Jeremy geen blijvend souvenir meer bezorgen. Om te beginnen waren de omstandigheden voor zoiets verre van ideaal. Niet hier, met Weaver erbij. Trouwens, dat hele tatoeagegebeuren was nu oud nieuws.

Deze keer zou hij pragmatischer moeten zijn. Gewoon doen wat er gedaan moest worden. En dat was de reden waarom hij zijn vaders Smith & Wesson bij zich had. Dat chique revolvertje dat die ouwe naast zijn bed had liggen.

Het grappige was dat hij het wapen allang in zijn bezit had. Hij had een paar maanden geleden het nachtkastje geopend, het koffertje eruit gehaald en dat vervolgens ook weer geopend.

Hij had de revolver gewoon niet eerder nodig gehad, dat was alles.

Hij had het op het strand kunnen doen toen hij Jeremy en zijn bodyguard tegenkwam. Het wapen zat op dat moment in zijn zak, hij had het zo kunnen trekken. *Pang. Pang.* Maar daarbuiten, en ook nog eens op klaarlichte dag, hij vond het te riskant. En iets verderop wandelde een bejaard stel. Ondanks het geweld van de branding was het goed mogelijk dat ze de schoten zouden horen.

Maar nu was het bijna donker.

De omstandigheden waren goed.

47

Nadat hij Alastair Calder zijn visitekaartje had gegeven, liep Duckworth naar zijn auto. Hij startte de auto, maar voordat hij wegreed belde hij het bureau om te vragen of ze de foto van Cory Calder hadden ontvangen. Toen dat zo bleek te zijn, gaf hij de instructie dat wetshandhavers in de hele staat New York naar hem moesten uitkijken. Hij gaf ze een beschrijving van het zwarte busje en voegde er een waarschuwing aan toe.

'Calder wordt gezocht in verband met een moordonderzoek. Hij moet met extreme voorzichtigheid worden benaderd. Hij kan gewapend zijn.'

Maar er was nog iets, en dat mocht hij niet vergeten.

'Calder wordt tevens gezocht in verband met de vermissing van Carol Beakman.'

Hij borg zijn telefoon op en reed weg. De volgende stop was het huis van Madeline Plimpton.

De rechercheur was er zo goed als zeker van dat Brian Gaffney per ongeluk voor Jeremy Pilford was aangezien, en dat de mededeling op zijn rug eigenlijk voor de Big Baby was bedoeld. En dat 'Sean' het verkeerd gespelde 'Sian' was.

Nadat hij vernomen had dat Pilford in huize Plimpton te Promise Falls verbleef – en dat er een protestbijeenkomst voor het huis was gehouden – wist hij dat hij iets op het spoor was. Hij voelde het aan zijn water. En het was niet alleen de jongen die risico liep, het betrof alle inwoners van het huis.

En het was waarschijnlijk niet alleen Cory Calder die ze moesten vrezen.

Hij controleerde voor alle zekerheid nog even snel het adres en reed tien minuten later de oprit op. Hij was vaak langs het huis gereden, en Madeline Plimpton was zeker geen onbekende voor hem. Hij had haar als uitgever van de inmiddels opgeheven *Promise Falls Standard* vaak ontmoet de afgelopen twintig jaar. Haar positie in de gemeenschap was toentertijd beduidend hoger dan nu. Duckworth vroeg zich af hoe het moest voelen om tientallen jaren zo'n imperium te leiden, en om dan lijdzaam te moeten toezien hoe het afbrokkelde en ter ziele ging.

Toen hij aanbelde zag hij dat er een stuk triplex voor een van de zijramen naast de voordeur was geschroefd. Hij zag de schim van een hoofd achter het onbeschadigde raam, waarna de deur werd geopend.

Madeline Plimpton zei: 'Ja?' En toen: 'O.'

'Dag, mevrouw Plimpton,' zei Duckworth. 'Ik weet niet of u zich mij nog herinnert, maar ik ben rechercheur Barry…'

'Natuurlijk weet ik nog wie u bent.' Ze stak haar handen uit en hield de zijne vast. 'Wat leuk om u weer eens te zien, rechercheur Duckworth. Wat kan ik voor u doen?'

'Het gaat er geloof ik eerder om wat ik voor ú kan doen.' Hij knikte met zijn hoofd naar de plaat triplex. 'U heeft hier problemen gehad, zie ik.'

De vrouw glimlachte bitter. 'Dat klopt, ja. Maar ze zullen u wel niet op pad hebben gestuurd voor een ingegooide ruit.'

Nu was het zijn beurt om te glimlachen. 'Nee. Ik heb begrepen dat u een gast hebt. Jeremy Pilford.'

Ze zuchtte. 'Ik ben bang dat mijn achterneef er op het moment niet is.' Er klonk een zekere moeheid in haar stem door. 'Maar kom binnen, dan kunt u zijn moeder en haar vriend ontmoeten.'

Hij volgde haar door het huis naar de keuken, en vandaar naar een veranda aan de achterkant, waar een rieten tuinameublement met veel kussens stond. Madeline leek verbaasd te zijn dat er niemand was.

'Hé,' zei ze. 'Waar zijn ze gebleven?' Ze wierp een blik op de achtertuin, waar een man en een vrouw recht tegenover elkaar stonden en in een verhit gesprek waren verwikkeld. 'O, natuurlijk, ze zijn weer ruzie aan het maken.'

Ze liepen de tuin in. Toen het koppel Madeline en haar bezoeker zag naderen, verstomde de discussie.

'Gloria, Bob, dit is rechercheur Duckworth van de Promise Falls Police.'

Hij stak zijn hand naar hen uit, die twee keer met enige aarzeling werd geschud.

'Heeft u die klootzak opgepakt die Madelines ruit heeft ingegooid?' vroeg Bob scherp.

Duckworth schudde zijn hoofd. 'Dat was van de protestbijeenkomst van gisteravond?'

'Nee,' zei Madeline. 'Iemand gooide eerder die dag een baksteen door de ruit. Dat straatprotest was later. De politie is toen wel gekomen, en het huis is niet bestormd.'

'Het is ongelooflijk wat we allemaal hebben moeten doorstaan,' zei Gloria.

'Waarom bent u hier?' vroeg Bob.

'Ik ben hier om uw zoon te spreken,' zei Duckworth tegen Gloria. 'Het gaat over zijn veiligheid.'

'Hij is niet hier,' zei Gloria.

'Dat heb ik al tegen hem gezegd,' zei Madeline.

'We zijn al op de hoogte van de problemen omtrent zijn veiligheid,' vervolgde Gloria. 'Het hele internet wil hem te grazen nemen.'

'Ik ben hier voor een specifieke bedreiging,' zei de rechercheur.

Iedereen trok zijn wenkbrauwen op.

'Zegt de naam Cory Calder u iets, misschien?'

Ze wisselden blikken en schudden het hoofd. 'Er gaat geen belletje rinkelen,' zei Gloria.

'Dus u heeft online geen commentaar gezien met die naam eronder? Geen e-mails van zo iemand?'

'Er zijn online zo veel hatelijke opmerkingen geweest,' zei Bob, 'dat hij er best tussen zou kunnen zitten. Ik bedoel, het zijn er wel honderden, wat zeg ik, duizenden geweest. Allemaal mensen die Jeremy's proces een aanfluiting vonden. Het is dus zoeken naar de spreekwoordelijke naald in de hooiberg.'

Duckworth knikte. 'Natuurlijk, dat begrijp ik.'

'Wat voor soort bedreiging is het dan?' vroeg Madeline.

'Er was een incident waarbij iemand iets is aangedaan. Het bleek om een persoonsverwarring te gaan. Jeremy was het eigenlijke doelwit.'

'Wat?' riep Gloria uit. 'Wat is er dan gebeurd?'

'Het belangrijkste op het moment is uw zoons veiligheid. Waar is hij nu? En wanneer komt hij terug?'

'Dat weet ik niet,' zei Gloria.

Het lukte Duckworth niet om zijn ongerustheid te verbergen. 'Wat? U weet niet waar hij is?'

'Het ligt anders,' zei Bob. 'Hij heeft bescherming.'

'Bescherming? Hoe dan?'

'We hebben iemand ingehuurd,' zei Madeline. 'Het was hier niet veilig genoeg voor Jeremy. We vertrouwen erop dat hij in goede handen is.'

'Waar? En met wie?'

'We weten niet waar hij is,' zei Bob, 'maar dat was ook precies het idee. Dat zijn locatie geheim zou blijven. Zelfs wij weten helemaal niets.'

'Ik haat het,' zei Gloria. 'Ik haat het dat ik niet weet waar mijn jongen is. Ik kan er niets aan doen, maar ik denk vaak dat het een slecht idee was om hem met meneer Weaver te laten vertrekken.'

'Wacht even,' zei Duckworth. 'Weaver? Cal Weaver?'

'Dat is hem,' zei Madeline Plimpton. 'Ga me nu niet vertellen dat we een grote fout hebben gemaakt.'

Hij schudde zijn hoofd. 'Nee, integendeel. Cal is een prima vent. Ik ken hem. Als Jeremy bij hem is, dan is hij in goede handen.'

Er klonk een collectieve zucht van verlichting. 'Godzijdank,' zei Madeline.

'Maar ik wil nog steeds weten waar ze zijn. Ik moet Cal Weaver vertellen wat ik heb ontdekt.'

Bob en Gloria haalden hun schouders op. Maar Madeline tuitte haar lippen, alsof ze in tweestrijd verkeerde.

'Wat is er?' vroeg Duckworth.

'Ik weet waar ze zijn,' zei ze.

Bob keek haar met grote ogen aan. 'Jij wist het en je hebt ons niets verteld?' zei Gloria.

'Mijn god, Gloria, jij bent wel de laatste persoon aan wie ik het zou vertellen,' snauwde Madeline.

'Ach, loop toch naar de hel,' snauwde haar nicht terug.

'Madeline,' zei Bob, 'wat je ook voor ons verzwijgt, je kunt het maar beter wel aan deze rechercheur vertellen. Ik zal ervoor zorgen dat Gloria haar mond dichthoudt.'

'Je praat over me alsof ik een klein kind ben,' zei Gloria. 'Ze hebben mijn telefoon afgepakt,' zei ze tegen Duckworth.

'Die je doodleuk weer hebt teruggepikt,' zei Bob. 'En die je daarna stiekem aan Jeremy hebt gegeven. Nou, we weten wat ervan gekomen is.'

Duckworth keek Madeline aan. 'Moeten we het er onder vier ogen over hebben?'

'Nee. Het is goed. Ze zijn in mijn huis.'

'Uw huis?' vroeg Duckworth.

'O, jezus, ze zijn op de Cape,' zei Gloria. 'Waarom heb ik daar niet aan gedacht? Ik was eigenlijk al vergeten dat je dat huis ook nog had. Nou ja, het is ook niet alsof je ons er de laatste jaren nog hebt uitgenodigd.'

'Cape Cod?' vroeg Duckworth.

Madeline knikte. 'Een strandhuis. Ik ben er al lang niet meer geweest. Ik heb het uitbesteed aan een verhuurbedrijf.'

Duckworth pakte zijn aantekenboekje. 'Het adres?'

Madeline gaf het hem.

‘Is daar ook telefoon?’

‘Nee, maar ik heb het mobiele nummer van meneer Weaver.’

‘Oké.’ Duckworth keek Gloria aan. ‘U heeft er geen problemen mee als ik uw zoon spreek?’

‘Nee, natuurlijk niet. Als u hem maar niet van streek maakt.’

Duckworth glimlachte. ‘Als hij daar met Cal Weaver is, dan hoeft u zich weinig zorgen te maken. En bovendien weet niemand dat ze er zitten.’

48
Cal

'Noem eens wat namen,' zei ik tegen Jeremy.

'Wat voor namen?'

We zaten in de woonkamer van de bovenverdieping en keken uit over de baai terwijl de zon aan het ondergaan was. Er liepen oranje en gele banen door de wolken. Aan de horizon verscheen nog een containerschip.

'Van de gasten op het feest,' zei ik. 'Op de avond dat het gebeurde.'

'Dat weet ik niet. Er waren een heleboel mensen.'

'Denk na.'

'Waarom wil je dat weten?'

'Misschien dat ik sommige van hen wil spreken.'

'Waarom?' vroeg hij.

Ik zuchtte. 'Omdat ik met wat vragen zit.'

'Je fokt de boel alleen maar op,' zei hij.

'Hoe bedoel je?'

Jeremy fronste. 'Ik weet niet. Er komt alleen maar gedoe van als je die mensen vragen gaat stellen.'

'Wil je dan niet weten wat er is gebeurd?'

'Ik weet wat er is gebeurd. Ik heb Sian McFadden overreden en daarna was ze dood. Ik weet niet hoe ik het heb gedaan. Maar ik heb het gedaan. Ik word gek van je.'

'Sorry,' zei ik.

Hij schudde zijn hoofd. 'Misschien moeten we maar tv gaan kijken. Of ergens heen gaan. Misschien is er wel een bioscoop ergens. Dit is een mooie plek, maar ik begin me nu al te vervelen. Er is zand, en er is water, maar dat is het wel zo'n beetje.'

Ik wees naar de afstandsbediening die op de koffietafel lag. 'Kijk maar of er iets op tv is.'

Hij pakte hem en richtte hem op het toestel. Ik had al een hele tijd geen tv meer gezien die geen flatscreen was. Het was zo'n ouderwets joekel van zo'n zestig centimeter diep.

'Dat ding moet wel tweehonderd kilo wegen,' zei Jeremy. 'Het zal wel geen HD zijn.' Hij zweeg even. 'Denk je dat ze in de gevangenis tv hebben?'

'In je eigen cel?'

'Ja.'

'Ik weet het niet. Zou je dat het ergste vinden aan de gevangenis?'

'O nee,' zei hij. 'Ik was bang dat ze me zouden vermoorden daar. Of nog erger.'

'Iets wat nog erger is dan te worden vermoord?'

'Ik heb genoeg films gezien. Dat jongens verkracht worden en dat soort dingen. Ik heb slapeloze nachten gehad tijdens het proces. Ik bleef er maar aan denken wat ze iemand als ik zouden aandoen.'

'Het kan erg zijn, ja,' zei ik.

'Daarom wil ik ook niet dat je hier zo je neus in steekt. Ze zouden het proces kunnen heropenen als je de boel maar genoeg overhoophaalt, en me deze keer wél een gevangenisstraf geven.'

Weer zag ik die angst in zijn ogen. Ik besloot het onderwerp maar even te laten rusten. Ik wees naar de tv. 'Zet hem eens aan.'

Er verscheen niets anders dan sneeuw.

'Jezus, man,' zei Jeremy. Hij zapte langs de kanalen, maar het bleef hetzelfde.

'Ik denk dat Madeline de kabelrekening al jaren niet meer heeft betaald,' zei ik. 'Of misschien dat hij pas in het hoogseizoen wordt aangesloten.'

'Kunnen we niet ergens heen? Zullen we naar het dorp rijden om een ijsje te kopen? Ik zag een ijssalon toen we boodschappen deden.'

Ik dacht erover na. Hoewel het hier aangenaam toeven was, zou ik het niet erg vinden om even ergens anders te zijn. 'Oké, waarom ook niet. Misschien is er nog wel een bakker open. Ze hebben hier van die dingen die *whoopie pies* heten.'

'Whoopie pies?'

'Ze zien eruit als hamburgers, maar het broodje is chocoladecake, en er zit slagroom tussen.'

'Ik wil ijs,' zei Jeremy.

Ik knikte. 'Loop maar vast naar de auto.'

Ik ging naar de wc, pakte mijn jack, keek of er geld en sleutels in zaten – ik moest denken aan wat mijn overleden vader altijd zei als hij ergens heen moest: 'Geld, krokodil, sleutels en bril – en liep naar buiten, waar Jeremy naast de Honda stond te wachten. Ik sloot het strandhuis af en stapte in de auto. 'Shit, ik ben mijn telefoon vergeten.'

'O ja, ik mag er niet eens een hebben en jij kunt niet eens vijf minuten zonder.' Jeremy priemde zijn wijsvinger naar me. 'Je hebt een probleem, weet je dat? En je kunt er niet mee omgaan tot je accepteert dat het een probleem is.'

Ik grinnikte. 'Ja hoor, het is goed met jou.'

'Je weet dat ik gelijk heb.'

'Nee hoor,' zei ik, 'ik kan ermee stoppen wanneer ik wil.'

'Ha, die ken ik. Dat zegt mijn moeder altijd over de drank.'

Hij bedoelde het grappig, maar hij viel opeens stil.

'Ach, laat die telefoon maar zitten,' zei ik. 'Hoelang duurt het om een ijsje te kopen? Als iemand me wil bereiken, dan kan hij een bericht inspreken.'

'Dat had ik niet moeten zeggen,' zei hij toen ik achteruit de oprit afreed. 'Dat van mijn moeder.'

'Dat maakt niet uit,' zei ik.

'Ik bedoel, ze is een moeilijk geval, maar ik hou van haar.'

'Natuurlijk,' zei ik. 'Iedereen houdt van zijn moeder.'

49

Toen Barry Duckworth weer in zijn auto zat, pakte hij zijn telefoon. Hij had Cal Weaver al in zijn contactenlijst staan. Hij zocht hem op en belde. De telefoon ging acht keer over voordat hij naar Weavers voicemail werd doorgeschakeld.

'Cal, je spreekt met Barry Duckworth. Ik ben net bij Madeline Plimpton geweest, en ik hoorde dat je Jeremy Pilford onder je hoede hebt, wat me een goede zaak lijkt. Maar luister, tussen alle bedreigingen die Jeremy heeft ontvangen, zit er een waar ik me zorgen over maak. Een kerel die Cory Calder heet. Mogelijk is hij gewapend. Hij is knettergek, dus je moet dit uiterst serieus nemen. Er is geen enkele reden om aan te nemen dat hij weet waar jullie zijn – mevrouw Plimpton heeft het me trouwens verteld – maar wees desalniettemin op je hoede. Bel me als je dit hoort, en dan zal ik je ondertussen een foto van hem sturen. Oké, ik spreek je.'

Toen hij wegreed van huize Plimpton, realiseerde Duckworth zich dat de Gaffneys hier redelijk in de buurt woonden. Hij wilde weten hoe het met Brian ging. De jongen was waarschijnlijk uit het ziekenhuis ontslagen, en het was goed mogelijk dat hij na alle gebeurtenissen bij zijn ouders logeerde. Duckworth wilde hem vragen of hij weleens van de naam Cory Calder had gehoord. De kans was klein, maar je kon het altijd proberen.

Toen hij zijn auto in de straat van de Gaffneys parkeerde, wierp hij een blik op het huis aan de overkant. Er stond een kleine vrachtwagen van een autoverhuurbedrijf voor de garage. De voordeur van Eleanor Beechams huis stond wagenwijd open.

Een zware, gedrongen man met krulletjeshaar die Duckworth niet herkende, liep naar buiten met een keukenstoel in zijn handen. Hij zette de stoel in de vrachtwagen. Toen de man naar het huis terugliep, wisselde hij enkele woorden met Harvey Spratt, iemand die Duckworth wél herkende.

Misschien was het een goed moment voor een volgend praatje met het stel dat mevrouw Beecham verzorgde. Vooral met Norma. Duckworth moest de laatste tijd meerdere ballen in de lucht houden – een getatoeeerde jongen, een moord, een vermiste vrouw en een internetdoelwit – dus hij had hier eigenlijk geen tijd voor. Maar nu hij hier toch was, besloot hij verder in te gaan op wat hem sinds zijn eerste bezoek had dwarsgezeten.

Hij stapte uit zijn auto en liep naar het huis toe. Toen Harvey hem zag, zei hij: 'Zo, bent u daar weer?'

Duckworth knikte bedaard. 'Inderdaad.'

'We hebben het nogal druk op het moment,' zei Harvey. De man die hem hielp stopte om te kijken met wie hij stond te praten.

'Ik zou Norma graag nog even willen spreken,' zei Duckworth.

'Zij heeft het ook druk.'

Duckworth bleef staan. 'Haal haar maar even, ik wacht hier wel.'

Harvey mompelde iets in zichzelf en draaide zich toen om. 'Norma!'

'Wat?' klonk het vanuit het huis.

'Kom eens hier!'

'Wat is er?'

'Die rechercheur is er weer.'

Stilte.

Toen hoorde Duckworth iemand door het huis stampen, waarna Norma in de deuropening verscheen.

'Wat is er aan de hand?' vroeg ze.

'Dag, mevrouw Lastman,' zei hij. 'Dat heb ik toch goed?'

Norma's rechterwang trilde licht. 'Je kunt me Norma noemen, hoor.'

'Maar je achternaam is Lastman, toch? Dat vertelde je me tenminste de vorige keer. En dat was ook wat Eleanor – mevrouw Beecham dus – me vertelde.'

'Ja, dat klopt,' zei ze terwijl ze enkele stappen naar buiten deed.

'Ze vertelde me dat jullie erachter kwamen dat jullie familie van elkaar waren, dat ze je tante was. Maar dat gebeurde pas nadat je hier al een tijdje werkte.'

Norma knikte langzaam. 'Zei ze dat?'

'Ja, dat zei ze.'

'Nou, inderdaad. We ontdekten dat we familie waren, ja.' Ze glimlachte zenuwachtig.

'Ze zei dat jouw vader haar broer was. Hoe heette hij precies?'

Norma antwoordde niet onmiddellijk. Duckworth kon de radertjes in haar hoofd bijna zien draaien. 'Hij heette Sean,' zei ze. 'Sean Lastman. Maar ik heb hem eigenlijk nooit gekend.'

'Wat een toeval,' zei Duckworth peinzend. 'Zoiets moet jullie dichter bij elkaar hebben gebracht. Ik bedoel, jullie waren geen werkgever en werknemer meer. Jullie waren opeens tante en nicht.'

'Zo kun je het wel zeggen,' beaamde Norma.

'Ben je ooit getrouwd geweest, Norma?'

'Pardon?'

'Ik zei, ben je ooit getrouwd geweest?'

'Nee. Harvey en ik gaan waarschijnlijk wel trouwen in de toekomst.'

Harvey, die samen met de andere man een bank naar buiten sjouwde, glimlachte haar toe.

'Binnenkort!' zei hij.

'Harvey houdt er niet van om de dingen te overhaasten.' Ze lachte en schudde haar hoofd.

'Ja, zo zijn sommige mannen,' zei Duckworth. Hij knikte met zijn hoofd in de richting van het busje dat op de oprit stond. 'Die is van jou, toch?'

'Wat?'

'Niet die vrachtwagen, het busje. Harvey zei gisteren dat het van jou was.'

Ze knikte. 'Ja, die is van mij.'

'Wat zo vreemd is,' zei Duckworth, 'ik heb laten nakijken op wiens naam het geregistreerd stond. En weet je welke naam ze me opgaven?'

Norma zei niets.

'Norma Howton. Dus hoe kan je bus op die naam geregistreerd staan, terwijl je Norma Lastman heet en nooit bent getrouwd?'

Norma worstelde met een antwoord. 'Eh, misschien hebben ze het verkeerd ingevoerd. Het kan een vergissing zijn.'

'Ik denk het niet.'

Harvey kwam naar hen toe gelopen. 'Wat is er aan de hand?'

'Ik vroeg aan je vriendin of ze nu Lastman of Howton heet,' zei Duckworth.

Harvey en Norma wisselden nerveuze blikken uit.

'Weet je wat?' zei de rechercheur. 'Proberen jullie maar een antwoord te bedenken terwijl ik even met jullie overburen ga praten. Als ik terugkom, hoor ik graag jullie versie. En dan bespreken we ook wat er hier aan de hand lijkt te zijn.'

'En wat zou dat dan zijn?' vroeg Harvey.

'Het aanpappen met een demente vrouw om haar geld en bezittingen te stelen,' zei Duckworth. 'Probeer dáár ook maar iets op te bedenken.' Hij glimlachte. 'Ik ben zo terug.'

Hij stak de straat over. Toen hij over de oprit naar het huis liep, verscheen er een zorgelijk kijkende Constance Gaffney uit een zijdeur van de dubbele garage die schuin achter het huis lag.

'Dag, rechercheur.' Ze probeerde een glimlach te produceren.

Hij knikte haar toe. 'Mevrouw Gaffney.'

'Brian is er niet,' zei ze snel. 'En mijn man is er ook niet. Wilt u later terugkomen?'

'Waar is Brian?' vroeg hij.

'Hij ligt weer in het ziekenhuis,' zei ze.

'Weer?' vroeg Duckworth. 'U bedoelt dat hij was ontslagen, en toen weer is opgenomen?'

Ze knipperde met haar ogen. 'Eh, hij heeft het ziekenhuis gisteren verlaten. In z'n eentje. Hij is gewoon naar buiten gelopen. Dat was natuurlijk niet zo slim, maar hij deed het toch. En toen raakte hij gewond, dus...'

'Brian raakte gewond?'

Constance Gaffney opende haar mond, maar er kwam niets uit.

'Mevrouw Gaffney? U zei dat Brian gewond was geraakt.'

'Het was niets. Hij had last van zijn rug. U weet wel, vanwege al die naalden of wat er ook in is gegaan.'

'Het klonk eerder alsof u wilde zeggen dat hij gewond raakte nadat hij het ziekenhuis verliet.'

'Nee,' zei ze en ze schudde heftig haar hoofd. 'Nee, nee. Ik zei dat hij gewond was en het ziekenhuis niet had moeten verlaten.'

Duckworth knikte langzaam. Je hoefde geen ervaren politieman te zijn om door te hebben wanneer iemand loog. Een jonge agent op zijn eerste patrouille zou gemerkt hebben dat Constance Gaffney niet de waarheid zei.

'Dan zal ik maar eens bij het ziekenhuis langsgaan,' zei hij.

'Oké,' zei ze.

'Maar ik kan u net zo goed vragen wat ik hem wilde vragen,' voegde hij eraan toe.

'Eh, ja. Wat is dat dan?'

'Heeft u de naam Cory Calder ooit eerder gehoord?'

'Cory, en dan?'

'Calder.'

'Wie is dat?'

'Zegt die naam u iets?'

Ze schudde langzaam haar hoofd. 'Nee, helemaal niets. Zou dat dan moeten?'

'Niet per se,' zei hij.
'Wie is dat dan?'
'Ik zou graag aan uw man willen vragen of hij hem kent.'
'Nou, als ik hem niet ken, dan kent mijn man hem zeker niet.'
Duckworth kon zijn grijns niet onderdrukken. 'Jullie hebben een diepe verbondenheid, is het niet?'
Ze begon nerveus te lachen. 'Nee, maar ik weet bijna zeker dat die naam hem niets zal zeggen.'
'Gaat het wel goed, mevrouw Gaffney?'
'Of het wel goed gaat?'
Duckworth knikte.
'Natuurlijk gaat het niet goed,' zei ze, opeens verontwaardigd. 'Hoe kan het goed gaan als Brian in het ziekenhuis ligt, en als iemand hem zoiets verschrikkelijks heeft aangedaan? Niemand zou zich toch goed voelen in deze tijden? En hoe moeten we die rotzooi van zijn rug krijgen? Ik heb gehoord dat het verwijderd kan worden, maar dat het ontzettend pijnlijk is. Ze gebruiken lasers of zoiets. Ik heb het op internet opgezocht. Het is verschrikkelijk, ronduit verschrikkelijk...'
Ze zweeg abrupt, alsof haar zojuist iets te binnen schoot.
'Hoe heette hij nou?'
'Cory Calder.'
'Denkt u... denkt u dat hij de man is die het heeft gedaan?'
'We willen hem ondervragen,' zei Duckworth.
'Wat betekent dat? Wordt hij verdacht? Is dat wat het betekent?'
'Hij is iemand die we op het oog hebben.'
Constances handen trilden, ze hield ze tegen elkaar om het te laten stoppen. 'Weet u zeker dat er geen andere naam was? Iemand anders die jullie op het oog hebben?'
'Het is de enige naam die ik op het moment heb. Waarom? Verwachtte u dat ik iemand anders zou noemen?'
'Nee!' zei ze. 'Waarom zou ik? Het is meer dat degene die jullie op het oog hebben – zoals u het noemt – misschien wel niet alleen heeft gehandeld. Misschien dat hij hulp heeft gehad.'
'Dat is mogelijk. Maar ik zou die naam dus ook graag even aan uw man willen voorleggen,' zei Duckworth.
'Zoals ik al zei, hij is er niet.'
'Heeft hij geen telefoon bij zich?'
'Ik zal hem wel naar die Cal Colby vragen als hij thuiskomt, en als die naam hem wat zegt, dan zorg ik ervoor dat hij u belt.'

'Cory Calder,' zei de rechercheur. 'Niet Cal Colby.'

Ze giechelde zenuwachtig. 'Oké.' Ze keek over Duckworths schouder naar het huis aan de overkant. 'Ik geloof dat mevrouw Beecham aan het verhuizen is,' zei ze. 'Misschien gaat ze wel naar een bejaardentehuis.'

'Ik vraag het me af,' zei Duckworth. Net toen hij zich wilde omdraaien om naar de overkant van de straat te kijken, werd zijn aandacht door iets getrokken.

'Mevrouw Gaffney, weet u zeker dat uw man niet thuis is?'

'Wat zegt u?'

'Ik dacht dat ik iemand achter dat raampje zag.' Hij wees op een van de smalle vierkante raampjes in de garagedeur.

'Nee hoor, ik was net daarbinnen. Ik was het vuilnis aan het buitenzetten.' Ze lachte geforceerd. 'Als hij in de garage was, dan had ik hem wel gezien. Ik zal hem zo bellen en vragen waar hij uithangt. Hij zal u bellen, is dat goed?'

'Dat is goed, mevrouw Gaffney,' zei Duckworth langzaam. 'Bedankt voor uw...'

Op dat moment hoorden ze allebei het gegil. Niet vanuit de garage, maar vanaf de overkant van de straat. Het was Eleanor Beecham, die zich aan de deurpost vasthield. 'Nee! Nee!' schreeuwde ze. 'Wat zijn jullie aan het doen? Hou op! Hou op!'

Harvey Spratt en de andere man kwamen vanachter de vrachtwagen tevoorschijn en haastten zich naar het huis. Mevrouw Beecham hield zich met beide handen aan de deurpost vast, maar zakte desondanks langzaam door haar knieën. Norma doemde achter haar op.

'Wel verdomme!' zei Duckworth. Hij keek in beide richtingen, rende de straat over en pakte ondertussen zijn telefoon uit zijn binnenzak.

Toen Harvey de rechercheur zag, viel zijn mond open. Hij zei iets onverstaanbaars tegen de andere man. Norma probeerde de oude vrouw overeind te houden en zei: 'In godsnaam, mevrouw Beecham, ik had u toch gezegd in de kelder te blijven?'

'Met rechercheur Duckworth, Promise Falls Police,' sprak Duckworth hijgend in zijn telefoon. 'Ik heb een ambulance nodig.' Hij noemde het adres en kapte verdere vragen af door het gesprek te beëindigen. De telefoon zat alweer in zijn binnenzak toen hij de voordeur bereikte.

'Mevrouw Beecham,' zei hij.

'Ze is oké!' zei Norma, die haar handen onder de oksels van de vrouw had gestoken en haar overeind hield. 'Er is niets aan de hand!'

‘Wie is dat?’ De oude vrouw wees met een knokige vinger naar de man die Harvey hielp met het inladen van huisraad.

‘Hé, ik ben hier alleen maar om wat spullen te kopen,’ zei de man.

‘Heeft u deze mensen toestemming gegeven om uw spullen te verkopen?’ vroeg Duckworth aan mevrouw Beecham.

‘Nee, ik hoorde allemaal rumoer en ben toen naar boven gelopen. Alles is weg!’

‘Ze begrijpt het niet,’ zei Norma.

‘Goed, leg het me dan maar uit,’ zei Duckworth.

‘We helpen haar,’ hield Norma vol. ‘Zodat ze klaar is om te vertrekken.’

‘Om waarheen te vertrekken?’

Norma likte met haar tong langs haar lippen. ‘Om naar een verzorgingstehuis te vertrekken.’

‘Welk verzorgingstehuis?’ vroeg de oude vrouw.

‘Ja, welk verzorgingstehuis?’ viel Duckworth haar bij.

‘Het is in Albany,’ zei Norma. ‘Pine Acres.’

‘Laat me het papierwerk zien.’

‘Papierwerk?’

‘Geef me een naam,’ zei Duckworth. ‘Iemand die haar aanvraag heeft behandeld.’ Toen Norma aarzelde, zei hij resoluut: ‘Oké, ik weet genoeg.’

‘Kan ik de rest van de spullen inladen?’ vroeg de opkoper.

‘Wat heeft u hiervoor betaald?’ vroeg Duckworth.

‘Tweeduizend dollar.’

‘Geef hem zijn geld terug,’ zei de rechercheur tegen Harvey.

‘Vergeet het maar,’ zei Harvey. ‘Jij mag je helemaal niet met mijn privézaken bemoeien.’

‘Laat me iets zien,’ zei Duckworth. ‘E-mails, formulieren... Ik wil iets zien waarin staat dat mevrouw Beecham naar een verzorgingstehuis gaat, en dat iemand officieel toestemming heeft om in haar naam te handelen. Hebben jullie een volmacht van haar gekregen?’

Norma en Harvey wisselden blikken uit. ‘Ik weet zeker dat we dat ergens hebben liggen. Zeg het hem, mevrouw Beecham. Zeg hem dat we u verzorgen. Maar ik zal u eerst even naar binnen helpen.’

Ze begeleidde de oude vrouw het huis in, maar er bleek geen enkele zitplaats meer te zijn. Al het meubilair was uit de woonkamer verdwenen, afdrukken in het verbleekte tapijt gaven aan waar de bank, de fauteuils en de koffietafel hadden gestaan. Norma bracht de vrouw naar de trap en liet haar op de tweede tree zitten.

In de verte klonk een sirene.

'Ik begrijp het niet,' zei mevrouw Beecham. Vanaf haar positie op de trap keek ze de woonkamer rond. 'Waar is de bank gebleven?'

'We zullen voor de benodigde documenten zorgen,' zei Harvey tegen Duckworth. 'Het zal een dag of twee duren. Geef me je visitekaartje en ik zal contact met je opnemen.'

'Mevrouw Beecham, u zult zo onderzocht worden. Het ambulancepersoneel zal naar uw gezondheid kijken, dan weten we of alles goed is met u. Daarna gaan we uitzoeken wat er hier aan de hand is.'

'Heb je gehoord wat ik zei?' vroeg Harvey. Terwijl de rechercheur met Eleanor Beecham praatte, drong hij zich aan Duckworth op.

'Wil je me even de ruimte geven?' zei Duckworth.

'Ik vroeg, heb je gehoord wat ik zei?'

'En ik zei, wil je me even de ruimte geven?'

'Geef ons een paar dagen om dat papierwerk te regelen.'

Duckworth keek hem met onverholen ergernis aan. 'Waarom bellen we Pine Acres nu niet even om te vragen of ze hiervan weten? Wat dacht je daarvan?'

Norma en Harvey keken elkaar wederom aan, deze keer viel er beginnende paniek uit hun blikken af te lezen.

'Ik weet niet of er wel iemand aanwezig is vandaag,' zei Norma.

'Hoezo? Het is een doordeweekse dag.'

De sirene klonk harder.

Net toen Duckworth zich weer tot mevrouw Beecham wilde richten, greep Harvey hem bij zijn elleboog. De rechercheur draaide zich snel om en rukte zich los; hij priemde zijn wijsvinger in de richting van zijn belager.

'Raak me niet aan! Ik waarschuw je, als je me nog een keer aanraakt, dan arresteer ik je.'

'Wat een onzin,' zei Norma, die achter Duckworth stond. Zonder enige waarschuwing plaatste ze haar handen tegen zijn rug en gaf hem een stevige zet. Hij viel Harveys kant op, die hem hardhandig van zich af duwde. Duckworth was bang dat hij boven op Eleanor Beecham zou vallen – hij had dan wel wát gewicht verloren, maar hij was nog lang geen lichtgewicht – en probeerde van haar weg te draaien. Hij belandde met een harde klap op de tree naast haar.

Harveys gezicht liep rood aan. Hij zwaaide zijn been naar achter om de rechercheur een schop te geven, maar die verschoof zich snel en Harveys schoen raakte de traptree.

'Hou op!' gilde mevrouw Beecham.

Harvey besloot dat een volgende trap geen goed idee was. Hij balde zijn vuist en haalde uit. Net toen Duckworth op wilde staan werd hij vol in zijn borst geraakt, hij viel weer terug op de trap.

De rechercheur trok zijn colbert open om zijn pistool uit de holster te pakken. Een schot lossen in de besloten omgeving van een huis was wel het laatste wat hij wilde. Harvey had hem goed geraakt, maar de man was ongewapend. Hij hoopte dat het effect van een getrokken pistool genoeg zou zijn om de situatie onder controle te krijgen.

Maar net toen hij het wapen wilde trekken, werd de strijd opeens iets gelijkwaardiger.

Albert Gaffney – in T-shirt en trainingsbroek – stond opeens in de woonkamer. Hij vloog van achteren op Harvey af en wierp hem tegen de muur, het voorhoofd van Norma's vriend knalde tegen de gemetselde bakstenen.

Harvey zakte als een lappenpop in elkaar.

Hij hield een hand tegen zijn hoofd. 'Godverdomme!'

Albert keek naar de enigszins verbijsterde Duckworth en stak een hand uit om de rechercheur overeind te helpen.

'Constance zei dat u me iets wilde vragen,' zei hij.

50
Cal

Als ik geweten had dat we in een bioscoop zouden eindigen, dan was ik naar het strandhuis teruggelopen om mijn telefoon te pakken. Ik was uren niet bereikbaar.

Jeremy bleef maar klagen dat er geen kabel-tv in het huis was toen we in Sandwich een ijsje aten. Ik pakte een achtergelaten krant van het tafeltje naast ons en zag een advertentie van een bioscoopcomplex in Cape Cod. De films van zeven uur waren al begonnen, maar we konden er een pakken die na negenen begon. Ik reikte Jeremy de krant aan – hij was bezig aan een bananasplit met genoeg slagroom om hem in te begraven – en vroeg hem of er een film bij zat die hij wilde zien.

Hij wees me er een aan. 'Die.'

Het was zo'n superheldenfilm. Toen ik jong was, waren Batman, Superman en Spiderman de enige gekostumeerde misdaadbestrijders die ik kende. Ik wist dat er ook nog anderen waren, maar zij waren de enigen die me boeiden. Maar tegenwoordig waren er zo veel, dat ik me afvroeg of er genoeg kwaad in de wereld was om ze aan het werk te houden.

'Oké,' zei ik.

'Maar wat als iemand me herkent?' vroeg hij. 'Zoals bij dat hotel?'

Toen we in de auto stapten, gaf ik hem de Blue Jays-baseballpet die hij in de supermarkt had gedragen; ik zei dat hij de pet diep over zijn ogen moest trekken tot we op onze plaatsen zaten en de lichten doofden. En het werkte perfect. Niemand die op ons lette.

'Ik kan waarschijnlijk wel een lijst voor je maken,' zei Jeremy toen we naar het bioscoopcomplex reden.'

'Hè?'

'Van de gasten op het feest. Mensen met wie je kunt praten.'

'Oké,' zei ik.

'Maar ik weet niet wat je er precies mee wilt.'

'Laat dat maar aan mij over.'

'Ik bedoel, het is je werk niet eens.'

'Ik ben detective. Ik onderzoek zaken.'

'Maar dat is niet waarvoor je bent ingehuurd. Verwacht niet dat mijn moeder of Bob je voor extra werk zullen betalen. Vooral Bob niet. Hij is een gehaaide zakenman. Ze zullen zeggen dat je ze een poot hebt uitgedraaid.'

'Ik zal geen extra kosten in rekening brengen,' zei ik.

'Nou, van mij mag je. Wat zullen ze over de zeik zijn.'

Misschien had hij gelijk. Misschien waren dit mijn zaken niet. Ik was ingehuurd om hem te beschermen, en meer niet. Ik was niet ingehuurd door de verdediging.

Maar ik had te doen met die jongen. Behalve zijn familie en Bob was ik waarschijnlijk de enige op deze planeet die iets dergelijks voelde. Zijn vader leek niet echt met hem bezig te zijn.

'We hebben het er morgenochtend over,' zei ik. 'Misschien dat je dan een lijstje voor me kunt maken.'

Hij haalde zijn schouders op.

We kochten kaartjes, cola en een hoeveelheid popcorn die groot genoeg was om het plafond van een gemiddeld huis mee te isoleren. Jeremy en de rest van het publiek waren zeer ingenomen met de film en juichten bij het einde, vooral toen er korte fragmenten van het volgende deel werden vertoond. Al deze films waren hetzelfde. Een onopvallende man blijkt in het bezit van superkrachten. Hij neemt het op tegen een schurk die nog grotere superkrachten heeft. Uiteindelijk wint de held, maar niet voordat hij in een episch gevecht van groteske omvang verwikkeld raakt, waarbij er zo'n beetje een complete stad met de grond gelijk wordt gemaakt. En het doet er niet toe dat er duizenden mensen in de vuurzee omkomen, de vriendin van de held wordt immers gered!

Het was bijna middernacht toen we bij het strandhuis aankwamen. Hadden we maar een licht aangelaten. Ik liet de koplampen van de auto aanstaan, zodat ik de voordeur kon openen, Daarna knipte ik binnen en buiten het licht aan en gaf Jeremy een seintje dat hij de koplampen kon uitzetten.

Ik rook iets wat me niet beviel. Het leek wel gas of iets chemisch. Ik vroeg me af of het van de oceaan overdreef, of dat het van een van de buren afkomstig was. Hoewel er op het moment niemand aanwezig leek te zijn, stonden er allemaal boten van divers formaat op trailers bij de omliggende strandhuizen. Het zou kunnen dat iemand brandstof had gemorst toen hij de boot vaarklaar wilde maken. Of dat iemand benzine had proberen te stelen door het over te hevelen.

Toen we binnen waren, liep Jeremy direct naar de koelkast om iets te snaaien. Ik had zo veel popcorn op dat ik eerder trek had in Rennies of iets dergelijks. Die had ik niet meegebracht, wel vond ik een buisje Pepto-Bismol.

Ik knipte het licht op de bovenverdieping aan en pakte mijn telefoon, die op het bed lag. Ik had één gemist gesprek, een voicemail en een e-mail. Ze bleken afkomstig te zijn van Barry Duckworth, mijn vriend van de Promise Falls Police. Ik luisterde aandachtig en bewaarde het bericht.

Toen opende ik de e-mail die hij me had gestuurd. Het was een foto van die Cory Calder voor wie hij me had gewaarschuwd.

'Shit,' zei ik tegen mezelf. Het was de man die ons op het strand had aangesproken.

Ik keek door de glazen schuifpui de donkere nacht in en voelde me opeens zeer kwetsbaar. Het eerste wat ik deed was het licht uitdoen.

'Jeremy,' zei ik, luid genoeg dat hij het beneden zou horen.

'Hmm?' zei hij met volle mond.

Ik liep naar de metalen wenteltrap. 'We vertrekken,' zei ik zo rustig mogelijk.

'Hmm?'

'Pak je spullen in. En doe alle lampen uit beneden. Nu. Het zal in het donker moeten. Pak zo snel mogelijk alles wat je hebt.'

'Wat is er aan de hand?' Hij had zijn eten kennelijk doorgeslikt.

'Doe het nou maar gewoon.'

Een paar seconden later gingen de lichten beneden uit. De trap was maar breed genoeg voor één persoon, dus Jeremy wachtte tot ik beneden was waarna hij zelf naar boven liep. Zijn slaapkamer was boven, de mijne beneden. We pakten onze spullen in. Ik legde mijn koffer op het bed en was binnen een minuut klaar. Het enige wat ik er niet in stopte was mijn pistool.

Ik merkte dat er weer licht aan was. Zacht riep ik vanaf de trap tegen Jeremy: 'Licht uit, zei ik toch?'

'Ik heb niets gedaan,' zei hij. 'Ik dacht dat jij het was.'

Het was op dat moment dat ik me realiseerde dat het geen lamp in huis was. Het licht kwam door de ramen naar binnen. Snel keek ik door het raam van de achterdeur, het konden de koplampen van een auto zijn.

Maar het waren geen koplampen. Het was vuur. En het kwam niet alleen vanaf die kant van het huis. Binnen een paar seconden zag ik achter alle ramen van het huis vlammen verschijnen.

Iemand had het huis in brand gestoken.

51

Maureen Duckworth knoopte de ceintuur van haar ochtendjas vast en liep de trap af. Haar man zat aan de keukentafel, hij was nog in zijn pak en had zijn stropdas losgetrokken. Op tafel stonden een halfleeg biertje en een flesje Tylenol, daarnaast lag zijn telefoon. Het was bijna middernacht.

'Kom je niet naar bed?' vroeg ze.

'Ja, zo. Ik heb even een minuutje nodig, dat is alles.'

Ze ging tegenover hem zitten. 'Ik heb de hele dag door contact gehad met Trevor.'

Duckworth knikte zorgelijk. 'Ik ook. Ik zag dat zijn auto er niet staat?'

'Hij is nog steeds aan het wachten op de parkeerplaats bij Carols appartement.'

'Mijn god, ze is nu al zeventien uur vermist.'

'Hij hoopt nog steeds dat ze thuis zal komen.'

Duckworth knikte langzaam. 'Ja,' zei hij uiteindelijk.

'Zal ze nog thuiskomen?' vroeg zijn vrouw.

'Ik heb werkelijk geen idee. Misschien dat ik naar hem toe moet gaan. Dan wachten we samen.'

Ze legde een hand op de zijne. 'Je gaat niet meer op pad. Je kunt je ogen nauwelijks openhouden.'

Hij zette het flesje bier aan zijn lippen en nam een slok. 'Hij heeft me zijn tatoeage laten zien.'

'Dat heeft hij me verteld, ja.'

Duckworth voelde zijn ogen vochtig worden. Hij keek weg van Maureen. Hij staarde naar het raam en de duisternis die erachter lag. 'Ik wist van niets.'

'Hij houdt van je. Hij respecteert je.'

Duckworth haalde zijn schouders op.

'Hou op,' zei Maureen. 'Jullie mogen dan weleens botsen met elkaar, maar jij bent zijn held.'

'Ja, nou, ik weet het niet.' Hij zweeg een moment. 'Maar goed, er is zoveel wat ik niet weet. Bijvoorbeeld waar Carol is. Misschien dat ze wel bij die jongen van Calder is. Maar leeft ze nog?' Hij schudde weer langzaam zijn hoofd. 'Ik weet het niet. Het ziet er niet goed uit, eerlijk gezegd.'

'Dat heb je niet tegen Trevor gezegd.'

'Nee, dat heb ik niet tegen Trevor gezegd.'

Ze zwegen een lang moment. Uiteindelijk zei Maureen: 'Waar is die Tylenol voor?'

'Ik heb pijn.'

Hij vertelde haar wat er in het huis van Eleanor Beecham was gebeurd. Hoe Norma en Harvey hem tegen de grond hadden gewerkt. Hoe hij een knal op zijn borst had gekregen.

'Ze zijn gearresteerd voor mishandeling van een ambtenaar in functie,' besloot hij. 'Er zijn maatschappelijk werkers gekomen om zich over mevrouw Beecham te ontfermen. Weet je nog, die jongen wiens rug was getatoeëerd? Zijn vader kwam er net op tijd aan. Hij heeft me uit die hachelijke situatie gered.'

'Goed dat hij er was.'

'Ja.'

'Waar doet het pijn?'

'Zo'n beetje overal.'

'Oké.'

Duckworth dacht even na, strekte toen zijn arm uit, wees op zichzelf en draaide zijn wijsvinger rond. 'Daar dus ongeveer.'

Ze glimlachte. 'Je ziet er moe uit.'

'Het is een lange dag geweest.'

'Ik bedoel, de hele tijd. Sinds wat er gebeurd is vorig jaar.'

'Ja,' zei hij. 'Ik denk er veel over na. Randy belde me, hij smeekte me om naar die herdenkingsbijeenkomst te komen. Hij wil me zo'n stomme plaquette overhandigen.'

Maureen knikte. 'Ik denk dat je het maar moet doen.'

'Maar ik heb er geen zin in.'

'Dan maak je maar zin. De mensen zijn je dankbaar, en dat willen ze laten zien.' Ze aarzelde. 'Hij heeft mij ook gebeld.'

'Heeft Finley je gebeld?'

'Hij vroeg me of ik je wilde overhalen.'

Duckworth grijnsde. 'Die eikel. Hij zei dat een herdenking zonder mij als een massage zonder happy ending zou zijn.'

'Tegen mij formuleerde hij het ietsje anders,' zei Maureen.

'En wat heb je tegen hem gezegd?'

'Ik heb gezegd dat het aan jou was. Jij mag het zeggen.'

Hij bestudeerde haar gezicht. 'En als ik er nu eens mee stopte? Als ik met vervroegd pensioen ging en iets anders zou gaan doen?'

'Dat is ook aan jou.'

'Jij zou het een goed idee vinden, toch?'

'Dat heb ik nooit gezegd. Je houdt van je werk. Ik kan niet van je verlangen dat je ermee stopt.'

Hij keerde zijn hand op de hare en kneep erin. 'Ik zit er wel eens aan te denken.'

'Om te stoppen?'

Hij knikte langzaam. 'Het is een baan voor jongere kerels.' Hij glimlachte grimmig. 'En ook voor slankere kerels.'

Ze stond op, liep om de tafel heen en ging op de stoel naast de zijne zitten. Ze leunde tegen hem aan en legde haar hoofd op zijn schouder. 'Ik vind elk besluit prima, zolang het maar is wat jíj wil. Ik wil niet dat je het voor mij doet.'

'Waarom zou dat zo erg zijn?'

Maureen draaide zich naar hem toe, haar knieën drukten tegen zijn bovenbeen. Ze boog zich naar hem toe en kuste hem zacht op zijn wang.

'Ik ken iemand die zich wel eens zou kunnen scheren,' zei ze.

'Ik ga voor de *Miami Vice*-look.'

'Mijn god, hoelang geleden was dát wel niet?'

Ze kuste hem nog eens, plaatste haar hand onder zijn kin en draaide zijn hoofd naar haar toe. Ze drukte haar lippen op de zijne en hield ze daar enige seconden. Duckworth legde zijn hand op haar wang.

'Ik hou van je, hoor,' zei ze.

'Ik zou bij god niet weten waarom,' zei hij.

'Ach, hou toch op.'

'Je bent met leuke mannen uit geweest, maar je bleef bij mij hangen.'

'Ik zou nooit bij een man blijven hangen.'

'Dat bedoel ik ook niet. Maar je had het beter kunnen doen.'

'En jij veel slechter,' zei ze terwijl ze hem nog een snelle kus gaf. 'Maar ik heb jou gekozen.' Ze glimlachte naar hem. 'Die anderen kwamen niet eens in de buurt.'

Hij sloeg zijn armen om zijn vrouw heen en zei: 'Ik heb Cal Weaver vandaag gebeld. Herinner je je hem nog?'

'Natuurlijk.'

'Ik heb zijn voicemail ingesproken.' Hij strekte zijn arm uit naar zijn telefoon, draaide hem om en liet hem even oplichten. 'Belde hij me maar terug. Maar goed, soms denk ik er weleens over om zulk werk te gaan doen.'

'Een privédetective worden, bedoel je?' Ze vouwde haar vingers achter zijn nek samen.

'Ja. Dan kun je zelf bepalen wat je doet en wat niet, in plaats van alles te moeten doen wat je toegewezen wordt.'

'Wil je in slaapkamers van vreemden gaan gluren om bewijsmateriaal voor echtscheidingszaken te vergaren? Dat is jouw niveau toch niet. Ik kan me niet voorstellen dat je daar gelukkig van zult worden.'

'Volgens mij doet Cal bijna nooit dat soort werk.'

'Vast wel als hij niet genoeg opdrachten heeft.'

Duckworth haalde zijn schouders op. 'Misschien. Maar weet je, als ik nu stop, dan heb ik al recht op een pensioen. Het is niet zo heel veel. Maar ik zou het met mijn werk als privédetective kunnen aanvullen. Ik kan dan nog steeds doen waar ik goed in ben, maar ik zal minder vaak in gevaarlijke situaties terechtkomen.'

'Komt Cal dan nooit in gevaarlijke situaties terecht?'

'Soms misschien. Maar niks al te serieus.'

52

Albert Gaffney lag onderuitgezakt op de bank naar *NCIS* te kijken toen zijn vrouw binnenkwam en zijlings op de ligstoel ging zitten.

'Het is laat,' zei Constance.

'Hoe gaat het met hem?' vroeg hij zonder zijn blik van het tv-scherm af te wenden.

'Hij heeft het meeste van de soep opgegeten. En een tonijnsandwich.'

'Nou, dat is tenminste iets.'

'Is dat geen herhaling?' vroeg ze nadat ze een blik op het scherm had geworpen.

'Ik geloof het wel, maar ik kijk eigenlijk ook niet echt. Waar is Monica?'

'Ze is in haar kamer naar muziek aan het luisteren.'

'Hmm.'

'Albert,' zei ze.

Hij kon zijn ogen niet van het scherm afhouden, alsof hij erdoor gehypnotiseerd was.

'Albert, zet hem eens uit,' zei ze vriendelijk.

Hij draaide langzaam zijn hoofd om haar aan te kijken, en leek haar verzoek in overweging te nemen. Uiteindelijk pakte hij de afstandsbediening en klikte de tv uit.

'Wat?'

'We... we moeten praten.'

'Er is niets om over te praten. Alles is gedaan. De auto is schoon. De garage ook. Het enige wat je hoeft te doen, is je mond houden, Constance. Als je je mond houdt, zal er niets gebeuren.'

'Het was... Hij was het niet.'

Albert keek haar aan.

'Ze zijn op zoek naar die Calder.'

'Ik weet het, ik heb met Duckworth gepraat.'

'Dus... dat hij waarschijnlijk niet degene was die... Die man. Hij is het niet geweest.'

'Hij is het wel geweest,' zei Albert. Zijn gezicht verstrakte. 'En zelfs als hij niet degene is geweest die Brians rug heeft bewerkt, hij heeft hem nog steeds verwond. Daarom dus.'

Hij zette de tv weer aan.

'Albert.'

Hij zuchtte en zette de tv weer uit. 'Ja, wat?'

'De politie zal vragen stellen. Ze zullen terugkomen.'

'Niemand heeft me gezien. Ook niet op de vuilstortplaats. Niemand heeft iets gezien.'

'Maar Brian dan?' zei ze.

'Hoe bedoel je? Hij is nu thuis. Hij komt er wel weer bovenop. Je hebt je zin gekregen, hij woont nu weer bij ons.' Er klonk een sneer door in zijn stem.

Constance keek naar hem en vroeg zich af wat er met Albert was gebeurd. Ze was nooit eerder bang voor hem geweest, maar nu wel.

'De politie zal terugkomen om met Brian te praten,' zei ze. 'Als Frommers vrouw hem als vermist opgeeft, als ze dat al niet heeft gedaan, dan zal ze waarschijnlijk vertellen over de confrontatie die hij met Brian heeft gehad. Ze zullen hem daarover willen ondervragen.'

Albert schudde langzaam zijn hoofd. 'Het zal goed komen. Brian lag in het ziekenhuis toen Frommer vermist raakte. Er zijn getuigen. Nee, het zal goed komen.' Hij zweeg. Zijn gezicht werd donker. 'Tenzij...'

'Tenzij wat?'

Albert stond op en verliet de kamer zonder iets te zeggen. Hij liep naar boven en klopte zacht op de deur van zijn zoons slaapkamer.

'Ja?'

Hij duwde de deur open. Brian lag in bed met zijn rug tegen het hoofdkussen. De nachtlamp was aan en hij was een stripboek uit de *Sin City*-reeks aan het lezen.

'Heb je even?' vroeg Albert.

Brian legde het album opengeslagen op het dekbed. 'Natuurlijk.'

Albert ging op de rand van het bed zitten. 'Het is fijn dat je weer thuis bent.'

'Ik ben blij om weer hier te zijn. Misschien dat ik mijn appartement maar moet opzeggen.'

'Zorg eerst maar dat je beter bent, en daarna moet je maar kijken. Misschien is het wel een goed idee.'

'Het ziekenhuis heeft me pijnstillers meegegeven. Ze werken geloof ik wel.'

'Mooi. Dat is mooi. Luister, we hebben iets te bespreken.'

'Oké.'

'Toen ik in de auto naar je op zoek was en je uiteindelijk ook vond, vertelde je me over Ron Frommer, en wat hij je had aangedaan.'

Brian knikte.

'Aan wie heb je het verder verteld?'

'Ik heb het aan niemand verteld. Ik wilde hem niet in de problemen brengen, omdat hij het dan op Jessica zou kunnen afreageren.'

'Dat is zo, ja. Dus je hebt het ook niet in het ziekenhuis verteld?'

'Nee.'

'En je hebt het niet aan de politie verteld?'

'Nee.'

Albert knikte. 'Oké. Het is mogelijk, de kans bestaat, dat de politie je over hem zal ondervragen.'

'Heb je het ze verteld? Pa, ik had gezegd dat je dat niet moest doen.'

'Nee, nee, dat heb ik niet gedaan. Maar als Jessica de politie vertelt dat je bij hen aan de deur bent geweest, dan zullen ze misschien wel met je willen praten.'

'O. Ja, dat zou kunnen. Maar alleen als ze het hun vertelt. Maar waarom zou ze dat doen? Ze zal hem niet in de problemen willen brengen.'

'Dat zou kunnen,' zei Albert. 'Maar luister, als er iets met Ron is gebeurd, dan zullen ze iedereen willen spreken met wie hij de laatste tijd ruzie heeft gehad.'

Brian keek bedenkelijk. 'Ik begrijp het niet. Zit ik in de problemen?'

'Nee. Hoe zou dat kunnen? Jij lag in het ziekenhuis. Als er iets met Ron is gebeurd, nou, dan kan jij er onmogelijk iets mee te maken hebben.' Hij zweeg een moment. 'Maar er is één ding dat je nooit moet vergeten, voor het geval iemand je er vragen over stelt.'

'En dat is?'

'Je hebt me nooit, maar dan ook nooit zijn naam verteld. Je hebt me nooit, maar dan ook nooit verteld waar hij woont.'

Brians verwarring groeide. 'Maar dat heb ik wel.'

'Nee,' zei zijn vader resoluut. 'Dat heb je niet.'

Brian liet dit even inzinken. 'Oké,' zei hij uiteindelijk. 'Ik heb het je nooit verteld.'

Albert glimlachte. 'Zo mag ik het horen. En het doet er niet toe hoe vaak iemand je die vraag stelt, het blijft altijd nee. Je hebt het me nooit verteld.'

Brian knikte langzaam. 'Oké.'

Albert klopte op zijn bovenbeen, dat onder het dekbed lag. 'Zo is het goed, jongen. Zo is het goed. En nu beter worden, hè?'

Brian knikte.

Albert stond op en liep naar de deur. Net toen hij op de gang was en de deur achter zich wilde sluiten, zei Brian: 'Pa?'

'Ja, zoon?'

'Ik hou van je.'

'Ik hou ook van jou, Brian.'

53

Carol Beakman was wakker.

Min of meer.

Ze hoorde de man lopen in de kamer, waar die zich ook mocht bevinden. Ze zweefde tussen waak en slaap. Het middel dat hij had gebruikt om haar te drogeren begon uit te werken; ze wilde proberen los te komen – ze lag vastgebonden op een bed – maar ze mocht niet de aandacht op zich vestigen.

Het eerste wat er moest komen was een helder hoofd, ze moest erachter zien te komen in wat voor toestand ze verzeild was geraakt.

Langzaam kwam alles terug.

Hoe ze naar het huis van Dolly Guntner was gereden. Hoe ze haar had verteld dat de politie onderzoek deed naar de gebeurtenissen die in de steeg naast Knight's hadden plaatsgevonden. Hoe Dolly hysterisch werd, en hoe haar vriend Cory – *ja, zo heette hij, die jongen die haar had gegrepen toen ze in haar auto wilde stappen* – hysterisch werd omdat zíj hysterisch werd. Waardoor Carol het idee kreeg dat Dolly en deze Cory niet alleen wisten dat er daar iets was gebeurd, nee, ze hadden er iets mee te maken.

En toen liet ze die verdomde handtas vallen. Mijn god, net als een dom wicht in een griezelfilm. Alles lag over de grond verspreid, en ze zag haar autosleutels er niet tussen liggen. Ze verloor er precies de tijd mee die ze nodig had gehad om in haar auto te stappen, weg te scheuren en Trevor te bellen. Dan kon hij zijn vader waarschuwen.

Daarna was er een tijdlang niets geweest.

Ze had het gevoel gehad dat ze ergens heen werd gereden. Ze lag op haar zij; haar armen waren op haar rug gebonden en haar enkels zaten ook aan elkaar vast. Ze bevond zich in een pick-uptruck of een busje.

Ze zakte geregeld weg, om dan weer volledig groggy wakker te worden.

Cory praatte veel, maar ze wist zeker dat hij eerder in zichzelf sprak dan tegen haar. Ze dacht niet dat hij wist dat ze hem hoorde. Terwijl hij de auto bestuurde, zei hij dingen als: 'Heb je je bikini meegebracht? We gaan namelijk naar het strand! Ben je ooit op Cape Cod geweest? Nee, ik ook niet, maar het moet er prachtig zijn.'

Op andere momenten leek het alsof hij haar ervan wilde overtuigen dat hij geen slecht mens was.

'Wat er met Dolly is gebeurd, was absoluut niet mijn bedoeling,' zei hij. 'Maar ze werd hysterisch. Ik was bang dat ze naar de politie zou stappen om hun alles te vertellen. Ik kon niet anders, toch? Ze had geen oog meer voor het belang van onze missie.'

Hij had een keer een zijdelingse blik in de laadruimte geworpen en gezegd: 'Ik word beroemd. Iedereen zal het over me hebben. Ik maak namelijk het verschil. Weet je wat ik ben? Een instrument. Een instrument van gerechtigheid. Van vergelding.'

En hij vroeg haar meerdere malen hoe hij het aan moest pakken.

'Het wordt anders deze keer,' zei hij. 'Het zal niet zoals bij Pierce worden, of bij die jongen die we per ongeluk onder handen hebben genomen. Deze klus moet simpel worden afgehandeld. Ik heb een speeltje van mijn vader meegenomen dat er perfect voor is.'

Een totaal geschifte idioot.

Even had ze gedacht, op een moment dat ze erg ver weg was geweest, dat hij bij een verzekeringsbedrijf of zoiets werkte. Hij bleef er maar over doorgaan dat er een onderpand moest zijn. Toen realiseerde ze zich dat zíj zijn onderpand was. Ja, dat had hij gezegd. Alsof hij haar als gijzelaar had meegenomen. Ze was zijn waarborg. Ze zou zijn ticket naar de vrijheid zijn als alles misliep.

Maar misschien was dat wel goed. Het betekende misschien dat hij haar in leven zou houden. Maar dat wilde niet zeggen dat Carol Beakman geen doodsangsten uitstond.

Ze vroeg zich af of hij nog andere diensten van zijn gijzelaar zou verlangen. Er was tot nu toe nog niets geweest dat erop wees dat ze in de klauwen van een seksueel roofdier terecht was gekomen. Maar dat was een schrale troost.

Niet aan zulke dingen denken. Denk aan ontsnappen. Denk na, denk na, denk na, denk na.

Toen ze hun bestemming bereikten, drong het vaag tot haar door dat ze vanaf de auto naar een huis werd gebracht. Ze hing over zijn schouder en werd vervolgens op een bed gelegd. Zo'n ouderwets kampeerbed op wieltjes en met hoge metalen springveren. Hij legde haar op haar buik en hij bond haar handen aan het hoofdeinde vast, haar enkels aan het voeteneinde.

Hij gooide een deken over haar heen.

'Ik denk dat we de haard niet hoeven aan te steken,' zei hij. 'En rook uit de schoorsteen zal alleen maar aandacht trekken, denk je niet?'

Hij gaf haar een por. 'Word je nu eindelijk eens wakker? Je bent lang onder zeil geweest.'

Ze zei niets.

'Je zult je wel redden hier,' zei hij.

Weer gaf ze geen antwoord. Toen ze bijkwam had ze haar ogen dichtgehouden, en ze daarna voorzichtig tot spleetjes geopend om de omgeving in zich op te nemen. Maar even later hoorde ze een deur open- en dichtgaan, en toen ze zijn adem niet meer hoorde, opende ze haar ogen wijd.

Ze lag in een huisje. Een soort kleine cottage. De oceaan moest in de buurt zijn. Ze kon de zoute lucht ruiken, en ze hoorde meeuwen krijsen. Daarbij had Cory gezegd dat ze naar Cape Cod gingen. Hij achtervolgde iemand, zoveel had ze inmiddels begrepen. Toen ze haar ogen op een gegeven moment op een kiertje had geopend, had ze gezien dat hij iets in zijn hand hield. Maar hij draaide zich om, waardoor ze het niet meer kon zien.

Het had eruitgezien als een revolver.

De angst sloeg haar om het hart.

Het begon donkerder te worden, maar Cory wilde geen licht ontsteken in het huisje. Hij had een houten stoel bij het raam aan de verre wand gezet en keek naar buiten.

'Ze vertrekken,' zei hij. 'Shit. Waar gaan ze verdomme heen?'

Carol begon in het zwakke licht haar polsen langs de touwen te bewegen. Haar handen waren stijf geworden; als Cory niet keek, wiebelde ze haar vingers op en neer om de bloedsomloop te stimuleren. De touwen om haar enkels waren minder strak aan het bed vastgebonden, waardoor ze haar lichaam enigszins richting het hoofdeinde kon bewegen. Ze zou haar tanden in het touw kunnen zetten als er gelegenheid voor was.

Na een tijd – Carol had geen idee hoeveel uren het waren, maar het was nu volledig donker geworden – stond Cory op en begon door de ruimte te ijsberen. 'Jezus, ze zijn al een eeuwigheid weg! Waar blijven ze, verdomme? Straks zijn ze voorgoed vertrokken en dan zitten wij hier.' Hij schudde kwaad zijn hoofd. 'Ik ga nog maar eens buiten kijken.'

Hij liep naar buiten. Carol dacht dat ze de schuifdeur van het busje hoorde. Hij kwam enige tijd later – tien, twintig minuten? – terug. 'Niets, helemaal niets,' mompelde hij.

En toen verdween hij weer.

Carol zette haar tanden voor de zoveelste keer in het touw, maar ze leek geen enkele vooruitgang te boeken.

De deur zwaaide open. Cory ging nu bij het raam zitten.

'Oké,' zei hij. 'Daar gaan we dan.'

Carol hoorde een auto voorbijrijden.

'Ze zijn vast naar een film gegaan,' hoorde ze hem zeggen. 'Waar zouden ze anders zo lang zijn geweest?'

Het bleef een moment stil. 'Oké, mooi. Ze gaan naar binnen.'

Hij stond met een ruk op en haalde een paar keer diep adem. 'Dit is het dan,' zei hij zacht voordat hij de deur opende en hem weer achter zich sloot.

Carol wist niet wat hij met 'het' bedoelde, maar het voorspelde niet veel goeds.

Ze wrong zich naar voren en zette haar tanden weer in het touw.

54
Cal

Voor zover ik kon zien, was het hele strandhuis door vlammen omringd. Iets brandbaars – misschien benzine, of misschien iets wat minder sterk rook – was langs alle kanten van het huis gegoten. De vlammen likten langs de raamkozijnen.

'Cal!' schreeuwde Jeremy van boven.

'Ik kom eraan!'

'Vuur!' riep hij. 'Er is vuur!'

Ik rende naar de open keuken en begon kastjes open te trekken. Er was geen licht aan, maar de gloed van de vlammen was genoeg om alles te kunnen zien. Ik herinnerde me dat ik ergens een brandblusapparaat had gezien toen we de keukenkastjes opentrokken om te zien wat er allemaal in huis was.

Ik vond het onder het aanrecht. Het was niet groot, meer iets om een keukenbrandje mee te bestrijden. De houder was niet dikker dan een koffiemok en het apparaat was zo'n vijftig centimeter lang. Misschien dat het genoeg was om door de voordeur naar buiten te gaan. Ik pakte hem en trok de veiligheidspin eruit; het schuim zou er nu uit spuiten als ik de hendel indrukte.

Toen schoot het me te binnen dat er nog een uitgang was.

Ik haastte me met het brandblusapparaat naar de bovenetage, waar Jeremy klaarstond met de rugzak over zijn schouder.

'Deze kant op!' zei hij terwijl hij op de schuifpui bij het balkon wees.

Dat was wat ik ook had gedacht. Het vuur was op de begane grond, maar het balkon grensde aan de bovenverdieping. We konden de buitentrap nemen, over de vlammen heen springen en ontsnappen. Als het vuur al te hoog was, zouden we vanaf het balkon in het zand kunnen springen. Dat moest te doen zijn.

Jeremy maakte aanstalten om naar de schuifpui te lopen. Ik greep hem bij zijn arm en zei: 'Nee.'

'Wat?'

'Dat is precies wat hij wil. Het is de enige uitgang die er nog is.'

Jeremy keek me met grote ogen aan. 'Hoe bedoel je?'

'Ik bedoel dat hij zit te wachten tot we op het balkon verschijnen.'

'Wie is *hij*?'

De rook werd scherper. De vuurgloed verlichtte de ramen van de bovenverdieping.

'Wat gebeurt er als we via het balkon gaan?' zei Jeremy.

Dan worden we neergeknald, dacht ik.

'Het is niet veilig.'

'Het is ook niet veilig om hier te blijven!'

Dat was waar.

Als die kerel voor wie Duckworth me had gewaarschuwd op ons zat te wachten, waar zou hij dan zijn?

De plankieren. Het ongeveer dertig meter lange looppad dat over het helmgras naar het strand leidde. Het zou de perfecte plek zijn om ons op te wachten; de loop van het geweer op het balkon gericht. Hij zou ons uitschakelen, de een na de ander. Een nachtvizier zou het allemaal nog simpeler maken, maar zelfs al had hij die niet, dan zouden we nog duidelijk zichtbaar zijn. Het was een heldere nacht, en het balkon werd door het vuur verlicht.

'Naar beneden,' zei ik.

'Wist je dat dit zou kunnen gebeuren?' vroeg Jeremy, die achter me aan de trap af liep. 'Zei je daarom dat we moesten vertrekken?'

'Ik kreeg een waarschuwing,' zei ik. 'Die man die we op het strand tegenkwamen.'

'Wat? Hoe...'

'Niet nu.'

We stonden bij de achterdeur. Eerst draaide ik de sleutel om. Met mijn ene hand hield ik de warme deurknop vast, in de andere hield ik het brandblusapparaat.

'Zodra we buiten zijn, ren je zo hard mogelijk. Hou je laag, probeer onzichtbaar te blijven en wees stil. Ren naar het huis van de buren, dat huis rechts van ons, en verstop je daar ergens, het maakt niet uit waar, en wacht tot ik roep dat de kust veilig is.'

'En de auto dan?'

'Daar hebben we geen tijd voor. Het zal te lang duren voordat we erin zitten en hem kunnen starten. Hij zal er dan al zijn.' Ik keek hem aan en legde een hand op zijn schouder. 'Het komt goed.'

Hij knikte, maar hij leek helemaal niet overtuigd. Misschien was het wel omdat ik er niet zo overtuigend uitzag.

'Ben je er klaar voor?'

Nog een knikje.

Ik draaide de knop om – hij begon al heet te worden – en trok de deur open. Tegelijkertijd drukte ik de hendel in en richtte de straal op de bron van de vlammen. Ik moest een smal pad voor ons maken. Als we eenmaal een halve meter van het huis af waren, hoefden we ons geen zorgen meer te maken over het vuur.

Maar wel over een kogelregen.

Ik spoot de grond vol met schuim, de vlammen doofden. 'Ik ga eerst,' zei ik. Ik sprong naar buiten, was in enkele stappen bij de Honda en hurkte bij het spatbord neer. Ik wenkte Jeremy. Hij schoot het huis uit en voegde zich bij me. We konden nu zien hoe hoog het vuur al was opgelaaid. De vlammen kropen langs de wanden omhoog, sommige likten al langs de dakgoot.

Ik wees naar het dichtstbijzijnde huis. 'Wegwezen.'

Jeremy gaf een kneepje in mijn arm en sloop de duisternis in. Het grind knerpte onder zijn voeten – dat was het eigenlijk niet, de meeste opritten hier bestonden uit gemalen schelpen – maar het zou niet boven het geloei van het vuur uitkomen.

Ik legde het brandblusapparaat op de grond en pakte mijn pistool, dat ik achter mijn broekriem had gestoken. Langzaam sloop ik van de ene naar de andere kant van de auto, van waaraf ik een beter uitzicht op de plankieren naar het strand had. Ik moest een paar keer met mijn ogen knipperen om aan de duisternis te wennen en te kunnen focussen.

Er was iemand, precies zoals ik had gedacht. Het was niet meer dan een donkere gedaante, die nauwelijks door de vlammen werd verlicht. Hij hield iets in zijn handen, iets wat op het balkon was gericht.

Hij moest zich afvragen waarom het zo lang duurde voordat we naar buiten kwamen. Waarschijnlijk zou hij er niet meer lang blijven. Ik had hem nu een halve minuut geobserveerd, en ik voelde zijn ongeduld groeien. Hij liet zijn wapen zakken en deed enkele stappen in de richting van het strandhuis. Hij stopte, hield zijn hoofd scheef en tuurde in de richting van het huis. Toen kwam hij nog twee stappen dichterbij.

Ik hield mijn pistool met beide handen vast en steunde op de motorkap om zuiverder te kunnen schieten. Als dit een film was, dan schoot ik die klootzak zó met één schot neer. Maar het was donker en hij bevond zich op meer dan twintig meter van me vandaan. Bovendien stond hij zijlings naar me toe, waardoor hij een moeilijk doelwit was.

Ik moest hem dichterbij hebben.

Hij had al de nodige inspanningen voor deze moordaanslag verricht, dus ik verwachtte niet dat hij op zou geven. Maar het verliep anders dan gepland, en misschien wist hij al dat hij het verknald had. Hij bleef langzaam mijn kant op sluipen tot hij boven aan de treden stond die de plankieren met het helmgras voor het huis verbonden.

De man was nu zo'n negen meter van me verwijderd.

Hij liep langs de achterkant van het huis en zag dat de vlammen bij de achterdeur onderbroken waren. Ik meende hem binnensmonds te zien vloeken.

'Geen beweging!' riep ik.

Soms druk je je uit in clichés. Natuurlijk beweegt iemand zich als je hem dit toeroept. Misschien niet zoveel, maar je schrikt sowieso op als het je wordt toegeroepen. Hij verstijfde en draaide zich naar me toe. Ik zag nu dat zijn wapen een geweer was.

Om zo'n ding op je schouder te zetten en te richten duurt wat langer. Het was geen revolver.

'Ik zou het niet doen!' zei ik.

En ja hoor, hij ging het wél doen.

Hij drukte het geweer tegen zijn schouder. Ik haalde de trekker over.

Ik raakte hem in zijn rechterschouder. Hij sloeg naar rechts en struikelde achterover. Maar hij wist het geweer vast te houden, zelfs toen hij op de grond viel.

Ik verschoof naar het midden van de auto, zodat ik tenminste tot aan mijn borst beschermd was. Ik hield mijn pistool nog steeds met beide handen vast, mijn armen rustten op het dak van de Honda.

'Blijf liggen!' riep ik.

Hij was op zijn zij beland, maar had zich op zijn rug gerold en probeerde nu in een zittende positie te komen. Ik bedacht dat ik nog zo'n zes seconden had voordat hij zijn wapen op me zou kunnen richten.

Ik rende om de auto heen en spurtte op hem af, mijn pistool in mijn rechterhand.

Hij zag me aankomen, en hij wist dat hij de tijd niet had, maar dat weerhield hem er niet van om het te proberen. Hij richtte zich half op en wilde het geweer in mijn gezicht slingeren, maar voordat hij dat kon doen, schopte ik hem tegen zijn hoofd.

En ik raakte hem goed.

Zijn hoofd sloeg achterover en zijn bovenlichaam smakte tegen de grond. Hij had het geweer losgelaten. Ik greep het wapen, wierp het weg en richtte mijn pistool op zijn voorhoofd. Zijn bezwete gezicht gloeide als neon in het licht van de vlammen.

Voor het eerst kon ik onze mislukte moordenaar goed bekijken. Het was een middellange man van in de veertig met grijs gemillimeterd haar.

Ik keek nog een tweede keer en vroeg hem toen: ‘Waar is die andere kerel?’

Met die ‘andere kerel’ bedoelde ik de man van wie Barry Duckworth me een foto had gemaild.

Cory Calder.

Dit was hem niet.

55

Calder keek toe hoe de Honda de oprit van het strandhuis op reed. Hij zag Pilford en Weaver uitstappen en het huis ingaan.

Hij had zich achter de auto aan gehaast toen die voorbijreed. Nu stond hij achter een heg langs de weg, een goede plek om alles in de gaten te houden.

Hij had erover nagedacht.

Ze moesten allebei worden doodgeschoten. Weaver was er om Pilford te beschermen, dus hij moest hem uitschakelen, hoe dan ook. Misschien dat hij dat vroeger betreurd zou hebben. Het was tenslotte niet deze bodyguard die een meisje had doodgereden en ermee was weggekomen. Maar, als je erover nadacht, was hij niet net zo schuldig? Waren niet alle mensen die met Jeremy Pilford hadden te maken niet tot op zekere hoogte schuldig? Was zijn advocaat niet schuldig, met zijn belachelijke verdediging? Was zijn moeder niet schuldig, de vrouw die hem zo had verpest dat hij het verschil tussen goed en kwaad niet kende?

Natuurlijk, Pilford was het méést schuldig van iedereen. Maar er waren zoveel anderen die een rol hadden gespeeld. En zijn oppas stond nu ook op de lijst.

Cory dacht dat hij straks simpelweg moest aankloppen. Degene die opendeed zou hij als eerste neerschieten. Als de ander eraan kwam om te kijken wat er aan de hand was, dan zou hij hem vervolgens ook uitschakelen.

Recht voor zijn raap.

Hij vroeg zich af of hij het met die andere twee eigenlijk niet te ingewikkeld had gemaakt. De hond die zich aan Craig Pierce tegoed had gedaan, de hele tatoeageshow bij die andere jongen.

Gewoon neerschieten, die klootzakken.

Maak ze af.

Dat zou hij gaan doen.

Hij zag ze het huis binnengaan en hoe het licht op de begane grond werd aangeknipt, waarna het licht op de bovenverdieping volgde.

Laat ze zich maar klaarmaken om te gaan slapen, dacht hij. Ik klop op de deur als alle lichten uit zijn. De verwarring zal des te groter zijn.

Maar wat als Weaver een pistool had? Als hij was ingehuurd om de Big Baby te beschermen, dan droeg hij er waarschijnlijk een bij zich.

Shit.

Hij kon natuurlijk de deur opendoen met het wapen in zijn hand. En wat dan?

Denk na, denk na, denk na.

Misschien moest hij zich wél aankondigen, maar vervolgens niet wachten tot die bodyguard hem door zijn kop schoot. Hij moest aankloppen, en zich dan snel verbergen. Achter de auto, of achter de vuilcontainers die naast het huis stonden. De man komt naar buiten, speurt de omgeving af, kijkt de andere kant op en dan *pang*.

Ja, dat zou kunnen werken.

Cory Calder realiseerde zich dat hij nerveus was. Veel nerveuzer dan bij Pierce of Gaffney. Die waren niet gewapend; en toen ze eenmaal bewusteloos waren, vormden ze geen enkele fysieke bedreiging meer.

Deze keer was het anders.

Maar nu hij zover was gekomen, kon hij het niet meer uit zijn handen laten glippen. Hij zou dit gaan doen, hij zou deze twee klootzakken neerschieten. En misschien dat hij nog lang genoeg kon blijven om een foto van een *dode* Big Baby te maken, die zou hij naar Just Deserts kunnen uploaden, en dan zou de hele wereld weten dat...

Maar wat was dat?

Een flikkerend schijnsel bij het strandhuis dat zich snel uitbreidde.

Een vuur.

Cory tuurde. Hij zag een donkere gedaante met iets langs in zijn hand van de hoek van het huis naar de plankieren rennen. De man – Cory wist bijna zeker dat het een man was – stopte halverwege de plankieren en nam positie in.

Wat gebeurde er? Wat was er aan de hand?

Dat viel makkelijk te raden. Iemand anders ging met de eer strijken.

Iemand anders nam Pilford te grazen.

'Het is niet eerlijk!' fluisterde hij in zichzelf. 'Het is niet eerlijk!'

Hij stapte achter de heg vandaan en stond bij het begin van de oprit die naar het strandhuis leidde. De frustratie schoot als elektriciteit door zijn lijf. Wat kon hij doen?

Nu het huis in brand stond, konden Pilford en Weaver elk moment tevoorschijn komen. Maar door welke deur? De ene waardoor ze naar binnen waren gegaan was al door vlammen omringd. De schuifpui die naar het balkon leidde bevond zich aan de kant van het strand, en het zag ernaar uit dat de man – die een geweer bij zich leek te hebben – wachtte tot Pilford daar naar buiten zou komen.

Zodat híj hem kon neerschieten.

'Nee,' zei Cory hardop. 'Dit is niet goed.'

Maar wat kon hij doen? Als hij Pilford zelf wilde doden, dan moest hij deze... deze spelbreker eerst neerschieten. Wat betekende dat hij nu in plaats van twee, drie personen moest uitschakelen.

Hij begon te hyperventileren.

Hoe durfde deze man het gras voor zijn voeten weg te maaien? Hoe durfde hij de beloning op te eisen waar hij zo hard voor had gewerkt?

Het vuur verspreidde zich snel. Het licht in het strandhuis was uitgedaan. Cory zag hoe de man op de plankieren zijn geweer op het balkon hield gericht. Pilford en Weaver zouden nu door de schuifpui naar buiten moeten komen.

Maar de man schoot niet.

Opeens ging de achterdeur open. Cory kon de man en de jongen onderscheiden. Weaver had iets in zijn hand – een brandblusapparaat – en hij doofde er genoeg vlammen mee om het huis uit te rennen.

Misschien was dit zijn kans.

Maar toen verdween Pilford in de duisternis, en zijn babysitter verschool zich achter de Honda. Hun belager liep nu hun richting uit en...

Schoten!

Wat gebeurde er in godsnaam?

Cory liep verder het struikgewas in dat langs North Shore Boulevard stond. Hij kon zijn ogen niet geloven. De man met het geweer was neergegaan, Weaver was hem te slim af geweest.

Waar was Jeremy? Waar was hij gebleven?

Hij was niet deze kant op gelopen. Hij moest zich bij een van de naburige huizen hebben verborgen.

Zou hij naar hem op zoek gaan? Cory aarzelde. Of was het te gevaarlijk om hier sowieso nog te zijn? Nu het huis in vlammen opging en er een schot had geklonken, duurde het waarschijnlijk niet lang voordat de hulpdiensten zouden verschijnen.

Nee, hij moest zich niet alleen hier uit de voeten maken, hij moest volledig uit beeld verdwijnen. En dat betekende dat hij zo snel mogelijk naar zijn vakantiehuisje terug moest om in zijn bus te springen en iedereen het nakijken te geven.

Er was alleen één probleempje.

Dolly's vriendin.

Hij kon haar niet in de cottage achterlaten. Hij had haar nog steeds als onderpand nodig. Zelfs als hij Cape Cod ongezien zou kunnen verlaten, dan was men nog naar hem op zoek.

Hij moest haar van het bed naar de auto brengen zonder dat iemand het zou zien. Gelukkig lag het huisje ver genoeg van de weg om zoiets te kunnen doen, dus dat moest lukken. Behalve dan dat tot nu toe alles jammerlijk was mislukt, dus waarom dit ook niet?

Hij rende naar de cottage terug en zijn ogen vulden zich met tranen.

'Iedereen is tegen me,' mompelde hij in zichzelf. 'God haat me! Iedereen haat me!'

Terwijl hij rende veegde hij de tranen uit zijn ogen. Hij voelde de koele nachtwind die van de oceaan kwam op zijn vochtige wangen.

'Het is niet eerlijk,' zei hij. 'Niet eerlijk!'

Hij wilde nog steeds de Big Baby doodschieten, maar dat was niets vergeleken bij wat hij de klootzak met dat geweer die alles had verpest wilde aandoen.

Hij stopte om een zakdoek uit zijn broekzak te halen en zijn tranen te drogen.

Hij had iemand willen zijn, meer niet.

Nee, niet zomaar iemand. Hij wilde een *beter* persoon zijn. Beter dan zijn broer en zus. Iemand die beter was dan zijn overkritische vader. Iemand die het verschil maakte, iemand over wie men het de komende jaren nog zou hebben.

Hij was zo dichtbij geweest.

Hij werd door verdriet overmand. Was hij nu maar thuis; behaaglijk onder een deken op de bank genesteld terwijl de tv aanstond.

Dan kon hij zo lang huilen als hij wilde.

Maar dat kon hij nu niet doen. Hij moest zijn biezen pakken.

Er schoot hem iets te binnen.

Misschien dat ze hem níét zouden pakken voor alles wat hij tot nu toe had gedaan. Het had hem onvermijdelijk geleken dat de politie hem vroeg of laat in de kijker zou hebben. Dat was de reden waarom hij Carol Beakman had meegenomen. Een gijzelaar had hem indertijd een goed idee geleken.

Maar als hij nu in zijn bus sprong en de hele nacht doorreed, dan zou hij morgen honderden kilometers weg zijn van hier. Hij kon de bus ergens achterlaten, een auto stelen en weer doorrijden. Over twee of drie dagen zou hij aan de andere kant van het land kunnen zijn, en vanuit een veilige plek nieuwe plannen kunnen bedenken. Hij zou een andere identiteit aannemen. Zijn uiterlijk veranderen. Een baantje vinden dat contant betaalde. Het zou in het begin misschien wel zwaar zijn, maar het alternatief was dat hij de rest van zijn leven in de gevangenis moest doorbrengen. Nou, dat was geen moeilijke keuze.

Ja, dat was een plan.

Maar het wierp een nieuwe vraag op.

Wat moest hij met Carol Beakman doen? Haar laten gaan? Moest hij haar vastgebonden in het huisje achterlaten, zodat ze binnen een paar dagen werd gevonden?

Maar stel dat de politie hem uiteindelijk vond? En hem voor verschillende misdrijven zou aanklagen? Voor een veroordeling hadden ze een getuige nodig.

Craig Pierce had hem niet gezien. Pierce had een zak over zijn hoofd gehad.

Brian Gaffney had hem niet gezien. Gaffney was gedrogeerd en geblinddoekt.

Dolly Guntner kon sowieso niets meer over hem zeggen.

Waardoor alleen Carol Beakman overbleef. Carol had hem gezien. Hoewel ze niet daadwerkelijk had gezien dat hij Dolly vermoordde, zou ze de politie kunnen vertellen dat het niemand anders dan Cory kon zijn geweest.

Nee, voor zover hij kon bedenken, was Carol Beakman de enige getuige van zijn misdaden.

Hij was bijna bij de cottage.

Hij wist precies wat hem te doen stond.

En hij moest het snel doen.

56

Cal

'Waar is die andere kerel?' vroeg ik aan de man die ik had neergeschoten. 'Waar is Calder?'

'Jezus!' kreunde de man, die zijn hand naar zijn rechterwang bracht – de plek waar ik hem met mijn voet had geraakt. De rechterschouder van zijn jack was inmiddels met bloed doordrenkt.

'Waar is hij?' riep ik hard. Ik wilde er zeker van zijn dat hij me over het geloei van de vlammen heen hoorde. De hitte begon intens te worden – het voelde alsof er een hete pan tegen mijn wang werd aangedrukt – nog even en ik zou deze man bij het vuur weg moeten slepen als ik hem nog meer vragen wilde stellen.

'Wie?' zei hij.

'Calder,' zei ik. Hoewel Barry het niet had gezegd in zijn bericht, was het niet zo vreemd om aan te nemen dat Calder een partner had, wat betekende dat we nog niet uit de gevarenzone waren. Hij zou ons nu kunnen gadeslaan.

'Ik ken geen Calder!' zei hij.

Ik schudde gelaten mijn hoofd. 'Waar hij ook is, hij moet weten dat jullie operatie is afgeblazen.'

'Ik zei je al, ik ken geen...'

Ik trapte hem op zijn knie. Behoorlijk hard. Ik was er niet zeker van, met al het geknetter van brandend hout, maar ik dacht dat ik iets hoorde kraken. Mijn nieuwe vriend schreeuwde het luid genoeg uit om te bevestigen dat ik gelijk had.

'Godverdomme!' schreeuwde hij uit met stijf dichtgeknepen ogen.

'Legitimatie,' zei ik.

'Jezus man! Je hebt mijn been gebroken!'

'Legitimatie,' herhaalde ik. 'En je telefoon. Of ik breek je andere been ook.'

'Klootzak!' Hij opende zijn ogen en zag dat de loop van mijn pistool nog steeds op hem was gericht.

‘Oké,’ zei ik. ‘En nu langzaam.’

Hij stak zijn hand in zijn binnenzak en haalde een telefoon tevoorschijn, die hij zo’n twee meter van me af op de grond gooide.

‘Ik ga niks oprapen,’ zei ik. ‘Als je me iets laat oprapen, dan word ik pissig, en als ik pissig word, dan zou ik je weleens zo door je kop kunnen schieten. Portefeuille.’

De man slikte, haalde drie keer diep adem en zei: ‘In mijn achterzak. Ik moet erbij kunnen.’

‘Goed. Maar voorzichtig.’

Met veel moeite wist hij zichzelf iets uit de gemalen schelpen van het pad op te duwen zodat hij zijn portefeuille uit zijn achterzak kon pakken.

‘Geef hem aan mij,’ zei ik. ‘Met je vingertoppen.’

Hij strekte zijn arm uit en ik nam de portefeuille behoedzaam aan, waarbij ik goed oplette of hij zich niet iets in zijn hoofd haalde. Ik wist dat als ik hem was, ik alles zou proberen in deze situatie. Hij zag een lange gevangenisstraf tegemoet. Brandstichting en twee pogingen tot moord.

‘Wie is dat?’ zei een stem achter me.

Ik keek snel over mijn schouder, lang genoeg om te zien dat het Jeremy was. ‘Wat hadden we afgesproken?’

‘Ik zag hoe je hem neerschoot, dus ik dacht dat het wel goed was,’ zei hij. ‘Wat trouwens onwijs gaaf was. Maar dit is niet de man die we op het strand hebben ontmoet.’

‘Ik weet het.’

‘Wie is hij?’

Ik gaf hem de portefeuille. ‘Kijk jij maar even.’

Ik hield mijn blik op de man gericht terwijl Jeremy zijn portefeuille doorzocht. ‘Oké, ik heb hier zijn rijbewijs.’ Hij hield het naar het vuur toe om de naam te kunnen lezen. ‘Hij heet Gregor… Wacht even, je spelt zijn achternaam K-I-L-N.’

‘Kiln,’ zei ik terwijl ik de man aankeek. ‘Zei ik het zo goed? Als dat merk van die keramiekovens?’

Gregor Kiln gromde.

‘Ik neem aan dat dat een “ja” is.’ Tegen Jeremy zei ik: ‘En wat kun je me over meneer Kiln vertellen?’

Jeremy hield nog een paar pasjes naar het vuur toe. ‘Hij woont in Albany. Hij is geboren in, eh, 1973. Hij heeft nog wat creditcards en dat soort dingen.’

‘Zijn telefoon ligt daar.’

Jeremy zag hem liggen en griste hem van de grond. 'Wat moet ik doen?'

'Kijk naar e-mails en recente telefoongesprekken.'

'Luister,' zei Gregor Kiln. 'Misschien kunnen we wel iets regelen.'

Ik meende stemmen te horen en keek naar het begin van de oprit. Er stond een groepje mensen bij elkaar, van wie sommigen in pyjama. Een man liep onze kant op.

'Ik heb de brandweer gebeld!' riep hij me toe. 'En ook een ambulance! Is die man gewond?'

'Blijf daar staan, meneer!' zei ik.

'Jullie moeten weg van dat...'

'Ik weet het! Ga nu terug naar de weg!'

De man stopte aarzelend. Het verwarde hem dat ik hulp weigerde. Maar hij deed wat ik hem had gezegd en liep naar de weg terug, waar hij zich weer bij het groepje voegde. Ze waren vast aan het speculeren wat er in godsnaam aan de hand was.

Ik hoorde sirenes in de verte.

'Heb je me gehoord?' zei Kiln. 'Een regeling?'

'Je bevindt je nu niet bepaald in een onderhandelingspositie,' zei ik.

'Ik geef je een naam en dan laat je me gaan.'

'Een naam?' zei ik. 'Hoe bedoel je, een naam? De naam van een website? Een persoon?'

'Een website?' zei Kiln.

Op dat moment realiseerde ik me dat dit iets anders was dan de eerdere incidenten, en dat het niets te maken had met een heksenjacht die door de sociale media was ontketend. Hier was iets anders aan de hand.

'Geef me een naam,' zei ik.

'Hebben we een regeling?'

'Nee.'

'Dan ook geen naam.'

'Ik heb iets gevonden,' zei Jeremy.

Ik wierp hem een zijdelingse blik toe terwijl het geluid van de sirenes harder werd. 'Wat?'

'Geen interessante e-mails, maar ik heb hier een nummer. Iemand heeft vijf uur geleden gebeld. En een bericht gestuurd.'

'Lees het voor.'

'Oké, het bericht is van hetzelfde nummer. Eh, iemand zegt: "Het moet vanavond gebeuren." En Kiln antwoordt: "Geen probleem." En dan zegt die andere man...'

'Heb je de naam van die andere man?'

'Nee. Maar die andere man zegt vervolgens: "Graag een bevestiging als het is gebeurd."'

Als het een man was. Ik dacht koortsachtig na. Wie wisten er allemaal dat Jeremy en ik op Cape Cod waren?

Er schoot me maar één naam te binnen.

Madeline Plimpton.

Maar klopte dat wel? De man die ik had neergeschoten wist waar we waren, maar Cory Calder wist het ook. Was het logisch dat Jeremy's oudtante allebei de mannen zou hebben verteld waar we ons bevonden?

'En wat nog meer?' vroeg ik Jeremy.

'Dat was het.'

Het feit dat we een nummer hadden dat bij het telefoontje en de berichtjes hoorde was een begin. Ik pakte mijn telefoon, en zocht het nummer van Madeline Plimpton op.

Het was niet hetzelfde nummer.

Maar daar was nog niets mee bewezen.

Ik zond Kiln een bitter glimlachje toe. 'Met dat nummer in je telefoon hoeven we eigenlijk niet eens een naam te hebben.'

Kiln zei niets.

Een brandweerwagen remde schokkend bij het begin van de oprit, en reed vervolgens langzaam naar het strandhuis toe. Ik vroeg Jeremy om me Kilns telefoon te geven en zei: 'Help me even om deze schoft hier weg te halen.'

We pakten hem allebei bij een arm en sleepten hem over het schelpenpad naar de achtertuin van het naburige huis. Toen we hem loslieten, kwam er een brandweerman op ons afgesneld.

'De ambulance is onderweg!' zei hij. Er verscheen een verontruste uitdrukking op zijn gezicht toen hij mijn pistool zag. Ik hield het omlaag gericht.

'De politie ook?' vroeg ik.

De man knikte. 'Ja. Waarom?'

Ik knikte in de richting van Kiln. 'Hier hebben we onze pyromaan.'

De brandweerman schudde zijn hoofd. 'Heeft hij het huis in brand gestoken?'

Ik knikte. 'Dat, en nog meer. We kunnen hem niet zomaar aan een ambulance meegeven. Eerst moet de politie erbij komen.'

'Ik zal ze waarschuwen,' zei hij en hij wierp een blik op het strandhuis. 'Daar blijft niet veel van over, maar we zullen ervoor zorgen dat het vuur zich niet naar de andere huizen verspreidt.'

Ik knikte en hij voegde zich bij zijn collega's, die slangen aan het uitrollen waren om ze vervolgens naar het huis te slepen.

Er waren twee telefoontjes die ik moest plegen. Het eerste was naar Barry Duckworth. Het was laat, maar ik wist zeker dat hij graag van me zou willen horen. Voor het tweede telefoongesprek had ik een rustige plek nodig.

Maar ik wilde Gregor Kiln geen seconde uit het oog verliezen. Zelfs met een kogel in zijn schouder, en mogelijk ook een gebroken knieschijf, kwam hij op me over als iemand die er direct vandoor zou proberen te gaan als je even niet op hem lette.

'Wat zou er met die andere man zijn gebeurd?' vroeg Jeremy. 'De man die we op het strand tegenkwamen?'

Ik glimlachte. 'Jeremy, ik heb absoluut geen idee wat er aan de hand is.' Ik hield Kilns telefoon omhoog. 'Maar ik hoop er snel achter te komen. Ik zal de vriend van meneer Kiln laten weten dat de klus is geklaard.'

57

Barry Duckworth was in diepe slaap toen zijn mobiele telefoon op het nachtkastje begon te zoemen. Als Maureen hem geen duw tegen zijn schouder had gegeven, was hij er dwars doorheen geslapen.

'Barry,' zei ze. 'Barry!'

Hij opende zijn ogen, greep naar de telefoon en stootte hem van het nachtkastje af. 'Shit,' zei hij. Hij leunde over de bedrand en zocht in het donker met zijn hand naar het zoemende apparaat. Toen hij het gevonden had, drukte hij op het icoon van het groene telefoontje zonder te kijken wie het was.

'Duckworth,' zei hij terwijl Maureen haar nachtlampje aanknipte.

'Barry, je spreekt met Cal Weaver.'

'Jezus, Cal.' Duckworth gooide het dekbed van zich af en zwaaide zijn benen op de vloer. 'Wat is er aan de hand?'

'Een heleboel. Die Calder was hier. We hebben hem vanmiddag op het strand ontmoet.'

'Vertel me alles.'

Weaver praatte hem snel bij, om te eindigen met de brand bij Madeline Plimptons strandhuis, die in feite bedoeld was om hen naar buiten te lokken. Ze waren doodgeschoten als ze via het balkon het huis uit waren gevlucht.

'Ik wist dat jullie daar waren,' zei Duckworth. 'Ik hoorde dat Jeremy Pilford in Promise Falls verbleef. Ik ben er vandaag heen gegaan en heb met Madeline, zijn moeder en haar vriend gesproken. Ik heb ze voor Calder gewaarschuwd. Was hij de brandstichter?'

Weaver zei dat het hem niet was, en dat hij ene Gregor Kiln in de kraag had gevat.

'Ik zal hem natrekken,' zei Duckworth.

'Ik heb het idee dat het niets te maken heeft met die heksenjacht op internet,' zei Weaver. 'Ik heb de indruk dat die Kiln een professionele huurmoordenaar is.'

'Ik ga erachteraan.'

'Je mag nog iets voor me doen. Zou je een telefoonnummer voor me willen natrekken? Het is waarschijnlijk een prepaid, dus ontraceerbaar.'

Duckworth pakte de blocnote en de pen die altijd naast zijn bed lagen, klemde de telefoon tussen zijn hoofd en schouder en zei: 'Laat maar horen.'

Cal gaf hem het nummer.

'Oké, ik ga ermee aan de slag.'

'En ik zou graag iets willen proberen, mocht het inderdaad een prepaidnummer zijn waar we geen naam bij kunnen vinden.'

Cal ontvouwde zijn plan aan Duckworth, en welke hulp hij daarbij dacht nodig te hebben.

'En ik zou graag willen dat je de politie van Massachusetts inlicht,' voegde hij eraan toe. 'Vraag ze om het stil te houden, in elk geval de komende twaalf uur.'

'Ik zal mijn best doen.'

'Behalve de brand mag er niets naar buiten worden gebracht.'

'Ik zei dat ik mijn best zal doen,' zei Duckworth. 'En nu wil ik jou om iets vragen.'

'Zeg het maar.'

'We hebben hier de zaak van een vermiste vrouw. Carol Beakman. Ik denk dat Calder iets met haar verdwijning heeft te maken.'

Maureen schoot rechtop in bed.

'Wat denk je dat er met haar is gebeurd?' vroeg Weaver.

'Ik vrees het ergste.'

'Stuur me een foto. Ik zal naar haar uitkijken.'

'Doe ik.'

'De lokale politie is gearriveerd,' zei Weaver. 'Ik moet ophangen. Ik zal vragen wie de leiding heeft en je zijn naam sturen.'

'Dat is goed. Hoe is het met de jongen?'

'Jeremy?'

'Ja.'

'Hij maakt het goed,' zei Weaver. 'Ik kan er nu niet op ingaan, maar er klopt iets niet aan die hele toestand.'

'Hoe bedoel je?'

'We hebben het er later over.'

'Oké. Als we dit achter de rug hebben, is er iets waar ik het met je over zou willen hebben.'

'Wat?'

'Dat komt nog wel,' zei Duckworth. Hij beëindigde het gesprek, legde de telefoon op het nachtkastje en verliet het bed.

'Carol?' zei Maureen.

'Nog niets,' zei hij. 'Maar Cal is Calder op Cape Cod tegengekomen. We weten nu dat hij er is geweest, en er misschien nog steeds wel is. Ik moet de staatspolitie van Massachusetts bellen.'

Duckworth pakte zijn broek, trok hem aan en liep naar de kast voor een schoon overhemd.

'En waar wilde je het nog met hem over hebben?' vroeg Maureen.

Duckworth nam een wit overhemd van zijn hanger, er zat nog steeds een bonnetje van de stomerij op. 'Carrièreadvies,' zei hij.

58

Toen Cory de sleutel in het slot van de voordeur stak, dacht hij aan manieren om zich van haar lichaam te ontdoen.

Hij was ondoordacht te werk gegaan met zijn vriendin. Carols auto met Dolly's lichaam erin zou nu al gevonden moeten zijn. Hij had het slimmer moeten aanpakken, hij had een manier moeten bedenken om de auto en het lichaam te laten verdwijnen, in elk geval voor enige tijd. Hij moest toegeven: hij was in paniek geraakt. Als hij meer tijd had gehad om het te overdenken, dan was hij bijvoorbeeld naar een brug gereden om de auto en het lichaam op de bodem van een rivier achter te laten.

Zoiets zou hij met Carols lichaam moeten doen.

Als ze eenmaal dood was, dan zou hij haar in de bus laden en een geschikte plek zoeken om haar lichaam te dumpen. Ergens diep in een bos, bijvoorbeeld. Als hij geluk had, lag er misschien nog wel een schep in het huisje die hij kon meenemen. Hij zou een diep gat graven, haar erin gooien, en het daarna weer dichtstorten. Misschien dat iemand haar ooit zou vinden, maar dat kon weken, zo niet jaren duren.

Hij had nu tenminste meer tijd om grondig te werk te gaan. Toen hij van Carols auto en Dolly's lichaam af moest, had hij haast. Hij was Jeremy Pilford op het spoor en wilde hem niet kwijtraken.

Nou, die missie was dus volledig mislukt.

Hij moest zich nu zelf het vege lijf zien te redden.

Hij opende de deur, maar zijn hand zocht niet de lichtschakelaar. Er mocht niets opvallen aan de cottage, zeker niet nu er toeschouwers langsliepen en hulpdiensten op de weg passeerden. Zelfs als de dunne gordijnen dicht waren, zou het silhouet van een man die het lichaam van een vrouw droeg de aandacht kunnen trekken.

Hij zou Beakman doden – het leek hem het beste om haar te verstikken – haar lichaam in zijn bus leggen en tot slot de kleine cottage schoonmaken. Deurknoppen, de toilethendel, alles wat hij maar aangeraakt zou kunnen hebben. Geen persoonlijke sporen achterlaten. In zijn busje stappen en langzaam wegrijden.

Cory wist dat hij nooit meer terug naar huis kon, en dat hij zijn vader voor het laatst had gezien. Hij voelde zich er zowel gedeprimeerd als verrukt over. Hij hield van zijn vader, tot op zekere hoogte, maar hij verachtte hem ook.

Het onophoudelijke kleineren, zij het met een vleugje tederheid. *'Je zou harder moeten proberen om iets van je leven te maken, maar misschien ben je wel gewoon wie je bent.'* Waarna er een blik volgde waar zowel teleurstelling als berusting uit sprak.

Hij glipte het huis in en sloot de deur zachtjes achter zich. Hoewel hij wist dat het donker was, moesten zijn ogen wennen aan de duisternis. Maar hij kon de contouren onderscheiden. De houten tafel met de vier misplaatste antieke stoelen in het midden van de ruimte. De gootsteen en het aanrecht langs een wand. De houtkachel ertegenover, met de kachelpijp die door het plafond ging.

En dan de twee bedden die tegen de linkerwand aan stonden. Een was leeg, de andere niet.

Ja, verstikking leek hem de makkelijkste manier. Een hand op haar mond, waarna hij haar neusvleugels zou dichtknijpen, en dan wachten tot ze niet meer ademde.

Sta je ervoor, dan moet je erdoor.

Hij schuifelde voorzichtig door de donkere ruimte tot hij het bed had bereikt.

'Het is allemaal misgelopen,' zei hij. 'Het is allemaal naar de klote. Iemand anders wilde het doen, en hij heeft het verknald. Mijn kans is verkeken. Ik moet hier weg.' Hij zweeg een moment. 'En ik kan je niet meenemen. Tenminste niet… Nee, het kan niet anders. Het spijt me dat het zo moet aflopen.'

Hij zat op de rand van het bed en wilde een hand op haar rug leggen. Hij voelde de vreemde behoefte haar te troosten voordat hij haar van het leven zou beroven.

Maar zijn hand vond niets. Hij voelde alleen maar het matras. Koortsachtig beklopte hij het bed van het hoofd- tot het voeteneind.

'Waar ben je?' Hij draaide zijn hoofd met een ruk om.

Zijn eerste gedachte was dat ze in de cottage op hem zou wachten als ze zich had weten los te maken. Maar nee, ze was natuurlijk weg.

Maar toen dacht hij dat hij iemand hoorde ademen.

Er was iemand anders in de ruimte.

‘Waar ben je?’ zei hij nog eens. Hij stond op en zag nog net hoe een donkere gedaante iets in zijn richting zwaaide.

De smeedijzeren pook van het haardsetje raakte de zijkant van zijn hoofd en hij wankelde door de kamer. Hij hief weifelachtig zijn arm om een tweede klap af te weren, maar de pook raakte hem zo hard dat hij meende zijn onderarm te horen kraken.

Hij zakte door zijn knieën toen de pook hem nog eens raakte, deze keer was het op zijn nek.

Hij viel kronkelend en rochelend op de vloer. Hij draaide zich op zijn rug; een straal maneschijn die door een van de ramen kwam, lichtte een moment het gezicht van zijn belager op.

Wat Cory zag was zo verschrikkelijk dat hij tussen het rochelen door moest slikken.

‘Leuk om je weer eens te zien,’ zei Craig Pierce.

59
Cal

Barry Duckworth belde me sneller terug dan ik had verwacht.

'Met die telefoon kunnen we niets,' zei hij. 'Het is een prepaid. Er is geen naam bij te vinden.'

'Oké, ik bel je later terug,' zei ik.

Ik stond met agent Higgins van het Town of Sandwich Police Department te praten, en had hem net over de mislukte moordpoging van Gregor Kiln verteld. Ik verloor Kiln geen moment uit het oog, zelfs niet toen hij door het ambulancepersoneel werd onderzocht. Ik zou pas tevreden zijn als hij met handboeien om achter in een patrouilleauto zat. En mocht hij in de ambulance vertrekken, dan ik zou vragen of er een agent meekon.

'Dus deze jongen is degene die constant op het nieuws was?' Higgins knikte in de richting van Jeremy, die iets verderop stond en toekeek hoe de brandweer de vlammen bluste.

'Ja,' zei ik.

De agent wees naar Kiln. 'En u heeft die man neergeschoten?'

'Inderdaad.'

'En zijn knie gebroken?'

'Waarschijnlijk, ja.'

'Misschien dat ik ú dan maar moet arresteren.'

'Ik heb u verteld wat hij van plan was.'

'Ja, maar u kunt me natuurlijk van alles vertellen.'

'Kijk maar of hij een aanklacht wil indienen,' zei hij. 'Ik heb zo het idee dat hij wel iets anders aan zijn hoofd heeft.'

Higgins kneep in de brug van zijn neus, alsof hij een opkomende hoofdpijn probeerde af te wenden. 'Luister, ik zal de commissaris moeten inlichten. Brandstichting, poging tot moord, de Big Baby-zaak? En dan heeft u ook nog eens die man neergeschoten. Ik zal er flink van langs krijgen als de commissaris dit pas morgenochtend hoort.'

'Dat lijkt me een goed idee.' Ik vroeg naar de naam van de commissaris

– het bleek Bertram te zijn – en ook naar zijn telefoonnummer, zodat ik dat aan Barry kon doorsturen. Hoewel ik volledig had meegewerkt aan Higgins' ondervraging, had ik hem niet verteld dat ik de telefoon van Kiln in mijn bezit had.

Higgins zonderde zich af om zijn baas te bellen. Ik stuurde Barry een berichtje met het nummer van de commissaris. Jeremy liep naar me toe en zei: 'Hier zal Madeline niet blij mee zijn. Heb je haar al gebeld om te vertellen wat er is gebeurd?'

Ik schudde mijn hoofd. 'Nee, en dat ga ik niet doen ook.'

Ik wist niet beter of Madeline was degene die deze huurmoordenaar had gestuurd, al begreep ik niet helemaal waarom ze zoiets zou doen.

'En ik hoop dat je niet nog eens ergens een telefoon vandaan weet te toveren, want ik wil ook niet dat jij het doet. We lassen een volledige radiostilte in.'

'Een wat?'

'We bellen niemand en vertellen niemand iets. Dus je belt niemand, ook niet je moeder, Bob of Charlene.'

'Waarom niet?'

'Doe nou maar gewoon wat ik zeg, oké?'

Jeremy haalde zijn schouders op. 'Het zal wel.'

'Nee, daar heb ik niets aan. Beloof het.'

'Goed, ik beloof het. Wat gaan we nu doen? We hebben nu geen logeerplek meer.'

'Ik denk dat we zeer binnenkort naar huis rijden. Zodra ze ons laten gaan.'

Er arriveerden nog twee patrouilleauto's, waar vier agenten – twee mannen en twee vrouwen – uitstapten. Higgins stond nog een telefoongesprek te voeren, maar hij wenkte een van de vrouwen en zei iets tegen haar. Hij wees naar Kiln, en de agente knikte een paar keer. Ze liep naar Kiln en het ambulancepersoneel toe terwijl Higgins zijn telefoongesprek vervolgde.

Toen wenkte hij me.

'De commissaris wil u spreken,' zei hij.

Ik nam de telefoon van hem over. 'Hallo?'

'Weaver?'

'Dat klopt. Commissaris Bertram?'

'Ja. U bent privédetective?'

Hij klonk behoorlijk geïrriteerd, wat volgens mij kwam omdat agent Higgins hem zojuist wakker had gebeld.

'Ja,' zei ik. 'Moet u horen, ik weet dat u veel vragen voor me heeft, maar voordat u begint wil ik u mijn excuses aanbieden.'

'Hoezo?'

'Ik heb u bakken vol ellende bezorgd. Dat was niet mijn bedoeling. Ik ben hier met Jeremy Pilford gekomen omdat ik dacht dat we hier veilig zouden zijn. Hij wordt voortdurend met de dood bedreigd. Maar het liep allemaal anders. Dat spijt me.'

Het speet me eigenlijk helemaal niet, maar ik wilde niet direct een slechte verstandhouding met deze man hebben.

'Oké, het is me inderdaad nogal wat.' En ja, hij klonk milder dan zonet. 'Ik kom er zo aan, maar ondertussen mag u me even snel vertellen wat er precies is gebeurd.'

Ik gaf hem hetzelfde verhaal als ik aan Higgins had verteld. 'En ik denk dat u elk moment een telefoontje van rechercheur Barry Duckworth van de Promise Falls Police kunt verwachten,' besloot ik.

'Waar ligt dat in godsnaam?' zei Bertram.

'In de staat New York. Ten noorden van Albany. Hij zal u een verzoek van mij overbrengen.'

'En dat is?'

'Dat er de komende twaalf uur niets naar buiten zal worden gebracht. Op de brand na dan.'

'Er zullen waarschijnlijk toch niet veel vragen komen,' zei Bertram. 'We zitten hier niet in Manhattan, niet alles wat we hier doen komt meteen op CNN. Maar waarom wilt u dat precies?'

'Ik wil dat de opdrachtgever van deze huurmoordenaar denkt dat de klus geklaard is.'

Het bleef een moment stil aan de andere kant van de lijn. 'Ik zal met die Duckworth praten en kijken of uw verhaal klopt. Ik hoor dat hij me nu belt.'

'Neem maar op,' zei ik en ik gaf de telefoon aan Higgins terug.

Kiln werd op een brancard in de ambulance geschoven. De agente die met Higgins had gesproken klom de ambulance in. Ik liep ernaartoe voordat de achterdeuren dichtgingen.

'Waar brengt u hem heen?' vroeg ik.

'Hyannis,' zei een ambulancebroeder.

Ik keek de agente aan. 'Verlies hem geen moment uit het oog.'

Ze wierp me een sceptische blik toe. 'En u bent?'

'Verlies hem niet uit het oog,' zei ik en ik duwde de deuren dicht.

De ambulance reed langzaam de oprit af, met rode zwaailichten maar zonder sirene. Terwijl ik erachteraan liep zag ik hoe hij de weg bereikte en met een flinke vaart uit het zicht verdween.

Ik bevond me nu zo'n dertig meter van het verkoolde huis. Het was er rustig genoeg om Kilns telefoon uit mijn binnenzak te pakken. Ik zocht het nummer op waarmee hij het laatst had gebeld en drukte op 'terugbellen'.

Hij ging vijf keer over.

'Ja.' De stem van een man.

Ik kon Madeline dus wegstrepen.

Hij sprak zacht, bijna fluisterend, alsof er iemand anders bij hem was die hij niet wakker wilde maken. Eén woord was zeker niet genoeg om de stem te kunnen herkennen, en ik had trouwens toch geen reden om aan te nemen dat het een bekende was.

Ik had niet het talent om een stemimitatie van Gregor Kiln weg te geven, maar misschien hoefde dat ook wel niet. Ik zou ook fluisteren.

'Het is gebeurd,' fluisterde ik.

'Oké.'

'Alle twee.'

'Mooi. Volgende week?'

Volgende week wat? De betaling? Ik wilde het niet vragen.

'Ik wil eerder.'

'Volgende week.'

'Nee,' drong ik aan. 'Er was een complicatie.'

Er viel een korte stilte. 'Wat voor complicatie?'

Ik fluisterde nog zachter. 'Daar kan ik het nu niet over hebben. Onder vier ogen graag.'

'Shit.' Een volgende stilte. 'Tien uur. De gebruikelijke plek.'

En waar was dat?

'Tien uur is oké,' fluisterde ik. 'Maar niet de gebruikelijke plek. Ik denk dat hij in de gaten wordt gehouden.'

'Wat?' Hij verhief zijn stem enigszins. 'Waarom? Wat is er aan de hand?'

'Ik zei al, dat kan ik nu niet zeggen. Morgen om tien uur, de achterste vaste bank bij Kelly's.'

'Waar is Kelly's in godsnaam?'

'Een cafetaria in Promise Falls.'

'En waarom zou ik daarheen moeten gaan?'

'Zorg dat je er bent. De laatste vaste bank, bij de deur naar de keuken.'

Hij bleef zwijgen. Had hij het door? Wist hij dat hij niet met Kiln sprak? Het bloed klopte in mijn slapen.

'Zul je er zijn?' vroeg ik.

Er verstreken nog eens drie seconden voordat hij antwoordde. 'Oké. Ik zal er zijn.'

Hij beëindigde het gesprek. Ik sloot mijn ogen, en probeerde zijn stem in mijn hoofd te laten weerklinken. Ik vroeg me af of ik hem weleens eerder had gehoord.

Misschien. Maar misschien ook niet.

Toen ik mijn ogen opende, zag ik een vrouw naar me toe rennen. Ze zwaaide panisch met haar armen. Er zat iets om haar polsen, het leek op korte eindjes touw.

'Help me! Help me!' gilde ze.

Terwijl ik naar haar toe rende, bedacht ik dat Cape Cod misschien niet de idyllische vakantiebestemming was waar iedereen het altijd over had.

60

Gloria Pilford draaide zich om en zag Bob voorovergebogen op de rand van het bed zitten. Een streep licht van de gang van Madeline Plimptons huis scheen door de kier van de iets openstaande deur naar binnen.

Bob strekte zijn arm uit en legde zijn telefoon op het nachtkastje terug.

'Wat is er?' vroeg Gloria. 'Is er iets aan de hand?'

'Nee,' zei Bob. 'Ga maar weer slapen.'

'Hoe laat is het?'

'Tegen enen,' zei hij.

'Ik was geloof ik nog maar net in slaap gevallen. Ik heb een hele tijd wakker gelegen.' Ze ging rechtop zitten. 'Met wie was je aan het praten?'

'Met niemand.'

'Je zat aan de telefoon. Ik hoorde je fluisteren. Was je aan het bellen?'

Bob draaide zich om en zei scherp: 'Jezus, ga toch slapen.'

Gloria verschoof haar lichaam naar het hoofdeinde zodat ze ertegenaan kon leunen. 'Ik wil weten wat er aan de hand is.'

'Niets!'

Bob stond op, liep door de kamer en verdween in de gang. Gloria wierp het dekbed van zich af, en greep naar haar ochtendjas die over een stoel lag. Ze schoot hem aan en haastte zich de kamer uit.

Ze zag Bob de trap af lopen, toen hij beneden was liep hij in de richting van de keuken.

'Wacht,' zei ze terwijl ze zich op haar blote voeten de trap af haastte. 'Praat met me.'

Bob liep door. Toen hij in de keuken was, liep hij direct naar het kastje waar Madeline de sterke drank in had staan. Hij greep de fles scotch, pakte een glas, schonk er twee vingers whisky in en sloeg die in één keer achterover. Hij schonk nog eens in en wilde het net opdrinken toen Gloria verscheen en hem bij zijn arm greep.

'Jezus, voorzichtig,' zei hij. 'Straks mors ik nog.'

'Ik dacht dat ik hier degene met een drankprobleem was.'

'Ik heb even behoefte aan een borrel. Is dat zo erg?'

'Vertel me met wie je hebt gebeld.'

'Het doet er niet toe.' Hij rukte zich van haar los en sloeg het tweede glas achterover. Voordat hij de fles kon pakken, greep Gloria hem en leegde hem in de gootsteen.

'Mijn god,' zei Bob op vermoeide toon. 'Je denkt toch niet dat dit de enige fles drank is die hier staat?'

Ze leunde met haar rug tegen het aanrecht en had haar armen over elkaar heen geslagen. 'Ik wil weten wat er aan de hand is.'

'Het was voor mijn werk,' zei hij. 'Je hoeft je nergens druk over te maken.'

'Je zit midden in de nacht aan de telefoon, je giet een halve fles scotch naar binnen en dan zeg je dat ik me nergens druk over hoef te maken. Jezus, Bob, ik maak me alleen maar druk, dat weet je toch?' Er verscheen opeens een panische uitdrukking op haar gezicht. 'Het gaat toch niet over Jeremy, hè? Gaat het wel goed met hem? Was hij het?'

Hij keek haar recht in de ogen. 'Het was Jeremy niet.'

'Was het Weaver? Heeft hij je gebeld?'

'Nee. Hij was het niet.'

'Wie was het dan wel?'

Bob greep Gloria bij haar schouders. 'Geloof me, het is… het is niets. Ik moest iets voor mijn werk regelen.'

'Je wordt om een uur 's nachts voor je werk gebeld?'

Hij greep haar steviger vast en kneep. 'Laat. Het. Gaan.'

Gloria probeerde zich los te worstelen. 'Blijf met je handen van me af, stomme…'

'Wat is er nu weer aan de hand?'

Het was Madeline. In haar ochtendjas kwam ze met een slaperige blik de keuken in gelopen. Ze knipperde een paar keer met haar ogen, en keek Gloria en Bob vervolgens fel aan.

'Niets,' zei Bob.

'Dat zegt hij de hele tijd al,' zei Gloria. 'Maar er is wel degelijk iets.'

'In godsnaam, er is altíjd wel iets aan de hand met jullie twee,' zei Madeline. 'Gaat het over Jeremy? Is er iets gebeurd?'

'Nee,' zei Bob zacht.

'Ik zal hem bellen,' zei Madeline.

'Hij heeft geen telefoon,' zei Gloria. 'Niet meer, althans.'

'De privédetective bedoel ik. Weaver. Ik zal hem bellen en vragen of alles goed is.'

Bob hief zijn hand op. 'Madeline, het is een uur 's nachts. Laat die man – en Jeremy – van zijn nachtrust genieten. We kunnen hem niet om de minuut bellen om te vragen of alles wel goed gaat. Je weet waar ze zitten, en je weet dat het een veilige plek is.'

Madeline leek niet overtuigd, Gloria evenmin.

'Dan maken we ze maar wakker,' zei Gloria. 'Ze kunnen daarna weer gaan slapen. Ik wil weten of het goed gaat met mijn zoon.' Ze liep naar Madeline toe. 'Jij bent de enige die het nummer van Weaver heeft. Bel hem op.'

Madeline knikte. 'Mijn telefoon ligt bij mijn bed. Ik ben zo terug.'

Bob schudde zijn hoofd. 'Het lijkt me geen goed idee.'

Madeline negeerde hem en liep de keuken uit. Bob wendde zich nu tot Gloria: 'Je moet er vertrouwen in hebben dat die man zijn werk goed doet.'

Nu was het Gloria's beurt om iets in te schenken. Ze opende de koelkast en haalde er een fles witte wijn uit. Ze vulde haar glas tot aan de rand en nam een slokje terwijl Bob misprijzend toekeek.

'Moet je ons nou toch zien,' zei hij.

Ze keek hem verrast aan. 'Verbaast het je? Na wat we hebben moeten doorstaan? Na wat ík heb moeten doorstaan? Hoe jullie me voor het oog van de wereld hebben vernederd?'

Ze nam een flinke slok. Haar ogen werden wazig en haar onderlip trilde. 'Ik schaam me. Ik schaam me zó erg.'

'Gloria,' zei Bob vermoeid. 'Ga terug naar bed. Neem dat glas wijn mee als je wilt.'

Madeline liep de keuken in met haar telefoon in haar hand.

'Heb je hem bereikt?' vroeg Gloria.

'Ik ga het nu proberen.' Ze bestudeerde het scherm, toetste iets in en hield de telefoon tegen haar oor. 'Hij gaat over.'

Gloria en Bob zwegen en keken naar Madeline.

'Hij gaat nog steeds over,' zei ze. 'Misschien dat hij het geluid heeft uitgezet.'

'Ja,' zei Bob. 'Dat klinkt logisch.'

'Nee,' zei Gloria. 'Dat klinkt helemaal niet logisch. Niet in deze omstandigheden. Stel dat de politie hem belt, of die rechercheur die hier vandaag was. Meneer Weaver zal zijn telefoon altijd binnen handbereik hebben voor noodgevallen.'

'Zes keer nu,' zei Madeline. 'Misschien slapen ze er gewoon wel doorheen.'

'Ze hebben natuurlijk een lange dag achter de rug,' zei Bob. 'Ik weet zeker dat het niets is.'

'Acht keer,' zei Madeline. 'O, nu gaat hij naar de... Hallo, meneer Weaver? U spreekt met Madeline Plimpton. Wilt u me bellen als u dit hoort? We maken ons zorgen om Jeremy. Bel alstublieft.'

Ze hield de telefoon voor zich, beëindigde het bericht en keek Gloria en Bob gelaten aan.

Gloria zette haar glas neer en bracht haar handen naar haar mond. 'O, mijn god,' zei ze.

Bob zei niets.

61

Cory Calder lag op de vloer en knipperde met zijn ogen om het bloed weg te krijgen. Hij keek op naar Craig Pierce en zei: 'Waar is die vrouw?'

'Welke vrouw?' zei Pierce.

Cory bracht een hand naar zijn slaap, voelde bloed en betastte zijn nek. De pijn was verschrikkelijk.

'Ik had gedacht dat je slimmer zou zijn,' zei Pierce.

'Ik... Ik weet niet waar je het over hebt.'

'Zal ik je vertellen hoe ik je heb gevonden?' Er verscheen een glimlachje op zijn groteske, half verdwenen gezicht. 'Het was eigenlijk zo makkelijk.'

'Ik... ik...'

'Het was het woord *revenj*. Revenge met een j. Je geweldige inzending op Just Deserts. Ik bedoel, je kunt voor geen meter spellen, maar dat was bewust, toch? Als je het daar maar bij had gelaten, dan was er niets aan de hand geweest. Maar ik ben op internet gaan zoeken, en ontdekte dat je het ook op andere sites zo had gespeld. Met je echte naam eronder. Ik ben eens verder gaan kijken, en verdomd, we bleken bijna buren te zijn.'

'Alsjeblieft, je moet je vergissen...'

'Ik ben langs je huis gereden, hield je in de gaten en heb een gps-tracker op je bus bevestigd. Je zat achter die jongen van Pilford aan, hè? Hij was de volgende op je lijst.'

'Ik heb een dokter nodig,' zei Cory, en hij begon te huilen. 'Alsjeblieft, alsjeblieft, haal hulp voor me.'

Craig klakte medelevend met zijn tong. 'Ach, doet het zo'n pijn?'

'Alles... Het is allemaal misgelopen,' zei Cory terwijl er een bebloede traan over zijn wang liep. 'Het is niet eerlijk. Het is niet eerlijk.'

'Ahhh, wie is er nu de Big Baby?' Craig Pierce omklemde de kachelpook met allebei zijn handen en dreef hem als een speer door Cory Calders hart.

62

Cal

Ik liet Jeremy slapen op de terugweg.

Hij dommelde al na een paar kilometer buiten Sandwich weg, nog voor we over Sagamore Bridge reden. Aan de overkant was een McDonald's. Ik reed langs het afhaalloket en bestelde een koffie en twee broodjes. Jeremy werd wakker, en schrokte er een naar binnen voordat hij weer in slaap viel. Door alle gebeurtenissen was hij de hele nacht op geweest.

Ik ook, maar ik was absoluut niet slaperig.

Ik moest verder. Ik had een afspraak met de man die Kilns telefoon had beantwoord, en ik moest in één ruk naar Promise Falls rijden om op tijd te zijn.

Er was veel gebeurd sinds dat telefoongesprek.

Om te beginnen was er de jonge vrouw die naar me toe rende, ze bleek Carol Beakman te zijn. Zodra ze me haar naam zei, herinnerde ik me hem van mijn gesprek met Barry Duckworth. Ze zei dat ze door Cory Calder was ontvoerd, maar dat ze zich had weten te bevrijden toen hij er niet was. Ze had in de andere richting over North Shore Boulevard gelopen en op deuren geklopt, maar er was niemand thuis. Toen ze aan het andere eind van de weg alle commotie zag – brandweerauto's, ambulances en patrouilleauto's – was ze die kant op gerend.

Ik vertelde haar wie ik was en dat ik zojuist nog Barry Duckworth had gesproken, die me over haar had verteld. Ze barstte in tranen uit en zei dat ze zijn zoon Trevor moest laten weten wat er was gebeurd.

Voordat ik haar mijn telefoon gaf, wilde ik weten of Calder nog steeds een bedreiging vormde.

'Ik weet het niet,' zei Carol. 'Ik weet niet waar hij is.' Ze keek naar de weg en zei angstig: 'Of hij moet zijn teruggegaan naar het huisje.'

Ik wenkte agent Higgins en probeerde hem zo snel mogelijk uit te leggen wat Carol Beakman was overkomen, en dat haar ontvoerder, Cory Calder, zich mogelijk in het huis bevond.

Hij haalde er een andere agent bij en samen bestormden ze de cottage.

Carol en ik keken vanaf een veilige afstand toe. We zagen dat het licht in het huisje aanging. Na een paar seconden verscheen Higgins bij de voordeur. 'Weaver!' riep hij.

Ik liet Carol bij een agent achter en liep erheen.

'Kom eens kijken of dit die Calder van je is,' zei hij terwijl hij met zijn duim over zijn schouder wees.

Ik deed een paar stappen in het huisje en zag het bloederige lichaam van een man op de vloer liggen. Uit zijn borst stak een kachelpook. Omdat zijn gezicht volledig tot moes was geslagen kon ik het niet met honderd procent zekerheid zeggen, maar het leek me de man die Jeremy en ik op het strand hadden ontmoet.

Ik liep naar buiten en zei: 'Ik denk dat het hem is.'

'Dit begint inmiddels een behoorlijke klotenacht te worden,' zei Higgins.

Ik ging kijken hoe het met Carol Beakman ging. Er was een nieuwe ambulance gearriveerd en het personeel was haar aan het onderzoeken. Ik gaf haar mijn telefoon zodat ze Trevor Duckworth kon bellen.

De tranen vloeiden rijkelijk.

Nadat ze me de telefoon had teruggegeven, werd ik gebeld.

Barry.

'Als ik iets voor je kan doen, dan zeg je het maar,' zei hij.

Toen ik het gesprek had beëindigd, werd ik nog een keer gebeld. Ik zag dat het Madeline Plimpton was. Ik had de oproep bijna beantwoord, maar op het laatste moment bedacht ik me. Misschien dat ik paranoïde was, maar ze moest maar even wachten.

Commissaris Bertram arriveerde. Hij was er op zijn zachtst gezegd niet blij mee dat de aanvankelijke puinhoop ondertussen in een horrorfilm was veranderd.

Er volgden ondervragingen en er moesten verklaringen worden afgelegd. Ik was bang dat ik het niet meer zou redden om op tijd in Promise Falls te zijn. Jeremy en ik mochten uiteindelijk om half zes 's morgens vertrekken.

We hoefden niets in te pakken. Zijn rugzak en mijn koffer hadden in het strandhuis gelegen en waren tot as gereduceerd.

Ik was bijna op de grens tussen Massachusetts en de staat New York toen Jeremy ter hoogte van de afslag naar Lee wakker werd.

'Wat denk je dat er met die Calder is gebeurd?' vroeg hij. 'Wie heeft hem vermoord?'

'Ik heb geen idee.'

‘Misschien was het die vrouw die hij had ontvoerd.’

‘Dat denk ik niet,’ zei ik.

‘Kiln misschien?’

‘Mogelijk. Maar op het moment laat ik het met alle plezier aan de politie van East Sandwich over.’

‘Ik ben blij dat we naar huis gaan,’ zei hij een kilometer later.

‘Ik kan je er niet direct naartoe brengen,’ zei ik.

‘Waar heb je het over?’

‘Zoals ik je vannacht al vertelde, we blijven nog een paar uur onder de radar.’

‘Radiostilte, onder de radar... Waar haal je al die termen toch vandaan?’

‘Ik kijk veel films,’ zei ik. ‘Maar laat ik het zo zeggen: we zwijgen als het graf. Ik wil niet dat iemand weet dat we terug zijn gekomen en dat we het hebben overleefd.’

‘Ook mijn moeder niet?’

‘Ook je moeder niet.’

‘Ja hoor, alsof ze iemand heeft gestuurd om ons te vermoorden. Denk je dat nou echt?’

‘Nee. Maar je moeder heeft de reputatie om nogal slordig met informatie om te gaan. Daarom vertellen we aan niemand dat we terug zijn. In elk geval de komende uren niet.’

‘Ik begrijp niet waarom,’ zei hij.

We passeerden een bord dat ons welkom heette in de staat New York. ‘Ik denk dat wat er gisteravond is gebeurd niets te maken had met Just Deserts of andere heksenjachten in de sociale media.’

‘Waar heeft het dan mee te maken?’

‘Zodra ik meer weet, zal ik het je allemaal vertellen. En je moeder ook.’

‘Is het dat gedoe met die handmatige versnelling?’

‘Je zult het nog even moeten afwachten. Ik breng je zo dadelijk naar het huis van mijn zus.’

Jeremy schudde zijn hoofd. ‘Echt niet.’

Ik keek hem zo streng mogelijk aan. ‘Jeremy, hier is geen discussie over mogelijk.’

Ik belde naar het huis van mijn zus en kreeg mijn zwager Dwayne aan de lijn. Ik vroeg hem of hij iets voor me wilde doen, en Dwayne – die nog bij me in het krijt stond vanwege een eerder akkefietje – was een en al bereidwilligheid.

Ik zette Jeremy bij hen af en pleegde nog één laatste telefoontje. Ik moest weten of alles klaar was.

En dat was het.

Het was vijf voor tien toen ik de auto in de buurt van Kelly's Diner parkeerde. Toen ik voor de ingang stond, keek ik in beide richtingen de straat af.

Er viel niets bijzonders te zien.

Ik duwde de voordeur open en liep naar binnen. De ochtenddrukte was voorbij. De helft van de tafeltjes was bezet. Aan de rechtermuur bevond zich een rij vaste banken en tafels, vanwege de hoge rugleuningen kon je nauwelijks zien wie er zat.

Maar ik zag dat er iemand op de laatste bank zat, daarachter bevond zich de keuken. Ik zag een been, een stukje schouder en een arm die op de tafel rustte.

Ik liep langs de rij vaste banken. Toen ik de laatste bereikte, moest ik glimlachen.

'Was je nog steeds van plan die Porsche te verkopen?' vroeg ik.

Galen Broadhurst was te verbijsterd om antwoord te geven.

63
Cal

Uit zijn lichaamstaal kon ik opmaken dat Galen Broadhurst serieus overwoog om de benen te nemen.

'Ik zou het niet doen,' zei ik terwijl ik tegenover hem ging zitten. 'In je Porsche ben je waarschijnlijk sneller dan ik, maar je maakt geen enkele kans als we gaan sprinten.'

Met tegenzin schoof Broadhurst zijn achterste terug naar het midden van de bank.

Er stond niets op tafel. 'Heb je nog niets besteld?' vroeg ik. 'De koffie is hier erg goed.' Ik wenkte de serveerster, die er meteen aan kwam geschuifeld. 'Hé, Sylvie, hoe is 't ermee?'

'Prima, Cal,' zei ze. 'En met jou?'

'Ook prima. Twee koffie graag.' Ik wierp een blik op Broadhurst. 'Of ben je meer een theeliefhebber?'

'Koffie,' zei hij zacht.

'Willen jullie iets eten?' vroeg Sylvie.

Ik perste mijn lippen op elkaar. 'Laten we maar met koffie beginnen, daarna zien we wel.'

Sylvie knikte en verdween.

Ik keek Broadhurst aan. 'Als dit een film was geweest, dan zou je nu moeten zeggen dat je dacht dat ik dood was.'

'Ik zeg helemaal niets,' zei hij. 'Je draagt natuurlijk een zendertje onder je kleren.'

'Wil je het controleren?' Ik hield mijn armen omhoog zodat hij me zou kunnen fouilleren.

'Knoop je overhemd open,' zei hij.

Ik deed wat hij vroeg en zei grijnzend: 'Een muziekje erbij zou wel aardig zijn.'

Ik liet hem zien dat er geen opnameapparatuur op mijn borst en buik zat geplakt.

'Tevreden?' zei ik.

Broadhurst bromde wat. Ik knoopte snel mijn overhemd weer dicht, straks kreeg Sylvie nog hartkloppingen.

'Weet je wie ik hier eigenlijk had verwacht?'

Broadhurst wachtte af.

'Grant Finch. Je advocatenvriendje, de man die Jeremy zo geweldig heeft verdedigd. Want tegen hem had ik mijn twijfels uitgesproken. Ik denk dat hij jou direct daarna heeft gebeld. En toen begon jij peentjes te zweten. Klopt het zo?'

Broadhurst zei nog steeds niets.

'Wil je weten wat het eerste was dat me zei dat er iets niet klopte aan die hele zaak? Het was zelfs nog vóór ik erachter kwam dat Jeremy nog nooit in zijn leven met een handmatige versnelling had gereden. Dat bullshit-verhaal dat je de sleutels in de auto had laten liggen. Zelfs nádat je een dronken Jeremy en Sian McFadden erin had aangetroffen terwijl hij de motor probeerde te starten. Dat ging mijn pet te boven. De sleutels lagen aanvankelijk in de asbak. Oké, dat klinkt nog aannemelijk, want de auto stond voor je huis dat een flink eind van de openbare weg ligt, dus de kans op diefstal was minimaal. Maar dan vindt Jeremy de sleutels en probeert je racemonster te starten. Jij grijpt in. En dan moeten we geloven dat je de sleutels weer doodleuk in de asbak hebt gelegd. En dat terwijl je gek bent op die auto. Wie zou er niet gek zijn op zo'n auto?'

Ik boog me samenzweerderig naar hem toe en zei zacht: 'Ik moet je wat bekennen. Ik had je toch gebeld om te zeggen dat ik in de Porsche was geïnteresseerd? Nou, dat ben ik totaal niet. Het spijt me dat ik je valse hoop heb gegeven.'

Ik ging weer rechtop zitten. 'Maar goed. Ik denk dat je de autosleutels bij je hebt gehouden. En als dat zo is, dan lijkt het me logisch dat jij achter het stuur zat toen hij wegreed.' Ik lette op zijn reactie. 'Verveel ik je?' vroeg ik.

Sylvie kwam eraan met twee mokken koffie.

'O, heerlijk,' zei ik. 'Daar ben ik nu echt aan toe. Wat jij, Galen?'

We hadden allebei een mok dampende koffie voor ons staan.

'Melk en suiker staan daar,' zei Sylvie terwijl ze naar de verre kant van de tafel wees waar ze samen met de ketchup, mosterd, zout en peper in een chromen rekje stonden.

'Sta me toe,' zei ik en ik strekte mijn arm uit naar de glazen suikerpot en het metalen melkkannetje.

'Ik hoef niets,' zei Broadhurst.

'Wat je wilt.' Ik nam een slok koffie en glimlachte. 'Bedankt, Sylvie. Precies wat ik nodig had.'

'Ja hoor, het is goed met je,' zei ze. 'Laat maar weten als jullie honger hebben. We hebben pannenkoeken in de dagaanbieding.'

'Hmmm, daar moet ik nog even over nadenken.'

Sylvie begreep dat haar aanwezigheid niet langer gewenst was en liet ons alleen.

'Waar waren we ook alweer?' zei ik tegen Broadhurst. 'Goed. Jij stapt in die auto. Je scheurt ermee weg en je rijdt Sian McFadden aan. Maar laat ik niet op de zaken vooruitlopen. Klopt het tot zover?'

'Wat wil je van me?' vroeg hij.

'Ah, hij praat!' zei ik. 'Luister, ik ben hier om je een plezier te doen. Ik heb je al een grote dienst bewezen.'

'Wat dan?'

'Je vriend Gregor Kiln.'

Broadhurst knipperde met zijn ogen. 'Ik weet niet...'

Ik hief mijn hand op. 'Alsjeblieft. Maak het niet moeilijker dan het is. En je hebt me niet uit laten praten. Ik heb goed nieuws.'

Broadhurst keek me aan als een muis die afwacht wat de kat doet. 'Wat dan?'

'Kiln is dood. Ik heb hem neergeschoten.'

Broadhurst slikte.

'Dus hij zal niemand meer kunnen vertellen dat je hem hebt ingehuurd. Maar ik moet zeggen, het was een prutser.'

Broadhurst vroeg aarzelend: 'En... hoe is het met de jongen?'

'Jeremy?' Ik glimlachte en schudde mijn hoofd. 'Hij is in leven, maar van hem hoef je geen problemen te verwachten.'

'Hoe bedoel je?'

Ik leunde weer voorover. 'Dat hele verhaal over die versnellingspook waar ik het met Finch over had? Ik heb het er nooit met Jeremy over gehad. Hij denkt dat hij in die auto heeft gereden. Hij weet niet eens dat hij een handmatige versnelling heeft. Ik vraag me af of jij en Grant eraan hebben gedacht. Ik denk eigenlijk van niet. Maar goed, dat probleem is dus niet aan de orde. De jongen denkt dat hij het heeft gedaan.'

'Oké,' zei hij.

'En hij weet niets van Kiln. Ik betrapte die klootzak toen hij het huis in brand stak. Ik had hem zo uitgeschakeld. Ik heb een touw om hem heen geslagen en het lijk naar de baai van Cape Cod meegenomen. Hij zal niet meer boven water komen.' Ik grijnsde. 'Ik weet hoe je dat soort dingen moet aanpakken.'

'Maar... de brand...'

Ik haalde mijn schouders op. 'Brandstichting. Ik heb de politie verteld dat er op internet allerlei idioten zijn die Jeremy willen pakken. Het had makkelijk een van die duizend stakkers kunnen zijn. Dat was ook je plan, toch? Dat de politie zou denken dat het een van hen was geweest, en geen moordaanslag omdat ik had bedacht hoe het allemaal zat.'

Broadhurst warmde zijn handen aan de mok koffie.

'Zo ligt het dus,' zei ik. 'Tot nu toe kunnen ze je niets maken. Ik ben de enige die weet hoe het werkelijk is gegaan.'

Hij kneep zijn ogen samen. 'Met andere woorden…'

Ik glimlachte. 'Ik geloof dat je me wel begrijpt.'

'Hoeveel?'

'Daar heb ik wel een idee over,' zei ik. 'Maar voordat we het over geld hebben, wil ik eerst weleens weten wat er gebeurde nadat je dat meisje had aangereden. Heb je nog geprobeerd om haar te redden?'

Het bleef lang stil. 'Ja,' zei hij. 'Ik bedoel, ik zou het hebben geprobeerd als ze nog in leven was. Ik zou gedaan hebben wat ik moest doen.'

'Natuurlijk.'

'Ik… ik kreeg ruzie met een van de gasten op het feest. Een vrouw met wie ik iets had. Die stomme trut zei dat ik haar belazerd had.'

Ik grijnsde. 'En had ze gelijk?'

Broadhurst trok een gezicht. 'Nou ja, een beetje. Maar goed, ik had iets te veel op en dan die ruzie… Ik moest even stoom afblazen. Ik glipte door de achterdeur naar buiten, liep naar de voorkant van het huis en stapte in de auto. Ik reed over de oprit en… Je moet begrijpen, ik was niet dronken. Hoewel ik wel het nodige ophad. Maar ik slingerde niet, of zoiets.'

Hij liet de koffiemok los, balde zijn vuisten en duwde ze in zijn ogen. 'Het was een stom ongeluk, en het was háár fout.'

'Zulke dingen gebeuren,' zei ik achteloos.

'Ze… ze kwam vanuit het niets. Ze liep zó voor de auto. Ik probeerde haar nog te ontwijken, maar raakte haar toch. En toen knalde ik tegen die boom. Ik stapte uit en rende naar haar toe… O, jezus.'

Hij wist zich met moeite te beheersen.

'Luister,' zei ik. 'Tieners doen stomme dingen.'

'Ja,' zei hij. 'Het was niet mijn schuld. Maar… ik was waarschijnlijk door de mand gevallen als ik een blaastest had moeten doen. En flink ook.'

'O, ik rij zo vaak met een glas te veel op,' zei ik. 'En dan rij ik prima.'

Broadhurst knikte.

'Maar hoe heb je die jongen in de auto gekregen?'

'Dat was niet… het eerste wat ik deed. Ik dacht aan het meisje.'

'Natuurlijk.'

'Ik... ik ging kijken hoe ze eraan toe was. En... Ze was er niet meer. Ik voelde haar hartslag, keek of er nog tekens van leven waren, en...'

Ik knikte. 'Ze was er geweest. En Jeremy was zeker in de buurt?'

'Ja.'

'Volledig in coma zeker?'

Hij knikte.

'Onderuitgezakt op het bankje. Ik liep erheen... Ik weet niet hoe ik precies op het idee kwam. Het viel me gewoon in. Ik zag een mogelijkheid om eronderuit te komen. Hij... hij had al een keer geprobeerd de auto te starten. Als ik hem nu achter het stuur zet, dacht ik.'

'Dat was snel denkwerk.' Ik probeerde bewondering in mijn stem te laten doorklinken.

'Ik zette mijn handen onder zijn oksels, maar ik kreeg er geen beweging in. Hij was zwaar, en ik ben ook de jongste niet meer.'

'En toen?'

'Het was een flinke klap toen de auto de boom raakte, iedereen zou het gehoord moeten hebben. Goed, er was in elk geval één persoon,' zei Broadhurst. 'Er kwam iemand aan gerend. Ik dacht, het gaat me niet lukken. Ik kom er niet mee weg. Maar toen...'

'Maar toen zag je wie het was.' En ik wist zo goed als zeker welke naam er nu zou volgen.

Broadhurst knikte. 'Ik heb Bob min of meer gechanteerd om me hierbij te helpen. Ik zei hem dat onze miljoenentransactie in het water zou vallen als ik naar de gevangenis moest. Hij zou een fortuin mislopen. Daar kwam nog bij dat de vader van Sian McFadden een van de grootste investeerders was. Denk je dat hij nog zou meedoen aan een project van de man die zijn dochter had doodgereden? Het was al erg genoeg dat het mijn auto was. Goed, Bob was dus snel overgehaald. Hij hielp me om Jeremy in de Porsche te krijgen.' Broadhurst haalde diep adem. 'Bob was degene die Jeremy's voorhoofd tegen het stuur heeft geramd... Zodat zijn bloed erop zou zitten als er een DNA-onderzoek zou komen.'

'En toen de andere feestgangers arriveerden, deden jullie alsof je er zelf ook pas net was aangekomen.' Ik dacht even na. 'Wist Finch hiervan?'

Broadhurst schudde zijn hoofd. 'Nee. Hij belde me na dat telefoontje van je. Hij zou contact opnemen met Gloria en kijken of er genoeg reden was om in hoger beroep te gaan. Ik zei dat dat niet zo was en dat Jeremy het nog steeds gedaan moest hebben. Ik heb hem weten te overtuigen. We zijn oude vrienden en hij vertrouwt me. En laten we wel wezen, we hebben veel aan Grant te danken. Hij heeft die jongen vrij gekregen. Die Big Baby-truc was geniaal. Het was een gok, maar het heeft gewerkt. Iedereen is er goed mee weggekomen.'

Ja, dacht ik. Iedereen is er goed mee weggekomen. Ik moest aan Jeremy denken, toen hij in mijn auto met zijn vuisten op zijn benen beukte.

'Het was Bob die je vertelde dat we op Cape Cod waren,' speculeerde ik. 'Je wist waar je Kiln heen moest sturen omdat Bob erbij was toen Madeline het adres aan rechercheur Duckworth vertelde.'

'Het was zijn idee,' zei Broadhurst.

Dat verbaasde me.

'Maar ik dacht dat het jouw idee was om Jeremy achter het stuur te zetten?'

'Nee, dat niet,' zei hij, 'maar om Jeremy en jou te laten vermoorden. Bob zei dat het de enige oplossing was. En ik ken mensen, of mensen die weer mensen kennen, die dat soort klussen kunnen regelen.'

Voor het eerst verscheen er iets van een glimlach op zijn gezicht.

'En daarom heb je het mis als je denkt dat je me een poot kan uitdraaien.'

'Hé, kom op, zeg.'

'Ik kan zo aan een nieuwe Kiln komen,' zei hij.

'In dat geval...' ik probeerde onzeker te klinken, '... stap ik misschien wel naar de politie.'

Broadhursts glimlachje veranderde in een grijns. 'Zeker om ze te vertellen wat je met Kiln hebt gedaan? Iemand uit zelfverdediging doden, dat kan nog, maar zijn lichaam in zee dumpen? Dat suggereert iets anders, denk je niet?'

Ik likte nerveus mijn lippen. 'Luister, ik was niet van plan om veel te vragen. Vijftigduizend. Dat is een fooi voor iemand als jij.'

Hij schudde zijn hoofd. 'Je bent een amateur, Weaver. Een idioot. Je hebt je neus in zaken gestoken waar je...'

Zijn blik ving iets op en hij vergat zijn zin af te maken. Hij keek naar de ingang van het etablissement. Ik draaide me om en stond op om over de hoge leuning van de bank te kijken.

Barry Duckworth en twee geüniformeerde agenten hadden de cafetaria betreden.

Ik ging weer zitten en strekte mijn hand uit naar het chromen rekje waar ik de suikerpot uit had gepakt. Ik draaide het om zodat mijn tafelgenoot het draadloze zendertje kon zien.

Ik keek Broadhurst aan en zei: 'Een les voor de volgende keer: controleer ook wat er op tafel staat.'

64

Brian Gaffney was het gras aan het maaien toen Jessica Frommers auto voor zijn ouderlijk huis stopte.

Albert had vandaag de auto van Constance genomen om naar zijn werk te gaan. Hij had iets over een aanstaande servicebeurt gezegd, en hij wilde zijn wagen geen kilometers meer laten maken tot hij hem naar de garage had gebracht.

Constance was boodschappen aan het doen, en zij had op haar beurt weer Monica's Kever geleend. Zijn zus had gezegd dat ze haar auto vandaag niet nodig had. Brian had bij het ontbijt tegen zijn moeder gezegd dat hij het gras wilde maaien. Hij moest iets omhanden hebben, had hij gezegd, maar Constance was er fel op tegen. Hij moest rust hebben na alles wat hij had meegemaakt, zei ze. En hij moest zeker geen fysieke inspanningen verrichten.

Oké, had Brian gezegd. Maar zodra zijn moeder was weggereden, besloot hij toch maar het gras te maaien.

Het zou hem wat afleiding bezorgen. Hij hoefde dan even niet meer aan alle verschrikkelijke dingen te denken die hem waren overkomen. En hij hoefde zich ook niet meer bezig te houden met wat er tussen zijn ouders speelde. Zijn moeder was opeens gestopt met het afzeiken van zijn vader. Nee, ze waren allebei zeer, maar dan ook zeer stil.

Er was iets aan de hand.

Brian wist niet of hij het eigenlijk wel wilde weten.

Hij liep naar de garage en ging door de zijdeur naar binnen.

Daar stond zijn vaders auto. Brian had hem nog nooit zo schoon gezien.

Dat was vreemd.

Gezien het feit dat Brian bij een autowasserij werkte, en gezien het feit dat familieleden korting kregen – nou ja, het was gewoon gratis – en dan ook nog eens gezien het feit dat de auto nog een paar dagen voor zijn vermissing op zijn werk was gewassen, begreep hij niet waarom zijn vader de moeite had genomen om de auto nog een keer te wassen. Toen pa hem vond nadat hij het ziekenhuis was uitgelopen, reed hij in deze auto.

Die was toen niet zo schoon als nu.

En niet alleen de auto, ook de garagevloer was schoner dan Brian hem ooit had gezien. Op enkele plekken was hij zelfs nog nat.

Gek.

De grasmaaier bleek achter in de garage te staan, hij keek of er nog genoeg benzine in zat en duwde hem naar de voortuin. Hij voelde het aan zijn ribben toen hij een ruk aan het koord gaf om de motor te starten, maar het maaien zelf ging moeiteloos.

Hij had de helft al gedaan toen Jessica's auto voor het huis stopte.

'Hoi,' zei ze nadat ze uit de auto was gestapt. Ze had alle ramen omlaag laten zakken, en Brian zag dat haar kind achterin zat.

'Hoi,' zei Brian.

'Ik was in het ziekenhuis om je op te zoeken, maar ze zeiden dat ze je naar huis hadden laten gaan. Toen je ook niet in je appartement bleek te zijn, dacht ik dat je misschien wel bij je ouders zou zitten. Ik heb in het telefoonboek gekeken en zag dat er maar één andere Gaffney in Promise Falls was.'

'Ja, ik mocht naar huis.'

'Het spijt me allemaal,' zei ze. 'Ik had het je moeten vertellen, weet je, dat ik getrouwd was. Dat wilde ik ook wel, maar het was nooit het goede moment ervoor.'

'Ach ja.'

'Maar goed, dat wilde ik dus zeggen.'

'Oké.' Brian haalde zijn schouders op. 'Ik moet weer verder. Ik ga weer bij mijn ouders wonen, dus ik wil ze helpen met dingen.'

'Er is nog iets,' zei ze.

Brian wachtte af. Jessica deed een paar stappen in zijn richting; toen ze op zo'n anderhalve meter van hem af stond, zag hij dat ze had gehuild. 'Wat is er?'

'Het gaat over Ron,' zei ze.

'Wat is er met hem?'

'Hij wordt vermist.'

Brian wist even niet wat hij moest zeggen. 'O,' zei hij uiteindelijk.

'Hij was bij een huis even buiten Promise Falls aan het werk. Zijn pick-uptruck stond er nog, maar hij was verdwenen. Hij wordt al meer dan vierentwintig uur vermist.'

'Jezus,' zei Brian.

'Ik dacht eerst dat hij me misschien wel had verlaten. Wat misschien wel niet zo erg zou zijn. Maar als dat zo was, dan zou hij altijd zijn truck hebben meegenomen. Hij houdt meer van dat ding dan van mij. En zijn telefoon neemt hij ook niet op.'

'Ik weet niet wat ik moet zeggen. Ben je al naar de politie gegaan?'

Jessica knikte. 'Ja, ze zijn het aan het onderzoeken.'

'En wat denken ze dat er gebeurd is?'

Jessica schudde haar hoofd. 'Ze weten nog niets. Ze zeiden dat ze bloed hadden gevonden.'

'Bloed?'

'Ja, op de grond.'

'Dat klinkt niet goed,' zei Brian langzaam.

'Het zou kunnen betekenen dat iemand hem iets heeft aangedaan,' zei ze. 'Ik dacht eerst nog, en wordt nu niet kwaad op me, maar eerst dacht ik nog dat jij er iets mee te maken had.'

'Ik?'

'Omdat Ron je had afgetuigd. Je had genoeg reden om het hem betaald te zetten.'

'Jess, ik lag in het ziekenhuis.'

Ze knikte. 'Ja, dat weet ik. Dat wilde ik ook eerst weten voordat ik de politie iets over je zou vertellen.'

'Wat?'

'De politie vroeg of er iemand was die een wrok jegens Ron koesterde. Ik moest aan jou denken, maar ik heb je naam niet genoemd omdat ik je niet in de problemen wilde brengen. Ik wilde weten of je in het ziekenhuis lag, en dat bleek zo te zijn, dus ik zal hun je naam niet geven.'

'Jee, Jess, bedankt.'

'Maar toen dacht ik, heb jij het soms nog aan iemand anders verteld?'

Brian vroeg zich af of het opeens warmer werd buiten. Hij voelde zweetdruppeltjes op zijn voorhoofd komen.

'Of ik wat heb verteld?'

'Heb je iemand verteld dat Ron je in elkaar heeft geslagen?'

Brian dacht aan wat zijn vader tegen hem had gezegd. *'Je hebt me nooit, maar dan ook nooit zijn naam verteld. Je hebt me nooit, maar dan ook nooit verteld waar hij woont. En het doet er niet toe hoe vaak iemand je die vraag stelt, het blijft altijd nee. Je hebt het me nooit verteld.'*

'Ik heb het aan niemand verteld,' zei Brian. 'En ik heb aan niemand verteld waar je woont. Aan niemand.'

Jessica snoof.

'Mama!' riep het meisje vanuit de auto.

'Ik kom eraan, schat!' riep Jessica over haar schouder.

'Nooit,' herhaalde Brian.

Jessica knikte. 'Oké. Weet je wat het is? Ron is natuurlijk geen lieverdje. Waarschijnlijk heeft hij een heleboel mensen tegen zich in het harnas gejaagd. Het kan bijna iedereen zijn geweest, als je erover nadenkt.' Ze snoof nog eens. Brian zocht in zijn broekzak, en diepte er een gerafelde tissue uit die hij haar aanbood.

'Het gaat wel,' zei ze terwijl ze met haar mouw haar wangen droogwreef. 'Maar ik moet nu gaan.'

'Oké.'

Ze omhelsde hem kort en verkrampt, en liep toen naar haar auto terug. Brian keek toe hoe ze de autogordel omgespte. Het meisje op de achterbank keek naar hem en wees. 'Jij bent de man die door papa in elkaar is geslagen!' riep ze uit.

Terwijl de auto wegreed, vroeg Brian zich af of er een kans bestond dat de politie háár zou gaan ondervragen.

65

Cal

Toen Galen Broadhurst achter in de patrouilleauto zat, nam Duckworth me even apart en zei: 'Goed gedaan. Nu hoeven we alleen nog Bob Butler op te pakken.'

'Broadhurst en Butler hebben die arme jongen geslachtofferd om buiten schot te blijven en hun zakken te vullen.' Ik schudde mijn hoofd. 'Wat een klootzakken.'

Duckworth keek me aan met een blik die zei dat niets hem nog kon verbazen in het leven.

'Ik ga Jeremy ophalen,' zei ik. 'Daarna rijden we naar het huis van Madeline Plimpton. Hij wil zijn moeder zien en haar laten weten dat hij het goed maakt.'

'We moeten er samen heen.'

Ik keek op mijn horloge. 'Over een half uur?'

Hij knikte. Toen hij zich omdraaide om te vertrekken, zei ik: 'Wat was het dat je wilde vragen? Toen ik je gisternacht belde.'

Barry drukte met zijn tong tegen de binnenkant van zijn wang. 'Weet je wat? Laat maar. Wat het ook was, ik ben van gedachten veranderd.'

Ik koerste met mijn Honda naar het huis van mijn zus. Ik zag dat Jeremy op het trapje voor het huis met Celeste zat te praten. Hij stond op zodra hij de auto zag en rende naar me toe.

'Hoe is het?' vroeg hij terwijl ik het raam omlaag liet zakken.

Ik zwaaide naar Celeste. 'Bedankt!'

'Leuke jongen!' riep ze terug terwijl ze opstond om het huis in te lopen.

Jeremy keek om met een ietwat verbaasde blik. 'Dank u wel,' zei hij.

Volgens mij had hij in geen maanden iemand iets aardigs over hem horen zeggen.

Hij ging naast me zitten. 'En?'

'Ik breng je naar huis.'

'Waar ben je geweest?'

Ik was van plan geweest om het onderweg te vertellen, maar ik had me bedacht. Dit was iets wat ik hem in alle rust moest meedelen. Ik draaide me half om, zodat ik hem aan kon kijken.

'Je hebt het niet gedaan. Je hebt de auto niet bestuurd. Je hebt Sian niet doodgereden.'

Zijn kin begon te trillen. 'Wat...'

'Galen Broadhurst reed in de auto.'

'Hoe weet je dat?'

'Dat heeft hij me verteld.'

Nu begonnen zijn handen ook te trillen. 'O mijn god. O mijn god.'

'Er is nog meer,' zei ik voorzichtig. 'Bob Butler heeft hem geholpen.'

Ik verschafte hem de details, langzaam en duidelijk, inclusief het nieuws dat het Bobs idee was geweest om ons te laten vermoorden. Het moest welhaast te veel voor hem zijn om in één keer te bevatten. Er was blijdschap, maar ook het gevoel verraden te zijn.

Hij barstte in tranen uit en begon te snikken. Ik nam hem in mijn armen en drukte hem tegen me aan.

'De nachtmerrie is voorbij,' zei ik en ik klopte hem op zijn rug. Maar ik wist dat er tijd overheen moest gaan om dit allemaal te verwerken. Dit zou veel gevolgen hebben.

De jongen kon niet stoppen met trillen. 'Bob... Hij heeft alle proceskosten betaald.'

'Ja, misschien dat hij zich er schuldig over voelde. Uiteindelijk hoefde je niet de gevangenis in, en zolang de schuld maar niet op een ander wees, stond hij aan de veilige kant.'

'Mam,' zei hij. 'Mijn moeder moet het weten. Ik moet haar vertellen wat een klootzak hij is.'

'Dat gaan we doen,' verzekerde ik hem. 'We rijden er zo heen.'

Jeremy probeerde zichzelf bij elkaar te rapen. Ik vond tissues in het dashboardkastje en reikte hem een handvol aan.

'Heel erg bedankt,' zei hij.

'Het zijn maar tissues, hoor.'

'Nee, ik bedoel, voor alles. Jij hebt ontdekt dat deze hele toestand niet klopte. Jij hebt me mijn leven teruggeven.'

Ik gaf hem nog een moment om tot zichzelf te komen voordat ik de motor startte. 'Laten we gaan,' zei ik uiteindelijk.

Ik had een half uur tegen Duckworth gezegd, maar ik draaide de auto twintig minuten later de oprit van Madeline Plimptons huis op. Het knerpen van het grind onder de banden was niet genoeg voor hen om naar buiten te stormen, maar ik hoorde enige beweging in het huis nadat ik had aangebeld.

'Kunnen we niet gewoon naar binnen lopen?' vroeg Jeremy.

'Dit is niet ons huis,' zei ik. 'Denk aan je manieren.'

De deur ging open. De sombere gezichtsuitdrukking van Madeline Plimpton sloeg om in blijdschap toen ze ons zag.

'We hebben de hele nacht geprobeerd jullie te bereiken!' riep ze uit terwijl ze de jongen tegen zich aan drukte. 'We hebben ons zó'n zorgen gemaakt.'

Nog geen seconde later verscheen Gloria vanuit het keukengedeelte. Ze slaakte een gil een moest Madeline van de jongen af trekken om hem zelf te kunnen omhelzen.

'Ik ben zo blij dat je thuis bent!' zei ze. 'Het was een stomme fout om je hier weg te laten gaan!' De jongen probeerde eerst nog haar kussen op zijn wangen te ontwijken, maar toen gaf hij het op en liet zijn moeder haar gang gaan.

'Waar is Bob?' vroeg ik aan Madeline.

'Hij is in de keuken,' zei ze. Net toen ze zich wilde omdraaien om hem te roepen, verscheen Bob.

Al was het maar voor één seconde.

Het kostte hem een halve seconde om te zien wie er waren, en nog een halve seconde om zich te realiseren dat hij zwaar in de problemen zat.

Hij draaide zich om en rende weg.

Ik schoot achter hem aan.

'Wat is dit?' riep Madeline Plimpton uit.

'Hij heeft het gedaan!' hoorde ik Jeremy zeggen. 'Hij wilde ons laten vermoorden!'

'Wat?' zei Gloria.

Bob stond al bij de glazen schuifpui om hem open te trekken. Maar hij werd opgehouden door een houten stok die tussen de handvatten was geklemd om inbrekers geen kans te geven. Ik greep hem bij de kraag van zijn jack en smeet hem door de keuken heen. Hij raakte twee stoelen, die kletterend omvielen en landde op zijn zij. Ik zag de blik van een in het nauw gedreven dier in zijn ogen.

'Blijf daar liggen,' zei ik. 'Als je ook maar iets probeert, dan maak ik je af.'

Dat leek hem te overtuigen.

'Je lijkt al net zo verrast als Galen. Hij is net gearresteerd. Ze zijn nu naar jou onderweg.'

Jeremy, Gloria en Madeline stonden inmiddels in de keuken. De vrouwen stonden er met open mond bij.

'Is dat waar?' vroeg Gloria aan Bob. 'Heb je iemand gestuurd om ze te *vermoorden*?'

'Dat is bullshit!' zei Bob. 'Het is allemaal bullshit wat ze zeggen.'

'Je weet nog maar de helft van wat hij heeft gedaan!' schreeuwde Jeremy. Hij begon weer te trillen. Ik maakte me grote zorgen om hem. Hij balanceerde op de rand.

Hij wees naar Bob en zei: 'Hij heeft die klootzak van een Broadhurst geholpen! Ze hebben me samen in die auto getild!'

Madeline Plimpton keek alsof ze water zag branden. 'Wat?'

'Ze hebben me erin geluisd! Ze hebben me op de mouw gespeld dat ik het was! Ze hebben de hele wereld wijsgemaakt dat ik het had gedaan!'

Madeline keek woedend naar Bob. 'Mijn god, is dat waar?'

Wat me op dat moment opviel was dat Gloria die vraag niet stelde, of er op een andere manier op reageerde. Mijn ogen schoten heen en weer tussen haar tante en Bob. Misschien dat ze in shocktoestand verkeerde.

'Ik zei je al, luister niet naar ze,' zei Bob. 'Dit is idioot.'

'Nee, het is niet idioot,' zei ik. 'Ik heb het allemaal van Galen gehoord. We weten wat er is gebeurd.'

Jeremy wendde zich tot zijn moeder. 'Heb je gehoord wat ik zei? Heb je gehoord wat die eikel heeft gedaan?'

Gloria sprak zachter dan ik van haar gewend was en zei: 'Daar zal dan wel een reden voor zijn geweest.'

'Hoe bedoel je?' zei Jeremy. 'Geloof je ons niet?'

'Ik denk dat ze dat wel doet, Jeremy,' zei ik.

Gloria keek me aan.

'Dat van die Porsche lijkt geen nieuws voor je te zijn,' zei ik tegen haar.

'Gloria?' zei Madeline Plimpton. 'Waar heeft hij het over?'

'Toen Jeremy vertelde dat Bob een huurmoordenaar op ons af had gestuurd, reageerde je verbaasd,' zei ik. 'Maar niet toen je dat van die auto hoorde.'

Er viel een stilte in de keuken. Alle ogen, zelfs die van Bob, waren op Gloria gericht.

'Mam?' zei Jeremy. Hij trilde nu over zijn hele lichaam.

'Ik wist het niet,' fluisterde ze. 'Eerst... wist ik het niet.'

'Wanneer wist je het wél?' vroeg ik.

Ze keek haar zoon aan, en streek met haar hand over zijn wang. Jeremy was te verbijsterd om een stap achteruit te doen.

'Ik hoorde ze praten,' zei ze. 'Bob en Galen. Vlak na het ongeluk. Ik...

ik sprak ze erop aan… Ik wilde iets doen, maar… toen viel het al niet meer terug te draaien.'

'Waarom… waarom heb je…' fluisterde Jeremy.

'Ik denk dat ik weet waarom,' zei ik. 'Wat hebben ze je verteld, Gloria? Dat ze de bak in zouden draaien als je op dat moment de waarheid naar buiten zou brengen. Galen én Bob. De miljoenentransactie zou in het water vallen. Je zou er geen cent van zien. Ze vertelden je dat ze een strategie hadden bedacht om Jeremy uit de gevangenis te houden, of dat hij er met een lichte straf vanaf zou komen. Was het niet zoiets?'

De tranen liepen over haar wangen. Er volgde een kort knikje. 'Als het niet had gewerkt,' zei ze weifelend, 'ik heb ze gezegd dat als Jeremy de gevangenis in moest… dat ik dan wel mijn mond open zou doen… ja, dan wel…'

'Je hebt ze me dit laten aandoen,' zei Jeremy.

'Maar ík heb me door hen laten vernederen,' zei ze tegen hem. 'Ik heb me door iedereen laten uitlachen, omdat ik van je hóú. Ik was tot alles bereid om je te redden. Het maakte me niet uit. Ik deed het voor jou.'

'Ja, je was tot alles bereid, behalve om de waarheid te vertellen,' zei hij met een verstikte stem.

'Jeremy,' zei ik. 'We kunnen hier misschien beter weggaan.'

'Bob was je ticket,' fluisterde Jeremy. 'Je ticket naar een beter leven. Meer geld, alles wat je wilde hebben.'

'Laat me… laat me het uitleggen,' zei Gloria. 'Zoals ik al zei, het viel niet meer terug te draaien. Het was… het was het kiezen uit twee kwaden.'

Maar zo was het kwaad evengoed geschied.

Er klonk een stem door de openstaande voordeur. 'Weaver!'

Het was Duckworth.

'Ik ben hier!' riep ik terug.

In een mum van tijd was hij in de keuken, met een geüniformeerde agent in zijn kielzog. Hij zag Bob op de vloer liggen en keek me kwaad aan. 'Je had op me moeten wachten.'

Ik wist niet wat ik moest zeggen.

Duckworth duwde me opzij, ging over Bob heen staan en zei hem op zijn buik te gaan liggen, met zijn handen op zijn rug. 'U staat onder arrest, meneer Butler.' Hij trok een plastic handboei om Bobs polsen en zei dat hij op moest staan. Bob werkte zich met veel moeite op zijn knieën en stond vervolgens op.

Hij liet zichzelf uit de keuken leiden. Hij hield zijn hoofd naar beneden en vermeed oogcontact met ons.

Er viel wederom een diepe stilte.

'Ik wil dat je het begrijpt,' zei Gloria smekend. Ze strekte haar hand uit om Jeremy's arm aan te raken, maar hij deinsde terug alsof ze een gifslang was.
'Ik kan het gewoon niet geloven,' zei hij, meer tegen zichzelf dan ons.
'O, Gloria,' zei Madeline Plimpton. 'Hoe kón je?'
Duckworth riep me vanaf de voorkant van het huis.
Ik liep naar Jeremy toe. 'Ik ben zo terug, oké? We zullen hier uitkomen. Je kunt bij mij blijven. Je moet hier niet langer zijn.'
Hij leek volledig ingestort.
'Ik ben zo terug, ja?' herhaalde ik.
Ik beende de keuken uit. Madeline Plimpton volgde me.
'Zeg me dat het niet waar is,' zei ze.
Duckworth stond voor het huis en priemde zijn wijsvinger in mijn richting terwijl de agent Bob op de achterbank zette van wat me dezelfde patrouilleauto leek die Galen Broadhurst had afgevoerd.
'Je hebt het verknald,' zei hij. 'Je had moeten wachten.'
'Het ging allemaal erg snel.' Ik wist dat het een zwak verweer was. 'Maar we hebben ze. We hebben ze alle twee.'
'Kan iemand me vertellen wat er aan de hand is?' vroeg Madeline Plimpton.
Duckworth schudde kwaad zijn hoofd.
Op dat moment herinnerde ik me iets wat Jeremy me gisteren had verteld. Over iets wat in een van de keukenladen lag.
'Ik wil Jeremy niet alleen laten,' zei ik tegen Duckworth. 'Hij moet met iemand praten. Het gaat helemaal...'
Toen hoorden we het schot.
Madeline gilde.
Duckworth haastte zich het huis in. We liepen samen naar de keuken, maar stopten voor de ingang. We wisten niet wat we zouden aantreffen.
'Mevrouw Pilford!' riep Duckworth. 'Is alles goed?'
'Jeremy!' riep ik. 'Wat is er gebeurd?'
Het bleef een paar seconden stil. Toen klonk Jeremy's stem.
'Ik kom eraan,' zei hij. 'Ik heb het pistool laten vallen.'
Duckworth en ik wisselden een angstige blik uit.
Jeremy liep de keuken uit, stopte en keek me aan. Hij wist nog een glimlachje te produceren met zijn trillende lippen.
'Ik heb het gedaan,' zei hij. 'En ik neem de volle verantwoordelijkheid.' Hij zweeg een moment. 'Ik erken het.'
Ik nam hem in mijn armen, terwijl Duckworth de keuken in liep om te zien hoe erg het was.